사상의 월야 · 해방 전후

이태준 전집 3

지은이

이태준(李泰俊, Lee Tae-jun) 호는 상허(尙虛). 1904년 강원도 철원에서 태어났다. 1909년 부친 사망, 1912년 모친 사망으로 친척집에서 성장하였다. 1921년 휘문고등보통학교에 입학하였으나 동맹 휴교의 주모자로 지목되어 퇴학하였다. 일본으로 건너가 고학하면서 쓴 「오몽녀」로 1925년 등단하였다. 도쿄 조치대학 예과에 입학하여 수학하다가 1927년 귀국하였다. 개벽사, 『중외일보』, 『조선중앙일보』 기자, 『조선중앙일보』 학예부장을 지냈고, 이화여자전문학교, 경성보육학교 등에서 작문을 가르쳤다. 1933년 정지용, 김기림, 박태원, 이상 등과 구인회활동을 하였고, 1939년 『문장』지를 주재하였다. 해방 이후 조선문학가동맹에서 활동하다가 1946년 월북하였다. 북조선문학예술총동맹 부위원장을 지내기도 하였으나, 구인회 활동과 사상성을 이유로 숙청되었다. 소설가, 수필가, 문장가로서 한국 문학의 발전에 기여하였다.

엮은이(가나다 순)

강진호(姜珍浩, Kang Jin-ho) 성신여자대학교 국어국문학과 교수
김준현(金埈顯, Kim Jun-hyun) 성신여자대학교 초빙교수
문혜윤(文惠允, Moon Hye-yoon) 고려대학교 강사
박진숙(朴眞淑, Park Jin-sook) 충북대학교 국어국문학과 교수
배개화(裵開花, Bae Gae-hwa) 단국대학교 교양학부 교수
안미영(安美永, Ahn Mi-young) 건국대학교 교양교육원 교수
유임하(柳壬夏, Yoo Im-ha) 한국체육대학교 교양과정부 교수
정종현(鄭鍾賢, Jeong Jong-hyun) 인하대학교 한국학연구소 HK교수
조윤정(趙胤姃, Jo Yun-jeong) 카이스트 교수

사상의 월야·해방 전후 – 이태준 전집 3

초판 1쇄 발행 2015년 6월 10일
초판 2쇄 발행 2023년 9월 1일
지은이 이태준 **엮은이** 강진호·김준현·문혜윤·박진숙·배개화·안미영·유임하·정종현·조윤정
펴낸이 박성모 **펴낸곳** 소명출판 **출판등록** 제1998-000017호
주소 서울시 서초구 사임당로14길 15 서광빌딩 2층
전화 02-585-7840 **팩스** 02-585-7848 **전자우편** somyungbooks@daum.net **홈페이지** www.somyong.co.kr

ISBN 979-11-86356-21-0 04810
       979-11-86356-18-0 (세트)

값 18,500원 ⓒ 상허학회, 2015

이태준
전집

3

THE MOONLIGHT NIGHT OF THOUGHT.
BEFORE AND AFTER THE LIBERATION

사상의 월야
해방 전후

상허학회 편

『이태준 전집』을 내며

　상허(尙虛) 이태준(李泰俊)은 20세기 한국 문학의 상징적 지표이다. 이태준은, 1930년대에 순수 문학단체이자 모더니즘 운동의 중심지로 평가받는 구인회(九人會)를 결성하여 활약한 소설가로서, '시의 정지용, 소설의 이태준'이라는 평가를 받으며 한국 근대문학의 형태적 완성을 이끈 인물이다. 그가 창작한 빼어난 작품들은 한국의 소설을 한 단계 발전시켰을 뿐만 아니라 대중의 폭넓은 지지를 얻었다. 이태준이 가지고 있던 단편과 장편에 대한, 그리고 소설 창작에 대한 장르적 인식은 1930년대 후반『문장(文章)』지의 편집자로서 신인작가들을 등단시키는 데 큰 영향력을 행사하였다.

　이태준이 소설을 발표하던 당시부터 그의 소설에 대해 언급하는 논자들은 공통적으로 그가 어휘 선택이나 문장 쓰기에 예민한 감각을 소유하고 있다는 점을 인정하였고, 소설은 물론 수필에서도 단정하면서 현란한 수사를 구사하는 '스타일리스트'로 평가하였다.

그런데 이태준의 작가적 행보를 따라가다 보면 그가 제기했던 문학에 대한 인식에 모순되는 문제들과 마주치게 된다. 근대적인 언어관·문학관과 상충되는 의고주의(擬古主意)라든지, 문학의 순수성에 대한 발언과 어긋난, 사회 참여적인 작품 창작과 해방과 분단 이후로까지 이어지는 행적(조선문학가동맹 부위원장, 월북, 숙청) 등은, 이태준의 문학 경향을 일관성 있게 해명하는 데 여러 가지 난점을 제공한다. 이태준의 처음과 중간과 끝의 작가적 행보를 확인하는 일은 한국 소설, 나아가 한국 문학이 성립·유지되었던 근거를 탐색하는 일이라 할 수 있다.

1988년 해금 이후 이태준에 대한 연구가 활발하게 집적되었고 이태준 관련 서적들의 출판도 왕성하였다. 이태준 전집이 발간된 지도 20년이 지났다. 상허학회가 결성된 1992년 이후 전집 간행의 필요성이 본격적으로 제기되면서 총 17권의 전집이 기획되었고, 1994년부터 순차적으로 전집이 간행되기 시작하였다. 그렇지만 여러 요인들로 인해 전집은 완간을 보지 못한 채 현재 절판과 유실 등으로 작품을 구하기 힘든 상황에 이르렀다. 이런 현실에서 상허학회는 우선 상허의 문학적 특성을 잘 보여주는 작품들만이라도 묶어서 간행할 필요를 절감하였다. 작가의 생명력은 독자를 통해서 유지되기에 전집의 간행은 더 이상 지체할 수 없는 일이었다.

상허학회는 이런 문제의식을 바탕으로, 기간(旣刊) 『이태준 전집』(깊은샘)을 전면적으로 재검토하고 체제와 내용을 새롭게 구성하였다. 원본 검토와 여러 판본의 대조를 통해서 기간 전집의 문제점을 최소화하고자 했고, 또 새로 발굴된 작품들을 추가하여 한층 온전한 형태의 전집을 만들고자 하였다. 총 7권으로 기획된 『이태준 전집』은 이태준의 모든 단편소설, 중편소설, 수필, 기행, 문장론을 대상으로 삼았다. 『이태준 전집』 1권과 2권은 이태준의 첫 번째, 두 번째 단편집인 『달밤』과 『가마귀』 및 그 시기 전후 발표한 모든 단편소설을 모았고, 3권과 4권은 해방 전후 발표한 「사상의 월야」, 「농토」 등 중편소설을 모았다. 5권과 6권은 『무서록』을 비롯한 수필과 소련기행·중국기행 등의 기행문을 묶었고, 마지막 7권은 『문장강화』와 여타 문장론들을 모두 실었다. 이 전집은 한국 문학을 연구하는 전문 연구자들뿐만 아니라 문학을 사랑하는 일반 독자들에게도 유용하고 의미 있는 텍스트가 될 것이다.

어려운 여건에도 불구하고 전집 간행에 뜻을 같이 해 준 상허학회 여러 선생님들께 감사의 말씀을 전한다. 특히 물심양면으로 도움을 주신 이태준 선생의 외종질 김명렬 선생님과 상허학회 안남연 이사께 감사의 말씀을 드린다. 그리고 작지 않은 규모의 전집 간행을 흔쾌히 수락해 준 소명출판 박성모 사장님과 전집 간행을 위해 정성을 쏟은 편집부 한사랑 님의 수고도 잊을 수 없다. 이분들의 정성과 노고가 헛되지 않도록 이 전집이 일반 독자들과 연구자들에게 널리 사랑 받기를 소망한다.

2015년 6월
『이태준 전집』 편집위원 일동

차례

6

일러두기

1. 『이태준 전집』은 이태준의 단편소설(1~2권), 중편소설(3~4권), 수필 및 기행(5~6권), 문장론(7권)으로 구성되어 있다. 새롭게 발굴된 이태준의 작품을 모두 수록하였다. 일문소설은 번역문을 실었다.

2. 이태준의 해방 전 최초 단행본을 원본으로 삼았고, 단행본에 수록되지 않은 작품은 잡지나 신문에 게재된 텍스트를 원본으로 하였다. 단행본에 수록되었음에도 검열 등의 이유로 삭제·수정되어 원본의 훼손이 심한 경우 잡지나 신문의 판본을 확인하여 각주에 표시하였다. 단행본에 수록되었던 작품은 단행본의 순서를 따랐고, 단행본에 게재되지 않았던 작품은 발표순으로 배열하였다. 작품마다 끝부분에 본 전집이 정본으로 삼은 판본의 출전을 밝혔다.

3. 띄어쓰기는 현대 표기법에 따라 교정하였다.

4. 맞춤법은 원문을 따르되, 원문의 의미가 훼손되지 않는 경우 현대 표기법으로 교정하였다. 그러나 대화에서는 당시의 말투를 최대한 전달하기 위해 원문을 따르는 것을 원칙으로 하였다. 북한식으로 두음법칙이 적용되지 않은 경우는 우리 표기법에 따라 교정하였다.

5. 한자어·사투리·토속어·외래어의 경우도 원문을 따르되, 오늘날 잘 쓰이지 않아 이해가 어려운 경우에는 각주로 설명을 붙였다. 일본어와 중국어 인명·지명의 경우 당시의 일반적인 상용어라는 점을 감안하여 원문의 표기를 따르되, 필요한 경우 현대의 표기 및 의미를 각주로 표시하였다.

6. 작가가 의도적으로 채택했다고 판단되는 사투리는 원문에 따르되, 오늘날 일반적으로 통용되는 낱말의 사투리 및 토속어는 현대 표기법에 따랐다.
   • 원문에 따른 경우: 이제 → 인전 / 우두커니 → 우드머니 / 모래 → 모새
   • 현대 표기법에 따른 경우: 읍니다 → 습니다 / 모다 → 모두

7. 한글 표기를 원칙으로 하여 원본의 한자는 모두 한글로 고쳤다. 필요한 경우에는 ( ) 안에 넣어 표기하였다. 본문에는 없으나 뜻이 통하지 않는 부분에 글자를 부기한 경우[ ] 안에 넣었다.

8. 장음의 표기 구분을 하지 않는 현대 표기법에 따라 장음 기호 '─'는 생략하였다.

9. 책·잡지 부호는 『 』, 책 속 작품명은 「 」, 희곡, 영화명은 〈 〉, 대화·인용은 " ", 생각·강조는 ' '으로 표시하였다.

사상의 월야

사상의 월야[1]

1. 첫달밤

> 달아 달아 밝은 달아
>
> 이태백이 노던 달아
>
> 저기 저기 저 달 속에……

섬 하나 없는 바다 끝에서 고운 촛불 피듯 올려 솟던 달은 삽시간에 동그라니 물 위에 따로 떴다.

아이들은 노래를 그치고 찰각찰각 손뼉을 친다. 물이 흐를 것 같건만 달은 조금도 젖지 않았다.

> 초가삼간 집을 짓고
>
> 양친 부모 모셔다가……

---

1 「사상(思想)의 월야(月夜)」는 1941년 3월 4일부터 1942년 7월 5일까지 매일신보(每日申報)에 연재된 작가의 자전적 소설이다. 신문에 연재된 것은 일가의 러시아 망명에서부터 주인공의 동경유학생활까지를 다루고 있지만 후에 단행본으로 간행할 때에는 현해탄을 건너는 부분에서 끝맺고 있다. 여기에서는 1946년 11월 을유문화사(乙酉文化社)에서 발행한 단행본으로 텍스트를 삼았으며, 삭제된 후반부는 깊은샘에서 발행한 『원본 신문연재소설전집(原本 新聞連載小說全集)』을 텍스트로 삼아 수록하였다.

송빈(松彬)이는 아직 노래를 따라 부를 줄 모른다. 동네 아이들이 다 투어 제 짝이 되어 주나, 오늘 저녁에는 누나가 옆에 없는 것도 좀 풀이 꺾인다. 혼자 우드머니[2] 아직도 골로신(아라사[3] 고무신) 바닥이 따스해 드는 모새[4]에 발을 묻고 달만 바라본다.

달은 누가 하늘에서 끌어올리는 것처럼 우쭐우쭐 솟는다. 달은 바라볼수록 두 눈 속이 그득 차 버린다. 눈을 감으면 도리어 더 이글이글한 달이 핑핑 돌아서 쓰러질 것 같다. 눈을 뜨면 그 달은 쏜살같이 바다 끝 하늘가로 물러나간다. 다시 한참 보면 달은 도로 커진다. 채반만 하도록 커지는 것 같다. 한번은 할머님께서

"달이 무엇만치 커 뵈니?"

물으셨다. 누나는

"합(솥)뚜껑만큼."

하고, 냉큼 대답했는데 송빈이는 무엇만큼 큰지 얼른 비교가 생각나지 않아 달만 그저 쳐다보노라니까, 다시

"은전만 허지?"

물으셨다.

"응."

"예끼 녀석? 그렇게 작어? 채반만 해 뵈지 않어? 생선 말리는 채반?"

"참! 그래 그래!"

해서 할머님 아버님 어머님 그리고 정서방까지 모두 웃으셨다. 그런데

---

2 우두커니.
3 '러시아'의 옛 명칭.
4 모래의 방언.

오늘 저녁에는 달구경들도 아니하고 자꾸 울기들만 할 것이 어린 속에도 은근히 걱정이 된다.

"사람은 왜 죽나? 아버지는 정말 죽었을까? 오늘 땅 속에 묻은 그 관이란 것 속에는 정말 아버지가 들어 있었을까? 그럼 어떻게 하늘로 올라가나? 산소에 가 제사를 자꾸 지내면 연기처럼……."

달은 갑자기 즐겁기보다 슬퍼 보이고, 좀 무서워까지 보인다. 바다에는 잔물결 하나 일지 않는다. 그 위에 달그림자는 부드러운 비단을 깔아 나간 것처럼 으리으리하다. 갈매기 소리가 어디서 난다. 그러나 갈매기는 보이지 않는다. 송빈이는 할머님과 어머님께서 이 바닷가에 나와 서실 때마다 구름만 뭉게뭉게 떠 있는 바다 끝을 바라보면서 '우리게는 지금 무슨 꽃이 폈겠다! 우리게는 지금 무슨 나물 무슨 과일이 한창이겠구나' 하시던 생각이 난다.

"저 달 돋는 데가 '우리게'라는 델까?"

송빈이는 어느 쪽이 그 '우리게'라는 데인지는 모르나 '우리게'에 대한 몇 가지 인상은 머릿속에 가졌다. 뒷동산에 올라갔던 정서방이 시뻘건 진달래꽃을 한 뭉치 꺾어다 주던 것, 칠월이 등에 업혀 장독대에 올라 뭉얼뭉얼한 물앵두를 따 먹던 것, 그리고 어딘지 아버지께서 고을살이 하시는 데서 가져왔다는 빛은 고우나 몹시 뿌드드한 감을 먹던 것…….

"여기는 왜 앵두나무도 없을까?"

이런 생각을 하는데

"송빈아?"

하고 옆에 와 서는 아이가 있다.

"송빈아? 너어 아바이(아버지) 죽었지야?"

송빈이는 얼른 대답하지 못한다.

"오늘 너어 아바이 산에 가져다 묻었지야?"

"그래."

"어찌 묻덩야? 응? 우리 낼 영장으 허는 작난으 허까?"

"관이 있어야지?"

"관으? 널루서 맨든다지?"

"응, 저 배 맨드는 거 같은."

"관채루 땅 속에 넣더야?"

"그럼 뭐."

"그리구서리 막 흙으루 덮구 마감엔 산처리 둥그게 만든다지?"

"그래."

"너 너어 아바이 죽는 거 귀경했니?"

송빈은 고개를 저었다.

"귀경은 못했구나?"

"난 잤어."

"너어 집이선 어째 너어 아바이레 먼저 죽었능야?"

"너어 집에선?"

"우린, 우리 할아방이레 먼저 죽었다. 그래서 우리 아바인 안죽⁵ 살지 않았니?"

송빈이는 달이 그득한 눈을 잠깐 껌벅거리고 생각해 낸다.

---

5 아직.

"우리집엔 할아버지가 없으니깐 그렇지."

"그러믄 너어 할마이레 죽어야 헐 거다."

"뭐? 우리 할머니가?"

"그래."

"이 자식이?"

송빈이는 저보다 서너 살이나 위인 아이에게 때릴 것처럼 대든다.

"야! 과연 우뿌네[6]? 뉘귀든지 늙웅이레 먼저 죽는 것도 모릉이?"

"……."

송빈이는 다만 가슴이 울멍해 물러섰다.

아버지가 돌아가시어 집안이 온통 울음 속에 있되, 눈물 한 방울 나와 보지 않은 송빈이에게 할머님만은 죽는다는 말만으로도 저윽 가슴에 파동이 생긴다. 송빈이는 실상 이런 할머님도 외할머님인 줄도 모르고 자란다.

송빈이는 지금 여섯 살이다. 그의 아버지가 돌아가신 이곳은 또 송빈이가 할머니도 어머니도 옆에 없이 저 혼자 달을 쳐다보며 비록 단순한 것이나마 달밤에 생각을, 인생의 생각을, 처음 경험해보는 이곳은 동북 국경에서 그리 멀지는 않으나, 두만강(豆滿江)을 건너 아라사 땅 해삼위(海蔘威)[7]의 해안에 있는 조그마한 어촌이다. 함경도 사람들이 해수애라고 부르는 우라지오스도크까지는 조금 못 미처, 조선사람들끼리만 언제부터인지 십여 가호 모여서 사는 이름도 똑똑치 않은 촌락이다. 앞에는 바다, 뒤에는 중턱까지 밭이랑이 누비줄처럼 난 비스듬한 구릉

---

6 '우습다'의 함경도 방언.
7 '해삼위'와 '해수애', '우라지오스도크'는 모두 블라디보스토크의 국한문 명칭.

(丘陵)들, 그리고 해수애 쪽으로나 쳐다보아야 이국적(異國的)인 이층집 한 채가 머얼리 바라보인다. 여기 사람들은 그 흰 벽과 유리창이 뻔쩍거리는 집을 마우재네 집이라 불렀다. 나중에 알고 보니 아라사 사람들을 통틀어 마우재라 일컫는 것이었다.

송빈이는 그것이 중국말로 모자(毛子)를 의미하는 것인 줄은 아직 몰라도, 퍽 천하게 여겨 부르는 줄은 짐작되었다. 여기 사람들은 그 '과연' 소리를 많이 쓰는 껵센 사투리로 아라사 사람들의 흉을 곧잘 보았다. 마우재들은 닭을 잡을 줄 몰라 산채로 털을 뜯는다느니, 소를 잡아도 내장은 해 먹을 줄 몰라 버린다느니, 기름이라면 도야지 비끼⁸는커녕 누린내가 나는 불 켜는 육초까지 떡 베먹듯 한다느니, 아주 짐승처럼 미개한 인종인 양 흉들을 보았다. 그러나, 송빈이는 알 수 없는 일이었다. 천하게 부르는 마우재의 집이라고는 하지만, 흰 벽에 유리창을 한 이층집은 이 동네 어느 집보다도 훌륭할 것 같았고, 어쩌다 그 마우재 아이들이 마차를 타고 큰 개를 여남은 마리씩이나 데리고 이 동네로 생선을 사러 오면 그들의 눈과 머리털은 딴은 무슨 짐승 같기도 하나, 옷과 신발이 눈부시게 고울 뿐 아니라 마차도 여기 사람들의 '술기'보다는 이쁘고 깨끗하였고, 더구나 새하얀 쇠로 실패 만하게 만든 것인데 입에다 대고 이리 밀고 저리 밀고 하면서 불면 소리가 나는 것은, 그 맑고 쨍쨍하고 그리고도 우렁차기까지 한 신기한 음향이란 단박에 꽃이 피고 무지개가 돋는 듯 황홀한 것이었다. 또 듣건대 이 근처 땅은 모두 언덕 위의 마우재네 것인데 저희가 미처 갈 수가 없어 버려두는 것을

---

8 비계.

조선사람들이 아무 세도 내지 않고 붙여먹는다는 것이었다.

송빈은 무엇보다, 그 소리 나는 실패가 가지고 싶었다. 송빈이가 조르면 무엇이든 들어 주시는 할머님더러 그것을 사 달라 하였다. 할머님은 해수애로 가기 전에는 살 수가 없노라 하셨다. 울며 떼를 쓰니까, 아버님 옆에서 약시중을 드시던 어머님은

"인제 아버지께서 나시면 우리가 아주 해수애루 살러 간단다. 그럼 그것뿐일까, 손풍금[9]꺼정두 사 주구……"

하셨다. 그리고 아버지께서도 기침을 참으시며 낮은 목소리로

"그러게 오늘은 아버지처럼 너두 머릴 깎자. 머리꼬릴 달구 해수앨 가면 올챙이라구 놀린단다."

하셨다. 아버지와 어머니께서는 진작부터 깎자고 하셨다. 송빈이는 아이들이 놀릴까봐 싫었는데 할머님께서 편을 들어 반대해 오셨다. 송빈이로는 못 알아들을 소리나

"너이 아버지가 타국 갔다 머리 깎구 오더니, 개화니 역적이니 허구 몰려, 여기꺼정 왔단다."

하시며, 머리만 깎으면 이 어린 손주까지도 무슨 변을 당할 것처럼 겁을 내시는 것이었다.

그러나 할머님도 이날만은 더 말씀이 없으신 데다가 아버님께서 다시 그것이 무슨 큰일이기나 한 것처럼 송빈이를 뚫어지게 보시다가

"내 속 답답헌 게 네 머리 하나 깎아 놓는다구 틔이랴만……."

하시더니 갑자기 흑흑 느껴 우시는 것이었다. 어머님도 같이 우는 것

---

9 아코디언의 옛말.

이었다. 그러더니 이날은 그예 가위를 찾아드시고 할머님 들으시라고

"인제 송빈이 열 살만 넘어 보슈. 그땐 안 깎는 아이가 숭이 될 테니."

하시며 송빈이의 머리를 깎으려 드셨다. 할머님은 펄쩍 뛰셨다.

"너이 자식 너이 소원대루 깎긴 깎어라만, 네가 지금 만삭이 다 됐는데 그런 깜찍스런 가새질이 당했니?"

하시고 딸의 손에서 가위를 빼앗아 손수 외손자의 당기를 끄르고 귀밑머리부터 자르기 시작하였다. 할머님의 손은 부들부들 떨렸다. 송빈이는 아침마다 세수하기가 싫었고, 세수보다 몇 배 싫은 것은 머리 빗는 것이었다. 이 싫어 달아나곤 하는 외손자의 머리를 빗기기 위해서는 할머님은 빗접[10]을 내리기 전에 먼저 송빈이가 좋아하는 달걀부터 삶아가지고 보이시곤 하였다. 그렇게 힘들여, 그렇게 타일러, 정성들여 기르던 머리를 제법 치렁치렁한 다음 갑사 당기[11] 한번 뻣뜻하게 들여주어 보지 못하고 잘라 버리는 그 머리가 아까와서 뿐 아니라, 이 외할머님의 손이 떨리는 데는 더 깊은 근원이 더 멀리 있는 것이었다.

이분은 소생이 딸 하나밖에 없었다. 그때, 강원도 철원(鐵原) 인근에서 '육부자네'라 하면 한 문중에 여섯 부자가 모여 사는 용담(龍潭) 이 씨(李氏)네를 가리킴이었다. 그중에서도 제일 큰 부잣집으로 딸을 보냈다. 딸의 덕으로 궂은 것은 아니 자셔도 되고, 껄끄러운 것은 아니 입어도 되게 되었다. 더욱 사위는 초년부터 서울 출입이 잦더니 이내 벼슬에 오르기 시작하였다. 딸은 멀리 완영(完營=全州)에까지 남편의 임소를 따라 좇을 때, 이 외로운 친정어머님까지 호강으로 모시고 다녔다. 나중

---

10 빗, 동곳이 등을 넣어두는 기구.
11 갑사댕기. 갑사(비단옷감의 일종)로 만든 댕기.

에 사위가 덕원감리(德源監理)로 원산(元山)에 부임한 뒤로는 서울서 동대
문 밖 나서서는 모두 자기 사위의 천지인 듯, 안하에 걸리는 사람이 없
었다. 그러던 사위가 무슨 일로인지 집에도 들르지 않고 서울 직행을
몇 번 하더니 갑자기 살림을 족치기 시작하는 것이었다. 종갓집 재산
이라 알톨 같은 땅뿐인 것을 허둥지둥 헐값에 넘겨, 십 전짜리 은전과
두 돈 오 푼(二錢五分)짜리 백동전으로만 소에 다섯 바리를 싣고 서울로
떠났다. 석 달 뒤에 낭아사끼[12]라는 데서 편지가 오고, 또 석 달 뒤에 고
오베[13]라는 데서 편지가 오고는 이태 동안이나 소문이 끊어졌다가, 하
루는 어슬어슬한 저녁때인데, 웬 지나가던 초상상재 하나가 마당에서
그때 다섯 살 나는 송빈이를 한참 들여다보더니, 그의 손목을 잡고 중
문 안으로 들어서는 것이었다. 모두 눈이 둥그럴 수밖에 없는데 방갓
속에서 나타나는 얼굴은 송빈이의 아버지였다. 송빈이의 조부모님이
작고하신 지가 오래니, 그가 상복을 입을 리가 없다. 그런데 얼굴이 초
라는 해졌으나마 송빈이의 아버지임엔 틀림이 없다. 두건을 벗는데 보
니 머리가 깎여 있었다. 중처럼 삭발이 아니라 비뚜로 가리마를 타서
양쪽으로 제끼었고, 여가리[14]만 옅게 돌려 깎은, 여기 사람들은 처음
보는 머리였다. 웬일인지 대문을 초저녁부터 걸게 하고 하인들에게까
지 자기의 돌아옴을 숨기라 하였다. 다만 삼촌 되시는 분만 한 분 오시
게 해서 첫닭이 울도록 중얼중얼 하다가는 두 분이 손목을 잡고 소리를
삼켜 우시곤 하였다. 그러더니 아내와 장모님을 불러 놓고 집과 땅 좀

---

12 일본 규슈의 나가사키 현.
13 일본 효고현의 군청소재지.
14 언저리.

남은 것을 마저 판다 하였고, 이제 간도가 어디인지 간도라는 데로 가서 이 철원보다, 서울보다도 더 큰 대처를 만들고 여기 일가친척까지라도 다 데려간다고 하였다. 이번에는 우선 내 집만은 솔가를 하여 갈 것이니 장모님은 마음대로 하시라는 것이었다. 그리고 모든 준비를 삼촌께 맡기고 날이 밝기 전에 오십 리나 되는 보개산(寶蓋山) 절로 피신을 하였다. 그런데 하루만 지체하였더라도 집에서 잡힐 뻔하게 곧 의병들이 몰려들었다. 대소가가 발칵 뒤집혔다. 이 아무개를 내놓지 않으면 동네를 온통 불을 지르겠다고 위협을 하는 것이었다.

돈과 필육과 소를 몇 마리씩 잡는 잔치로써 불질은 면하였으나, 어찌어찌 수소문을 하였던 의병들은 보개산까지 달려가 송빈이 아버지를 그예 붙들고 말았다. 이 씨 감중에서 먹은 것이 있는지라 당장에 물고는 면하였으나 초벌주검이 되리만치는 혹독한 감초를 당했다. 개화당은 둘째요 역적이란 이름만 붙는 날에는 전 문중이 결단나는 판이라, 의병 대장의 속이 흐뭇하도록 막대한 돈을 거둬 바치고 피투성이 된 전날의 이 감리를 들것에 담아 찾아왔다. 의병패는 한 패만이 아니었다. 또 저희끼리 무슨 연락이 있는 것도 아니었다. 다른 패가 몰려들면 다시 똑같은 변을 당해야 한다. 이 감리는 겨우 호정출입이나 하게 되자, 부랴부랴 고향을 떠났다. 덕원감리란 개항원산(開港元山)의 외교행정관이라, 아라사 영사관에는 전날에 면분이 있다. 아라사 배만 얻어 타면 우선 우리지오스도크로 갈 수 있고 거기 가서는 구라파 직계의 문명을 시찰하면서, 한편 사방에 흩어져 있는 동지들과 연락해 가지고는 서울의 완미한 세력권에서 멀리 떨어져 있는 서북간도 일대(西北間島一帶)를 중심으로 거기 널려 있는 조선사람들을 모아 가지고 일본의 유신과 상

응하는 이곳 유신을 일으킬 큰 뜻을 이 감리는 그 응혈진[15] 가슴 속에 깊이 품었던 것이다.

이런 이 감리의 속을 그의 아내로도 완전히 터득하지 못하였거늘, 어찌 그의 장모님이 이해할 수 있었으랴. 다못[16] 하나밖에 없는 딸이 이름도 못 들던 되땅[17]으로 영주하러 간다 하니, 이번에 나뉘면 영 이별이 되고 말 것이요, 더구나 전처럼 재물을 넉넉히 지니고 떠나는 것도 아니요, 비복들이 제대로 좇아가는 것도 아니다. 심복 정서방 하나가 따라가니 딸의 시중은 들어줄 사람도 없거니와, 아이들은 단지 오누이나, 첫아이 때부터 낳아서는 유모와 이 외할머니께 맡겨 딸 송옥(松玉)도 아들 송빈이도 저희 어머니보다는 외할머니의 품을 더 따르는 터라, 살지 않아 죽는 데로 간다 한들 따로 떨어져 남을 수는 없는 정리였다. 그래 환갑이 지난 노인으로 부담말[18]로만 원산까지 오는 길도 힘들었거니와, 원산서부터 탄 화륜선에서는 멀미로 며칠이 걸렸는지도 모르게 정신을 잃었었다. 그러나 와서 보니 끝까지 정신을 못 차리는 것은 누구보다도 사위였다. 의병들의 총개머리에 사정없이 짓이겨진 그의 가슴은 속으로 든 병이 더 큰 듯하였다. 아라사 사람의 의원이 며칠 다니더니 이런 대처에는 있지 말고, 공기 좋고 한적한 바닷가로 가서 정양하라고 이르는 것이었다. 그리하여 한적한 어촌을 더듬어 나온 것이 이 조선사람들끼리의 이름도 똑똑치 못한 어촌에까지 흘러온 것이다.

"저사람 하나 넘어지는 날은?"

---

15 응혈지다. 마음속에 쓰라린 고통이 생기거나 있다.
16 다만.
17 '중국', 혹은 '만주'의 속된 표현.
18 말 잔등에 자그마한 농짝을 싣고 사람이 타도록 꾸민 말.

장모의 가슴은 앓는 사람보다 더 암담하였다. 일가친척 하나 없는 만리타국, 가지고 온 돈은 하루하루 줄어들고 어디가 동인지 서인지도 분별 못하는 노유(老幼)[19]들뿐일 뿐, 사위 하나 넘어져 버리는 날엔 무슨 귀신의 밥들이 될지 모른다. 어린 외손자의 머리를 기어이 깎는 것조차 어떤 불길한 예감만 엄습해 온다. 떨리는 손은 가새질을 제대로 할 수가 없었다. 머리를 감자, 송빈이는 거울도 보기 전에 아버지께부터 불려갔다. 뼈만 남은 아버지의 손은 어린 아들의 깎은 머리를 팔이 떨릴 때까지 어루만졌다.

"이제 해수애로 가면 기계로 깎는단다. 인제 사뽀[20] 사 쓰구…… 공부허구…… 이 애비 뭣허러 여기 왔는지도 알어야 허구…….."

그러나 이 아버지는 하룻날 웅기(雄基)서 들어온 행인에게서 무슨 소문을 들었던지, 땅을 치면서 통곡을 하였고, 이날부터 병이 갑자기 덮쳐 그만 이 아들의 깎은 머리 위해 사뽀를 한 번 씌워보지 못한 채, 하와이, 고오베, 낭아사끼, 서울 등지에 널려 있는 동지들에게 소식 한 장 전하지 못한 채 불붙듯 급한 이상을 품기만 한 채 밤중 달 걸친 파도소리 고요한 이국 창 밑에서 삼십오 세를 일생으로 한 많은 눈을 감고 말은 것이다.

할머니는 송빈이를 돌아간 이의 한낱 아들이라, 나이는 어리고 머리도 풀 것은 없더라도, 삼태두리나 만들어 씌우고 중단[21]이나 지어 입혀 쓸쓸한 행상을 따르게 하려 하였으나, 송빈이 어머니는 이를 듣지 않

---

19 노인과 아이.
20 사포. 전립을 속되게 이르는 말.
21 남자의 상복 속에 입는 소매가 넓은 두루마기.

왔다. 미거한 것을 상제 노릇을 시키는 것은 천진한 의기를 꺾는 것인데, 더욱 남편의 최후 부탁이 앞으로 어떤 고난 속에서든 아이들의 의기만은 꺾지 말고 길러 달라는 것이었다고 하였다.

이리하여 송빈이는커녕 아홉 살 난 송옥이까지 아버지 장례 날은 아침 일찍부터 한 이웃집 부인에게 업히고 손목을 끌리고 하여 나불녘(바닷가)으로 나왔다. 조개껍질을 주우며 열기(해당화열매)를 따며 놀았으나 어머니도 할머니도 모두 산으로 가시는 눈치라 송옥과 송빈이도 그리로만 가자고 졸라 기어이 아버지 산소 가까이까지 와보았다. 그때가 마침 하관(下棺)하는 때라, 이웃집 부인은 특히 송빈이를 높이 안아 올려, 그 허연 관이 여러 사람들의 벳줄에 실려 가라앉듯 땅 속으로 들어가는 것을 먼 발치서 보여주었다. 그리고 할머니는 어머니 우시는 것을 달래고 정서방은 할머니 우시는 것을 말리는 것도 가얌[22]나무 그늘 사이로 또렷이 볼 수 있었다. 굵고 여문 가얌이 퍽 고소하였으나, 송옥도 송빈이도 어쩐지 모르게 한심스러워서 따 주는 것을 먹지 않고 두 손에 움켜쥐고만 있었다. 나중에 송옥이는 엉엉 울기 시작하니까, 그 이웃집 부인은 질색을 하며, 오늘 너희들을 울리면 안 된다고 신신당부를 받았다고 쉬이쉬이 달래며 도로 해변으로 데리고 와 버린 것이다. 달은 여름달이면서도 여러 날 저녁을 내려 밝았다. 초저녁에는 흐렸다가도 밤중에는 으레 맑아지는 것처럼 송빈이가 어머님과 할머님과 두런두런 말씀하시는 소리에 깨어 보면, 달은 창문이 훤언하게 비쳐 있었고, 파도소리가 처음 듣는 소리처럼 귀에 설게 들려왔다. 그리

---

22 개암.

고 늘 아버지가 누워 계시던 자리에는 어머님이 누우셨다. 잠들었던 정신을 가다듬고 가만히 생각하니, 참 아버지는 돌아가셔 안 계신 것이요, 어머니와 할머니께서 밤 깊도록 자지 않으시고 이야기하시는 것은 어렴풋하나 앞으로 어떻게 살아가나 하는 걱정들 같았다. 그렇게 생각하면 송빈이도 저도 엄마나 할머니처럼 그런 걱정을 하는 것이 착한 일인 것 같기도 했다. 엄마와 할머니는 한참이나 잠잠하시다. 송빈이는 가만히 둘러보았다. 어쩌면 누나가 할머니의 이편 젖까지도 모두 끌어안고 잔다. 할머니가 가운데 누우시면 저편 젖만 누나해요 이편 젖은 내해였다. 서로 제해만 만지기인데 누나가 이편 젖까지 끌어안았다. 송빈이는 버럭 누나의 손을 떠다밀었다.

"너 안 자는구나?"

할머니가 놀라신다.

"내 젖……."

"이 녀석아, 나이 몇 살인데."

하시며, 이날은 어머님이 송빈이를 끌어가신다. 볼기짝을 뚜덕뚜덕 하시더니 가슴에 꽉 끌어안으셨다. 한참이나 그냥 놓지 않으시어

"아아 답답해."

하니까야 놓으셨다. 어머니의 눈은 어스름한 달빛에도 번쩍번쩍 빛이 났다.

그 후 한 달이나 되었을까, 송빈이네는 정서방을 해수애로 보내 조선으로 돌아가는 조선 목선(木船) 한 척을 이 나루로 끌어들였다. 소나무가지를 많이 찍었다. 배 제일 우묵한 칸에 깔더니, 언제 파 왔는지 흙물도 채 들지 않은 아버지의 관을 그 속에 실었다. 그 후에 다시 솔가지

를 덮고 이삿짐까지 내다 싣고 송빈이네는 아라사 땅을 떠나고 말았다.

바람을 잘못 만나면 하룻길도 열흘이나 걸리는 범선(帆船)이라 며칠이 걸릴는지, 또 어느 항구까지 가는지, 송빈이도 알지 못한다. 하루는 파도가 세차게 일었다. 멀미를 안타는 송빈이도 일어서면 곧 쓰러지고 구르고 하여, 밥도 사공이 긁어다 주는 누룽갱이²³만 먹으면서 종일 할머니 팔만 붙들고 누워 있었다.

이날 밤이다. 비까지 뿌렸다. 파도는 점점 거세어졌다. 방아 찧듯 하는 뱃머리를 파도는 때린다기보다 집어삼키곤 하였다. 어찔하고 내려갈 때는 영영 바다 밑으로 가라앉는 것 같아 소름이 오싹해지면 배도 무슨 혼령이 있어 악을 쓰고 싸우는 듯 용하게 다시 올려솟곤 하였다. 올려솟을 때마다 배 위에 휩쓸렸던 물은 쏴르르 좌우 쪽에서 폭포 쏟아지는 듯하고, 돛대에서 닝닝 바람소리와 무슨 기명 구르는 소리들, 송빈이는 무엇보다도 그 소리들이 무서웠다. 어른은 일어나 앉기만 해도 정수리가 닿는 뱃간, 여기저기서 바닷물은 뚝뚝 철철철 떨어졌다. 뒤집어쓴 이불들이 온통 허끗허끗한 소금번개 앉은 간수로 뒤집혔다. 할머니와 어머니는 사흘째나 홍삼 한쪽씩만 물고 계실뿐인데, 하필 이 파도 제일 세찬 날 밤을 타서 어머니는 산기가 동하는 것이었다. 하필 이날을 타서라기보다 만삭된 모체가 격렬하게 동요가 되니 견딜 수가 없어 불시에 태동이 되는 것이었다.

해산구원을 할 사람은 할머니밖에 없다. 그런데 할머니는 쓴 물까지 게우고 자기 팔다리조차 주체를 못하도록 늘어졌다. 불을 켤 수가 없

---

23 누룽지.

다. 요강 하나 제 자리에서 붙어 배기지 못한다. 캄캄하고 소란하고 춥고, 한 길을 올려솟는가 하면 열 길씩 떨어져 바다 속으로 거꾸로 배기는 것 같은 이 협착하기까지 한 목선 선실 속에서 태모는 기어이 양수(羊水)가 터지고 말았다. 바닷물에 젖은 이부자리는 다시 양수에 휘갑이 되었다.

"이를 어쩌나?"

딸의 이 한마디 소리에 송장처럼 늘어졌던 늙은 어머니는, 역시 그래도 어머니는 어머니였다.

"삼신님두……."

원망이 안 나올 수 없었으나 칠전팔기 그대로면서도 산모보다는 몸이 날랬다. 정서방을 불러들여 촛불을 켜 들리고, 산모에게 엎치고 함께 쓰러지고 함께 구르고 하며, 아이는 궂은 물투성이를 만들었으나 아무튼 후산까지 무사히 시켜 놓았다.

"태는 갈러 뭘 하니? 태째 바다에 버리자. 그까짓 계집애년 달이 제대루 차가지구 나왔는지도 모를 거, 그거 살리려다 너 죽을 줄 알어라."

송빈이 어머니는 워낙 송옥이 때부터 이내 유모에게만 맡겨 버릇해 그런지 젖이라고 도무지 붙지부터 않았다. 앞으로 물길이 며칠이나 더 남았는지도 알 수 없거니와 내일이라도 어느 항구로 들어가 육지에 오른다 치더라도 우선 사위 시신부터 다시 감장해야 할 것이요, 산사람 다섯 식솔이 들어앉을 데도 마련이 감감한 것이다. 더욱 딸이 사위의 병구완을 일 년을 넘어 하고 나더니 그저 태중이긴 하지만 너무 화색이 없고 가끔 손발이 끓고, 감기가 잦고, 기침이 잦고, 다른 아이 때는 입맛은 그다지 잃지 않았는데 사뭇 굶다시피 하여 아이는커녕 어멈 자신이 암죽을 먹어야 할 처지였다. 젖도 없이 유모도 없이 이번엔 이 아이를 살리려다간 필시 그 어미에게 골병이 생길 것은 진작부터 은근히 걱정되던 것이었다.

"눈 딱 감구 바다에 넣어 버리자. 심청이는 애비 눈 띠기 위해 임당수에두 빠졌다는데 이 핏뎅이가 이 여러 식술 무사하게 살아나게 해 주면 좀 좋으냐? 암만해두 이 바다가 범연치가 않다……."

그러나 산모의 귀에는 새 딸의 울음소리와 파도소리도 요란했지만, 이 간곡한 자기 어머니의 말씀이 한마디도 귓속에 들어오지 않았다. 정서방더러,

"어서 나가 애 아버지께 딸 순산했습니다구 고해 드류."

하고 돌아간 유해(遺骸)조차 편안치 못한 남편 생각과, 이름 지어줄 사람도 없이 유복녀로 태어나는 막동딸의 불쌍한 생각만으로 눈물이 쏟아질 뿐이다.

날은 동이 트면서부터야 비도 개고 바람도 한풀 꺾이기 시작하였다. 산모는 사공들을 불러, 하필 청진(淸津)까지가 목적이 아니니, 어디고 가까운 나루만 짐작이 되거든 배를 붙이라 하였다. 배는 이날 아침 바위들이 줄지어 늘어서 배꾼들의 지표가 되는 '너덜령끝'을 지나고 있었다. 너덜령끝을 돌아 들어가면 배기미(梨津)라는 작은 포구가 있다. 배는 그리로 접어들어 점심때쯤 배기미에 닻을 내렸다.

산모는 무엇보다 떨려서 견딜 수가 없다. 그러나 몸을 제대로 움직일 수도 없거니와 뱃간으로 나서면 뉘 집으로 들어갈 것인가, 배가 육지에 닿자 산모는 더욱 한심스러워졌다. 워낙 작은 포구라 객주집도 없었다. 여기 집들이란 뜰아래채나 사랑채도 없이 거저 마구간과 부엌

과 안방이 한데 통해 붙은 정짓간이란 것과, 그 웃방과 고작해야 웃방 옆으로 골방이라고 한 칸이 더 붙어있는 그런 제도의 단채집들뿐이라, 단 한 칸 방을 갑자기 얻기가 만만치 않았다. 그러나 민심은 순후하여 산모의 딱한 사정을 듣고는 저희 일처럼 나서서 주선해 주는 노인들이 많았다. 저녁때가 다 되어서야 두 집에 한 칸 방씩 두 칸을 얻어 가지고 산모도 비로소 상륙을 하였고 송빈이 아버지도 우선 이날 밤으로 해변에나마 가장(假葬)을 하였다.

2. 첫 항구

이 감리의 유족은 고국으로 돌아와서의 첫 항구 배기미에서 삼칠일을 지냈다. 산모녀는 걱정하던 것보다는 충실한 편이었다. 산모는 날마다 새로 끓여오는 신선한 미역국에 국밥을 달게 먹었고 그 덕으로인지 기적적으로 젖도 과히 부족하지는 않게 나기 시작하였다. 어린애 이름은 산모 손수 바다에서 낳았다고 해옥(海玉)이라 지었다. 송옥이 송빈이 해옥이의 삼남매의 새 세대(世代)가 이 웅기만(雄基湾) 한 구석에 붙어있는 조그마한 포구 배기미에서 시작되는 것이었다. 배기미는 인천 이 감리네가 아니라 '이송빈이네'의 세상의 첫 항구였던 것이다.

배기미는 평지라고는 소청(素淸) 거리에서 내려오는 길뿐이었다. 이 길이나마 파도가 세찬 때에는 바다가 되어 버려 산등을 타고 돌아다녀야 되었다. 집들은 모두 까치집처럼 산비탈을 타고 마당도 없이 산등에 붙어 있었다. 바다는 집집마다 창마다에서 눈이 모자라게 내다보였다. 그 바다만이 여기 사람들의 무한한 밭이었다. 곡식은 산촌사람들이 무시로 가지고 와서 생선과 바꾸어 가는 것이다.

송빈이 어머니는 배기미에 묵어 있는 삼칠일 동안, 꿈속에서조차 '어찌하면 좋을까?'를 잊어버릴 수가 없었다.

"이왕 조선땅에 돌아온 김이니 일가친척들 곁으로 가는 게 옳지 않을까?"

그러나 이내

"누가 반겨할 것인가?"

이 자문에 가슴이 답답하였다. 집 한 칸 남겨 두지 못했다. 땅 한 마지기 없다. 위토(位土)가 몇 뙈기 남아 있을 뿐이니 무엇을 바라고 갈 것인가? 가여워할 사람은 시삼촌 한 분뿐인데 대소가 중에서 제일 살림이 빠지는 분이다. 전날은 재물뿐 아니라 권도로도 모두 눌려, 속으로는 잘되기보다 못되기를 바랐을는지도 모르는, 그런 일가가 오히려 많은 모양이다. 더구나 이 집 때문에 공연한 의병난(義兵亂)까지 한두 번 겪지 않았다. 그 좋은 논밭전지를, 그 좋은 세전지기물[24]을 무엇 때문에 진탕 치듯 팔아 없애는 것인가? 이 감리를 무슨 산화(山禍)가 쓰인 사람, 그렇지 않으면 한낱 바람둥이로 밖에는 볼 줄 모르던 그들이었다.

"빌어먹을 바엔 차라리 낯모르는 데서나 빌어먹자!"

더구나 남편의 다못 한 가지 부탁이, 아이들의 기를 꺾지 말고 길러 달라함이었다. 양반도 없고 부자도 없는 차라리 배기미 같은 숫된 두메가 조밥은 먹을지언정 아이들의 기는 눌릴 데가 없을 것 같았다. 그

---

24 세전지물. 대대로 전해 내려오는 물건.

리고 남편이 그처럼 재물도 목숨도 초개같이 바치던 큰 이상의 무대였던 간도(間島)에서 가까이 머물러 살지는 못하나마, 아주 멀리 돌아서 버리는 것은 돌아간 남편의 뜻에 너무나 미안하고 죄스러울 것 같기도 하였다. 그러나 배기미에서는 고기를 잡을 줄을 모르고는 살 수가 없다. 아이들을 가르칠 글방도 없다. 그래 배기미에서 빤히 올려다 보이는 소청거리로 옮아온 것이다. 여기는 청진(淸津)과 부령(富寧)서 웅기(雄基)로 들어오는 큰 길이 동네 가운데로 지난다. 객주집도 있고, 잡화상도 있고, 포목전도 있고, 또 오 리 혹은 십 리 둘레로 적은 촌락들이 널려 있어 돌림서당(書堂)도 있다. 송빈이네는 여기다 집을 샀다. 그리고 곧 정서방, 송빈이 할머니가 나서서 음식점을 시작한 것이다.

여기 사람들은 아직 녹두는 심어도 청포를 해 먹을 줄 몰랐다. 청포가 쑤기가 바쁘게 별식으로 팔렸고 밀가루가 청진서 들어오나 뜨덕국[25]이나 해 먹었지 만두나 밀칼국[26]은 해 먹을 줄 몰랐다. 찰떡은 해 먹어도 메떡(흰떡)은 해 먹을 줄 몰랐다. 그래 또 만두와 밀칼국과 떡국이 세가 나게 팔렸다. 언제부터인가 강원도집으로 불려지며

"회령읍이나 청진읍 가도 강원도집 음식만한 게 있을 쉬 있소?"
하고 강원도집 음식 솜씨는 멀리 회령 부령 청진 웅기에까지 소문이 퍼졌다. 송빈이네는 어렵지 않게 생계를 붙들었다. 이해 겨울도 송빈이 아버지를 배기미 해변으로부터 소청거리 가까이로 면례를 하였고, 송빈이는 서당에 넣었고, 이듬해 봄에는 마행(馬行)으로 이틀길인 회령읍에 새로 학교가 설립되었다는 말을 듣고, 아홉 살 난 큰딸 송옥은 어머니가 친

---

25 수제비국.
26 칼국수.

히 데리고 가서 학교선생 집에 기숙을 시키고 학교에까지 넣었다.

송빈이는 서당에 가기가 싫었다. 첫째, 할머니 곁을 떨어지기가 싫어서였다. 집에는 밤낮 떡국 만둣국이 절절 끓는다. 할머니를 보고 '흥' 한마디만 하면 '떡국?' '아니' '그럼 만두?' '누가 그까짓 거……' '그럼 달걀 삶아 줄까?' 그리도 '흥' 소리만 하면 할머니는 으레 주머니끈을 끄르셨다. 그러면 송빈이는 그 청진서 들어온 오색물감 칠한 또아리처럼 납작납작한 사탕을 사러 뛰어가곤 하였다. 어머니는 할머니 때문에 아이 버릇 나빠진다고 어떤 때는 말다툼까지 있었으나 할머니는

"그거 멕이자구 이 노릇을 허지 누굴 위해 허게."

하셨고, 서당에 가기 싫다면

"고만둬라. 이 감리의 아들이 독훈장(獨訓長)울 두고 밸 게지, 돌림서당이 당했니?"

하셨고, 송빈이가 선선히 서당에 가는 날이라도 송빈이가 보이지 않을 때까지 한곳에 서시어 눈물을 지으셨다. 이런 할머니의 곁을 잠시라도 떠나는 것이 싫었고, 둘째로는 선새미(선생)도 아이들도 모두 마음에 들지 않았다. 말투가 모두 달랐다. 송빈이가 듣기에는 저희들 말이 우스운데 저희들이 도리어 송빈이가 뭐라고 하면 와하하 웃었다. 머리도 송빈이만이 깎아서 놀림이 되었다. 셋째로는 공부에 재미가 없었다. 천자(千字)를 배우는데 정신만 차린다면 열 번만 읽고 열 번만 써 보아도 대뜸 하루치는 외일 것 같았다. 그런데 정신을 차릴 수가 없었다. 이십 명이 넘는 큰 아이들이 코가 책에 닿도록 숙였다가, 뒤통수가 벽에 부딪도록 제꼈다가 방아 찧듯 하며, 제가끔 핏대를 세우고 소리소리 지르는 것이다. 공부가 아니라 그냥 아우성들이다. 송빈이는 암만 소

리를 질러도 제 소리가 제 귀에 들어오지 않았다. 정신을 들일 수가 없다. 머엉하니 앉아 있으면 길다란 물푸레 회초리가 책을 와 딱 때린다. 그러면 노존나무를 껍질처럼 넓게 오려 결은 자리에서 펄썩 먼지가 일어난다. 먼지에 코를 찡그리면 회초리는 등어리를 와 딱 때렸다. 그러면 송빈이는 어떤 때는 참고 아무 소리라도 내며 몸짓을 해 보다가도 정 맞은 데가 아프면 그만 소리를 내어 울었다. 그러면 다른 아이들 글소리가 뚝 그친다. 선생은 눈이 힐끔해

"이이놈아 어째 우능야?"

한다.

"드끄러²⁷ 어떻게 읽어요?"

하면

"무스거?"

하고 외국 사람처럼 의사가 통하지 않는다. 그래 송빈이는 천자 한권을 다 떼고도 실상은 단 백 자도 제대로 몰랐다. 어머니가 이것을 아셨다. 곧 선새미를 찾아가 우리 애는 다른 책 배는 게 급하지 않으니 몇 해가 걸리든 우선 천자 한 권만이라도 모르는 자가 하나도 없을 때까지 되풀이해 달라고 하였다. 송빈이는 다 뜯어진 천자책을 다시 첫머리부터 배우게 되었다. 아이들이 모두 놀렸다. 어머니께서도

"저 녀석이 커서도 저렇게 둔하면 뭣에다 쓰나?"

하고 정말 은근히 걱정하시는 눈치였다. 그러나 할머님만은 언제든지 송빈이 편이었다.

---

27 시끄러워서.

"걱정 마라. 송빈이가 여기 애들만 못할까봐! 속이 어떤데?"

"어머닌 두둔할 걸 두둔허슈. 그럼 같이 들어가 같이 천잘 시작한 애는 지금 『사략(史略)』을 줄줄 외는데, 저건 밤낮 천자구, 두 번씩 배는 천자두 밤낮 강(講)에 맥히니 남부끄럽지 않우? 저이 아버지가 계셔 보? 저 녀석이 저러구 종아리가 성해날 거유?"

"사람은 크는 걸 뵈얀단다. 뜬쇠가 달믄 더 뜨건 법이야."

하시고 할머니는 끝까지 송빈이 편이었다. 할머니만은 꼭 제 속을 알아주시는 것 같았다. 『사략(史略)』을 두 장 석 장씩 한자도 틀리지 않고 외워바치는 아이를 모두 신동(神童)이라고 칭찬을 하나, 송빈이는 속으로만 결코 그 애가 무섭지 않은 어딘지 자신이 솟았다. 그리고 할머니의 그 '속이 어떤데' 하시던 말씀을 무얼로나 표적을 내어 어머니를 꼼짝 못하게 해 드리고 싶었다. 그래 하루는 점심 먹으러 집에 왔다가

"엄마, 내 글 하나 질게 볼 테유?"

하였다.

"예끼 녀석, 천잘 이태씩 배는 녀석이 게다가 글을 지어?"

그러나 할머니는

"그래 어디 왜 개가 글을 못 져?"

하시며 송빈이가 글 짓는 것을 보시기나 한 것처럼 횡하니 벼루집을 들고 오셨다.

벼루집은 음식 외상 나가는 것을 어머니께서 치부하시는 데 쓰시는 것인데, 벼루에 먹이 흥건히 갈려 있었다. 벼루를 보니 송빈이는 생각나는 것이 있다.

"엄마 내가 글 지문 그 복숭아연적 줄 테유?"

아버지께서 쓰시던 사기 천도연적(天桃硯滴)이 송빈이는 장난감 같아서 진작부터 가지고 싶었던 것이다.

"잘만 짐 주구말구."

송빈이는 붓을 들어 백노지[28] 두루마리에 이렇게 써 놓았다.

"천자재독아(千字再讀兒) 만문부독지(萬文不讀知)."

할머니는 오히려 언제든지 송빈이 편이면서 송빈의 글을 모르셨다. 그러나 어머니는 이만한 문은 알아보신다. 어머니는 정말 놀라워하셨다. 돼지를 잡게 하시고, 떡을 치게 하시고, 훈장님과 서당아이들을 모두 청하고, 추후로 미뤘던 천자책마지(책을 떼는 기념잔치)를 당장 차린 것이다. 그러나 송빈이가 정말 가지고 싶어 하는 천도연적은 주지 않으셨다.

"너이 아버지 쓰시던 거라군 이 연적 하나뿐이다. 네가 인제 커서 이런 걸 애낄 만하게 됨 주구말구."

송빈이가 천자를 아주 떼자 봄이 되었다. 여덟 살 나는 봄이다. 여름이면 으레 귀글(詩文)들을 가르치는 것이다. 미리 송빈이는 천자 다음으로 대뜸 당시(唐詩)를 배우기 시작하였다.

'가련강포망(可憐江浦望)'을 아무리 불러도 그 뜻은 알 수가 없었다. 그러나 단조한 천자를 읽기보다는 즐거웠다. 분명치는 못하나 '지재차산중(只在此山中)'이언만 '운심부지처(雲深不知處)' 같은 것은 정말 구름 자옥한 큰 산을 건너다보며 읽어 그런지, 어느만큼 정취조차 느껴지는 것 같았다. 그리고 송빈이는 글짓기가 재미있었다. 서당에 차츰 정이 들었

---

28 하얀 갱지.

다. 더구나 화전(花煎) 놀이 가는 날은 일 년 중 제일 즐거웠다. 여기는 사월 파일 때나 되어야 진달래가 만개를 한다. 파일놀이로 화전놀이들을 가는 것이었다. 부형들은 찹쌀가루와 참기름과 솥을 가지고 오고, 학동들은 사판(沙板)을 들고 꿀벌이 닁닁 나는 길이 넘는 꽃바다 속에 들어 주먹만큼씩 소담스런 진달래를 따는 것이다. 여기 서당에는 분판(粉板)이 없다. 의걸이 서랍처럼 운두가 얕게 나무그릇을 만들고 거기다 모래를 담고 붓대만큼 굵은 싸리를 다듬어가지고 모새에다 글자를 쓰는 것이다. 쓰고는 흔들고, 흔들고는 쓰고, 이것이 '사판'인데 사판은 개를 잡는 여름처럼 천렵에서는 개고기에 양념을 무치는 고기 그릇도 되고, 꽃을 따는 화전놀이에서는 꽃목판도 되는 것이었다. 꽃숲에 앉아 먹는 꽃 지진 떡은 기름내가 아니라 그냥 꽃향기였다. 꽃향기가 창자에 그득 차면 꽃시회(詩會)가 열린다. 아이들은 관주(貫朱)[29]를 받으면, 종이나 붓이나 먹이나 상(賞)을 탄다. 송빈이의 오언(五言) 두 수는 제법 큰 아이들의 것을 제쳐놓고 구마다 관주를 받았다. 종이와 붓을 탔다.

"할머니서껀 어머니서껀[30] 얼마나 용하다고 하실까!"

송빈이는 달음질하여 집으로 돌아왔다. 물론 할머니도 어머니도 매우 기뻐하시며 칭찬하셨다. 그러나 어머니는 자꾸 눈물을 지으셨다. 어머니는 요즈음 점점 더 누워 계시는 날이 많으셨다. 이날도 세수도 안하시고 머리도 안 빗으시고 누워 계시다가 송빈이가 상을 타온 바람에 자리에서 일어나셨고, 그리고 한참 뒤에 눈물을 닦으시고야 세수를 하시고, 머리를 빗으시고 새 옷까지 꺼내 입으시더니, 송빈이를, 그 지

---

29 글이나 시를 꼼꼼히 따져보고 잘된 곳에 치던 동그라미.
30 할머니랑 어머니랑.

어 가지고 온 시와 타 가지고 온 상을 그대로 들리고 아버지의 산소를 가자 하셨다. 아버지의 산소는 배기미 쪽으로 한참 내려가면, 바른편으로 바다 가까이 극히 얕은 해당화 숲을 지나, 잔디가 성기게 밟히기 시작하는 도두룩한 언덕이었다. 동그스름한 바다를 향한 석물(石物) 하나 없는 외로운 무덤, 어머니는 아들의 시와 상을 봉분 앞에 가지런히 놓게 하고 절을 시키셨다. 잔디와 모새에 손바닥이 따끔따끔 하였으나 그런 것을 참는 것이 아버님의 혼령을 즐겁게 해 드리는 것 같았다. 절을 마치고 나니 어머니는 이내 얼굴을 바다 쪽으로 돌리셨다. 속으로 우시는 것이었다. 할머니는 오시면 으레 행길에 가던 사람까지 다 돌아보도록 소리를 내며 우셨다. 할머니의 다른 것은 다 좋은데, 그 소리 내어 우시는 것만은 싫었다. 어머니는 언제든지 소리 없이 우셔서 괜찮았다. 송빈이도 가슴께가 찌르르함을 느끼며 바다만 가만히 내다보고 서 있었다. 호륜선 연기 하나 보이지 않았다. 같은 소리가 되나고 되나고 하는 파도소리도 이런 때는 별로 고달픈 소리로 들렸다. 쫑쫑쫑 멧새가 새파란 하늘에 날개를 펴며 떠올랐다. 어머니의 슬픔은 쉽사리 가시지 않는 듯하였다. 엄마가 돌아서기를 기다리다 기다리다 앞으로 가서 쳐다보니까야 엄마는 손등으로 눈을 닦고 송빈이를 꽉 끌어안고 앉으시면서

"너 저어 철원…… 저 용담(龍潭) 생각나지?"

하셨다.

"쬐꼼……."

"너 그리루 가서 살고 싶지 않니?"

"할머니서껀 엄마서껀 가시믄."

"엄마는……."

하고 어머니는 말을 맺지 못하셨다. 어머니는 기침이 나셨다. 기침 뒤엔 고개를 돌려 무엇을 배앝고 모새로 덮곤 하셨다.

이해 가을이다. 송빈이 어머니는 정서방을 시켜 싸리를 베어다가 크도 작도 않게 지기 알맞게 고리짝 하나를 틀리었다. 뚜껑까지 다 튼 다음에는 창호지로 안팎을 여러 번 손수 바르셨다. 그리고 날씨 청명한 날을 받아 정서방 외에 일꾼 한 사람을 더 얻어가지고 가서 송빈이 아버지의 무덤을 파헤쳤다. 아직 완전히 낙골이 되지 않은 시체를 얼굴 한 번 돌이키지 않고, 손을 걷고 손수 뼈만 추려냈다. 물을 길어다 닦고 또 닦고 하여 마디마디 백지로 싸고 싸고 하여 고리에 순서 있게 담았다. 이날 밤은 집에다 모셨다. 밤새도록 촛불을 밝히고 경야(經夜)를 하였다. 그리고 밝는 날 아침엔 정서방에게 노자 이외에 나가서 반날갈이나 장만하도록 후히 주어, 남편의 유골을 지워 사뭇 육로(陸路)로만 해서 선영(先塋)으로 귀장(歸葬)의 길을 떠나보내는 것이었다.

헐머니는 해옥이를 보고 집에 계시고, 어머니와 송빈이만 한 십리나 되는 고개마루까지 아버님 유골의 뒤를 따랐다. 어머니는 다시금 정서방에게 부탁이 많았다.

"도랑 하나라도 뛰어 건늘 땐 미리 알려 드리는 거유. 비오는 날은 메칠이구 묵어서 떠나야 허우. 절대 조심해야 허우. 어디서든 자리부터 반듯한가 보구 벗어놔야 허우……."

어머니는 전처럼 정서방더러 '하게' 하시지 않았다. 그리고 마지막으로

"송빈아? 너 커서 이 정서방 은혜를 갚어야 한다."

하셨다. 정서방도 눈물을 어쩔 줄 모르면서

"도련님, 공부 잘 허슈…… 이담 서울로 공부 오슈…… 어서 커 나리님 뜻을 이뤄 드리슈…… 이 녀석도 다시 도련님을 모시고 살다 죽음한이 없겠수."

하면서 몇 번이나 돌아 보며 돌아 보며 산길을 꼬불꼬불 내려갔다. 어머니는 송빈이를 끌어안으며 돌무데기 위에 주저앉으셨다. 정서방은 산 밑으로 사라지며 보이지 않았다. 조밭과 그냥 편편한 모새벌판과 그 사이에 끝없이 남쪽으로 뻗어나간 길, 정서방은 한참만에야 산을 다 내려 그 길 위에 나타났다. 돌아서 쳐다보며 손짓을 했다. 어머니도 손을 들어 어서 훨훨 가라고 하셨다. 정서방은 빨리 걷는 듯하였다. 그러나 멀어질수록 타박거리는 것만 같았다. 또 그러나 어느 틈에 정서방은 입쌀알 만큼 작아졌다.

입쌀알만큼은 다시 좁쌀알만큼 줄어들었다. 길도 뽀오얗게 끝이 흐려졌다. 딴 데를 보다 찾으면 그 좁쌀알만큼도 잘 보이지 않는다. 송빈이 어머니는 후우 한숨을 쉬고 그제야 남편에게 하는 한마디로

"잘 가슈…… 난 암만 해두 여기 흙이 되나 보……."

하며 일어서려 하였다. 그러나 한 곳만 오래 바라본 때문인지 문기를 느끼며 다시 주저앉았다. 얼마 만에야 산새소리에 귀를 가다듬고 이마의 땀을 씻고, 단풍 한 가지를 꺾어 송빈이를 주시면서 그제야 제대로 걸음을 옮겼다.

그 후 며칠 안 되어서다. 말 타고 사흘이면 갈 수 있는 경성(鏡城)이라는 데 자혜병원(慈惠病院)이 생겼는데, 무슨 병이든지 배를 째고까지 고친다는 소문이 왔다. 송빈이 어머니는 가슴을 째고라도 자기의 병을 고쳐야겠다고 결심하였다. 남편의 유골을 선영에 보내드리지 못하는

것만 한이 되더니 막상 떠나보내고 나니 유골이나마 옆에 모실 때보다 외로움은 한결 더해지는 것 같다.

"나까지 여기서 넘어지는 날엔 이 자식들이……."

송빈이 어머니는 말을 할 수가 없어 가마를 꾸며 타고 해옥이는 젖을 할머니께 맡기고 경성 자혜병원으로 떠났다.

정서방이 가 버리고, 어머니는 병 고치러 가시고, 송옥이는 회령읍에 가 있고, 송빈이네는 송빈이와 할머니와 젖 떨어진 해옥이와 세 식구뿐이다. 그래도 송빈이는 이른 조반을 먹고 서당으로 가야 하고, 할머니는 점심때부터 밤중까지는 '강원도집'의 업을 이어나가야 했다. 그러나 정서방이 없어졌다고 그리 손포가 논 줄은 모르게 되었다. 나무는 전부터 사 때던 것, 물 길어 오는 것과 돼지 잡는 것과 떡 치는 것이 큰일인데 이것은 모두 동네 젊은이들이 와서 해 주었다.

이 거리에는 과년한 처녀가 칠팔 명이 있었다. 그들은 이미 송빈이 어머니의 제자 들이었다. 송빈이 어머니는 틈틈이 그들을 모아 놓고 언문을 가르쳤고, 편지투를 가르쳤고, 바느질도 버선본 뜨는 것까지 가르쳤고, 음식도 여기서는 모르던 약식, 수정과까지 가르쳤다. 그들은 송빈이 어머니를 따랐다. 송빈이 어머니가 병원으로 떠나는 날도 새벽부터 모여들어 시중을 들며 저희들의 어머니처럼 걱정해주었다. 돌려가며 와서 물을 길어주었고, 번을 들어 해옥이를 보아 주었고, 내외가 적은 데라 손님들 음식상까지 날라주었다. 돼지를 잡는 것이나 떡을 치는 것 같은 저희들의 힘으로 벅찬 것은 저희들의 오빠들을 불러냈다.

여기 아이들은 남녀 간에 석 자 이름이 많았다. 사내아이면 '재민돌 (在民乭)'이니 '인금돌(仁金乭)'이니 하고 석자에 '돌'자가 많이 붙었고, 계집 아이면 '옥등네(玉燈女)'니 '삼몽네(三夢女)'니 하고 석자에 '녀'자가 많이 붙는데 '녀'는 으레 '네'로 발음하였다. 송빈이 할머니는 이 '무슨네'들을 이루 기억할 수가 없었다. '삼몽네'더러 '서분네'라기가 일쑤요, '서분네'더러 '옥동네'라기가 일쑤였다. 그들의 불평은 단지 저희 이름들을 제대로 불러주지 못하는 것뿐으로 이 집 딸들이나 며느리들처럼 진일 마른일 가리지 않고 보살펴 주었다. 송빈이 어머니는 한 달만에 자혜병원에서 돌아왔다. 기침이 좀 덜 잦아졌을 뿐, 담이 나오는 것은 마찬가지라고 하면서, 약만 한 보따리 가지고 돌아왔다. 그 보따리 속에는 자기의 약뿐이 아니었다. 송빈이 어머니는 병원에 가 있는 동안 우두(種痘) 넣는 것을 배워 온 것이다. 하루를 쉬어 가지고는 하루 열 명 씩 이거리 아이들뿐 아니라 '배기미' '삼거리' 이웃동네 아이들까지 모두 그냥 넣어주었다. 그러나 자기의 병은 병원에 다녀온 보람이 별로 없었다.

눈발이 날리기 시작할 무렵에는 그예 자리보전을 하고 눕고 말았다. 남편의 유골이 몇천 리나 되는지 잇수(里數)도 모르는 머어나먼 길에 무사히 득달하였는지 조석으로 애가 쓰였다. 사람의 혼령이 정말 있는 것이라면 백년대계의 큰 경륜을 품고 향관을 떠났다가 성취한 업은 없이 이처럼 병들고, 어린 처자만 천애에 버려둔 채 홀로 백골이 되어 돌아오게 되니, 어찌 넋인들 울음이 없으랴 싶었다. 마음이 아프면 병은 더 아파갔다.

고향에서는 정서방이 떠나간 지 날수로 육십여 일 만에야 소식이 왔다. 시삼촌의 편지였다. 유골이 무사히 왔다는 것, 매봉재 큰산소 옆에 쓸 것이나 요즘 여기는 철도(鐵道)가 놓이노라고 매봉재 머리맥을 끊기 때문에 이미 있던 산소들도 무슨 동티가 날까봐 조심하는 터이라 매봉재에는 쓰지 못하고 '공기꿀'이라는 데다 안장하였다는 것과, 남은 재물도 없을 터인데 아이들 데리고 거기서 어떻게 살려고 있는 거냐는 말뿐, 떠나오라는 말은 유명히 쓰여 있지 않았다. 송빈이 어머니는 더욱 비감해만 졌다. 북국의 겨울은 눈이 장마 지듯 쏟아지는 것이었다. 섣달 그믐께다. 서당인 웃마을에 가 있을 때다. 밤이 이슥하도록 눈이 그냥 쏟아졌다. 길이 막혀 아이들은 서당에서 그냥 잘 참이었다. 불을 후끈후끈하게 땐 방에서 글들을 한차례 읽고, 밤참이랍시고 도루묵(은어) 알 한 함지 삶은 것이 나와서 한 움큼씩 노나 들고 오드득 오드득 먹는 때였다. 소청거리에서 장정 한 사람이 무릎까지 빠지는 눈길에 송빈이를 업으러 온 것이다. 업으러 온 사람은 훈장더러만 무어라고 쑤군거렸다. 훈장은 눈이 뚱그래지며 송빈이더러 어서 집으로 가 보라 하였다. 송빈이는 겁이 났다. 왜 데리러 왔느냐 묻지도 못하고 그냥 업혔다. 무릎이 빠지는 눈구덩이에 길이 분별될 리 없다. 사람들이 중간에 세 군데나 서서 소리를 질러주는 것이었다. 송빈이는 그때 처음으로 여기 사람들의 순후한 인정을 깨달았다.

송빈이가 눈을 털고 방안에 들어서니, 동네 노인들이 그득히 모인 속에서 할머니가 나타나 마주 나왔다. 붉어지신 할머니의 눈은 또 담박 눈물이 엉켰다. 두 손을 후둘후둘 떠시기만 할 뿐, 다른 때처럼 소리를 내어 우시지조차 못하신다. 동네 노인들이 우우 달려들어 할머니를 진정시키면서,

"송빈아 이를 어쩌능야?"

"이런 기찬(기가 막힌) 일도 있소!"

"이 집 아매(할머니)가 내 나이만 같어두!"

하고들 송빈이를 측은해 하면서 아랫목에 허어연 홑이불을 제끼는 것이다. 어머니는 그린 듯이 반듯이 누워 계셨다. 주무시는 모양에 다름없었다.

"이게 올 줄이나 아오!"

하더니 동네집 노인들은 송빈이를 대신해 소리들을 내어 울었다. 할머니도 다시 울음소리가 터졌다. 송빈이는 울음소리에야 가슴이 철렁하였다. 울음소리가 집이 떠나갈 것 같은데 어머니의 감긴 눈은 꿈쩍도 안하신다. 아무리 깊은 잠인들 저러랴 싶었다.

'어머니가 돌아가셨구나! 주검이란 저런 것인가?'

인제라도 곧 깨실 것 같은데 이 드끄러움[31] 속에서도 마냥 소식이 없다. 어머니는 눈앞에 있으면서도 정말 어머니는 어디로 빠져나가신 것처럼 감감하다.

'주검이란 갑자기 남이 되는 건가?'

송빈이는 요 아래로 떨어진 어머니의 손을 몇 번 움칫거리다가 가만히 만져보았다. 돌처럼 차다. 송빈이는 얼른 놓았다. 제 손까지 써늘해짐을 느꼈다. 그러나 울음은 도무지 나오려 하지 않았다. 송빈이는 아버지 돌아가셨을 때부터 뻔적하면 소리 내어 울기 잘하시는 할머니의 울음소리에 지쳤다. 누나서껀 재미있게 놀다가도 할머니의 울음소리 때문에 흥이 깨지기가 여러 번이었고, 또 이웃사람들이 혀를 쯧쯧 차며 불쌍히 여기는 것이 싫었다.

그런데 또 할머니가 인제 더 자꾸 우실 일이 생긴 것만 송빈이는 먼

---

31 시끄러움.

저 걱정이 되었다. 더구나 동네노인들이 송빈이더러도 울라고 하였다. 울라고 시키니 송빈이는 더 눈이 보송보송해만지고 눈물조차 나오지 않았다. 보송한 눈째 송빈이는 닭 울녘에는 그만 자 버리고 말았다.

눈발이 걷히기는 했으나, 며칠을 밤낮 쌓이기만 한 눈은 억지로 우물길들만 터놓았을 뿐, 육지는 아무 분별없는 눈의 바다로 인적이 끊어지고 말았다. 송빈이 어머니의 장례날은 받을 수가 없이 되었다. 더구나 고인의 유언이, 다른 데 말고 자기 남편의 무덤이었던 그 자리 그 구덩이에 묻어 달라는 것이었다. 큰 길이 어딘지도 짐작할 수 없는데 봉분도 없는 무덤자리를 어찌 찾아낼 것인가. 닷새를 그냥 지내노라까야 바람이 일기 시작했다. 바람은 줄곧 사흘을 불었다. 여기 지붕들은 그물을 떠서 덮건만 그것이 끊어지고 영이 벗겨져 달아나도록 세찬 바람이 지났다. 웅덩이에는 몇 길씩 몰린 대신 큰길과 약간 도두룩한 데는 비질이 그럴 수가 없게 눈은 말끔히 날려 버렸다. 송빈이 아버지의 무덤자리는 워낙 도두룩한 언덕이었다. 아흐레만에야 장례를 지냈다. 그랬건만 송옥이는 장례 후에야 데리고 올 사람을 말과 함께 회령으로 보냈다. 장례날 송빈이는 여러 번 심술이 났다. 귀가 시린데 아무것도 씌우지 않고 삼테두리만 씌웠고, 덜덜 떨리는 베중단만 입히는 것이다. 할머니가 시킨다면 투정이라도 부리겠는데, 모두 동넷집 어른들이 시키는 것이요, 더구나 상여 뒤를 꼭 걸어서 따르게 하고, 찬나무 깽이를 짚게 하고 그러고도 '애고애고' 소리를 내며 울면서 따라야 한다는 것이었다. 송빈이는

'어머닌 왜 죽어 가지구 날 이렇게 성활 멕히나!'

하는 원망뿐이라 '애고' 소리도 눈물도 당최 나오지 않았다. 서당에 안

가는 것만은 괜찮았다. 돼지 오줌통으로 북을 메워 가지고 둥둥 두드리면서 놀았다. 동넷집 어른들이

"앙이 나이 적소! 아홉 살이나 먹구서리……."

하고 흉을 봤다. 며칠 뒤에 송옥이가 왔다. 송옥이는 집에 들어서기 전부터 어머니를 부르며 울었다. 산소에 가서도 잘 울었고, 집에서 조석으로 상식을 드리면서도 잘 울어서 동네 어른들은 모두 송옥이를

"자랑이(어른) 같당이!"

하고 칭찬하였고, 해옥이를 가엾다고 연한 생선이 생겨도 가지고 와서 "해옥이 멕이우다" 하였지 송빈이 주라는 말들은 없다. 송빈이는 차츰 남의 눈치가 보여졌다. 그전 같으면 자기 이름부터 부를 사람들이 모른 척하고 마는 외로움을 깨닫기 시작하였다.

송빈이 어머니 무덤에 첫풀이 돋는 봄이 되었다. 아이들이 차츰 바닷가에 놀러 나오기 시작했다. 송옥이는 보채는 해옥이를 업고 가끔 해변으로 나왔다. 너덜령 끝에 줄바위들이 빤히 내다보인다. 전에 어머니께서 저 바위들을 내다보시며

"저 너덜령 끝에서 해옥일 낳았단다. 너이 할머닌 자꾸 해옥일 바다에 내버리자구 하셨단다."

하시며 웃으시던 생각이 난다. 송옥이는 이내 눈이 흐려진다. 눈을 닦고 킹킹거리는 해옥이를 앞으로 안으며

"해옥아? 저어 저 바위들 봐라. 앞에 선 건 신랑바위, 고담에 선 건 색시바위, 고담에 선건 후행바위, 고담엔 옷바리 떡바리……."

하고 동생을 달랬다. 조개껍질을 줍기 시작하면 어느 틈에 어머니 산소께까지 내려오곤 했다. 산소로 가서 조개껍질을 쏟아놓고 해옥이를

내려놓고 놀아보나, 송옥이가 번번이 느끼는 것은 어쩌면 이다지 조용할까? 어쩌면 이다지 모른 척 하실까! 함이었다. 원망스럽게 산소를 쳐다보면 역시 가벼운 바람에 풀잎들만 한들거릴 뿐이었다.

여름이 지나고 가을이 되었다. 강원도집 영업은 가을부터 바빠지는 것이었다. 동네사람들은 여전히 송빈이네 떡을 쳐주고, 돼지 멱을 따주고 하나, 언제까지든지 남의 신세만 질 수는 없는 것이요, 게다가 송빈이 할머니가 딸까지 앞세워 보내 놓고는 눈이 날로 어두워졌다. 동네사람들은 열두 살 난 송옥이를 데릴사위 얻으라고 하였다. 또 어떤 사람은 아들이 있는데 데릴사위를 얻을 게 아니라, 어서 송빈이를 장가들이라 하였다. 송빈이는 아홉 살이었다. 이 집에 드나드는 처녀들 중에는 '서분네'란 아이가 제일 얌전하였다. 송빈이 어머니가 무엇을 가르칠 때든지 제일 민첩하게 알아들어 늘 칭찬을 받았고, 인물도 그 중 깨끗하였다. 열입곱 살이다. 송빈이보다 거의 배나 되게 여덟 해 위여서 몇 번 송빈이를 업어 준 일까지 있는데, 그래도 괜찮으니 하라고들 권하였고, 더욱 서분네네 편에서 탐탁해 나서는 것이었다. 송빈이 할머니도 귀가 솔깃하였다. 송옥이와 서분네에게만 맡기면, 자기는 앉아서 이르기만 하여도 영업은 해나갈 것 같았고, 또 오늘이고 내일이고 자기가 죽는다 쳐도 서분네 부모가 자기보다는 차라리 더 낫게 송빈이의 살림을 돌보아줄 것도 같았다.

그러나 다시금 다시금 물러나 생각해 보면, 너무 푼수 없는 생각이었다. 혼인이란 인륜대사다. 송옥이면 또 몰라도 송빈이는 이 집 아들이다. 그 동대문 밖 나서서는 몇 대를 두고 쩡쩡 울리던 이 아무갯집 종손이다. 일시 변방에 몰락이 되었기로 하향천골의 자식으로 더불어 혼인이란 당한 말인가! 더구나 제 친가할미도 아니요 외할미인 내가, 이 집 사당에 떳떳이 고하지 못할 일을 내 손으로 어찌 결단한단 말인가! 송빈이 할머니는 송빈이 선생님을 찾아가 송빈이네 고향 문중으로 편지를 써 달랬다. 송빈이는 어미마저 죽었고, 나는 늙고 물정에 어두워 이 애들을 가르칠 수가 없으니, 문중에서 이 애들을 데려가든지 그렇지 못하면 누가 한 번 오기만이라도 해서 이 애들의 교육과 혼인에 관해 의견이라도 말해 달라 하였다.

고향에서는 좀처럼 소식이 없다. 그런데 강원도집 영업에는 이상이 생겼다. 하루는 배기미에 윤선(汽船)이 들어왔다고 거리사람들이 온통 바닷가로 내달았고 어떤 사람은 배기미로까지 그냥 뛰어갔다. 고동 트는 소리도 소청거리까지 울려왔다. 윤선은 그날로 웅기 쪽으로 들어가더니 이튿날 다시 '배기미'에 들렀다가 청진 쪽으로 나갔다. 한 칠팔 일 뒤에 윤선이 또 나타났다. 사람들은 요전 것보다 크니 적으니 하고 다투었다. 일본우선회사(日本郵船會社)의 항로(航路)가 열린 것이었다. 소청 거리에는 행인이 거의 없어지고 말았다. 웅기 이북으로 갈 사람들은 배로 웅기까지 직행하였고, 배기미 이북으로 갈 사람들은 배기미까지 배를 타고 왔고 '배기미'가 도리어 번창하게 되고 소청거리는 쓸쓸해졌다. 윤선 소리만 나면 송옥이 송빈이는 밥숟가락을 내던지고 뛰어나왔으나, 송빈이 할머니는 윤선이 여간 원망스럽지 않다. 애초에 사위가 타국으로 나다닌 것도 저놈의 윤선 때문이요, 남은 재산을 마저 팔아 가지고 고향을 떠나 아라사로 들어갔던 것도 저놈의 윤선 때문이었다. 그러나 이런 윤선은 하루는 반가운 손님을 실어다 주었다. 철원으로부터 송빈이네 일가 한 분이 찾아와 준 것이다.

3. 새벽 나팔소리

바로 송빈이 아버지의 삼촌의 아들, 송빈이의 당숙(堂叔) 되시는 분이었다. 혼자가 아니라 윤생원(尹生員)이란 문객(門客) 한 사람을 데리고 온 것이다. 송빈이는 이날도 서당에서 글을 읽다말고 불려왔다. 할머니는 또 소리까지 내어 우신 듯, 목까지 쉬신 음성이다.

"너이 오춘 한 분이 오셨다. 들어가 절해라."

들어가니 두 사람이었다. 아랫목에 앉은 이가 젊었는데 그이에게 먼저 절을 시킨다. 윗목에 앉은 이게까지 절을 하고 나니까, 아랫목에 앉은 이가 담뱃대를 놓으며, 손목을 이끌었다.

"아이들은 잠깐이구나! 너 나 모르겠니?"

자세히 살펴보니, 전에 용담서 뵌 듯도 한 어른이다. 얼굴이 유난히 희고 수염은 적게 났으면서도 점잖은 얼굴인데 이내 눈물이 핑 돌더니 쭈르르 흘려 갓끈에 떨어진다.

"형님두 이걸 여기다 남기시구……."

하시면서 우셨다. 윗목에 앉았는 이는 그냥 담배만 피우면서 송빈이더러

"너 몇 살이냐?"

물었다.

"아홉 살이꼬마."

"허허 함경도아이가 다 됐구나!"

하였다. 여기 사람들은 종이를 오려가지고 자기 손으로 담배를 말아서 침으로 붙여 피우는 것인데, 이분은 제물로 말려진 담배를 곽에서 꺼내 피우는 것이다. 새파란 바탕에 새빨간 산호가지를 그린 그 담뱃갑

이 송빈이는 가지고 싶었다. 누나가 옆에 있다면 먼저 '저건 인제 내해다' 하고 미리 맡아 놓고 싶다. 작은아버지라는 이의 담뱃대도 여기서는 처음 보는 것이다. 새빨갛고 알록알록하다. 호랑이 똥구멍에서 피가 묻어 그렇다는 수수깡 말대미(끝대)처럼 예쁘고 마디도 없다. 송빈이는

"저게 무슨 참댄둥?"

하고 물었다. 오촌께서도 눈물을 닦고 웃으시며

"그 녀석! 양철간죽이란다."

하셨다. 송빈이네는 집을 팔았다. 무거운 것은 모두 팔았다. 동네사람들은 모여들어 세간들을 사면서도 모두 섭섭해 하였다. 송빈이 할머니는 닭을 한 마리 잡고 소주를 한 병 받아다가 송빈이에게 들려가지고 서당으로 갔다. 송빈이는 '선새미'께 하직으로 술을 따라 드리고 절을 하고 물러왔다. 동무들은 모두 "송빈이는 윤선을 타 보겠구나!" 하고 부러워하였다. 사실 송빈이는 즐거웠다. 윤선을 타 볼 것도 즐거웠고, 고향에 가면 학교가 생겨 학교에 다니게 된다는 것도 즐거웠다. 그러나 어딘지 좀 그 즐거움은 부족하였다. 어머니께서 계서 같이 가신다면 더 즐거울 것 같았고, 동무들도 몇 아이는 데리고 간다면 더 즐거울 것 같았고, 누나 동무 중에도 서분네나 옥동네는 같이 간다면 아주 즐거울 것 같았다.

달이 밝은 저녁이었다. 윤선이 배기미에 들렀다가 웅기로 갔다. 내일 그 배가 나오면 송빈이네가 타고 갈 그 전날 저녁이다. 서당을 그만둔 송빈이는 누나 동무들 축에 끼어 숨기 내기를 하며 놀았다. 어떤 울타리 밑, 어떤 골목 뒤, 어디고 이 동네는 모새가 해변처럼 폭신폭신하

다. 펄쩍 주저앉아 찾으러 오기를 기다리는 동안, 달은 "여기 있다" 소리쳐 일러주는 듯이 밝다. 뛰어온 가슴소리가 가라앉을 만하면 파도소리도 새로 들렸다. 송빈이는 문득 아라사의 해변이 생각난다. 거기서 놀던 아이들, 그리고 아버지 돌아가셨을 때, 그 달 밝던 저녁들의 생각까지 날 만하면 누나나 옥동네가 달려들어 찾아내곤 하였다. 이번에는 송빈이가 찾을 차례다. 바로 아까 저 숨었던 자리부터 와보니 서분네의 달덩어리 같은 얼굴이 있다. 서분네는 얼른 낮은 소리로

"애? 가만 있어."

하면서, 송빈이를 끌어들였다.

"왜?"

"우리……."

"응?"

"우리…… 저애들이 찾게스리 가만이 있어 보자."

"그래!"

둘이는 뉘집 굴뚝 뒤 무슨 낟가리 틈에 빼국히 끼어앉았다. 부스럭 소리가 나니까, 서분네는 송빈이를 일어서라고 하더니 자기가 끌어안았다. 서분네는 가슴이 두근거리는 소리가 송빈이에게까지 느껴졌다.

"내일 저녁엔 너이는 저 달을 윤선에서 보겠구나!"

"넌?"

"난……."

하고 서분네는 송빈이의 얼굴을 턱을 들어 달빛에 비춰 한참이나 숨이 그치도록 가까이 들여다보더니

"나는 저녁마다 혼차 일러루 와서 쳐다보겠다."

하였다.

"혼차?"

서분네는 고개를 끄덕이며 울 듯한 얼굴로 달을 쳐다보았다.

이튿날은 창이 채 밝기도 전부터 집안이 사람들과 그릇소리에 수선거렸다. 송빈이도 어느 날 아침보다 일찍 잠이 깼다. 어머니 돌아가셨을 때처럼 동네 할머니들이 앉을 데가 없게 잔뜩 모였다. 누나 동무들도 벌써 많이 와서 조반 짓는 것을 거들었다. 서분네는 남들이 보는 데서는 송빈이의 옆으로 오지 않고 멀리서만 어쩌다 한 번씩 날쌔게 보곤하였다. 송빈이는 엊저녁에 서분네가 "저녁마다 혼차 일러루 와서……"하던 말이 생각났다. 그러나 다못 생각났을 뿐이다. 집에 모였던 사람들은 거의 전부가 송빈이 어머니 산소에까지 따라왔다. 송빈이는 제일먼저 산소에 술을 따르고 절을 하였다. 벌써 소리 내어 우는 것은 할머니뿐이 아니다. 늙은이들은 모두 저희 일처럼 슬프게들 꺼이꺼이 울었다. 아니 늙은이들뿐만 아니라 서분네 옥동네 모두 송옥이와 함께 울고 있다.

"여자들은 아마 커두 늙어두 잘 우나보다!"

이렇게 생각하며, 송빈이는 어머니의 산소를 한 번 더 돌아다보고싶은 충동도 없이, 큰길로 뛰어나오고 말았다. 배기미까지 따라온 사람도 여럿이었다. 윤선은 제 시간에 들어왔다. 종선을 타고 나가 절벽처럼 시꺼멓고 우뚝한 윤선으로 기어올랐다. 아! 그 화통에서 허연 김이 쏟아지며 터지는 고동소리의 우렁참, 눈에 보이는 육지의 산들은모두 맞받아 웅웅 울려왔다. 잔물결이 차츰 굵어지더니 나중에는 허어옇게 바다를 갈라제끼면서 달아나는 윤선의 빠름! 바다와 육지가 빙빙

도는 것 같더니 배기미는 까맣게 사라지고 소청거리가 가까이 내닫는다. 어머니 산소가 분명히 보인다. 거리 앞 둔덕에는 동네사람들이 하얗게 나와 몰려섰다. 손들을 젓는다. 송빈이도 저었다. 물소리만 아니면 소리도 질러보고 싶다. 할머니는 어릿어릿하기만 하지 아무것도 안 보인다고 하시다가

"그럼 너이 어미 산수도 뵈겠구나!"

하시더니, 또 우시기만 했다. 송옥이는 해옥이가 바람에 흑흑 느끼기 때문에 이내 오촌을 따라 선실로 내려갔다. 할머니도 멀미가 나서 오래 계시지 못하고 내려갔다. 송빈이만 혼자 가만히 서서 소청거리를 들여다보았다. 거리는 차츰 두 집이 한 집으로, 두 사람이 한 사람으로 좁아들었다. 사람들이 손을 드는지 움직이는지 잘 알아볼 수 없을 만큼 되자, 섬처럼 바다로 쑥 내민 가충구치 끝이 그만 거리도 사람들도 가려 버리고 말았다. 가충구치 끝은 점점 배기미 쪽으로 미끄러지듯 내려가더니 어머니 산소께도 이내 가려 버리고 말았다.

"아! 어머니 산수……."

돌아다보니 갑판 위에는 아무도 없다. 다시 보니 어머니 산소께가 영영 보이지 않는다. 송빈이는 그제야 갑자기 눈물이 펑 쏟아지며 울음이 나왔다. 항구마다 모조리 들리는 이 온성환(穩城丸)이라는 배는 꼬박 이레만에야 원산(元山)에 닿았다. 원산부터는 벌써 철로가 깔려 있어, 송빈이는 처음으로 기차를 탔다. 윤선보다도 더 빠른 데 놀랐다. 할머니께서 하시는 말씀을 들으면 전에 철원서 원산까지 나올 때는 마행[32]으로 닷새가 걸렸다고 하셨다. 그런데 이 기차는 한나절 동안에 와 버리는 것이다. 이 감리 옛 문중이 모여서 사는 용담은 철원정거장에

서 내려 한 십 리 서울 쪽으로 더 걸어와야 한다. 그래 용담에 이르렀을 때는 날이 저물었다. 동리 풍경은 아무것도 보이지 않았다. 송빈이네는 이 데리고 오는 오촌댁으로 들어왔다. 어렴풋한 기억이 있는 바깥채가 있고, 안채가 있고 안채에는 안방과 대청과 건넌방이 있는 집인데, 할아버지라는 어른, 할머니라는 어른, 그리고 아저씨 아주머니들이 관솔불을 켠 마당으로, 남폿불을 매달은 대청으로 자꾸 모여들었다. 송빈이는 자꾸 절을 시키는 대로 하였다. 모두 혀를 쯧쯧 차면서 "불쌍하다 불쌍하다" 하였다. 어떤 분은 우시기까지 하셨다. 그러나 덥석 끌어안아주는 분은 하나도 없었다. 무슨 팔이나 다리가 없는 병신이나 보듯이 불쌍하다고만 하는 소리가 송빈이는 듣기 싫어졌다. 저녁을 먹고 나니 이내 졸림이 눈이 뻑뻑하게 쏟아지는데 어디서 자야 할지 모르겠다. 이집 아이들은 벌써 척척 저희 자리에들 가서 눕는 눈치인데 송빈이더러는 자라는 말을 아무도 해주지 않았다. 할머께 졸립다는 눈치를 보였으나, 할머니 역시 이집 사람들의 눈치만 보신다. 송빈이는 대뜸 집 생각이 났다. 소청 생각인 것이다.

송빈이는 깜빡 잠이 들곤 해서, 콧방아를 몇 번이나 찧고 나니까야 어른들이 자리를 일렀다. 그런데 그 불이 밝고 훈훈한 안방에서 자라는 것이 아니라, 뜰아랫방으로 내려가라는 것이었다. 등잔불이 금시 꺼질 것처럼 깜박거렸고, 들어서니 오래 비었던 방에 불을 땐 듯 냇내와 피마주[33] 기름내가 한데 엉켜 코를 찔렀다. 그러나 눕자마자 송빈이는 잠이 들고 말았다.

---

32 말 타고 가는 것.
33 피마자.

"딱 따다다 딱 따다다……."

잠을 깰 때마다 먼저 들리고 하던 파도소리는 아니다. 쇠로 만든 무엇을 사람이 부는 소리 같은데 누워 있기보다는 일어나고 싶은 소리요, 일어나서는 곧 뛰어나가고 싶게 우쭐렁해지는 소리다.

"저게 무슨 소리냐?"

"나팔소리야."

누나는 회령읍에서 더러 들은 적이 있다 한다. 그런데 안마루 쪽에서 누가 수선스럽게 뛰어나오는 소리가 난다. 송빈이는 성큼 상반신을 일으켜 미닫이에 붙은 유리쪽에 눈을 댔다. 바깥은 희끄므레하다. 송빈이한테 형님뻘이 된다는 스물한 살이라는, 벌써 장가를 들어 아들까지 하나 있다는 이집 오촌의 맏아들이다. 그런데 돌아서서 신등매[34]를 하는데 다리에는 각반을 쳤다. 저고리 위에는 조끼만 입었고, 새까만 사뽀를 끈을 내려 썼다. 신등매가 끝나니까 기둥 옆에 세웠던 것을 집어드는데 총이다. 가죽끈까지 달린 것을 척 메더니 뛰어나간다. 나팔소리는 이제 쌍으로 난다. 송빈이는 가슴이 뛰었다.

"뭘까?"

"난리가 났을까?…… 참!"

송빈이는 그제야 정서방 생각이 난 것이다.

"할머니? 여기 정서방은 왜 없수?"

할머니는 얼른 대답하지 않으셨다.

상전이라기보다 무슨 상관(上官)처럼 떠받들던 이 감리의 한 많은 백골

---

34 신발을 발에 고정시키는 끈 등의 기구.

을 자기 등으로 져다가 그의 선영에 봉안해 놓고 돌아설 때 우둔한 가슴에나마 감개의 불길이 가시지 않았다. 전날 이 감리의 말씀을 들으면

"의병 그들이야 욕하지 말라. 그들의 끓는 피야 얼마나 귀한 거냐. 다만 그들을 거느린 사람들이 시세를 분별하지 못하니……."

한이라는 것이었다. 나리님이 생병이 들어 돌아간 생각만 하면, 원수 같은 그들이지만, 나리님 자신으로도 그들을 의로운 사람들이긴 피차가 마찬가지라 일컬었고, 이제와 불둑거리는 심사를 휩쓸려볼 데가 따로는 없는 것이라, 정서방은 풍전등화 같은 운명인 줄 알건 모르건 그만 수건을 질끈 동이고 의병대에 뛰어들고 말은 것이다. '돌다리'가 어딘지 돌다리 접전에서 죽었다는 말도 있고, 거기서는 살았으나 행방을 모른다는 말도 있는 것이다. 날은 이내 밝았다. 송빈이는 옷을 주워 입는 대로 밖으로 뛰어나왔다. 낯선 동네나 가만히 보면 꿈처럼 무슨 기억이 아물거리기도 하는 길이요, 집들이요, 산들이다. 나팔소리는 멀어졌는데 건너편 산에서 난다. 총을 멘 사람들이 백 명도 넘게 솔밭으로 뛰어 올라간다. 가만히 보니 한 패가 아니라 두 패가 져서 마주 올라간다. 선봉이 서로 가까워지자 나팔소리도 파묻히도록 아우성이 일어났다. 그러나 정말 싸움 같지는 않았다. 물 길러 가던 아낙네들도 잠깐씩 발을 멈추고 태평스럽게 건너다보는 것이다.

용담에는 학교가 생긴 것이다. 큰댁 형님(송빈이 아버지)을 머리를 깎은 그것만으로도 이단시하던 그네들도 급격한 시대의 선풍 앞에는 뒤흔들리지 않을 수 없었다. 큰할아버지 산소가 있는 매봉재가 잘려 나간다고 문중이 며칠을 모여 수선거렸으나, 허물고 나가는 철로를 막을 재주는 없었고, 굴을 뚫되 양편에서 같이 파 들어가도 한 치의 어긋남

이 없이 땅 속에서 만나는 그들의 재주를 보고는, 사서삼경(四書三經)을 외는 것만으로는 살 수 없으리라는 것을 늦게나마 깨달았다. 사랑채 한 간에 두었던 서당을 이십여 간이나 되게 따로 짓고, 하루갈이나 되는 밭을 운동장으로 닦고 '사립봉명학교(私立鳳鳴學校)'라 간판을 붙인 것이다.

이렇게 '용담서당'이 '사립봉명학교'로 되는 데도 평탄치는 않았다. 노인들께서는 무엇보다도 학교가 되면 머리를 깎아야 한다는 것부터 큰일로 알았다. 신체발부(身體髮膚)는 수지부모인데 터럭을 깎는다는 것부터 벌써 공맹(孔孟)의 도(道)를 헐기 시작하는 것이라 여겨, 어떤 할아버지는 대설대가 부러지도록 방바닥을 치며 반대하였으나, 다행히 재정에 실권을 가질 만한 분들이 아버지가 일찍 돌아가셨다. 그중에도 '웃말참봉'으로 불려지는 송빈이의 오촌 중의 한 분은 함흥중군(咸興中軍)이던 아버님의 무골(武骨)을 타고났다. 먼저 머리를 깎고 스스로 교장의 책무를 지고 서울까지 가서 수학, 지리, 역사, 체조의 네 교사를 초빙해 왔다. 그중에 체조교사는 해산된 지 얼마 안 되는, 총검은 없으나마 군복 그대로의 젊은 장교였다. 총을 잃은 그의 눈에는 푸른 불꽃이 튀었다. 호령소리 한마디면 송장이라도 뻘떡 일으켜 세울 것 같았다. 그런 데다 봉명학교의 학생들이란 열 살에서부터 삼십여 세까지였다. 읍에서는 물론 이삼십 리 촌에서들까지 떠꺼머리들을 깎고, 상투들을 자르고, 모여들었다. 이삼십 세의 장정만 백 명이 넘는다. 그러나 나이만 이삼십 세들일 뿐 '기착'을 불러보니 다리 하나 제대로 버티고 설 줄 모르고, 입 하나 제대로 다물지 못한다. 이 무관 체조교사는 첫날 체조시간을 그만 중도에 파하고, 동네에 있는 도끼란 도끼는 모조리 거둬

다 학생들에게 들리고 큰 산으로 올라갔다. 박달나무를 쪄겨온 것이다. 목수들을 불러다 목총(木銃) 이백 자루를 만들린 것이다. 그리고 자기와 같은 군대에 있던 '고코수'를 데려다 학생들에게 나팔 부는 법과 철고 치는 법을 가르친 다음, 군대 훈련을 시키는 것이었다. 그리고 날마다 이 동네에 있는 학생들만은 해 뜨기 전에 깨워 가지고 두 패로 나눠서 앞산 봉우리까지 돌격하기에 경쟁을 시키는 것이었다. 송빈이는 아침마다 나팔소리에 깨었다. 파도소리에 깨던 소청거리의 아침보다 무엇인지 모르나 상쾌하고, 힘이 났고, 뜻이 있이 느껴졌다. 벌떡 일어나 유리쪽으로 안마당을 내다보면, 이집 형님은 틀림없이 각반 친 다리에 신등매를 하고 있었다. 신등매가 끝나면 총을 메고 이화(모표)가 번쩍거리는 사뽀를 끈을 내려 쓰고 뛰어나가는 것이었다.

"나도 어서 학교에 들었으면!"

그러나 송빈이는 언제까지나 할머니와 누나와 해옥이로 더불어 이 오촌댁에서 저의 집처럼 살아갈 수는 없었다. 하루는 안협(安峽)땅 '모시울'이라는 데서 역시 오촌 되시는 어른이 한 분 오셨다. 키가 크시나 몸이 가늘고, 눈이 퍽 크시나 위엄보다 인자해 보이는 얼굴이었다. 이 어른은 아들이 없으시어 송빈이를 아들처럼 기르시겠다고 데리러 오신 것이다. 송빈이는 가기가 싫었다. 그러나 할머니께서 같이 가신다니까 할 수 없이 누나와 해옥이는 용담에 떨구고 모시울로 오게 되었다.

모시울은 용담서 산길 칠십리였다. 이 오촌도 워낙은 용담서 사셨으나 가세가 구차해서 산골로 들어가신 분이라, 말 한필 대지 못하셨다. 새벽길을 떠나 종일 발을 벗고 물을 건너며 타박타박 산길을 걸었다. '더우내'라는 큰내를 건너서는 사뭇 시오리나 올라가는 '세수묵고개'라는 영이 있다. 이 영을 다시 시오리 내려가면 그야말로 앞산이 턱을 받치고, 뒷산이 등을 누르는 산협 속에 한 이십 호 모여 있는 촌이 모시울이다. 송빈이는 발이 부풀어 절룩거리며 어슬어슬해서야 할머니께 이끌려 이 동리에 다다랐다.

동구에 들어서자 개들이 짖었고, 개들이 짖기 얼마 안하여 송옥이만 한 계집애 하나가 어디서 나와 이 안협 오촌더러 "아버지!" 하며 뛰어들었다. 오촌께서는

"인전 너두 오라범 하나 생겼다."

하시며, 송빈이를 길 위에서 초대면을 시켜주셨다.

이 안협 오촌의 딸은 이름은 정선(貞善)이, 나이는 송옥이와 동갑이었다. 무남독녀라 응석받이로 자라는 듯하였다. 그 아버지는 아직 길에 선데 용담송방(개성사람의 가게라는 뜻인 듯)에서 사가지고 오는 과자봉지를 끌러 오리모양의 과자를 꺼내 주시는 것이었다.

"송빈이두 줘라."

"개는 오면서 먹지 않았수?"

"와서 너서껀 같이 주려구 여태 안 줬다."

그러니까 제가 벌써 대가리를 뚝 떼어 먹은 것을 하나 주었다. 송빈이는 받아들고 할머니를 보았다. 할머니도 먹으라고는 하시지 않는다. 그러나 정선이 보는데 내버릴 수도 없다. 그래 조끼주머니에 넣고 말았다.

정선이가 먼저 뛰어 들어가는데 보니까 싸리바재 둘린 조고마한 초가집이다. 이내 오촌댁이 나타나셨다. 오촌댁은 송빈이 할머니를 마주 잡더니 울음부터 터뜨렸다. 송빈이더러,

"벌써 이렇게 컸구나! 칠월이 등에 업혀 다니던 게 엊그제 같은데."

하셨으나, 송빈이는 도무지 기억에 없는 분이다. 방에 들어가 보니 남 폿불에 도배한 방은 그리 어둡지 않았다.

문갑도 있고, 문갑 위에는 시계도 놓이고, 경대도 있어서 전에는 잘 살던 살림 같았다. 마루가 놓일 데는 그냥 봉당채로 건넌방이 한 간 있었다. 송빈이는 좁쌀 섞인 저녁을 몇 술 뜨는 둥 마는 둥 하고, 여기서 억새로 불을 때어 냇내 나는 건넝방에서 이내 쓰러져 잠들고 말았다.

송빈이는 칠십 리 길을 걸어보기는 생후 처음이었다. 잠이 들면서는 손발이 다 따끈따끈하였다. 그 땀이 촉촉하게 돋은 어린 이마를 더듬어보고 더듬어보고 하는 할머니의 손은 밤새도록 후둘후둘 떨렸다. 자기도 나이 칠순에 산길 칠십 리를 당일에 걷자니, 전날 같으면 말만 들어도 죽으라는 것이나 다름없이 서러울 것이었다. 팔다리가 쑤시다 못해 들먹거렸으나, 송빈이의 새근새근 고달픈 숨소리를 앞에 놓고는 마음은 자기의 팔다리에 미칠 여유가 없었다.

"풀솜에 싸 기르던 이 금싸래기 같은 걸……."

잠이 모진 것이라 하나, 거짓말이었다. 앞뒷산에서 짐승 우는 소리에 더욱 처량만 하다.

"차라리 소청에서 그냥 살더면!"

송빈이 할머니는 당장 후회가 났다. 송빈이는 이 깊은 산골에 두고 해옥이 송옥이는 용담에 두고, 인제 자기는 이 이 서방네와는 남이 되어야 한다. 모시울서는 같은 칠십리나, 용담서는 다시 삼십 리 사이에 갈라져 있는 '진뎅이'에 한낱 시아우네가 산다. 전날에 조카딸(송빈이 어머니)이 땅마지기나 장만해 주어 살기는 하지만 이제 이 모양이 되어 들어가는 형수를 결코 반겨할 리가 없다. 그러나 절박한 자리에서는 한 치

건너 두 치였다. 사돈집들보다는 시아우네가 가까울 수밖에 없었다.

할머니가 진멩이로 가셔야 된다는 말을 듣고는, 송빈이는 밥도 먹지 않았다. 그러나 제 마음대로 울고불고 고집을 부릴 수도 없었다. 오촌 댁이 힐끗힐끗 곁눈으로 보시는 데는 꾸지람보다도 더 의기가 질렸고 정선이가

"떨어지기 싫음, 너두 따라가렴, 거지새끼처럼……."
하고 비쭉거렸다. 정말 송빈이는 차라리 거지가 된다 해도 할머니와 같이 가고 싶었다. 그러나 할머니까지도 왜 그런지 혼자 가셔야만 된 다는 것이었다.

벌써 모시울 산들에는 눈발이 희끗희끗 날렸다. 눈이 쌓이면 길이 막힌다고 하여 할머니는 내일이나 내일이나 하던 길을 기어이 떠나셨 다. 송빈이는 오촌에게 손목을 잡혀 '세수목' 고개 턱밑까지 할머니를 배웅하였다. 할머니는 눈물이 자꾸 엉켜 지팡이로 길을 소경처럼 더듬 으셨다. 단 열 걸음을 못 걸어 돌아보시곤 하였다. 송빈이도 눈물이 자 꾸 나왔다. 오촌에게 잡히지 않은 다른 한 손으로 자꾸 눈을 닦았다.

할머니가 보이지 않으시자 그제야 울음소리가 냇물소리와 함께 산 갈피에서 내려왔다. 오촌은 이내 송빈이를 이끌고 돌아서셨다.

이날부터 송빈이는 모시울 아이가 되었다. 모시울에는 서당이 없다. 아이들은 새 잡는 것과 나무하는 것이 일이었다. 송빈이는 아직 동무 는 없어 정선이만 따라다녔다. 정선이가 걸레를 빨러 개울로 나가면 송빈이는 요강을 들고 따라 나갔고 정선이가 함지를 이고 방앗간으로 가면 송빈이는 체나 키를 들고 따라갔다. 정선이는 송빈이를 잠시도 놓지 않았다. 동무도 되거니와 심부름을 잘 들어 주기 때문이다. 심부

름은 해 줄수록 늘었다. 어떤 때는 부엌에서 정선이가 부르는 소리가 났다. 뛰어나가 보면 한 걸음만 옮겨도 넉넉히 집을 수 있는 것을 구태여 송빈이를 불러내는 것이었다. 어떤 때는 방안에서 급한 소리로 찾는다. 뛰어 들어가 보면 제가 누고 밀어 놓은 요강뚜껑을 덮으라는 것이었다. 그런 것은 차라리 나았다. 무엇을 엎지르든지 무엇을 깨뜨리든지 어른들 못 보는 데서 저지른 일은 모두 송빈이가 한 것으로 된다. 송빈이는 억울하기보다 꾸지람 아니라 매라도 대신 받아 정선이를 즐겁게 해 주는 것만 다행스러웠다.

이웃집 아이들과 차츰 낯도 익고 사투리도 여기 말에 어울려 갔다. 송빈이는 그애들에게서 새창애[35] 만드는 법을 배웠다. 참새창애, 박새창애, 멧새창애, 이렇게 세 벌을 만들었다.

참새가 잘 내려앉는, 소먹이는 집 장독간에다가는 잇짚을 깔고 쌀알을 끼어서 놓고, 멧새가 잘 내려앉는 덤부사리 밑에다는 나룩짚을 깔고, 나룩이삭을 끼어서 놓고, 박새가 잘 내려앉는 앵두나무 밑에다는 박속을 부슬러 펴고, 박씨를 끼어서 놓았다. 그리고 그 반지르르하고 색깔 고운 새털이 한뭉치 푸덕거리는 꿈을 꾸며 장독간으로, 덤부사리로, 앵두나무 밑으로 연방 돌아다닐 때는 귀가 시린 것도 모르고 가슴까지 두근거렸다. 두근거리는 가슴은 종일 헛걸음만 치지는 않는다. 어떤 때는 대가리에 샛노란 관을 쓴 멧새가 막 치어서 날개를 푸덕거리기도 했고, 어떤 때는 참새가 치인 지가 한참 되어 빳빳하게 얼어 있기도 했다. 이렇게 돌아다니노라면 자연 정선이가 찾을 때 그 자리에 있

---

[35] 새덫.

지 못하기도 여러 번이 된다. 정선이는 빨끈해진다. 그러면 송빈이는 애써 잡은 보람도 없이 새는 정선이 팔기운 자라는 대로 울타리 너머로 팽겨쳐졌고, 나중에는 창애 새들까지 아궁이로 들어가고 말았다.

송빈이는 차츰 낮이 싫어졌다. 밤에도 정선이 옆에서 자기는 하나, 불만 끄면 시키는 것은 없다. 할머니 생각도 할 수 있고, 송옥이와 해옥이 그리고 소청에 있는 어머니 산소와, 조개껍질과 금모새 많은 바닷가와 거기서 맘대로 놀던 동무들 생각과 또 용담의 그 나팔소리, 장엄한 학교에 다니고 싶은 생각을 얼마든지 해도 말리지 않는다. 그러나 날이 밝으면 다시 진종일 눈치만 보고 지낼 생각을 하면 아침 돌아오는 것이 송빈이는 차라리 겁이 난다.

그러나 아침은 날마다 돌아왔다. 짧은 겨울해가 송빈이에게는 진땀이 나게 길었다. 그러나 또 긴 삼동 구십 일도 어찌어찌 다 지나갔다. 개울에 얼음이 풀리기 시작하여 동네아이들은 작살을 만들어가지고, 고기를 잡으러 다니는 때였다. 하루는 다 저녁때인데 송빈이는 걸레와 타구를 부시러 개울로 나왔다. 여기 오촌께서는 무슨 병이신지 늘 누런 가래를 많이 뱉었다. 십여 년 된 병환으로 용담서 이리 이사 온 데는 물을 갈아 잡수려는 것도 원인이었다. 타구는 적어도 하루 두 번씩은 부시게 되어 송빈이는 조석으로 개울로 나왔다. 이날 송빈이는 걸레를 물에 담그고 헹구다가 붕어 한 마리가 빨랫돌 밑에서 나와 징검다릿돌로 들어가는 것을 보았다. 송빈이는 팔을 걷고 얼른 징검다릿돌 밑으로 손을 넣었다. 붕어는 어느새 빠져나와 새하얀 비늘을 빤짝거리며 다른 돌로 들어갔다. 이 돌에서 저 돌로, 저 돌에서 다시 이 돌로…… 그러는 사이 그만 걸레가 떠내려가고 말았다. 다리 아래는 아직도 얼음이다. 걸레는 그 속에 들어간 듯 보이지 않는다. 송빈이 눈에는 대뜸 정선이의 날카로운 눈매와 손길이 번뜩였다. 길을 쳐다보았다. 아직 정선이가 찾으러 나오지는 않았다. 송빈이는 돌을 집어 얼음장을 쳐 보았다. 쩡 하고 돌은 미끄러져 달아날 뿐이다.

그 흔한 산골에서 저 쓰던 부지깽이 하나 태웠다고도 며칠을 두고 성화를 받은 일이 있는 송빈이는 걸레를 찾지 못하고는 들어갈 수가 없다. 그러나 물속은 시시각각으로 어두워지는데, 떠내려간 데는 물도 아니요 꺼지지 않는 얼음이다. 송빈이는 펀뜻 전에 할머니께 들은 '콩쥐팥쥐' 이야기가 생각났다. 콩쥐를 위해 비단옷과 타고 갈 꽃가마까지 낳아 주러 하늘에서 검정 암소가 내려왔듯이 저한테도 어머니께서 검정 암소나 내려 보내 주셨으면! 검정 암소가 할머니 계신 데로 데려다 주었으면! 그렇지 못하면 우선 잃어버린 걸레라도 찾아주었으면! 송빈이는 정말 눈물이 글썽해 어두워지는 하늘을 쳐다보았다. 그때다. 하늘에서

"송빈이냐?"

하는, 분명한 할머니의 목소리가 났다.

"할머니!"

"에그 송빈아?"

이번에는 길 위에서 난다. 송빈이는 정신이 번쩍 나, 징검다리로 올라서며 길 위를 쳐다보았다. 길에서는 허연 그림자가 비틀비틀 고꾸라질듯이 급하게 개울로 내려온다.

"아 정말…… 할머니!"

"에그…….'

틀림없이 할머니였다.

"에그 내 새끼… 여기서 혼자 뭘 허구……."

할머니다. 그 침침한 눈에 눈물이 비오듯하며, 오래간만에 보는 송빈이의 얼굴이 어느 쪽이 사라지기나 하는 것처럼 바투 들여다보기에, 목메인 울음조차 얼른 배앝지 못하였다.

"송빈아? 송빈아?……."

"할머니!"

"손이 이렇게 터지구……."

송빈이 할머니는 벌써 달포 전에 세수묵 고개 저편까지 한 번 왔었다. 더우내를 건너 산길을 오르다가 샘물이 얼음 위에 더치고 더치고 하여 깎아지른 빙판이 되어서 그만 허우적거리기만 하다가 오십 리 길을 되돌아서고 말았다. 용담에 있는 송옥이와 해옥이는 한 달에 한 번씩 가 보았지만, 송빈이는 온 겨울 동안 잘 있는지 못 있는지 편지 한 장 받아보지 못하였다. 꿈자리는 애가 씌울수록 더 뒤숭숭하였다. 뒤숭숭한 꿈자리에서 깨는 날 아침은 가다가 눈구덩이에 묻혀 죽는 한이라도 그냥 앉아 배길 수는 없었다. 지팽이를 끌고 안협길로 나서면 시아우는 누굴 이 추운 때 송장 찾아다니게 할려구 이러느냐고 소리를 고래고래 질렀다.

큰 산 나무꾼들에게서 산골짜기 얼음도 푸석푸석 꺼지기 시작한다는 말을 듣기가 바쁘게 송빈이 할머니는 모시울 길을 떠나온 것이다. 이번에는 다행히 세수묵 고개를 넘었다. 모시울 동네로 들어서자 송빈이 할머니의 눈에는 희끗희끗한 것이면 모두 송빈이로만 보였다. 부르튼 발이 다시 돌부리에 채이건 나무그루에 걸키건 하둥허둥 사뭇 날을 것처럼 급하다가, 몇 번인가 넘어졌다. 칠십 평생에 이렇게 한 시각이 급하게 그립고 안타까운 걸음을 걸어보기는 전에 없던 일이었다. 남의 집 아인 줄도 모르고 "송빈이냐?" 불러보았다. 울타리에 걸린 빨래인 줄도 모르고 "송빈이냐?" 불러보았다. 그러다가 개울가에 섰는 희끄무레한 것이 정말 송빈이었던 것이다. 할머니도 손자도 다시는 죽어도 아니 떨어질 것처럼 꽉 끌어안았다.

이날 밤이다. 또 오래간만에 불이 때어진 냇내나는 건넌방에서 등불도 없이 할머니와 손자는 가지런히 드러누웠다.

할머니는 부스럭부스럭하시더니 허리춤에서 커다란 복숭아 같은 것을 꺼내셨다.

"뭐유?"

"전에 너 가지고 싶었던 거다."

"오 연적!"

봄달이 낡은 창 위에 희미하게 비춰 있었다. 송빈이는 할머니 품에서 따뜻해진 사기 연적을 두 손으로 움켜쥐고 달빛에 비춰보고, 뺨에 대어보고, 그리고 희미한 아버지 생각과 또렷한 어머니 생각에 살며시 잠겼다.

"너이 아비 쓰던 거다. 네가 글공부 안 허구 되겠나 생각해 봐라."

"여긴 책두 없구, 글방두 없는걸?"

"그러게 이번엔 나허구 가자. 내 누깔에 흙이 들기 전엔 네가 글 못 배는 걸 그냥 두구 어떻게 보니!"

송빈이는 어린 마음에도 할머니의 말씀이 너무나 감격스러워 목이 메어 한참이나 아무 대답도 못하였다.

송빈이 할머니는 며칠 눈치만 보다가 정선이와 정선이 어머니가 이웃집에 가고 없는 새 정선이 아버지께 이렇게 운을 띄워 보았다.

"댁에 와 길리는 게 제 몸이야 편허지만, 저게 벌써 나이 열 살인데 제대루 공불 했음 인전 논어(論語) 맹자(孟子) 읽을 나인데, 여기서야 어디 가르치실래야 가르칠 데가 있어요? 사둔댁에서 섭섭히 생각허실런지 모르오만, 내가 아직은 미역이나 황활(荒貨) 이구 다니더래두 저거 하나 뒤야 못 대겠어요? 제 이름자나 쓸 줄 알 때까진 내게 맡겨 주슈."

정선이 아버지는 짐짓 놀라는 기색이었다.

"노인께서 장사라니 말이 됩니까? 그리구 그걸 사방으루 데리구 다니면서 무슨 글을 가르치슈?"

"아닙니다. 용담 가면 쌀만 대줌 저거 하나 멕여줄 집 없겠어요? 용담학교서 배게 하지요. 학비라야 얼마 들겠어요."

"글쎄올시다."

하고, 사돈은 얼른 대답하지 않았다. 할머니가 오시자 낮과 밤은 반씩밖에 안 되는 것처럼 빠르게 지나갔다. 그러나 할머니는 구차한 사돈댁에 와서 봄 양식을 한 끼를 더 먹는 게 송구스러워졌다.

송빈이 할머니는 또 잠자코 며칠 눈치만 보다가 다시 그 말을 꺼내 보았다. 그간 저쪽에서도 생각한 바는 있은 모양이었다.

"허긴 옳은 말씀입니다. 우리두 용담서 대소갈 떠나 이리 온 건 살림 때문만은 아니드랍니다. 내가 토질기운이 비춰, 여깃물이 좋다기에 병이나 놀려구 왔답니다. 그런데 놓기는커녕 이리 와서 담이 점점 더 성해집니다그려. 가만히 생각해보니 안 올 델 왔나봅니다. 봐서 두루 용담으로 나가야 되겠어요. 계집애년도 차츰 나이 차가구 송빈이두 이왕 데려다 기를 바엔 우린들 가르치구 싶지 않겠습니까?"

이렇게 되어 송빈이 할머니는 또 굳이 송빈이를 데리고만 가야 되겠다고 우기지 못하고 말았다. 송빈이는 또 오촌께 손목이 잡혀 세수목 고개턱 밑까지 할머니를 배웅하고, 그 처량한 물소리와 할머니의 울음소리를 뒤로 들으면서 돌아서 내려왔다.

연적은 송빈이가 할머니를 도로 가지고 가시게 하였다. 지금은 주시고 가신대야 제가 가질 것 같지 않아서였다.

할머니는 여름에 참외를 한 짐 사 이고 또 한 번 다녀가셨다.

나락이삭이 수그러지기 시작하는 초가을이다. 이 모시울에는 염병(熱病)이 돌았다. 집집마다 눕지 않는 사람이 별로 없게 되자, 정선이네도 정선이 어머니와 송빈이만은 어떻게 빼놓고 그 아버지와 정선이는 눕고 말았다. 달포를 앓아 머루가 익을 무렵에는 모두 땀을 잘 내어 걱정은 놓았다고 하던 때였다. 그런데 어떻게 되어 그만 정선이 아버지가 갑자기 더해지며 돌아가시고 말았다. 아직도 이집 저집서 앓고 죽고 하는 때라, 용담에다 부고도 띄우지 못하였다. 송빈이 할머니도 모르고 계실 밖에 없었다. 가을에 다시 오실 듯한데 웬일인지 눈발이 날리기 시작할 때까지 오시지 않는다.

오촌이 돌아가시자 송빈이는 더욱 외로워졌다. 정선이가 욕을 하거나 때리거나 할 때 그래도 보시기만 하면 시비를 가려주시고 정선이를 나무래 주셨다. 그러시던 오촌이 그만 돌아가시고 말았다.

송빈이는 타구를 들고 개울로 나가지 않는 대신, 지게를 지고 산으로 오르기 시작하였다. 이 동네 아이들이 하는 대로 '고자바리'[36]를 따기 위해서였다.

참나무를 베고, 남긴 그루를 도끼 등으로 치면 얼었을 때라 뿌리째 갈라져 떨어진다. 이것을 말려 불을 때면 화력도 셀 뿐 아니라 화롯불이 오래가고 끄면 숯도 되는 것이다.

하루는 세수묵 고개 중턱까지 올라가며 고자바리를 땄다. 제 짐으로 한 짐 잔뜩 되게 짊었다. 인젠 제법 지게가 등에 붙는다. 몇 걸음 안 내려와서인데 건너편 길 있는 쪽에서 꿩이 한 쌍 푸두둑 튕겨졌다. 가만히 보니 웬 사람이 나타난다.

"아!"

할머니였다. 송빈이는 얼른 다박솔 옆으로 몸을 피했다. 소리를 지르고 싶게 반가우면서도 이 나뭇짐을 진 꼴을 보시면 할머니 마음이 얼마나 아프실까 얼른 그것부터 느껴진 때문이다.

송빈이는 아무데나 나뭇짐을 벗어놓았다. 코허리가 아릿해지며 눈이 어릿어릿해진다. 눈을 닦고 내려다보니 분명 할머니신 그림자는 노인네 걸음 같지 않게 급히급히 그늘진 산길을 내려가고 있다. 송빈이는 주먹을 꽉 쥐었다. 하늘을 쳐다보았다. 어디서든지 어머니께서 이 광경을 굽어보시는 것 같았다.

"엄마! 나 할머니허구 같이 있었으면! 나두 학교에 다녔으면!"

송빈이는 작심바리 끝을 한 번 더 깊이 눌러, 지게가 쓰러지지 않게 버티어 놓고 길 쪽으로 내려뛰었다.

"할머니?"

"오!"

---

36 땔감으로 쓰는 나무의 썩은 둥치.

"할머니? 나야요."

"에그 웬일이냐? 여기서?"

"……."

이번에는 송빈이가 먼저 울음이 터졌다. 겨우내 참았던 울음이었다.

"웬일이냐? 여기서? 응?"

"새 잡으러…… 새……."

하고, 송빈이는 할머니께 처음 거짓말을 하였다.

집에 들어서니, 어른들은 오촌 상청 앞에서 울음판이 벌어지는데, 정선이는 송빈이를 날카로운 눈짓으로 불러냈다.

"너 지겐 어쨌니?"

"……."

"도낀?"

"……."

"저녁 주나 봐라."

송빈이는 부르르 떨었다. 이 세상에서 정선이 말이 제일 무서운 것이다. 날은 벌써 밤이었다. 상청에서 울음소리들이 나니 오촌께서 돌아가셨을 때 무섭던 생각이 새로 난다. 더구나 세수묵 고개는 낮에도 호랑이를 본다는 데다.

"종일 칠십릿길을 걸어 오신 할머니꺼정 저녁을 안 드리면 어떻게 허나!"

송빈이는 저도 배가 고픈 것을 그제야 깨달았다. 허리띠를 졸라맸다. 하늘을 쳐다보았다. 캄캄하다. 그러나 도깨비나 호랑이나 무엇이 나타나든, 어디서고 어머니께서 나서 가로막아 주실 것 같았다. 할머니는 땅 위에 계시지만 어머니는 하늘 위에 계시어 언제든지 자기 머리 위를 따라다니시며 보호해 주시는 것으로 믿어졌다. 송빈이는 세수목 고개 쪽으로 달음박질쳤다. 거의 오리나 되는 데다. 어느 산꼴짝에서 여우 우는 소리가 들린다. 뒤에서는 개 짖는 소리도 들린다. 무서운 그림자가 자꾸 눈앞에 얼씬거린다. 송빈이는 "어머니? 어머니? 어머니?" 염불 외이듯 어머니만 생각하며, 어머니만 믿으며, 거의 달음박질하였다. 그러나 이런 때는 귀가 열도 더 되는 듯 자꾸 무서운 소리가 이리로 저리로 느껴졌다. 도무지 듣지 않던 소리가 웅을 웅을 웅을 웅을…… 사람의 소리도 아니요 짐승의 소리도 아닌 것이 난다. 그만, 전신이 오싹해 꼼짝 못하고 말았다. 한참 정신을 가다듬고 다시 들으니 큰 바위 밑으로 물이 스며 흐르는 소리였다. 물소리거니 하니 놀란 것이 분하기보다 무서워하지 않아도 좋을 것이 기쁘다. 다시 뛰었다. 인제 길이 아니라 산이다. 나무를 모두 깎은 석갓이라 이따금 다박솔만이 시꺼먼 것이 무엇이 숨어 있는 것만 같아 옆으로 가기가 싫다.

밤눈은 낮에와 짐작이 달라, 지게를 찾기에 한참이나 헤맸다. 지게를 질 때에야 등골이 선뜩하여 땀이 흥건히 흐른 것을 깨달았다.

길은 돌아서니 더 무섭다. 뒤에서 무엇이 자꾸 쫓아오는 것 같다. 거의 거의 따라와 붙잡으려는 것처럼 이마가 선뜩해진다. 비실비실 길옆으로 물러서며 돌아다본다. 다행히 앞서 지나가는 것도 뒤를 다우치는 것도 보이지 않는다. 먼 하늘에 별들만 깜박거리는 것이 엄마가 거기 계시어 "어서 걱정 말구 천천히 거가라" 해주시는 것 같다. 길로 나서 걸었다. 동넷집을 하나 지내 놓으니 더욱 마음이 놓였다. 가만가만 마당에 들어서 부엌 뒤에 부려놓고 도끼는 봉당에 갖다 놓는데 방문이 열린다. 할머니였다.

"원 어디 갔더랬니?"

"진지 잡수셨수?"

"어서 먹자."

할머니는 기다리고 계셨다.

"이 철없는 거야. 오래간만에 할미두 오구 누이 저녁 설거지두 늦는데 어디루 나갔더랬니?"

"……."

송빈이는 목이 메어 밥이 넘어가지 않았다. 정선이가 옆에서 빤히 보기 때문에 울음도 입을 깨물며 억지로 참는 수밖에 없었다.

그러나 송빈이는 이번에는 할머니를 따라 용담으로 나오게 되었다. 정선이네는 정선이를 데릴사위를 들여서라도 모시울서 눌러 살기로 하고, 송빈이는 그의 할머니 뜻대로 내맡겼다.

송빈이도 할머니도 날을 것처럼 가뜬한 걸음으로 모시울을 떠났다. 짧은 겨울해에도 거의 해 동갑으로 용담에 들어섰다. 마침 철둑에는 기차가 푸파거리며 달아났다. 송빈이는 우뚝 서서 기차가 아주 사라질 때까지 바라보았다.

"할머니?"

"왜?"

"저 기찻길 여기 학교 사람들이 놨수?"

"아니란다……."

송빈이는 여간 뜻밖이 아니었다. 송빈이는 오래간만에 송옥이 해옥이 모두 만나보았다. 해옥이는 몰라보게 커 있었다. 그러나 송옥이도 해옥이도 소청서보다 모두 때 묻고 해진 옷을 입고 있었다. 그 때 묻고 해진 옷채로 이튿날은 할머니와 함께 십 리나 되는 데 있는 아버지 산소에 갔다. 소청서 처음 나오는 길로 왔어야 할 것인데 그때는 집안 어른들이란 아이들을 서로 떠맡기는 것으로만 공론이 바빴을 뿐이었다.

송빈이 아버지의 산소는 조그마하였다. 상돌도 망두석도 없었다. 제 절로는 좁아서 넉넉히 물러서서 절도 할 수가 없었다.

"네가 커선 네 집을 짓기 전에 먼저 네 어미 아비 산수부터 가꿔야 한다."

할머니의 말씀이었다.

용담에는 아래위로 두 골짜기가 있다. 아랫골짜기는 '백학골'이요 웃골짜기는 '웃골'이다. 송옥이와 해옥이가 있는 오촌댁은 백학골 초입에 있는데 웃골에도 한 오촌댁이 있다. 여기서는 삼촌이나 오촌이나 칠촌이나 어른이면 모두 작은아버지로 불린다. 이 송빈이의 웃골 작은아버지는 팔 하나를 잘 쓰지 못하였다. 송빈이는 그분의 옷고름과 대님을 매는 것 같은 잔시중을 들어드리며 그 집에 있게 되었다. 이 웃골 작은아버지 내외분은 송빈이가 고향에 돌아와 처음 느끼는 인정 많은 어른들이었다. 봄부터는 학교에도 다니라 하였고, 송빈이가 한문은 여기 이 학년 아이들보다도 나으니 산술과 언문과 창가만 시험을 보면 이 학년에 들 수 있다고 하면서, 친히 산술의 가감법(加減法)과 언문을 가르쳐 주셨다. 문제는 창가였다. 무엇이든 한 절만 부를 줄 알면 된다는 것이다. 그때 봉명학교 학생들은 '무쇠 골격 돌주먹 소년남아'니, '뻔쩍 뻔쩍 동명왕의 칼'이니, '학도야 학도야 청년 학도야'니, 이런 창가들인데 '학도야 학도야'는 웃골 작은아버지도 부를 줄은 아셨다. 그러나 집안에서, 더욱 아이들과 하인들이 보는 데서, 수염이 꺼먼 어른이, 아직 상투를 그냥 둔, 체면은 구식인 채인 어른이, 소리를 내어 '학도야'를 부를 수는 없다.

할머니는 진맹이로 도로 가셨다. 그러나 가까운 데라 가끔 오셨다.

봄이 되었다. 학교에 졸업식이 있다고, 학교 운동장에는 솔문을 세우고, 만국기를 달고, 졸업생들 집에서는 떡을 해서 시루째 함지째 나르고, 돼지도 여러 마리 잡은 모양이었다. 송빈이도 구경 가서 떡과 고기를 얻어먹었다. 사진 찍는 것도 구경하였다. 재학생들은 앞에 앉히고, 졸업생들은 세우고, 그 뒤에는 교장 이하 선생님들과 동네 어른들은 모두 책상을 놓고 올라서셨다. 졸업생들은 졸업장을 들었고, 어른들도 무엇이고 들고 찍는 법인 듯, 옥편을 펼쳐드는 이도 있고, 전에 찍은 자기 사진을 갖다드는 이도 있고, 회중시계를 꺼내 딱지를 제껴가지고 드는 이도 있었다.

봉명학교에서는 졸업식이 지난 후, 곧 신입생을 모집하느라고 수선거렸다. 송빈이는 창가 한 가지를 부를 줄 알아야 할 것이 급해졌다. 송옥이는 회령읍에 가서 학교에 다녔으니까 창가를 몇 가지 부를 줄 알기는 한다. 그러나 '여보 여보 거북님 내 말 들어보' 그런 것에 불과하지, 여기 학교에서 부르는 것은 하나도 몰랐고, 또 안다 하더라도 송옥이는 해옥이를 업고 늘 심부름에 몰려 송빈이와 조용히 마주앉았을 자리도 틈도 없었다. 그런데 하루는 웃골 작은아버지께서 매봉재로 가자 하셨다.

매봉재에는 이 용담이 씨네 조상님 산소가 여러 자리 계시다. 그래 어른들은 매봉재로는 놀러오더라도 으레 의관을 차렸다. 작은아버지는 갓을 쓰고 나서셨다. 산소들은 그냥 지나 솔숲이 충충한 데로 들어

가셨다. 송빈이도 묵묵히 따랐다. 휘휘 둘러보시고 아무도 없는 기색을 살피시고는, 다른 것이 아니라 송빈이한테 창가를 가르쳐주시는 것이었다. '학도야' 창가였다.

"학도야 학도야 청년 학도야. 벽상에 괘종을 들어보시오. 한소래 두 소래 가고 못 오니 인생이 백 년 가기 주마 같도다."

처음에는 가르치는 양반부터 도무지 곡조가 어울리지 않았다. 목소리부터 기괴하게 나와서 목청을 고르느라고도 한참 걸렸고 곡조는 가만히 서서는 당초에 나오지 않았다. 답보를 하니까야 비슷한 곡조가 시작되었다.

"학도야 학도야 청년 학도야, 벽상에 괘종을 들어보시오."

이 두 줄만 겨우 송빈이가 따로 부를 만큼 되었을 때다. 어디서 킬킬 킬 웃음소리가 났다. 돌아보니 나무꾼아이들이 진작부터 숨어서 이 광경을 보고 있었다. 웃골 오촌은 호령을 하여 아이들을 쫓았다.

매봉재에서 세 번째 내려올 때는 송빈이는 '학도야' 한 절을 혼자 곧 잘 불렀다. 그래 어렵지 않게 봉명학교 제이 학년에 입학하였고, 월사금은커녕 교과서도 공책도 연필도 학교에서 주는 시절이라 걱정 없이 공부하게 되었다.

누구보다도 할머니께서 오시어 기뻐하셨다. 읍에 가시어 모자도 사다 주셨다. 그리고 여기는 넉넉한 집안들이라 이 집에서 며칠, 저 집에서 며칠씩, 여러 날을 용담서 묵어 가셨다. 가실 때라도 송빈이나 할머니는 모시울서처럼 아득하게 슬프지는 않았다.

송빈이는 학교 공부가 재미났다. 또 새벽 나팔소리에 깨는 것이 즐거웠다. 송빈이도 목총 한 자루를 받았다. 남처럼 각반까지는 차지 못

하나, 짚세기에 등매를 단단히 하고 탄환도 없는 나무총이나마 묵직한 것을 메고, 어서 뛰어 나오라고 급히 부르는 듯한 나팔소리를 다시 들을 때에는 어렴풋하나마 남자라는 것은 글공부만 잘 해서도 안 된다는, 어떤 기개를 느꼈다. 나이로는 아직 조무래기 축이나 송빈이는 험준한 모시울 산에서 고자바리짐을 지고 풀풀 달리던 다리라, 굵은 패에 과히 떨어지지 않았다. 학과는 물론이요 체조 끗수에도 송빈이는 큰아이들을 쫓아갔다. 일 학기 시험에 송빈이는, 아이까지 낳았다는 갓 스물짜리 어른도 몇이 있는 사십여 명 속에서 대뜸 둘째를 하였다.

여름방학이 되었다. 용담에는 동네 가운데를 흐르는 개울도 있고, 주막 아래로 내려가면 금학산(金鶴山) 깊은 골짜기에 수원(水源)을 둔 '한 내천'이 맑고 깊게 흐른다. 미역감기와 고기잡이가 어른 아이 할 것 없이 한철 낙이 된다. 웃골 작은아버지도 낚시질을 즐기셨다. 송빈이는 으레 따라가서 미끼를 끼워 드리고, 고기를 낚시에서 떼어드리고 그리고 저도 옆에서 낚시질을 할 수가 있었다. 그뿐 아니라 여름은 맨발로 다녀도 좋고 옷도 홑것이라 아무라도 쉽게 빨아주어 그리 주제가 들지 않아 좋았다.

그러나 가을부터는 송빈이는 풀이 꺾였다. 할머니께서 오실 때마다 짚세기나 미투리나 한두 켤레씩 사다주시나, 할머니를 기다리기 전에 뒤축이 물러나곤 하였고, 겹옷이 되면서부터는 아무 상에서나 한데 휩쓸려 먹을 수 있는 끼니와는 달라, 옷은 누가 제때에 뜯어서, 빨아서, 풀해서, 다듬어서, 지어서, 다려서, 입힐 수는 없는 것이었다.

4. 푸른 산은 가는 곳 마다

추석이 되었다. 며칠 전부터 동무들이 추석이 된다고 즐거워하는 것이 송빈이에게는 은근히 걱정스러웠다. 더구나 학교에서는 공부까지 하지 않는다 하였다. 공부 안 하고 노는 것은 송빈이도 싫지는 않다. 그러나 남 다 새 옷 입는 날, 혼자 헌옷채로 견딜 것이 싫기보다 두렵기까지 하다. 할머니께서도 추석날 아침까지 나타나시지 않으셨다. 할머니께서 오시더라도 집세기나 미투리지, 갖신이니 새 옷까지 지어 가지고 오실 수는 없을 것이다. 집집마다 해도 퍼기기 전부터 새 옷 입은 아이들이 마당에서 뛰었다. 육촌 팔촌 되는 형 아우들은 하나같이 버선까지 진솔들이다. 허리띠, 대님, 갖신, 모두 큰 명일 때는 읍에도 아니요 문중에서 하인을 서울로 보내 사 온 것들이다. 어떤 동생뻘 되는 아이는 구두를 신었고 겨울에 입을 만또[37]까지 미리 사다 두었다고 자랑하였다. 송빈이는 이런 날일수록 조반까지 거의 점심때나 되어야 차례가 오는 것이 더욱 지리했다. 웃골 작은어머니는 은근히 송빈이를 귀애는 하신다. 그러나 시집살이라 남는 음식은 틈틈이 빼놓지 않고 거둬 먹이나 송빈이한테 맞을 남는 옷은, 더욱 새 옷은 있을 리 없었다.

"에그 송빈일 옷이나 빨아 입힐 걸!"

송빈이는 말 한마디라도 얼마나 고마운지 몰라 국그릇에 눈물을 떨구었다.

조반이 끝나자 어른들 아이들 모두 두루마기뿐 아니라 행전까지 치

---

[37]　망토.

고들 산소에들 차례 지내려 나섰다. 송빈이는 멀리 엄마 산소가 그리웠고, 가까이 아버지 산소에라도 가고 싶었다. 그러나 아버지 산소는 십리나 되는데 아주 구석진 산 속이다. 할아버지 산소는 매봉재에 어느 산소보다 장엄하게 있지만 옆에 다른 할아버지 산소가 있어 온 문중이 휩쓸어 올라간다. 송빈이는 사랑 웃방에 숨어 있다가 집안이 고요해진 뒤에 밖으로 나왔다. 매봉재 산소의 들은 꽃밭처럼 울긋불긋했다. 송빈이는 얼른 돌아서 아랫말로 내려왔다. 송옥이와 해옥이가 있는 오촌댁 근처로 한참 빙빙 돌았으나, 송옥이도 해옥이도 보이지 않는다. 마당에는 하인의 자식들까지 동저고리나마 하얗게 빤 것들을 입고 있어, 가까이 갈 용기가 나지 않는다. 송빈이는 맞은편 산으로 올라갔다. 송옥이가 걸레나 요강을 들고 잘 나오는 백학골 도랑이 빤히 내려다보이는 데다. 점심차가 지날 때까지 앉았으니까, 누나가 역시 해옥이를 업고 나타났다. 누나는 저고리만은 빨아 입은 듯 하얀 것이었으나, 아래는 시퍼런 독물치마라 새것인지 입던 것인지 분별할 수 없었다. 버선과 집세기는 분명코 너털너털하는 신던 것 그대로로 보였다. 누나는 걸레를 개울에 놓더니 해옥이를 내려놓았다. 해옥이는 아래 위가 입던 옷 맨발 그대로다. 누나는 해옥이 머리를 몇 번 쓰다듬어 넘기더니 세수를 시켰다. 걸레까지 빨아 가지고도 얼른 일어서지 않고, 건너편 금학산 쪽 하늘을 멍하니 바라보고 있었다. 송빈이는 "누나" 하고 소리를 지르고 싶었으나, 왜 그런지 입이 열리지 않았다. 누나는 그만 일어서 해옥이를 이번에는 걸리면서 걸레를 들고 들어가고 말았다.

송빈이는 더 그 자리에 앉았을 맛이 없다. 일어나 가얌나무를 찾기 시작하였다. 어떤 나무에는 꽤 굵은 것이 달려 있었다. 까먹으며 또 따며, 산기슭을 한참 더듬어 올라가노라니까 웬 아름다운 새소리 같은 목소리가 났다.

"쟤가 누구야아?"

연분홍 저고리에 옥색 치마를 입은 소녀다. 여기 아이 같지 않게 얼굴이 희고 예쁘다. 송빈이는 어쩔 줄 몰라 그냥 섰는데

"얘? 거기 꽃 나 꺾어다우."

한다. 송빈이는 그제야 제 앞을 내려다보았다. 볼그스레 분홍빛 도는 들국화 한 가지가 탐스럽게 피어 숙여져 있다. 송빈이는 얼른 올라서며 꺾었다. 또 얼른 올라서며 소녀에게 주었다. 소녀는 새하얀 손을 내밀어 받았다. 그리고 그 새까만 눈으로 잠깐 송빈이를 보더니

"고맙다."

하고는 돌아서 올라갔다. 소녀가 보이지 않자 여러 사람의 지껄이는 소리가 났다. 거기는 뉘 집 산소인 듯하였다.

"걔가 누굴까?"

송빈이는 암만 생각해보아도 용담서는 본 적이 없다.

"이름이 뭘까?"

그 하얀 얼굴, 까만 눈, 금세 만난 것을 먹은 것처럼 기름기가 반지르르한 빨간 입술, 그리고 포둥포둥한 손, 송빈이는 한참이나 사라진 소녀의 얼굴을 그려보며 우두커니 서 있었다. 그 예쁜 소녀는 다시 나타나지 않을 뿐 아니라, 사람들 지껄이는 소리도 차츰 멀어갔다. 고요하다. 소녀를 꺾어 준 들국화 그루에는 아직도 한 송이가 남아 있다. 마저 꺾었다. 향긋한 냄새가 풍긴다. 송빈이는 코에 대고 맡으며 산기슭을 내려오고 말았다.

동네로 내려와 보니, 벌써 차례가 끝나, 산소에서 울긋불긋 내려오기 시작들이다. 송빈이는 어디로 가야 할지 몰랐다. 아이고 어른이고 새 옷 입은 사람이면 모두 만나기가 부끄럽다. 그런데 새 옷 입지 않은 사람은 저 외에는 아무도 보이지 않는다. 송빈이는 그만 개울로 나왔다. 개울에도 다릿돌마다 사람들이 서서 논다. 농군들인데 그들도 새 옷이다. 송빈이는 웃녘에 외따로 있는 물방앗간으로 왔다. 어제까지는 밤늦도록 떡가루를 찧었으나, 오늘은 방아도 한가히 쉰다. 여기야 아무도 없으려니 하고 왔는데, 여기도 사람이 있었다. 다행히 새 옷 입은 사람은 아니다. 거지 영감이었다. 얻어 가지고 온 송편을 먹으면서 또아리를 틀고 있었다. 내일 아침에 밥을 빌 집에는 미리 또아리 하나씩을 선사해서 거지 중에는 우대를 받는 '또아리 영감'이었다.

"허! 넌 뉘 집 앤데 새 옷두 못 입었니?"

"……."

송빈이는 거지 영감에게까지 얼굴이 화끈해진다.

"얼굴은…… 허! 상사람의 자식은 아닌데…… 너 떡 하나 주랴?"

송빈이는 배가 고프기도 하였으나

"싫예요."

하고, 방앗간도 물러나고 말았다. 거기서 조금 더 올라가면 '행상집'이 있다. 그 근처로는 가기가 무섭다. 개울로 내려섰다. 가을 물은 한껏 잦아서 돌들이 군데군데 드러났다. 시들시들해진 들국화는 물에 던지고 고기가 엎디었을 듯한 돌을 찾아 살그머니 들쳐본다. 흙탕이 일어난다. 침을 뱉고,

"쨍쨍 맑아라,

쨍쨍 맑아라,

샘 파 주께 맑아라."

하면, 흙탕이 가라앉는다. 마알간 물 밑에는 등에 멍게가 앉은 가재가
드러난다. 멍게를 발락발락 일으키며 숨쉬는 미꾸리도 드러난다. 다시
이 돌, 다시 저 돌, 그런데 흙탕이 가라앉으며 드러나는 것은 가재나 미
꾸리만도 아니다. 그 까만 눈 하얀 얼굴의 소녀, 무슨 말이라도 할 듯
방글거리며 드러났다. 깜짝 놀라 보면 소녀는 물방울처럼 꺼지고 그제
야 자갈과 모새바닥이 드러난다. 송빈이는 가재도 미꾸리도 잡을 재미
가 없어졌다. 그러나 이날 송빈이는 개울을 떠나 심심하지 않을 데는
다시 없다.

밤에는 달이 초저녁부터 무척 밝다. 그러나 낮의 해처럼 새 옷과 헌
옷을 또렷이 갈라놓지는 않는다. 송빈이는 한결 기운을 얻어 아이들
축에 끼었다. 그리고 요즘 새로 배운 창가

"건넌집 일남이는 가난하여서 하루에 죽 한 끼도 어렵삽네."

를 부르며 아랫말로 내려왔다. 학교 마당에서 여러 아이들의 창가 소
리가 난다. 송빈이서껀은 그리로 가려고 '큰돌다리'로 와보니 다릿돌마
다 사람이 가뜩가뜩 서 있다. 어른도 아이들도 모두 짓궂게 비켜주지
않는다. 더구나 한 가운뎃돌에는 낮에 산에서 본 그 예쁜 소녀가 서 있
는 것이다. '윤수 아저씨'의 손을 붙잡고 서서 달을 쳐다보는 것이다.
달빛에는 배꽃 같아 보인다. 윤수 아저씨란 이름이 윤수(潤洙)인데 송빈
이에게 먼 촌 아저씨다. 송빈이와 한 항렬 아이들이 모두 '윤수 아저씨'
라 부른다. 머리는 깎았어도 어른이요, 학교는 사 학년이다. 한참 서서
보니까 소녀는 윤수 아저씨 더러 역시 '아저씨'라 하였고, 윤수 아저씨

는 소녀더러 '은주'라 불렀다.

'은주! 은주! 성은 뭘까?'

송빈이는, 소녀는 이름까지 예쁘다 생각하였다. 은주는 송빈이를 보지 못했다. 그리고 얼마 안 있어 그의 아저씨가 데리고 들어가 버렸다. 은주가 없어지자 송빈이는 그제야 달을 쳐다보았다. 불쑥 소청 생각이 난다. 서분녜서껀 그 모새 부드러운 골목 뒤와 울타리 밑으로 다니며 숨바꼭질하던 생각이 그리워진다. 송빈이는 학교마당으로 가는 동무들 축에서 빠져 백학골 쪽으로 왔다. 그리고 이내 잘했다 생각한 것은 누나가 해옥이와 함께 웃말로 올라오는 것을 만났기 때문이다.

"저녁 먹었니?"

"응 누난?"

"……."

누나는 이내 울음이 비죽비죽 터져 버렸다. 그리고 한 손에서는 대추 몇 알, 한 손에서는 밤 몇 알을 주었다. 송빈이는 그것을 해옥이와 나눠먹으면서 이슬 내리는 남의 집 채마밭 머리에서 이슥토록 달구경을 하였다. 밤늦도록 쳐다본 것은 달이건만, 이날 밤 송빈이 꿈에는 달이 아니요 은주가 보였다. 깨어서 생각하니 흐리명텅하기는 하면서도, 옆에 은주가 없는 것이 투정을 부리고 싶게 몹시 쓸쓸하였다. 학교로 가는 길에 윤수 아저씨네 집을 자꾸 들여다보았지만 은주는 보이지 않았다. 점심시간이다. 윤수 아저씨를 선두로 여러 아이들이 철둑으로 올라갔다. 서울 가는 차가 정거장에서 떠나, 이 용담 앞을 지날 시간이 된 것이다. 아이들한테 들으니 은주는 윤수 아저씨의 누님의 딸인데 추석에 왔다가 서울 저의 집으로 간다는 것이었다. 송빈이도 철둑으로 올라왔다. 이내 매봉재 모퉁이에서 천둥하는 소리가 나더니 시커먼 기차가 엿가래처럼 늘어나며 내려쏠렸다. 곳간이 대여섯 지난 뒤에야 객차인데 둘째 번 객차에 수건이 깃발처럼 날렸다. 수건은 가까워지는 듯하더니 허옇게 줄이 휙 일면서 어느덧 저만치 지나쳤다. 지나치고 생각하니 창을 열고 수건을 내민 것은 웬 부인네요, 그 옆에서 닫힌 유리창에 두 손을 짝 벌려대고 이마도 대고 눈이 똥그래 내다보던 것이 은주였었다. 벌써 차는 한내 다리를 건너느라고 우르릉우르릉 하였다. 우르릉 소리가 사라지면 차는 다시 산모퉁이로 없어지고 마는 것이다.

"서울!"

송빈이는 묏부리들이 첩첩이 이어나간 아득한 서쪽 하늘을 바라보았다. 전에 정서방이 "이담 서울루 공부 오슈" 하던 말도 생각난다. '공부만 잘하면 서울 갈 수 있다!' 하는 생각이 솟는다. 송빈이는 주먹을 꼭 쥐었다.

이학기 시험에는 우등에다 첫째를 하였다. 삼학기에도, 또 삼 학년에 와서도 첫 자리를 큰 학생들에게 주지 않았다.

이 삼 학년 여름방학의 어느 날 송빈이는 웃골 작은아버지를 따라 한내천의 상류인 '선비소'라는 데로 낚시질을 갔다. 가보니 윤수 아저씨가 먼저 와 낚시질을 하는데, 언제 서울서 왔는지 은주가 옆에 있었다. 은주도 작년 가을에 꽃 꺾어 달라던 생각이 나는지 한참이나 빤히 송빈이를 보았다. 그리고 윤수 아저씨는 은주가 뜨거워한다고 송빈이더러 산에 올라가서 가랑잎을 몇 가지 꺾어다 주라고 하였다. 송빈이는 얼른 뛰어가 한 짐이나 꺾어 왔더니, 은주는 햇볕만 가리지 않고 깔고까지 앉으면서 또 "고맙다" 하였다. 그런데 고기가 도무지 물리지 않았다. 그래서 웃골 작은아버지는 논에나 가보신다고 먼저 들어가시고 송빈이도 낚시는 걷고 여울로 내려와 손뒤짐을 시작하였다. 돌 밑에서는 꽤 큰 고기가 붙잡혀 나왔다. 은주는 아저씨 옆을 떠나 송빈이에게로 왔다. 송빈이는 잡은 고기를 두 마리나 대가리를 입으로 물고 손뒤짐을 계속하였다.

"비리지 않니?"

은주가 물어보아준다.

"아니."

하고 대답하다가, 그만 입에 물었던 고기를 떨궜다. 은주는 날쌔게 흘러가는 고기를 집으려다가 미끄러졌다. 송빈이가 얼른 안아 일으켰지만 팔꿈치가 돌에 스쳐 벗어지고 옷을 반이나 적셨다. 그러면서도 은주는 벌써 보이지도 않게 떠내려간 고기만,

"어떡허니?"

하고, 미안해 바라보았다.

"그까짓, 또 잡으문 되지 뭐."

송빈이는 은주가 옆에 있어 주기만 하면 얼마든지 잡을 것 같았다.

"살겐 못 잡니?"

"왜 못 잡긴? 살게 잡을까 우리?"

"그래!"

은주는 이내 담을 그릇을 가져왔고 송빈이는 고기를 비늘 하나 다칠세라 곱게 움켜내곤 하였다. 이렇게 한참 재미있게 잡는데 날이 갑자기 캄캄해졌다. 금학산과 하늘빛이 똑같이 새까맣다. 그런데 윤수 아저씨가 부른다. 와 보니 낚시가 무엇에 걸려 나오지 않아서였다.

"내가 들어가 꺼내까?"

송빈이는 자청하였다. 한 길이 넘는 물은 하늘이 흐려 더욱 시퍼랬다.

"무섭지 않니?"

은주가 걱정해 주는데 더욱 용기가 난다. 송빈이는 적신대야 해만 나면 이내 말라 버릴 것이라, 적삼만 벗어 팽개치고 두 귓구멍에 침질을 하고 개고리처럼 텀벙 물속에 뛰어들었다. 낚시는 단번에 걸려 있는 나무 등걸째 끌고 나왔다.

"어쩌문!"

하고, 은주는 눈이 기름송이처럼 빛나며 감탄하였다. 그러자 빗방울이 앵두알 같은 것이 뚝뚝 듣더니, 큰 산이 뽀얗다. 선비소 등성이를 채 올라서기도 전에 채찍으로 쏟아진다. 은주는 파랗게 질려 빗물에 숨이 막혀 헉헉 느끼기까지 하였다. 비는 동네로 들어설 때까지 사뭇 퍼부었다. 송빈이는 은주가 좋아하는 산 고기 그릇을 든 채 윤수 아저씨네 집으로 따라 들어왔다.

윤수 아저씨와 은주는 이내 보송보송하게 마른 옷으로 갈아입고 나왔다. 그것을 보니 송빈이는 더 덜덜 떨렸고, 적삼은 벗어 짜서 입었더니 풀내에 파리가 자꾸 꼬여들었다. 은주는 마루 끝으로 와 고기를 들여다보고 좋아하다가도 송빈이한테 파리가 시꺼멓게 달라붙은 것을 보고는

"애 저리 좀 물러나."

하고, 이마를 찌푸렸다. 그러자 은주 외할머니는 광에서 참외를 한 함지 꺼내 오셨다. 모조리 도려보시더니 새까맣게 잘 익은 것으로는 벗겨 자기 아들과 외손녀를 주시고 그중, 끝으로 밀어놓았던 허옇게 선

것을 벗겨 송빈이더러 먹으랬다.

"싫예요."

"이녀석 어른이 주는 걸 받지 않구."

그래도 송빈이는 받지 않았다. 안 먹고 떳떳한 것이 낫지, 먹고 얼굴이 홧홧하기는 싫었다. 그래 얼른 일어서 천둥까지 하면서 더 자지러지게 휘어박는 빗속으로 뛰어나와 웃말로 올라오고 말았다. 그리고

"은주! 그까짓 기지배!"

하고 욕을 하였고, 다시는 만날까봐 아랫말로 내려오지도 않았다.

누나 송옥이가 시집간다는 말이 났다. 정말인가 하고 누나더러 물었더니 누나는 얼굴이 빨개지며 잠자코만 있었다. 누나가 지금 있는 오촌댁보다 더 좋은 데로 아주 그 집 며느리가 되어 가서 늘 비단옷에 예쁘게 차리고 하인들에게 공대를 받고 산다면 그것은 좋은 일이지만 해옥이가 어떻게 되는가 송빈이는 걱정되었다. 할머니께서 오시어 만나는 길로 여쭤봤더니, 정말

"네 누인 인전 시름을 놓았다."

하셨다.

"읍에 새미꿀선 제일 잘사는 영월집 메누리루 간단다. 너이 어미가 살았어두 이런 자리야 마대겠니."

"영월집이 뭐유?"

"신랑의 아버지가 지금은 돌아가시구 없지만, 전에 영월 고을 원노릇을 했단다. 넌 이담 도 장관이나 돼라."

"해옥인 어떻게 허우?"

"지금 그 댁에 그냥 두지 어떡허니! 그래두 양반의 자식 나이 차문 혼

처 없겠니? 딸자식은 암만 설게 자랐어두 저 시집 좋은 데루 가문 그만 이란다…… 어서 난 네가 잘되는 걸 보구 죽음 한이 없겠다.”

“도 장관이 되문 잘되는 거유?”

“그럼!”

송빈이는 눈을 딱 감았다. 가슴에 ‘도 장관’이 깊이 박혀졌다.

이듬해 봄이 되자 송옥이는 사인교를 타고 읍으로 가버렸다.

송옥이가 시집가는 날도 송빈이는 명일날처럼 지리했다.

남루한 주제로 누이의 혼인에 비치기가 싫어, 이날은 학교도 구만 두고 뒷동산으로 올라갔다.

거의 점심때나 되니까 철둑께에 인력거 세 채와 사인교 한 채가 나 타났다. 동네로 들어오더니 서너 시간이 되어서야 사인교가 앞서고 인 력거들이 뒤를 좇으며 신혼행렬은 읍으로 향하였다.

“누나가 지금 저 사인교 속에서 나를 생각하려니! 누난 잘사는 집으 로 간다니까 내가 이런 꼴을 하고 찾아가면 속으로는 반가워도 겉으로 는 시집 사람들을 부끄러워 하려니!”

송빈이는 누이의 신혼행렬이 벌판에 까마득하게 사라지도록 바라 보다 내려왔다. 여러 날 뒤에 할머니를 따라 누이네 집에 한 번 가보고, 딴은 속으로는 반가와 하면서도 겉으로 시집 사람들을 부끄러워하는 것을 눈치 채고는 공일날마다 들어오라는 것을 되도록 가지 않았다.

서울 가서 공부한다는 매부의 금단추 번쩍거리는 교복을 보고는

“나도 서울로 공부가야 한다!”는 결심만 굳어졌다.

송빈이가 읍에 가기 싫은 데는 다른 이유도 한 가지 있었다. 공립 보 통학교 아이들이 일본말로 욕을 하며 놀리는 것이었다.

사실 송빈이뿐 아니라 봉명학교 학생들은 모두 '고꼬와 오꾸니노 남 바꾸리'[38] 창가도 부르고 싶었고, 일본말로 욕도 할 줄 알고 싶었고, 여기 선생님들도 금테 모자에 금줄 친 양복에 칼을 찼으면 싶었다. 한번은 송빈이 반에서도 학감이시요 이야기 잘해 주시는 수염 긴 한문 선생님께 그런 청을 해보았더니

"흥, 이 어리석은 사람들아 군사부일체를 모르나? 어느 애비가 자식헌테 칼을 차구 대허누? 안될 말이지."

하고, 코웃음에 붙여 버리셨다. 이런 한문 선생님의 말씀이 유치한 학생들에게 이해될 리 없었다. 더욱 이 한문 선생님은 그 풍부한 역사 이야기 외에는 모두 학생들에게 불평을 받으실 것뿐이었다. 한문도 시험을 보기는 하나 아예 반에서 끊어 버리시는데 손수 답안을 보시는 게 아니라 반장더러 이름만 부르게 하시고

"그놈은 구십 점만 줘라. 그 녀석은 팔십 점은 했을라."

이런 식이었고, 학생들이

"어떻게 답안두 안 보시구 아세요?"

하고 불평을 말하면

"이놈! 내가 네 할애비 나인 된다. 네놈들 실력을 몰라? 시험엔 잘 험 뭘 해, 실력이 젤이니라."

하고, 도리어 호령이셨고, 제일 딱한 것은 운동장 옆에 느티나무가 있는데, 그 밑에 걸상을 내다놓고 책 보시기를 즐기셨다. 책만 즐기시지 않고 공이 굴러가면 붙잡는 것도 즐기셨다. 풋볼이건 테니스공이건 가

---

38 '여기는 조국에서 몇백 리인가.

기만 하면 발로 꽉 밟으시고 주지 않으셨다.

"이놈들아, 글쎄 신발 해뜨리고 땀에 물초들이 되구, 더위 먹음 어쩌려느냐?"

하시고, 한참 쉬어 땀들을 들인 뒤에야 주시는 것이었다.

그리고 교실에도 긴 장죽을 물고 들어오셨고, 가르치다 말고도 곧잘 변소에 가셨다.

이런 완고한 선생님이 학감으로 계시면서도 봉명학교는 자꾸 변해 갔다. 졸업식 때나, 창립기념식 때는 읍에서 군수도 나오기 시작하더니, 용담에 새벽 나팔소리가 끊어졌고, 교련시간이 그냥 체조시간이 되고 말았다.

그리고, 송빈이가 사 학년이 된 여름에는 졸업생들이 중학교에 가려면 일어를 알아야 한다고 졸업반인 사 학년생들과 이미 졸업한 사람들까지도 학교에 모아놓고 '일어강습회'가 열렸다.

이 강습회의 일어교사는 원산 쪽에서 떠돌어와 교장 댁 사랑에서 묵던 젊은 길손이었다.

약간 함경도 사투리였으나, 일본말은 잘하는 모양이었다. 해어졌으나 갈라붙인 양복을 입었고, 머리도 갈라붙였고, 입과 턱이 크고, 목소리도 크고, 늘 눈이 정열에 타는 삼십대의 청년으로, 성명은 오문천(吳文天)이라 하였다. 이는 일어만을 가르치지 않았다. 강습생들을 학교에서 자게하며 저녁이면 격렬한 어조로 때로는 눈물까지 흘리며 여러 가지 연설을 하였다. 당파를 짓지 말 것, 미신을 타파할 것, 일어 영어 노어 모든 선진국의 말을 배워 신학문 신사상 신생활의 모든 기술을 수입할 것 같은……

하루는 비가 부실부실 오는 밤이었다. 읍에서 나오던 사람 하나가 성황당에서 도깨비불을 만나 혼이 났다 하였다.

이 오 선생은 '도깨비불이란 미신이다. 그 정체가 무엇인질 알아내야 한다' 하고 강습생들을 일으켜 가지고 앞장을 서, 성황당으로 달려갔다. 과연 성황당 뒤 고목이 충충한 숲 속에는 먼 발치서부터 시퍼런 불이 보였다. 볼수록 커지는 것 같았다. 좀 더 가까이 가보면 커지다가는 줄어들기도 하였다. 한 아름만 하게 줄어졌다가 다시 한 간 통만큼 커지면서, 옆으로 가기만 하면 덮어씌울 것처럼 늠실거리는 것이었다. 모두 겁이 잔뜩 치밀어 여차하면 도망갈 자세들인데, 오 선생은 잠깐 유심히 바라본 뒤엔 서슴지 않고, 그 늠실거리는 불 속으로 뛰어들었다. 돌각담 무너지는 소리와 함께 물 먹은 장작을 뽀개는 것 같은 소리가 나더니 "하하하……" 하고 오 선생의 실신한 듯한 웃음소리가 났다. 돌아서는 것을 보니 두 손이 열 손가락에 모두 시퍼런 불이 펄펄 탄다. 강습생들은 아이구! 소리를 지르고 어느 틈에 뛰는 사람도 있었다. 오 선생은 다시 엎디더니 그 도깨비불을 한 뭉치 떼어들고 나오는 것이다. 그제는 한 사람도 남지 않고 도망을 쳤다. 오 선생은 놀라지 말라고 소리를 쳤으나 엎으러지며 고꾸라지며 학교로들 내려뛰었다. 오 선생은 시퍼런 불을 그냥 한 뭉치 안은 채 손에서까지 불이 펄펄 이는 채 쫓아왔다. 그러나 남포 불빛에 들어서자 그 도깨비불은 간 데가 없고 오 선생의 손에는 다 썩고 비에 눅눅히 젖은 참나무 등걸이 한 뭉치 들려 있을 뿐이었다. 남폿불을 끄면 다시 시퍼런 불덩이다.

여기 사람들은 비로소 썩은 나무가 어떤 적당한 습기를 먹으면 인(燐)이란 광채가 생기는 것을 알게 되었다.

이 도깨비불의 정체도 용담 청소년들이 오 선생에게서 배운 것 중에 잊혀지지 않는 것이어니와, 특히 송빈이에게 깊이 가슴에 새겨진 것은 이등박문(伊藤博文) 작이라는 한시(漢詩) 구절이었다.

男兒立志出鄉關　　사나이 뜻이 서서 향관을 떠난 바에
學若無成死不還　　배워 이룸이 없이야 죽은들 돌아올 것가.
埋骨豈期墳墓地　　뼈 묻기를 어찌 분묘지에 기약하리요
人間到處有靑山　　인간 이르는 곳마다 푸른 산은 있도다.

'사람이란 죽으면 고만 아닌가? 그까짓 뼈야 어디 묻힌들 무슨 상관이랴! 우리 아버지도 돌아가셨으니 우리 집이 거지가 되어도 고만 아닌가? 뼈야 어머니께서 그처럼 애를 써 고향에 보냈기로 그게 오늘에 무슨 소용 있는 것인가? 소용은커녕 아버지께서 무슨 뜻이 있어 고향을 떠나셨던 것이라면, 그 뜻을 이루지 못하신 바엔 뼈나 그곳의 흙이 되어야 할 것이지 하필 선영을 찾아 옮기란 무슨 의미가 있는 것인가? 아버지로서는 차라리 수치가 아닌가!'

송빈이는 어렴풋하나마 이런 생각을 한두 번 하지 않았다.

그러나 이젠 눈정기도 아주 없으신 할머께서 옷도 기워 입으실 줄 모르고, 삼십 리 길을 걷고도 그만 송장처럼 주무시는 것을 보면, 도리어 송빈이가 잠이 오지 않았고, 어찌해서나 하루바삐 그 '도 장관'이 되어 드려야겠다는 결심만 굳어졌다.

졸업날이 가까웠다. 하루는 오 선생이 졸업반에 들어오더니,

"너이들 이담에 무엇이 되고 싶으냐?"

를 차례로 물었다.

첫 자리는 송빈이가 그중 먼저 대답하게 되었다.

"저는 도 장관이 되겠습니다."

"도 장관이?"

오 선생은 의외라는 듯이 껄껄 웃는 것이 아무래도 비웃음 같았다. 그 다음 아이가,

"나는 나파윤[39]이 되겠어요."

하였다. 이번에는,

"그렇지!"

하고, 오 선생은 탐탁한 듯이 고개를 끄덕이는 것이다. 그 다음 아이들도 하나같이 구라파와 또는 신라 고구려의 영웅 열사들의 이름을 댔지 송빈이처럼 고작 '도 장관'을 원하는 아이는 하나도 없었다. 오 선생은 더욱 만족해하였다. 송빈이는 분하고 부끄러워 고개를 들지 못하였다.

"우리 할머니 때문이다!"

송빈이는 할머니를 원망하였다. 그러나 할머니를 미워할 수는 없었다.

졸업식날이 되었다. 송빈이는 할머니께 졸업날을 알려 드릴까 하다가 자기와 할머니는 어느 졸업생이나 어느 졸업생의 어머니나 할머니보다 차림이 누추할 것을 생각하고는, 도리어 할머니께서 아시고 오실까봐 겁이 났다.

송빈이는 졸업식에 떡도 해오지 못했다. 돼지도 잡아오지 못했다. 두루마기도 입지 못했다. 그러나 졸업식에서 졸업생을 대표하는 첫째

---

39 나폴레옹.

는 송빈이었다. 우등상도 송빈이가 받았고, 답사도 송빈이가 나서 하였다. 다른 아이들은 송빈이만 못한 상을 받고도 저희 아버지 어머니께로 뛰어가 끌러 보이고, 맡기고 즐거워하였다. 송빈이는 한 아름 되는 상을 안고 혼자 웃말로 올라왔다. 해옥이까지 읍에 누나한테 가 있고 없는 때였다. 송빈이는 웃골 오촌댁 사랑 웃방에 와서 문을 닫으니 무슨 꿈속처럼 조용하였다. 이 댁 작은아버지도 작은어머니도 아직 학교에서 아니 올라오신 모양이었다. 송빈이는 백노지에 쌓인 상품을 혼자 끌렀다. 옥편이 한 권, 시문독분(詩文讀本)이 한 권, 벼루집이 하나, 그리고 공책과 연필들이었다.

송빈이는 이것들을 다시 쌀 줄 모르고 언제까지나 멍하니 앉아 있었다. 어머니께서 잠깐 어디 나가시기나 한 것처럼 어머니를 기다리고 있는 자기를 한참 뒤에야 깨달았다.

'왜 나한텐 어머니가 없나!'

송빈이는 졸업날 혼자 울다가 쓰러져 낮잠이 들고 말았다.

그때는 읍에 간이농업학교(簡易農業學校)가 생겨 있었다. 서울로 유학하지 못하는 아이들로는 유일한 상급학교였다. 송빈이도 허턱 읍으로 가서 이 농업학교 입학원서를 얻어왔다.

용담학교와는 달라, 보증인도 있어야 하고, 입학금도 있어야 하고, 교과서도 삼사 원어치를 사야 하였다. 그러나 우선 보증인부터 누구더러 해 달래야 할지 몰랐고, 교과서는커녕 입학금도 없었다. 송빈이는 생각다 못해 졸업 때 상으로 받은 옥편과 시문독본과 벼루집을 동무들에게 팔았다. 겨우 입학금은 되나 교과서까지는 살 수가 없었다. 이것을 웃골 작은어머니께서 눈치 채시고, 시어머니 몰래 입쌀을 한 말 퍼

주셨다. 송빈이는 이것을 지고 읍에 장터에 가서 팔았다. 그래 교과서까지 살 수 있게 된 김에 웃골 작은아버지더러 보증인이 되어 달라고 해보았더니 이 작은아버지는 도장을 그 어머니께서 차지하고 계셨다. 도장 찍는 법이 생긴 후, 도장 한 번 잘못 찍은 탓으로 문전옥답도 남의 손에 넣은 쓴 경험이 많은 노인네들은 도장을 섣불리 내놓기란 여간 큰 문제가 아니었다. 입학 수속 기일이 한 주일이나 지나서야 봉명학교 교장으로 계신 참봉 오촌께서 이 말을 들으시고 보증인이 되어주셨다.

입학은 되었으나 문제가 한두 가지가 아니었다. 용담서 십리나 되는 학교라 이른 조밥을 먹어야 했고, 점심도 다니며 먹을 수는 없으니까 '벤또'를 싸야 하게 되었다. 더구나 신발을 당할 수가 없다. 그런 데다 송빈이는 이 농업학교에 이내 정이 떨어졌다.

이 학교에 모인 아이들은 용담서 온 다섯 명을 빼놓고는, 전부가 철원읍과 김화(金化) 평강(平康)의 공립 보통학교 졸업생들이었다. 모두 일어 잘하는 것으로 뽐냈고, 선생한테 고자질 잘하여 귀염을 받으려는 아이가 많았고, 하루는 교장선생님 시간인데,

"너이는 장래 어떤 목적을 가졌느냐?"

물음에 면서기, 헌병보조원, 고작 군청 기수가 그들의 소원이었다. 송빈이가 더욱 놀란 것은 이런 제자들의 대답을 매우 만족해하는 교장의 태도였다. 용담서 간 아이들은 전에 오 선생에게처럼 선선히 저의 마음대로 대답하지 못하였다. 우물쭈물 하니까,

"사립학교에서 온 못난이들."

이라고, 다른 아이들이 도리어 놀리는 것이었다.

읍과 용담 사이는 멍덜이라 길이 험했다. 송빈이는 자주 돌부리를

찼다. 돌부리를 찰 때마다, 송빈이는 눈물이 났다. 발이 아파서 뿐 아니었다. 송빈이에게는 이십 리 길이 화려한 공상이 아니라 막연하고 불안하기만 한 공상의 길이기 때문이었다. 흔히 저녁에 돌아오는 길에는 성황당 언덕을 내려서면 서울 가는 저녁차가 지나갔다. 매봉재를 돌아나와 용담을 지나 한내다리를 건너 아득한 저녁노을 속에 끝없는 철길과 함께 기차는 사라졌다. 서울 갔다 온 사람들의 말을 들으면 저 차가 지금 용담을 지나가지만 저녁 먹을 때쯤은 서울 가 닿는다 하였다.

'서울! 정서방까지도 서울로 공부 오슈 하던 서울! 오 선생도 용담학교서 일 년만 더 있다가는 기어이 가야겠다는 서울! 상급학교가 얼마든지 있고 예로부터 송아지는 낳으면 시굴로 보내고 사람의 자식은 낳으면 서울로 보내랬다는 서울! 그리고……'

송빈이는 '그까짓 기지배!' 하였지만, 서울을 생각할 때는 나중에는 으레 은주 생각까지도 따라 일어났고, 더러는 은주가 먼저 생각나 서울의 공상이 시작되기도 하였다.

'남아입지출향관

학약무성사불환……

제 집에 제 부모가 있더라도 사나이로 나선 한 번 큰 일에 뜻을 세울 것이요, 뜻을 세운 바엔 뼈 묻힐 곳을 가릴 바 아니거든 하물며 나 같은 거칠 것 없는 몸이 무엇 때문에 용담이나 농업학교에 찌싯찌싯 붙어 배길 것인가!'

송빈이는 농업학교에 다닌 지 한 달이 될까 말까 하여 하루는 웃골 작은어머니께서 북어를 한 쾌 사오라는 돈 육십 전을 넣고 바로 정거장으로 가 버렸다.

'이 돈 육십 전 때문에 나를 욕하실 그 작은어머니가 아니시다!'

하면서도, 송빈이는 그 돈으로 차표를 사기에 손이 떨렸다. 미투리부터 한 켤레 샀더니 반푼이지만 차표는 삼방(三防)까지밖에 살 수가 없었다. 서울쪽이 아니라 원산(元山) 쪽이었다. 할머니께서는 가끔,

"김 아무개헌테 받을 게 백 냥이구, 이 아무개헌테 이백 냥이구, 장 아무개헌테 변리꺼정 치면 오백 냥이 넘겠다……."

하시던 말씀을 송빈이는 잊어버리지 않았다. 이들은 모두 전에 살던 소청사람들이다. 인제 가기만 하면 서울로 공부 갈 밑천이라 하면 그냥도 보태줄 사람들이라 믿어져서, 걸어서라도 몇 달이 걸리더라도 먼저 소청으로 갈 결심이었다.

'할머니? 내가 성공하는 날꺼정 돌아가시면 안 됩니다. 해옥아? 너두 어떡허든 탈 없이 자라라…….'

그리고 송빈이는 이제부터는 정말 자기 머리 위에 보이지는 않더라도 어머니의 혼령이 늘 따르실 것을 든든히 믿으며 차에 올랐다.

삼방서부터는 차를 내려 걸었다. 산은 갈피갈피 엇싸여 나갔는데, 갈피마다 벼랑이요, 벼랑마다 시퍼런 물은 낮에도 무서웠다.

그러나 봄은 이런 산중에도 무르녹았다. 탐스럽게 핀 진달래는 꺾어 가지고 걸으면서 열매처럼 따먹었다. 엄지손가락보다도 더 굵은 찔레도 꺾어 먹었다. 산비둘기의 우는 소리는 슬픔이란 인생에게만 있는 것이 아니라는 것도 같았다.

5. 사람도 여러 가지

고산(高山)을 지나면서부터야 산들은 차츰 길에서 물러났다. 밭들이 나오고 어쩌다 동네도 나왔다. 호젓한 것보다는 이젠 견디기 어려운 것이 배고픔이다. 꽃과 찔레순만 뜯어먹은 속은 쓰리다 못해 나중에는 메스꺼웠다. 해는 얼마 남지 않았는데 길 앞에 동네는 보이지 않는다. 멀리 어느 산골짜기에서는 기차가 굴 속으로 들어가느라고 기적소리와 우르릉 소리가 난다. 걸음은 더욱 타박타박해진다. 땅거미질 무렵에야 한 동네에 들어섰다. 돈도 없거니와 객주집도 없는 동네다. 길 옆으로 내밀은 툇마루가 있는 집이길래 우선 다리를 쉬려 걸터앉아보았더니, 부엌에서는 부인네 목소리가 행길을 향해 아이들 이름을 불렀다. 남의 집들은 모두 어머니가 있는 것이었다. 어디선지 송빈이만큼 한 머리를 딴 사내아이 두엇이 나타났다. 그들은 부엌으로 들어가지 않고 웬 낯선 타동 아이가 저의 집 마루에 앉은 것을 한참 못마땅하게 보더니 한 아이가 한 아이를 꾹 찔러 어디로 보낸다. 이내 대여섯 아이가 모여든다. 뺑 둘러서는 것이 암만해도 심상치 않아 송빈이는 얼른 길로 내려섰다. 발바당[40] 부르튼 것이 돌부리도 아닌데 새로 찔린다. 큰 아이 하나가 쓱 나서며 앞을 막는다. 송빈이는 얼른 옆으로 비켰다. 다른 아이가 나선다. 또 비키려니까 이번엔 먼저 아이가 안악을 건다. 송빈이는 넘어질 뻔하였다. 아이들은 하하하 웃더니

"이자식 중댕가리자식 통성허자."

---

[40] 발바닥.

하고, 한 녀석이 멱살을 잡는다. 다른 한 녀석은 모자를 벗긴다. 송빈이는 악이 났으나 저편은 여러 아이다. 그러나 주먹과 발길이 들어오는 것을 막지 않을 수는 없다. 막자니 자연히 대들게 된다. 툭탁거리기 시작이 되는데 마침 아까 저희 아이들 저녁 먹으라고 부르던 부인이 나타나주었다. 몇 군데 맞기는 하였으나 상처는 없이 모자까지 찾았다. 그러나 벌써 길은 앞이 캄캄하였다. 칠팔 호밖에 안 되는 동네라 거리는 이내 끝이었다. 얼마를 더 가야 다시 동네가 나올는지 막연하다. 송빈이는 캄캄한 어둠만 몰려오는 길을 더나갈 용기가 없다. 송빈이는 밭둑에 주저앉아 버리고 말았다. 별들은 어디나 마찬가지로 빤짝거렸다. 안협 모시울서 나뭇짐 지러 가던 밤이 생각난다. 송빈이는 싸늘한 볼 위에 뜨거운 눈물이 굴렀다. 눈물이란 현재보다도 지나간 것을 더 잘 아는 것 같았다. 초저녁은 지나서야 송빈이는 밭둑에서 일어나 매 맞던 동네로 다시 들어섰다. 인기척을 피하며 살금살금 이집 저집 엿보았다. 때 지난 저녁을 빌 만한 집은 한 집도 띄지 않는다. 어느 집 울타리를 돌아서려니까 구수한 내가 풍겨 가만히 보니 소가 여물을 먹었다. 가까이 가도록 개 짖는 소리도 나오지 않았고, 소도 뿔이 가는 암소였다. 얼른 여물을 한 움큼 움켜들고 나왔다. 미지근한 여물 속에는 콩이 어쩌다 한알씩 있었다. 메주콩보다 덜 익은 것이 오히려 고소했다. 여물은 도로 갖다 구유에 넣어주고 다시 한 움큼씩 움켜다 콩을 골라 먹었다. 그리고 마침 두엄발치에 깍지우리(수수깡대를 엮어 참외막처럼 짓고 여물로 쓸 콩껍질 같은 것을 저장해 두는 곳)가 있어 그 속에서 이 방랑의 첫 밤을 지새게 되었다.

곤한 푼수로는 해가 높도록 잤을 것이나 추위와 속쓰림과 이 동네 아이들에게 다시 들킬까봐 조바심이 되어 잠은 새벽에 깨어 버렸다. 깨어서 생각하니 여물은 새벽에 쑤는 것이라. 곧 주인이 깍지우리로 나올 것이었다. 송빈이는 그만 아깝도록 따스해진 제 몸 운기를 버리고 겨울처럼 싸늘한 새벽 길 위에 나서고 말았다. 다리와 발바당은 자면서도 걸은 것처럼 어제보다 더 아팠다. 그러나 추위가 더하다. 이가 떡떡 부딪친다. 송빈이는 하늘이 트이는 것만 다행으로 추위를 이기려 발바당을 옹송거리면서라도 주먹을 쥐고 뛰기 시작하였다.

중간에서 길을 헤매어 이날 석왕사(釋王寺)를 겨우 지나 어느 촌에서 밥도 얻어먹고 그 집에서 잘 걱정까지 해주어서 발치거리나마 기를 펴고 잤다. 다음날은 길도 탄탄하여 점심녘에 원산에 닿았다.

송빈이는 여기가 원산이거니 생각할 때, 어린 가슴에도 저윽 감개스러웠다.

"우리 아버지께서 다스리던 원산개명!"

굴과 생선이 좋다고 어머니와 할머니께서도 한 번 아버지의 행차를 따라 오셨다가 가시는 길에는 석왕사에 들러 제까지 올리고 갔다는 말을 전에 어머니께 들은 기억이 생생하게 살아났다. 진작부터 코를 스치는 바다냄새는 소청 생각도 일으켰다. 발은 발가락에 물이 잡히고 미투리도 뒤축이 물러났다. 거리엔 들어서자 먹을 것 장수들부터 눈에 띄었다.

달콤한 냄새가 물큰 솟는 삶은 고구마, 도마에다 소금까지 쏟아놓고 김이 무럭무럭 나게 썰어놓은 돼지고기, 떡함지, 엿함지, 삶은 게(蟹)함지, 모두 비슷비슷한 노파들이 아이저고리 같은 수건을 쓰고 소청에서 듣던 비슷한 사투리로 떠들고들 있었다. 송빈이의 상큼한 목에는 걷잡을 새 없이 군침이 넘어갔다. 발은 누가 떠미는 것처럼 음식함지 옆으로 쏠렸다. 그러나 이 음식 장수 노파들은 하나같이 치마 앞자락을 걷어 올렸고 거기는 커다란 돈주머니가 입을 벌리고 비스듬히 달려 있었다. 송빈이는 얼른 물러서 휘휘 둘러보았다. 땅에는 산골길과 달라, 담뱃갑, 성냥개비, 낙화생껍질, 사람에게서 떨어진 것이 많았다. 그러나 아무리 유심히 보며 걸어도 돈은 동전 한 푼 떨어진 것이 없었다. 배는 졸라매고 구경에 팔려 허턱 번화한 데로 걸었다. 구경에는 다리 아픈 것도 잊었다. 어느 구석엔가 이르니까 북어가 사뭇 집데미처럼 쌓여 있다. 한편에서는 용담학교 운동장보다 넓어 보이는 데다 가뜩 널어놓고 말리는 모양이었다. 그런데 아이들이 꼬챙이를 가지고 이 구석 저 구석에서 북어 눈깔을 빼먹었다. 송빈이는 정신이 번쩍 났다. 어느 결에 그리로 뛰어들었다. 칼을 꺼냈다. 전에 할머니께서 읍에서 사다 주신 칼이다. 북어 눈깔 도려내기는 꼬챙이보다 십상이다. 우선 하나 입에 넣었다. 그 굳지도 않고 무르지도 않은 쫄깃거림, 그 간간하고 고소하게 우러나는 맛, 게다가 나중에는 목이 흐뭇하게 삼킬 것이 남기까지 하였다. 북어 눈깔이란 전에 소청서도 먹어보았지만 이렇게 맛난 줄은 몰랐다. 허겁지겁 한참 빼먹는데 어디서,

"이 간나새끼들아!"

소리가 다우쳐왔다. 아이들은 새떼 날으듯 재빠르게 흩어진다. 송빈이도 얼른 북어 나다기리 뒤로 숨었다. 그제야 북어를 사오라고 돈을 주신 웃돌 작은어머니 생각이 났다. 가슴이 두근두근 떨린다.

'아뭏든지 성공해야 한다!…… 엄마!

인전 더 걸을 수가 없세요!'

북어 눈깔을 씹어 얼마쯤 혈색이 돌았던 송빈의 입술은 다시 파랗게

질리며 바르르 떨었다.

날이 저물자 원산은 집집마다 전깃불이 켜졌다. 송빈이는 전에 기선 속에서는 보았지만 집에 켜진 것은 처음 본다. 전등이 제일 환한 데를 가보니까 정거장이었다. 거기는 누구나 쉴 수 있는 걸상이 있었다. 일이등 대합실에는 어마어마해 못 들어가고 삼등 대합실로 가서 딱딱한 나무 걸상에 걸터앉았다. 옆에는 걸터누워서 코를 고는 사람도 있다. 송빈이는 배고픈 생각 뿐, 잠은 오지 않을 것 같았는데 언젠지 잠이 들었다. 무엇이 어깨를 치는 바람에 눈을 떠 보니 역부가 빗자루를 들고 때릴 듯이 마주섰다.

"이 자식아? 어디서 자?"

송빈이는 질겁을 해 일어나 쫓겨 나왔다. 밖에는 언제부터인지 비가 부실부실 내렸다. 전등들은 그냥 밝으나 밤은 깊은 듯 괴괴하였다.

한뎃잠을 깬 송빈이는 떨리어 견딜 수가 없다. 비는 그저 내린다. 한참 섰으니까 큰 길에 가방과 보따리들을 들고 비를 그냥 맞으면서 웬 사람들이 한 패씩 지나간다. 지금 배에서 내린 손님들 같았다. 송빈이는 얼른 큰 길로 나왔다. 나와서는 그런 뱃손님 축에 끼었다. 아무도 눈여겨보지 않는다. 이 손님들은 이내 어느 '여인숙' 간판이 붙은 집을 두드렸다. 송빈이는 잠자코 이들의 뒤를 쫓아 방으로 들어갔다. 뱃손님 축도 한 배에서 내리긴 했어도 한 일행은 아닌 듯하였다. 이들은 서로 어디까지 가느냐고 물으면서, 저녁은 고만두고 뜨뜻이 자기나 하자고들 하여 송빈이도 윗목에서 덮지는 못해도 차지는 않게 휩쓸려 잘 수가 있었다. 손님들이 아침차로 떠나노라고 밥값들을 치르게 되어서야 송빈이가 외톨로 불거졌고 밥값이 문제가 되었다.

주인은 대뜸 송빈이의 몸을 뒤졌다. 돈이라고는 일전이 없는 것을 알고는 샛노란 수염을 한편으로 몰아 찡그리더니,

"요 얌체 없는 자식!"

소리와 함께 뺨을 친다. 송빈이는 눈에서 불이 번쩍 튀었다. 멍멍한 귀가 미처 트이기도 전에 또 한 대 철썩 하였다. 어떻게 할 작정으로 돈도 없이 밥상에 덥썩 나앉았는지 생각이 들지 않는다.

"잘못했에요."

"잘못? 이리 좀 나오너라. 요런 자식은 아예 버릇을 단단히 가르쳐야지, 요대루 큼 여러 사람 궂힐 거야."

하고, 주인은 덜덜 떨면서 송빈이의 팔목을 끌고 행랑 쪽으로 있는 사무실로 나왔다. 건넛집 사람들, 지나가던 사람들 모두 몰려들어 기웃거린다. 주인은 사환애를 부르더니,

"너 가서 남 순사 좀 오시래라."

하였다. 송빈이는 그제는 눈앞이 캄캄해졌다. '공부를 해 장래 훌륭한 사람이 되려 나왔다가 무전취식이란 죄로 징역이나 가면 어떻게 하나?' 하는 생각에서다

"제가 밥값 대신 몇 달이라두 일을 해 드리께 용서해 주십시오."

"요 자식 너 따위를 집안에 뒀다 도적이나 맞게? 네 꾀에 넘어갈 듯싶으냐?"

"다신 안 그러겠습니다."

"잔말 말어……."

사람은 점점 더 모여들었다.

주인은 연설하듯 송빈이의 죄상을 광고하였다. 문을 걸었는데 어디

로 몰래 들어와 잤다 하였고, 밥을 먹고는 달아나려다가 들켰다 하였다. 모두 주인의 말을 곧이듣는 눈치인데 그중에 백립을 쓴 어른 하나가 나서며 이 여관 주인과도 안면이 있는 듯 인사를 하더니 송빈이에게 이렇게 물어 주었다.

"너 집이 어디냐?"

"강원도 철원이야요."

"철원? 너이 아버지 계시냐?"

"돌아가셨에요."

"어머닌?"

"어머니두 돌아가셨에요."

"허! 여긴 뭐러 왔니?"

송빈이는 잠깐 생각하였다. 소청으로 가는 길이라고 했다가, 이런 소문이 소청으로 알려지면 어쩌나 하는 걱정이 생겨

"여기 와서 뭐든지 해 볼려구요."

하였다.

"그래? 그럼 너 객줏집 사환두 괜찮으냐?"

"네."

"그럼 이리 오너라."

하는 것이다. 송빈이는 어서 순사가 오기 전에 여기를 물러나려 주인의 손아귀에서 손목을 빼려 하였으나 주인은 놓기는커녕,

"요따위 놈 지시했다가 뉘집 욕을 뵐려구 그러슈?"

하고, 백립 쓴 어른의 의견까지 말리려 들었다.

"아니요. 내 눈이 과히 무디진 않지요. 그 애가 막된 집 자식 같든 않

소. 이리 놓슈."

주인은 놓지도 않거니와 벌써 절거덕거리는 칼소리와 함께 순사가
나타났다.

새파랗게 젊은 순사는 이집 주인과 친한 듯하였다.

"뭘 훔쳤지요 아마?"

"하마트면 도적맞을 뻔했지요."

하고는, 주인은 송빈에게 불리하도록만 말하였다.

"이자식아? 이름이 뭐야?"

하더니, 순사는 수첩을 꺼낸다. 송빈이는 햇쓱해진 이마에 진땀이 돌
았다. 백립 쓴 어른을 '구원해 주십시오' 하는 듯이 쳐다보았더니, 그는
송빈이 앞으로 나서며 주머니를 끌렀다.

"어린애 밥 한 끼 먹은 걸 가지구 뭘 이리슈? 자 이십오 전 받으슈. 밥
값 받음 그만 아뇨?"

그제야 순사도,

"그렇죠 뭐."

하면서, 수첩을 도로 넣었다.

송빈이는 이 백립 쓴 어른을 따라 농공은행(農工銀行) 옆에 있는 '물산
객주 김상훈(物産客主 金相勳)'이라는 간판이 붙은 집으로 왔다. 이 여관
주인은 얼굴부터 점잖아 보였다. 백립 쓴 어른은 지나가다가 똑똑해
보이기에 데려왔노라 하였고, 다른 이야기는 하지 않는 것도 고마웠고,
주인도,

"윤생원이 똑똑하게 보셨음 어련하겠소. 참 그놈 잘생겼는데."

하고, 여러 말이 없이 있으라 하였다.

물산객주란 보통 여관은 아니었다. 경성 평양 부산 각처에서 여기 없는 물산을 가지고 오면, 그것을 팔아주고 또 여기서만 살 수 있는 어물(魚物)과 북포(北布) 같은 것을 사주기도 하는 것이 본업인 일종의 무역 중개상(貿易仲介商)이었다. 밥을 파는 것은 그 상인들의 편의를 보아 주는 데 불과하였다. 그러나 손님이 늘 십여 인씩은 묵고 있어 송빈이는 조금도 틈이 없이 바빴다. 밥을 해야 하고, 상을 차려야 하고, 손님들 세숫물을 놔야 하고, 손님들 방을 치워야 하고, 차시간이 되면 낮이면 '객주 김상훈'이라고 쓴 상표를 메고, 밤이면 그런 등을 들고 정거장에 나가 단골손님의 짐을 들고 와야 하고, 배가 들어오는 고동소리가 나면 자다 말고라도 십 리나 되는 부두로 가야 한다. 떠나는 손님이 있을 때도 마찬가지다. 손님들은 짐을 들어다주면 오 전 혹은 십 전씩 돈을 주었다. 처음에는 받기가 부끄럽더니 나중에는 도리어 주기를 바라게 되었다. 어떤 손님은 한 팔로는 들 수도 없는 육중한 짐이면서도 돈은커녕 고맙다는 말도 없었다. 송빈이는 이 객주에 있으면서 '사람도 여러 가지다!' 깨달았다.

윤 생원은 이 객주에 자주 왔다. 그는 여러 객주집과 상회로 다니며 물건을 중개시키는 거간이었다. 송빈이는 그 후 이내 밥값 이십오 전을 드리려 했으나 받지 않았다. 나중에 알았지만 그 윤 생원은 작년 봄에 송빈이만큼 큰 아들을 돌림병으로 잃었다는 것이었다. 송빈이는 또 '슬픈 일을 당해본 사람이라야 슬픈 사람을 동정할 줄 아는 것이로구나!' 깨달았다.

'나도 인제부터 슬픈 사람을 동정하자!'

송빈이는 얼른 생각나는 것이 십이호실에 묵은 손님이다. 압대 어디서 죽심(竹心)을 가지고 온 손님이다. 물건부터 변변치 않은 것이었다. 목선(木船)들이 낡으면 창널과 창널 사이를 물이 새어 들지 못하게 틀어 막는 참대수세미였다. 모두 팔려야 이삼십 원 될지 말지 하는 것을 가지고 왔는데, 달포가 지나도 팔리지 않았고, 이제 와서는 팔린다 처도 주인한테 선대해 쓴 돈과 밥값을 치르면 남을 것이 없었다. 그러나 이 압대 손님은 떠나지 않고 제일 바람 통하지 않는 십이호실에서 얼굴이 노래 때문은 소매에 먼지만 털고 있었다. 먹는 것이 밥뿐이어도 괜찮겠는데 송빈이더러 담배까지 사오라 하였다. "돈 주세요" 하면 "잔돈이 없다. 서사더러 가 오전만 달래라" 하여, 서사한테 가면 "십이호실 손님은 인전 밥상도 들여가지 말어라" 하였다. 차마 다른 방에는 밥상을 다 들여가고 그 방만 뺄 수는 없었다. 담배도 재떨이 부시는 데로 와서 깜부기를 줍는 것을 보고는 송빈이는 제가 오전짜리를 한 갑씩 사서 대주었다. 그리고 신발까지 해어져서, 그가 나갈 일이 좀 있다고 하면 송빈이는 새로 사서 아끼고 신지 않는 가죽 경제화[41]도 선선히 빌려주었다.

하루는 이 압대 손님이 주인에게 불려나갔다. 송빈이는 전에 제가 밥값 때문에 당하던 꼴이 생각나 제 일처럼 마음을 졸이며 문틈으로 엿보았다.

이 집 주인은 손님을 때리지는 않았다. 도리어 돈 십 원을 꺼내주면서,

"노자해 가지고 어서 오늘로 떠나시오."

하는 것이다.

송빈이는 주인에게 감격하였다. 그리고 자기도 그 손님에게 담배를

---

41 좌우의 구별 없는 끝이 뾰족한 마른신.

사서 댄 일 원이 넘는 돈을 받지 않으리라 결심하였다. 그랬는데 이 압대 손님은 돈이 생긴 눈치를 송빈이에게 보이지 않을 뿐 아니라, 송빈이가 어디로 심부름 나간 새에 살짝 모르게 떠나 버렸고, 그뿐 아니라 그 이튿날에야 알고 보니, 송빈이가 손님들이 주고 가는 오전, 십전을 모아서 산 그 가죽 경제화까지 신고 가 버린 것이었다.

'나뿐 자식! 개만도 못한 자식!'

송빈이는 신지도 않고 아끼던 경제화가 눈에 선하였다. 그러나 경제화보다도 생각할수록 분한 것은 제 마음이었다. 그를 동정했던 제 마음이었다.

'동정이란 이처럼 무가치한 것인가? 사람이란 이다지도 못 믿을 것인가?'

이 연기처럼 사라진 압대 손님 하나는 송빈이의 인생관이라고까지는 몰라도 아무튼 인생을 생각하는 마음의 눈에 한 점의 티가 되어 버렸다.

'사람은 모두 착하거니 믿을 수 없다! 내가 여기서 노자를 벌어 가지구 소청으로 간들 정말 내가 믿고 간 것처럼 거기 사람들이 돈을 낼 것인가? 사람은 모두 착하지 않다면 어떻게 그걸 믿고 노자를 들여 갈 것인가?'

송빈이는 차라리 이 집에서 힘써 벌리라 결심하였다.

이 집에서는 송빈이에게 먹이고 입히고 손님 밥 한상에 일 전씩을 떼어 월급으로 준다. 손님은 평균 열 명씩은 묵었다. 하루 조석 스무 상씩 팔리니까 하루 이십 전씩 송빈이의 월급은 평균 육 원 정도였다.

'일 년만 견디면 칠십 원이다. 칠십 원이면 서울 가 학교에 드는 비용을 쓰더라도 우선 한 달은 밥을 사 먹을 수 있을 것이다! 견디자. 손님들도 얼마씩 주고 가니깐 잘하면 백 원 하나는 잡을 수 있다!'

송빈이는 눈코 뜰 새 없이 일에 묻혔다.

그러나 하루도 할머니를 잊어버린 날은 없다.

'여북 궁금해 허실까! 그렇지만 남아입지출향관이다! 배워 이루는 날이 오기 전에 무슨 면목으로…… 더구나 객줏집 사환군의 면목으로 알려 무엇헐 것인가!'

그러나 할머니께서 저를 한시도 잊지 못하시고 어디 가서 굶지나 않는가? 병들지는 않았는가? 죽지나 않았는가? 별별 걱정으로 애쓰실 것을 생각하면 자다 말고도, 일하다말고도 문뜩 가슴이 빠지지 하며 불덩이가 걸리는 것 같았다.

하루는 달 밝은 저녁이었다. 저녁 설거지를 마치고 마당에 나서니까 바다에서 뚜우 하고 배 들어오는 소리가 났다. 송빈이는 달이 밝아 그런지 다른 날보다 부두에 가 바다를 내다볼 것이 즐거웠다. 불은 안 켰으나 초롱을 들고 부두에 다다랐을 때는 벌써 사람을 하얗게 실은 종선이 삐걱거리고 저어 나왔다. 초롱에 불을 대려 가지고 여러 인객군42 틈에 들어서서 육지로 오르는 손님들은 하나씩 유심히 살피다가 송빈이는 비척거리며 기어 나오다시피 하는 한 노파에게 눈이 둥그래졌다.

"할머니!"

"오!"

후둘후둘 떠는 노인은 뜻밖에도 할머니에 틀리지 않았다.

---

42 손님을 인도해 오는 사람.

"할머니?"

"너구나! 이 몹쓸……."

할머니는 실신한 어른처럼 한참을 꿈인지 생시인지조차 구별하지 못하시는 것이었다.

"할머니? 저야요."

"이 이 몹쓸녀석이 할미를……."

할머니는 여러 날 배에 지치시어 우실 기력조차 없으셨다.

송빈이가 없어졌다는 소식을 듣고 이 할머니는 그날로 용담으로 왔고, 또 그날로 읍으로 송옥이를 찾았으나, 송빈이가 어느 쪽으로 갔다는 것은 짐작도 하는 이가 없었다. 생각다 못해 점쟁이를 찾아갔다. 북쪽으로 갔다는 점괘가 나왔다.

'북쪽이면 제가 소청으로 갔겠지! 다른 데야 갈 데가 있나……'

소청으로 가기만 하면 꼭 송빈이를 만날 것 같았다. 그러나 노자가 십여 원이 든다. 또 어쩌면 제 누이한테는 편지가 올 듯도 해서 내일이나 내일이나 기다리는 것이 달포가 지나갔다. 송빈이 할머니는 거리에 나가면 모두 송빈이로 보였고 집에 들어앉으면 송빈이의 굶주리고 병들고 하여 어느 길가에 쓰러진 모양만 자꾸 보였다. 송옥이가 보다 못해 시집사람 몰래 겨우 소청까지 갈 노자만 만들어 드려 공교롭게 그날은 송빈이가 정거장에도 나가지 않았던지 원산을 그냥 지나쳐 소청으로 갔던 것이다. 배는 항구마다 들러가는 '굽도리'라 열흘이나 걸려 가 보니 소청에도 송빈이는 없다. 딸의 말없는 무덤에만 가서 소리쳐 하소연하다가 전날 빚 준 사람들에게서 겨우 노자나 받아 쥐자, 그간 제 누이한테나 무슨 소식이 있을까 하고, 다시 열흘 뱃길에 지치며 돌아오는 것이었다.

"이 몹쓸 놈아! 편지 한 장 못할 게 무엇가!"

할머니는 원수를 만난 듯이 쥐어뜯고 싶었다.

송빈이는 이 목이 메게 반갑고 슬픈 손님을 모시고 주인집으로 올라왔다. 주인집에서는 송빈이 할머니를 얼마든 오래 묵으라 하였다. 송빈이 할머니는 조석으로는 송빈이의 부엌일을 도와주셨고, 낮에는 주인집에서 소댕뚜껑을 얻어 길거리에 걸어놓고, 녹두 빈자떡을 부처 팔았다.

'한 푼이라도 벌어 송빈이 공부 갈 밑천을 보태자!'

첫날은 예전에 사위가 이곳 감리로 왔던 생각만 나 한숨만 나왔으나, 다음날부터는 단 이삼십 전이라도 주머니에 남는 것만 즐거웠다.

비가 오는 날이면 송빈이 할머니는 빈자떡 장사를 못하는 대신 집에서 송빈이가 할 일을 맡았다. 송빈이는 그 대신 정거장으로 미리 나와 차시간이 될 때까지 대합실에서 책을 읽을 수가 있었다. '시문독본'을 다시 사서 읽었고, '추월색' '옥중가화' '해당화' 이런 소설도 읽었다. 그 중에 제일 감격한 것은 '해당화'였다. 톨스토이의 '부활'을 최남선이란 이가 간단하게 추려 번역한 것이었다.

"아! 카츄샤!"

송빈이는 가련한 처녀에게 대한 동경심이 비 뒤에 꽃봉오리 트듯 가슴이 벅차기 시작하였다. 그리고 언제부터인가 정거장으로 가는 길 부두로 가는 길에 캡을 삐뚜루히 쓰고, 그때 원산에도 유행하기 시작하는,

"카츄사 내 사랑아, 이별하기 서러워……."

를 노래 부르기 시작하였다.

아마 양력 팔월 말이었다. 서울 유학생들이 이학기 개학에 다시 서울로들 올라가는 길이었다. 청진(淸津), 성진(城津), 서호진(西湖津) 쪽에서 남녀학생 여러 떼가 배에서 내렸다. 송빈이네 주인집에도 단골손님의 자녀들이 사오 명 들었다. 이튿날 아침이다. 학생들이 세수하러 나간 새에 그들의 방을 쓸다가 그들의 모자를 집어보았다. 어떤 모자는 흰 줄을 둘렀고, 어떤 모자는 금줄도 둘렀다. 전에 봉명학교 졸업생 하나가 서울 가서 보성중학교(普成中學校)에 다니는데 이런 금줄 두른 모자를 쓰고 왔던 것이 생각난다.

"이게 바로 그 보성중학교 모자구나⋯⋯."

송빈이는 거울 앞으로 들고 가서 써보았다. 머리에 살그럽게 맞는다. 제 얼굴이 남처럼 환해 보인다.

"내년에 꼭 이 모자를 쓰게 돼야 한다!"

하고, 벗기가 아까워 약간 숙여도 보고 쳐들어도 보는데 깔깔 웃음소리가 났다. 여학생 하나와 남학생 둘이 낯수건으로 얼굴들을 닦으면서 들어오다가 송빈이의 이런 꼴을 본 것이었다. 송빈이는 얼른 벗었다. 얼른 제 자리에 갖다 놓는데 한 학생이 아마 그 모자의 임자인 듯 모자를 놓노라고 구부린 송빈이의 궁둥이를 발길로 펑 지르는 것이다.

"건방진 자식! 남 모잘⋯⋯."

송빈이는 궁둥이를 채이는 바람에 놓던 모자를 콱 짚으며 쓰러졌다. 용수철을 넣어 팽팽하던 모자가 그만 한쪽이 우그러들며 한쪽은 쑥 뿔이 부러졌다.

"이런 정칠 자식이!"

모자 임자 학생이 성이 버럭 터졌다.

"곤쳐 내 이 자식아!"

하고 모자를 집어 비슬비슬 일어서는 송빈이 얼굴을 때린다. 송빈이는 얼굴에 모닥불이 쏟아지는 것 같아 견딜 수가 없었으나 피할 길도 없었다.

조반 뒤에는 이 학생들의 가방이며 바스켓을 들고 정거장으로 나갔다.

금테 모자의 학생은 가방을 받으면서 그저 눈을 흘겼고, 여학생은 바스켓을 받으며 지갑에서 돈 오 전을 꺼냈다. 송빈이는 손이 움츠러져 얼른 돌아섰다.

"얘? 얼른…… 받어. 게다가…….'"

하는 여학생의 깔끔한 소리는 아니꼽게 굴지 말라는 듯한 투였다. 송빈이는 왜 그런지 이다지 부끄러운 돈을 받아보기는 처음이었다.

'복수허자!

돈으로!

명예로!'

송빈이는 대합실로 들어가 그 여학생에게서 받은 뱀의 누깔처럼 얄미운 오 전짜리 백동화를 뚫어지게 노리고 한참이나 들여다보았다.

며칠 더 있지 않아서 송빈이에게 편지가 한 장 왔다. 뜻밖에 윤수 아저씨에게서였다. 철원서가 아니라 안동현(安東縣) 어느 여관에서였다. 안동현에서란 더욱 뜻밖이었다. 송빈이의 원산 주소는 읍에 가 송옥이에게서 들었다 하였고, 그간 자기가 상처(喪妻)를 했는데 이 기회에 멀리 미국 같은 데로 가볼 생각이 나서, 돈을 어른들 몰래 좀 장만해 가지고, 우선 상해로 가는 길이니 너도 상해나 미국으로 가볼 생각이 있거든 같이 가자는 것이었다. 송빈이는 전신이 금방 날개가 돋치는 것 같았다. 윤수 아저씨네는 부자요, 또 윤수 아저씨는 송빈이보다 나이도 육칠 년 위다. 그리 친하지는 않았지만 혼자 가기는 겁이 나니까 저쪽에서 청하는 것이다. 무엇으로나 든든히 믿어졌고 상해까지만 가면 거기서 미국 가기는 아주 쉽다는 말은 전에도 들은 일이 있다.

"그까짓 서울 유학이 뭐냐? 미국 유학을 십 년만 하고 나와 봐라!"

송빈이는 재떨이와 타구 부시던 것을 내던지고, 길에서 빈자떡 부치고 계신 할머니께로 달려갔다.

"할머니?"

"어서 이 따끈한 걸루 하나 먹어라."

"아니야 할머니?"

"왜?"

"할머닌 내가 훌륭하게 됨 좋지 않우?"

"다시 이르리!"

송빈이는 윤수 아저씨의 편지를 꺼내 침이 말라 설명하였다.

"할머닌 진멩이로 도로 가서서 다섯 해만 꾹 참구 계슈."

"다섯 해!"

할머니는 빈자떡이 늦는 것도 모르고 털썩 주저앉으며 한숨을 쉬셨다. 그러나 흐릿한 두 눈엔 갑자기 광채가 일며 이렇게 말씀하셨다.

"다섯 해 아냐 십 년이문 어떠냐! 너만 잘된다면 나야 어느 밭머리에 묻히기루……."

송빈이는 그 길로 달려가 윤수 아저씨에게 전보를 쳤다. 그 이튿날로 할머니를 모시고 원산을 떠났다. 돈이 할머니께서 빈자떡장수로 버신 것까지 오십 원은 되었으나 학생양복 한 벌과 구두 한 켤레를 사고 차표를 안동현까지 한 장과 철원까지 한 장을 사고 나서니 겨우 남는 것이 십이삼 원 남짓 하였다. 자기는 안동현까지만 가면 그만이라 이 삼 원만 제 주머니에 넣고, 십원 한 장은 할머니께 드렸다. 할머니는 화를 내며 아니 받으시어 할머니께서 조시는 틈을 타 할머니의 주머니를 <u>끄르고</u> 넣어드렸다.

차는 네 시간 뒤에 철원 와 닿았다. 할머니는 울음을 참으시느라고 아무 말도 못하셨다. 차에서도 할머니는 다른 말은 없으셨다.

"이 할미 죽어 삭망 지내는 셈만 쳐라. 어디 가든 초하루 보름으로 편지 한 장씩만 보내다구…… 그것뿐이다. 다른 거야 천지신명께 빌기나 했지……."

차가 철원을 떠날 때는 송빈이도 목이 메어 숨을 억지로 쉬었다.

차는 이튿날 이른 아침에 안동현에 닿았다. 여기도 정거장 밖에는 인객꾼들이 줄을 지어 목을 빼고 서 있었다. 송빈이는 자기의 그렇던 꼴을 생각하고 쓴웃음을 지으며 인객꾼들을 훑어보았다. 윤수 아저씨의 묵는 여관 이름은 이내 한 인객꾼에게서 발견되었다.

"여보?"

"네. 우리 여관으로 갑시다."

"그렇잖어도 당신네 여관을 찾는 중이오. 거기 이윤수 씨란 손님 계시지요?"

"저 강원도 어디서 온?"

"네 철원 손님."

"어제 떠났는데."

"떠다니?"

"어제 붙들려 갔는데……."

"붙들려요?"

"도망꾼이드군 그래? 몰래 빚을 내 가지구 도망 왔드군 그래."

송빈이는 눈앞이 캄캄했다.

"갔어요! 그이 가면서 누가 오거든 주라고 편지라도 둔 거 없나요?"

"몰르는데…… 저희집서 와 꼼짝 못하게 붙들어 가지구 갔으니깐 웬……."

송빈이는 인객꾼의 걸음을 재촉해 그 여관으로 왔다. 주인에게 물으니 윤수 아저씨는 편지는커녕 말 한마디 이르고 간 것이 없다 한다.

"그저께 그이헌테 전보 왔죠?

"옵디다. 어디선지."

"전볼 받구두……."

송빈이는 한참이나 장승처럼 서 있었다. 윤수 아저씨가 원망스러웠다. 상해로 같이 가자는 호의는 물론 고마운 것이나 이제 결과로 보아 원산서 그 고생을 겪으며 번 오십 원을 다 써 버리게 하였고, 더욱 강하나 사이지만 타국에 와 빈손으로 헤매게 만들어 놓았으니 생각할수록 원망스러웠다. 할머니께서 받지 않으시는 것을 몰래 주머니에 넣어 드린 십 원도 이내 후회가 났다.

"어쩌면 좋은가!"

송빈이는 주인 앞에서 주머니를 털었다. 돈이라고는 일 원 오륙십 전뿐이었다.

"이걸로 나흘만 묵게 해 주십시오."

"나흘? 여긴 밥 한상에 오십 전이야, 나흘?"

"오늘 내가 편지하면 나흘이면 돈이 올 거야요."

송빈이는 할머니께와 윤수 아저씨한테 편지를 하면 차비야 부쳐주지 않을까 생각한 것이다. 그러나 주인은 송빈이가 낸 돈을 철궤 속에 집어넣더니,

"내일 아침꺼정만 먹구 그 담은 몰라…… 전보는 우리가 한 장 쳐주지."

하였다. 그래 송빈이는 아저씨한테 전보를 쳤다. 할머니께는 차라리 얻어먹으며 걸어서 돌아갈지언정 걱정하실까봐 "잘 왔습니다" 하는 엽서만 보내고 말았다.

이튿날 저녁때가 되도록, 윤수 아저씨한테는 소식이 없다. 주인은 밥을 주지 않는다. 굶으며 있는 꼴을 보기 싫다고 나가라고 하였다. 송빈이는 어두운 거리로 나왔다. 진강산(鎭江山) 공원으로 가서 밤을 새웠다. 공원에서 세수까지 하고 시들은 실과 껍질을 주워다 물에 씻어서 먹었다. 점심때쯤 되어 여관으로 찾아가 물었다. 역시 전보도 편지도 없었다. 거리에는 원산보다도 더 먹을 것 장사투성이였다. 중국사람들은 음식장사도 맨 남자들인데, 만두, 밀칼국, 호떡, 닭고기, 돼지고기, 갖은 실과들, 송빈이는 침이 절로 널름거려 견딜 수가 없었다. 한 군데 가니까 돌배 향기가 물큰 끼친다. 돌배가 아니라 사발덩이 만큼한 병배가 싯누렇게 문 것이 한치룽 담겨 있다. 양복쟁이 하나가 와서 값도 묻지 않고 집어먹더니 반도 안 먹어 퉤퉤 뱉으며 버린다. 속이 조금도 상하지 않은 것을 버린다. 송빈이는 얼른 집었다. 배만 아니요 꿀이요 고기같이 맛났다. 양복쟁이는 또 다른 것을 집더니 또 반만 먹고 퉤퉤 뱉으며 버린다. 그러나 송빈이가 다시는 못 집어먹게 발로 꽉 밟아 버린다. 대여섯 개나 이짓을 하더니 그냥 가 버리려 하는 것이다. 청인이 손을 내미니까 양복쟁이는 서투른 중국말로 욕을 하며 도리어 성을 내

는 것은 썩은 것을 돈을 받을 테냐고 으르대는 눈치였다. 청인은 그만 앙심만 먹고 잠자코 치룽을 들고 구시가 쪽으로 가 버리는 것이었다.

"이런 세상인가!"

송빈이는 배 반쪽으로도 한결 머리가 맑아졌다. 그러나 맑아진 머리는 생각할수록 다시 붉은 피로 꽉 차 버리는 것 같았다.

'고런 얌체 없는…… 남 생각은 눈꼽만치도 없는 악한 자를 하늘은 어째 벼락을 치지 않나?

하늘이란 무심한 건가?

하늘이 무심한 것이라면 이 세상에 무서운 게 무언가?

경관 눈에 띄지만 않는다면 어떤 수단으로든 먹는 게 수가 아닌가?'

그러나 임자 없는 음식이 없다. 임자 있는 음식도 반만 먹고 반은 버리고 썩었다고 빙자하고 그냥 가 버리는 자도 있긴 있지만, 송빈이로서는 그렇게 할 용기도 없거니와 한다 하더라도 저쪽이 송빈이 따위에게 만만히 수그러질 리가 없다. 이날 저녁때다. 어느 큰 중국인의 세탁집 앞인데 왁자아 떠드는 소리가 난다. 시꺼먼 그림자가 골목에서 쑥 불거지더니 순간에 어디로인지 없어졌다. 뒤에서 우르르 여러 사람이 아우성을 치며 다우쳐 나왔다. 도적이었다. 도적은 급하니깐 하수도로 들어간 듯, 다우치던 사람들은 바지랑대로 하수도 양쪽 구멍을 찔렀다. 양쪽에서 찔러 들어가며 뚜껑널을 뜯어 들어간다. 도적은 그만 독 안에 든 쥐인 듯하였다. 사람마다 몽둥이를 들고 불거지기만 하면 때려잡을 판으로 무시무시하였다. 송빈이는 겁이 나 먼발치로 물러났다. 거의 윗창널이 다 뜯겼을 때다. 탕 소리와 함께 불이 뻔쩍 하수도 속에서 나왔다. 사람들이 짝 흩어졌다. 우지끈 하면서 창널이 솟더니 탕탕

탕 몰방을 치면서 도적은 튀어나왔다. 미처 뛰지 못한 사람은 길에 쭉 깔려 버린다. 도적놈은 육혈포 든 손을 내밀고 유유히 사방을 살피며 성큼성큼 어두운 골목으로 들어가 버린다. 송빈이는 소름이 쭉 끼쳤다. 밤에 공원에서 잘 생각을 하니 꼭 그 도적놈을 만날 것 같아서다. 여관으로 달려왔다. 윤수 아저씨에게는 그저 소식이 없다. 그래도 손님들의 저녁상이 물릴 때까지 기다리고 있었더니 여관 주인은 그러모은 밥 한 그릇을 주었다. 저녁을 달게 얻어먹고 잠자리까지 청할 수는 없었다. 송빈이는 다시 진강산으로 왔다. 그 총 가진 시꺼먼 도적놈도 꼭 공원에 나와서 잘 것 같았다. 빼앗긴 것은 아무것도 없으면서 무서웠다. 잠이 들 만하다가는 소스라쳐 깨었다. 들어보니 나뭇잎 구르는 소리뿐이나 서릿발에 옷이 눅눅해져 다시는 잠을 들 수가 없다. 송빈이는 안동현 전체가 그만 음산하고 무서워졌다. 어서 날이 밝기를 기다려 가지고는 그래도 행여나 하고 다시 여관 근처로 왔다. 열 시나 되어서야 체전부가 그 여관으로 들어간다. 달음박질로 쫓아가 보니 저한테 오는 우편은 역시 없다. 송빈이는 그만 결심하였다.

"떠나자! 서울을 향해 걷자!"

압록강 철교를 건너 서울쪽 길을 걷기 시작하였다. 먼 남쪽 하늘은 날씨조차 흐려 있었다.

"이런 때 새나 되었으면 얼마나 좋을까!"

송빈이의 벌써부터 타박거리는 다리는 찌르르 찌르르하며 풀섶에서 나는 메뚜기조차 부러웠다. 길가에는 조밭, 수수밭, 콩밭, 그리고 다따기는 했으나 옥수수밭도 있었다. 송빈이는 옥수수밭이 반가워서 뛰어 들어가 찾아보면, 어쩌다 죄그만 것이 한두 자루씩 붙어 있었다. 따서 까보면 듬성듬성하게나마 알이 붙었다.

성냥이 없으니 불을 놓아 구워 먹을 수가 없다. 그냥 날것채 먹으면서 걷는다.

"그때 삼방서 원산까진 얼마나 가까운 길이었나!"

천리인지 천리가 넘는지. 잇수(里數)조차 모르는 조선 한쪽에서부터 조선 한가운데까지 가는 길, 생각하면 펄썩 주저앉고 싶었다. 그러나 또 길이나 평탄한 데를 만나면 저도 모르게

"카츄사 내 사랑아

이별하기 서러워……."

노래도 나오기도 하였다.

백마(白馬)를 지나 날이 어두웠다. 강녘이었다. 수수밭에서 얼마쯤 자다 깨어 보니 머얼리 철교 위로는 불이 화아한 기차가 우루룽거리며 지나갔다.

"저걸 못 타서……."

송빈이는 이슬에 옷이 젖어 다시 잠을 들 수가 없다. 걷는 것이 춥기는 덜할 것 같아서 길로 나왔다. 한참 걷노라니 반갑게도 동쪽 하늘이 훠언히 트인다. 잠자리가 없는 사람에게는 아침처럼 기쁜 것은 없다. 그러나 얼마쯤 가면서 바라보니 하늘에서 솟는 것은 해가 아니라 잘 못 잔 사람의 눈처럼 시뻘건 그믐달이었다.

"아!……."

송빈이는 그만 주저앉고 싶었다. 이런 아침이 아득한 밤길을 걸어, 배는 고프고 등어리는 뜨거운 낮길을 걸어 비현(枇峴), 차련관(車輦館), 선천(宣川), 정주(定州), 고읍(古邑), 영미(嶺美), 무사히 지나 안주(安州)까지 이

르러서다. 그만 비 뒤의 미끄러운 진흙길을 걷다가 발목을 삐었다. 게다가 길까지 잘못 들어 평양 쪽으로 나온다는 것이 순천(順川) 편으로 들어섰다. 삐인 발은 발등이 붓기 시작한다. 동네는 까마득한데 걸을 수는 없다. 지팡이를 하나 만들어 짚었으되 안주서 순천까지를 닷새에 걸었다. 제일 딱한 것은 강이었다. 강마다 나룻배는 있었으되 송빈이 하나만은 건네주지 않는다. 한 배가 찰 만치 사람이 모여서야 건네는데 건너가서는 배에서 선가를 받고야 내보냈다. 선가라야 이전 혹은 삼전이지만, 선부에겐 큰돈인 듯 여러 사람 보는 데서 기어이 왁자하게 떠들었고 볼통이 한 번이라도 쥐어박고야 놓아주었다. 강물은 무심히 흐르는 것이나 송빈에게는 만날 때마다 큰 뱀과 같이 섬찍하였다. 순천고을(順天邑)을 지나서다. 한 오 리쯤 나오니 또 이 '큰 뱀'이 나왔다. 대동강(大同江)의 상류였다. 고을이 가까운 만치 꽤 큰 뱃새(나루)였다. 이내 사람과 마소가 너부기(마소와 자동차도 싣는 널찍한 배)로 그득 모였다.

송빈이는 사공의 생김새부터 살펴졌다. 구레나룻 끝을 배배 꼬은 새까만 상투쟁이 영감인데 눈이 바늘구멍만 하다. 웬 승객 하나가 곡식 자루를 자기 짚세기 위에다 벗어 놓았다고 눈이 빨개져 몰아세웠다. 송빈이는 가슴이 두근거렸다. 여기서도 제일 나중에 남아가지고 모자를 벗었다.

"미안합니다만 선가가 없습니다."

"어드레?"

사공은 때리지는 않았다. 그 대신

"흥, 공으로 탈랴건 한 번만 타서 되나."

하더니 송빈이를 도루 이쪽에다 건네다 놓는다. 그리고 잡담 제하고 배주인한테로 끌고 왔다. 주인은 여기 사람들이 '향당(鄕長)'이란 존칭으로 부르는 점잖은 이였다. 무엇보다 먼저 발이 그래가지고 어떻게 길을 걷느냐고 동정하였고, 더구나 송빈이의 사정을 듣고는 선가는커녕 발이 다 나을 때까지 저의 집에서 쉬어서 떠나라는 것이었다. 자기도 아들 하나가 노서아로 간 지가 오륙 년이 되는데 돌아오지 않는다고 하면서, 송빈이의 이런 꼴에서 자기 아들의 방랑을 엿보는 듯 눈물까지 지었다. 송빈이는 발도 발이려니와 여러 날 주린 창자부터 한 번 실컷 채워 보고 싶었다. 바깥주인이 이런 분이라 안에서들도 손이 후해 조밥이지만 구수한 팥밥이 그릇 반씩이나 나왔다. 송빈이는 암만 먹어도 식욕은 끝이 나지 않았다. 상에서 물러나면 곧 졸음이 쏟아졌다. 밥에 취해 정신 모르고 자고 나면 해는 반나절씩 지나갔다. 열흘을 이 모양으로 먹고 나니까야 겨우 식욕에 제한이 생기며 제 정신이 돌기 시작하였다. 발도 주인이 침을 맞혀 주어 이내 발등이 가라앉고 제대로 디딜 수가 있게 되었다.

이 집에는 농사를 짓는 한편 나룻배를 부렸고, 그보다는 수상선(짐 싣는 큰 배) 몇 척을 가지고 평양까지 내왕하는 운송업(運送業)이 본업이었다. 그래 송빈이는 무슨 일로든 이 집을 도울 수가 있었다. 이럭저럭 달포가 되자 이제는 송빈이 없을 때는 어떻게 지냈나 하리만치, 이 집에서 송빈이는 빠질 수 없는 손포가 되었다.

"겨울이나 나서 가거라."

구레나룻의 사공영감만이 자기에게 만만치 않다고 가끔 쫑알거릴 뿐, 주인집 안팎이 다 송빈이에게 정이 들었다.

6. 서울

송빈이도 주인댁 은혜를 저버릴 수가 없다. 농사까지 짓는 이 집으로 제일 바쁜 구시월에 슬쩍 빠져나올 수는 없다. 농사 뒤치개에 한 몫 들었다. 콩도 꺾고 조이삭도 자르고 도리깨질이며 그리고 물지게도 졌다. 그러나 저녁이면 한가하였다. 팔다리는 고달프되 마음은 머얼리 구름처럼 날리어서, 눕는다고 잠이 오는 것은 아니었다. 달까지 밝은 때라 송빈이는 가끔 강가로 나왔다. 강에서 달을 보기는 처음이다. 강이나 바다나 물은 마찬가지요 달도 전의 그 달이련만 강 위의 달밤은 바다의 달밤보다 더 밝아보였고 더 고요하고 애틋해 보였다. 물이 아니라 강은 달강이 되어 흘렀고, 자옥한 여울 아래 안개 속에는 선부의 수심가(愁心歌)소리가 처량하게 울려왔다. 송빈이는 집도 없는 고향 생각이 와락 쏟아지곤 하였다.

"할머니도 누나도 해옥이도 저 달은 보겠지!

저 달은 엄마 산소에도 비치겠지!

서분네는 지금……?

은주는……?"

가끔 송빈이는 "송빈이와 놀던 데로 와서 달을 혼자 쳐다보겠다"던 서분네가 생각났고, 산국화를 꺾어 달랬고 고기를 살게 잡아달라던 은주가 그렇게 생각나곤 하였다. 그중에도 이제 서울만 가면, 자기도 학교에 들어 공부만 하면, 더욱 훌륭한 사람이 되는 그날에는, 반드시 은주가 나타나 주어 반가이 맞을 것만 같았다.

"어서 서울로 가야한다!"

그러나 이 집에서 추수 일이 끝나고 나니 그만 날씨는 물이 얼기 시작한다.

"서울은 인심이 박하다는데, 돈 없이 견디려면 겨울이 제일 곤란하지 않을까?"

주인이 말리기도 하여 삼동이나 나서 봄에나 떠나기로 하였다. 그리고 강까지 얼어 배들이 움직이지 못하니 주인집에는 해야 할 일이 없었다.

송빈이는 심심풀이도 되고 잘하면 서울 갈 차비도 생길 것 같아 엿장사를 시작하였다.

여기 사람들은 엿을 밥 다음 가게 먹었다. 서너 집밖에 없는 거리에도 으레 엿들은 내놓아져 있었다. 그런데 이 나루에는 읍이 가까워 그랬던지 아직 엿집이 없다. 송빈이는 주인에게서 밑천 일 원을 얻어 읍에 가서 엿을 받아다 놓았다. 자산(慈山) 은산(殷山)으로 가는 큰 길목이라 달구지(우차)꾼 패한테만 팔아도 일 원어치는 당일에 나가곤 했다. 일 원어치를 팔면 삼십 전이 남았다. 이날마다의 삼십 전들은 겨우내 이십여 원 목돈이 되었다. 이제 강만 풀리면 수상선 편으로 평양으로 내려가서 서울로 갈 작정인데 마침 그해 봄이라 서울서는 야단이 나서 가지 못한다는 소문이 났고, 과연 이 '순천고을'서도 서울가 있던 유학생들이 도로 내려들 온 것이다. 며칠 안 있어 순천고을도 물 끓듯 하였다. 송빈이는 할 수 없이 봄을 여기서 더 나게 되었다. 여름도 거의 지나니까야 서울서는 좀 뜸해졌다는 소문이 났다. 그제야 송빈이는 만일 년만에 이 '순천고을뱃새'를 떠나기로 되었다. 마침 늦장마가 져서 물이 늘어 수상선들은 꼼짝 못한다. 송빈이는 밤길 칩십 리를 체전부를 따라 숙천(肅川)으로 나와 가지고 여기서 비로소 일 년 전 안동현에서부터 벼르던 서울 가는 차를 탄 것이다.

"서울!"

송빈이는 차 시간표를 하나 사 가지고 정거장 하나를 지날 때마다 정거장 이름 하나씩을 그었다. 어스름해서야 송빈이의 연필은 용산(龍山)까지 그었다.

그때는 경의선(京義線)도 용산을 돌아서 오던 때라, 용산 다음이 남대문(南大門)이다. 송빈이는 가슴이 뛰었다. 사람들은 수선스레 짐을 챙겼고 기차도 별로 휘우뚱거리며 소리소리 지르며 속력을 냈다. 차창 밖은 전깃불이 바다처럼 핑핑 돌았다.

"인전 서울이다!"

송빈이는 돈 이십 원 넣은 것을 다시금 더듬어 만져보며 여러 사람 틈에 끼어 차를 내려 구름다리를 넘어서 남대문역을 나섰다.

정거장 밖에는 맨 불이요 맨 사람이다. 송빈이가 정신을 차리기에는 너무 휘황한 불들이요, 너무 들끓는 사람들이다. 어릿어릿 섰으려니까 이내 인객꾼 하나가 달려든다. 송빈이는 인객꾼한테만은 속을 것 같지 않은 데다 자세히 쳐다보니 서너 살밖에 더 먹지 않은 젊은이다. 송빈이는 이내 이 인객꾼을 따라 섰다. 전차도 송빈이는 처음 보는 것인데, 웅 웅 소리를 내며 동네 가운데를 달아나는 것이 이상스럽다. 얼른 타보고 싶은데 인객꾼 아이는 걷기만 한다.

얼마 걷지 않아 큰 성문이 나선다. 인객꾼은 그것이 남대문이라고 가리킨다. 이 남대문을 왼편으로 돌아 골목 안에 들어섰더니 나즈막한 기와집인 여관이다. 문을 열어 주는 방이란 열여섯 살인 송빈이의 키로도 다리를 뻗으면 아래웃목이 닿을 듯하다. 전등은 벽을 뚫고 두 방

사이에다 달았다. 송빈이는 얼른 일어나 숙박료부터 읽어보니 일숙박 이식(一宿泊 二食)에 일등에 일 원 오십 전, 이등에 일 원 이십 전, 삼등에 팔십 전이다. 인객꾼이 이내 숙박계(宿泊屆) 용지를 가지고 들어왔다. 송빈이는 원산서 많이 써 보던 것이라 하나도 틀리지 않게 써냈다. 그리고

"삼등으로 해 주슈."

하였다. 사환은 그러라고 하며 나가더니, 주인이 문을 열고 상반신만 들여밀면서

"밥값은 어떻게 허료?"

한다.

"삼등으로 말했는데요?"

"아니…… 그런 게 아니라 짐이 아무 것도 없군 그래."

"네."

"그러니까 말이지, 밥값을 며칠이구 묵을 만치 선심을 하란 말야…… 돈이란 잘못허단 잃기두 쉬운 거구……."

송빈이는 얼른 십 원을 꺼내 들었다.

"그럼 낼이구 모래구 저 떠날 땐 거슬러 주세야 해요?"

"아무렴."

이튿날 아침, 송빈이는 무슨 '드렁드렁' 하는 장사꾼들 외는 소리에 일찍 잠이 깨었다. 이따금씩 큰길에서 울려오는 전차소리도 귀에 설었다. 어디서 뎅뎅 종소리도 났고, 뚜우 하고 기관차에서 나는 것보다는 부드러운 고동소리도 여러 군데서 울렸다. 그리고 차츰 높아가는 웅성 거림은 마치 서울이란 사방이 바다에 둘렸나 싶게 소란스럽다.

"서울!

서울은 지금 여기다!

윤수 아저씨가 지금도 은주네 집에 와 있을까?

은주네 집은 무슨 동네일까? 은주가 지금 나를 보면 반가워할까?

여긴 산국화도, 산 채로 잡을 고기도 없는 데다!"

송빈이는 벌떡 일어나 세수를 하고, 조반을 재촉해 먹고 거리로 나섰다. 번화한 쪽을 향해 걸으니 맞은편에 시뻘건 삼층집이 보인다. 그림엽서에서 보던 '경성우편국'이 틀리지 않았고, 돌집 '조선은행'도 이내 알아 맞췄다. 우편국에 들어가서 할머니께 서울로 공부 왔노라고 써 부치고 나니 어서 학교들을 구경하고 싶다. 길을 물어 휘문의숙(徽文義塾), 중앙학교(中央學校), 보성중학교(普成中學校), 그리고 배재학당(培材學堂)까지 당일로 구경했는데, 송빈이의 가슴이 들뛴 것은 봄에 소요사건으로 학생 이동이 많았는지라, 학교마다 학년마다 보결생 모집 광고가 붙은 것이다. 일 학년의 시험과목은 일어와 영어와 산술과 조선어작문이었다. 깜깜한 것은 영어다.

아무튼 책사로 찾아가 중학교 일 학년에서들 배운다는 '내셔널' 첫째 권을 샀다. 책파는 사람더러,

"일 학기 동안 몇 장이나 넘어갔을까요?"

물어 보았더니

"뭘 금년에 어디 공부를 했어야 말이지, 알파베트나 알아두 들어갈 걸."

하였다.

"알파베트가 뭐야요?"

책사 주인은 첫 장을 펼치고 활자 모양의 대정소정(大正小正)과 철필

체 모양의 대초소초(大草小草)를

"여기서 여기까지를 알파베트라는 거야. 이것만 잘 외 써두."

하였다.

"여기서 여기까지……."

송빈이는 얼른 여관으로 돌아왔다. 어디서 어디까지가 '알파베트'라
는 것은 알아도 '에이(A)' 하나 읽을 줄은 모른다. 공책에다 대정 소정
대초 소초네 체대로 쓴다기보다 그리기 시작하였다. 그리고 주인영감
더러 어느 학교가 제일 좋으냐고 물었더니.

"거 배재학당이 기중 오랠 걸. 우리집서 제일 가깝기두 허구."

하는 것이다.

"배재학당! 기중 오랜……" 송빈이 생각에도 기중 오랜 것이 기중 좋
을 것 같았다. 벽돌 삼층집이요, 운동장도 제일 넓어 보였다. 송빈이는
배재에 보결 입학 원서를 냈다. 시험 칠 날짜는 이틀 뒤였다. 조선어 작
문과 산술은 자신이 있었으나 영어와 일어가 무서웠다.

"어떻게든지 들기만 하면 쫓아는 간다!

들기만 험 뭘 허나? 학비도 없이……

그렇지만 우선 들구는 볼 거다!"

송빈이는 산술과 작문은 생각던 것처럼 쉽게 쳤다. 일어도 다섯 문
제에서 네 문제는 썼다. 영어는 영어로 세 구절이나 쓰고 조선말로 새
기라 했고, 칼, 연필, 공책, 학교, 선생, 이것들을 써 놓고 영어로 쓰라
하였다. 송빈이로는 하나도 모를 것뿐이다. 송빈이는 별 수가 없었다.
사흘저녁을 밤 깊도록 연습한 '알파베트'를 대정 소정 대초 소초 네 체
로 단정히 그려서 내놓았다. 그랬는데 오십여 명이 시험을 보아 열두

명만 뽑히는 속에 '이송빈'이가 당당히 발표된 것이다.

"아! 나도 배재학당 학생." 송빈이는 세상에 나와 처음 경험해 보는 성공감이요 희망의 감격이었다. 송빈이는 저도 모르게 두 눈에 눈물이 글썽해졌다. 얼른 닦았다. 눈물은 다시 고여 쭈루루 흘렀다. 다시 고인 이 눈물은 벌써 희망에 찬 감격의 눈물이 아니라 절망의 눈물이었다. 입학수속과 교과서와 교모(校帽)를 사는 비용만 삼십여 원이었다.

돈이라고는 십 원에서 그동안 점심을 사먹고 낯수건과 비누를 사고 양말을 한 켤레 사는 데 반이 달아났다. 주인에게 밥값 맡긴 십 원도 벌써 반을 넘어 먹었다. 송빈이는 길이 잘 보이지 않는 어두운 눈으로 배재학당 남쪽문을 나와 여관으로 오는 길이다. 뉘집 담 모퉁이인데 사람들이 한 떼 둘러앉아 무엇들을 들여다본다. 송빈이는 자연히 그리로 끌려갔다. 무슨 돈내기들이었다. 큰 장기쪽 같은 마분지 속에는 아라비아 숫자를 쓴 것인데 한 장씩 자세히 볼 수 있게 동그라미 그린 종이를 그 밑에 넣고 덮는다. 송빈이도 그 동그라미표가 분명히 삼(3)자 밑에 든 것을 알았다. 웬 사람 하나가 이내,

"그 삼자 밑에 들었소."

한다.

"분명 그러면 돈을 대시오. 배(倍)를 줄테니 돈을 대시오."

한다. 그 사람이 나앉으며 돈을 꺼내 일 원을 걸고 그 삼자를 들쳤다. 동그라미표는 갈데없이 그 속에 있었다. 이 사람은 담박 이 원을 탄다. 송빈이는 가슴이 들멍하였다. '나두 했더면 알아맞출걸!' 생각했다. 이번에는 동그라미표가 칠(7)자 밑에 들었다. 이 원을 딴 사람은 다시 일 원을 놓으며 송빈이는 분명히 칠(7)자로 보았는데 팔(8)자로 가서 들친

다. 허따방이다. 동그라미는 송빈이가 본 대로 칠(7)자 밑에서 나왔다. 송빈이는 제가 하면 번번이 맞출 것 같았다. 이 원을 잃은 사람은 점점 바로 나앉으며 동그라미 들어가는 것을 들여다보았다. 송빈이도 계속해 자세히 보았다. 분명히 오(5)자 밑으로 들어간다. 이 사람은,

"정칠, 한몫 따구 그만두자."

하더니 오 원을 덥석 걸고 오(5)자를 들췄다. 맞았다. 자기 오 원은 오 원대로 있으면서 대뜸 십 원을 타 가지고 유유히 가는 것이다.

"자 누구든지 맞추기만 하면 저렇게 십 원 아냐 백 원 천 원도 탈 수 있소."

하고 물주는 송빈이를 보는 것이다. 송빈이는 구부리고 섰던 것을 앉았다. 이번에도 그 동그라미가 다시 오(5)자 밑에 들어가는 것을 분명히 보았다. 송빈이는 서슴지 않고

"오짜요."

하였다.

"정말이요?"

물주는 송빈이에게 따진다.

"정말 오짜 밑이오."

"그럼 돈을 대요."

송빈이는 일 원짜리 한 장을 꺼냈다.

"일 원? 인제 그 사람 못 봤소? 여러 번 하단 되려 잃는 거요. 분명히 봤을 때 돈 있는 대루 한몫 대 가지구 한몫 따는 게 수요."

하니깐 옆의 사람들도,

"허긴 그래."

"십 원만 대문 담박 이십 원이 나와, 도합 삼십 원이 되구, 그 삼십 원을 또 한몫 댐, 담박 구십 원이 되지 않어?"

하고 송빈이를 축추거린다. 송빈이는 돈이 오 원도 채 못되는 것을 후회하면서 속으로 생각하였다.

'그렇지만 사 원을 대면 팔 원이 늘고 그 십이 원을 대면 삼십육 원이 되고 삼십육 원이 곱삶어지면…….'

송빈이 눈에는 어서 써보고 싶은 배재학당 교모와 교과서가 눈앞에 얼씬거린다. 송빈이는 일 원짜리 넉 장을 모두 꺼내 한몫 대었다. 그리고 그 동그라미표가 분명히 깔린 오(5)자 쪽을 제꼈다. 송빈이는 눈이 하얘졌다. 동그라미표는 간 데 없다. 물주는 씽긋이 웃으며 육(6)자 밑에서 꺼내 보인다. 송빈이의 돈 사 원은 곱다랗게 물주의 조끼 주머니로 들어간다.

"인전 돈이 없어?"

물주에게서는 반말이 나왔다.

"일 원이 못 돼요."

"얼마?"

"육십 전밖에 안 돼요."

"육십 전이라도 맞치기만 험 일 원 이십 전 따지 않나? 세 번만 내려 맞침 사 원 따윈 찾구두 남을 턴데 안해?"

송빈이는 또 육십 전을 마저 대었다. 이번에도 동그라미표가 들어가는 데를 틀림없이 보았는데 제끼고 보니 아니다. 그제야 송빈이는 이 자가 요술을 부리는 줄 깨달았다. 아까 돈을 따 가지고 간 사람도 남을 꼬이기 위한 이들의 한패인 것을 깨달았다. 그러나 송빈이는 이들을 어쩌는 수도 없을 뿐더러 어느 틈에 이들은 판을 거둬 가지고 뒤도 안 돌아보고 어디로인지 뺑소니를 치는 것이다. 송빈이는 손이 후둘후둘 떨렸다. 누가 자기의 이런 어리석은 꼴을 보았을까봐 저도 얼른 그 자리를 떠나고 말았다.

"여태 미련하단 소린 안 들었는데⋯⋯."

송빈이는 돈을 잃은 것도 안타깝지만 그자들한테 속아 넘어간 것이 분하였고 더욱 남의 돈에 관한 욕심을 품었던 자기의 마음이 스스로 부끄러워 분했다.

이날은 점심도 사먹지 못했다. 밤에는,

'남들은 오늘로 다 입학수속을 하고, 교과서도 모자도 사 쓰고, 내일은 학교에 가겠구나!' 생각에 잠도 오지 않았다. 깔깔한 눈으로 깔깔한 조반을 먹고 나니 그래도 학교에 마음이 끌려 그냥 있을 수가 없다. 슬금슬금 배재학당으로 왔다. 오늘은 보결생만 오라는 날이다. 두루마기에 미투리 혹은 경제화로, 모자만 새 교표가 번쩍거리는 교모를 쓴 아이들이 진작부터 웃마당에 모여 있었다. 송빈이는 시험 치는 동안 얼굴 익어진 아이 몇이 보이자, 가까이 가지 못하고 먼발치에 숨어 버렸다. 이윽고 종이 울린다. 선생님 서너 분이 나타나시는데 모두 유명한 학자들 같아 우러러보인다. 일 학년 따로, 이 학년 따로, 삼 학년 따로, 줄을 지어 세우더니 일 학년 보결생부터 이름을 부른다. 일곱째로,

"이송빈."

이가 불리웠다. 송빈이는 하마터면 딴 데서 대답소리를 낼 뻔하였다. 선생은 세 번을 불러 대답이 없으니까 연필로 잠깐 무슨 기록을 하더니 그 다음 이름을 부르기 시작한다. 송빈이 이외에는 모두 '네, 네'

하고 기운찬 대답 소리가 났다. 호령이 끝나자 선생님들은 일 학년부터 앞세우고 대강당으로 들어가 버렸다. 마당에는 여름방학 동안 마음대로 자란 구석구석 풀숲에서 벌레 우는 소리만 일어났다.

7. 만나는 사람들

송빈이는 게시판에 아직도 붙어 있는 제 이름을 한 번 더 쳐다보았다.

"게시판에 이름이 한 번 붙어보는 것!"

그뿐인가? 생각하니 너무나 안타깝다. 남들은 이젠 이 학교의 당당한 학생들로서 이 학교 선생님들에게 훈시를 받고 있는데, 송빈이는 부르는 이름에 대답도 못한 채 배재학당 마당을 하직하고 말았다.

"여관으로나 가면 뭣허나?"

여관에 맡긴 십 원도 앞으로 이틀만 지나면 온통으로 여관 주인의 것이 되고 말 것이었다.

"돈을 벌자!

낮에는 돈을 벌고, 밤에나 공부를 하자!

야학으로 따라가다가 길이 열리면 그때 이 학년에든 삼 학년에든 사 학년에든 보결을 치자! 그 수밖에 없다!"

송빈이는 이날 서울의 수없는 거리거리를 눈이 뻘개 쏘다녀보았으나, 돈을 벌어 볼 만한 일터는 한 군데도 찾지 못했다. 저녁에 여관에 돌아와 인객꾼 아이에게 통사정을 하였더니,

"요 옆에 산 허무는 일이 있더라."

한다. 이튿날 아침에 그리로 찾아가보았다. 남대문 소학교에서 운동장을 늘리느라고 산을 따내는 공사였다. 흙짐을 지는 인부에게 물어보니, 아침 일곱 시 전으로 와야 뽑힌다는 것이다. 다음날 아침을 기다려 일곱 시 전으로 가보았다. 그러나 십장은 송빈이의 손과 팔의 가냘픔을 보더니, 대뜸 등을 떠다밀어 버리는 것이었다.

송빈이는 이리저리 쏘다니다 파고다공원에 들어섰다. 거북비(碑)를 구경하고, 팔각정(八角亭)을 구경하고, 탑 있는 데로 가까이 와보니, 웬 갓 쓴 어른 하나가 탑 밑에 서서 사진을 찍는다. 그런데 갓 쓴 어른은 사진기의 렌즈를 보는 줄 알았는데, 사진기 바로 뒤에 서 있는 송빈이 저를 유심히 보는 것 같다. 송빈이도 유심히 바라보니 아는 어른이다. 바로 '서호쥔님'이다. 서호진(西湖津)에서 서호상회(西湖商會)라는 큰 해산물(海産物) 무역상을 하는 분으로, 한 달이면 열흘은 원산 와서는 송빈이가 있던 객주에 묵었다. 송빈이가 영리하다고 늘 칭찬하였고, 한번은 송빈이를 저희 상회로 데리고 간다고 주인더러 달라고까지 하던 그 '서호쥔님'이다. 사진기에서 짤각 소리가 나자 서호쥔님은 이내 송빈이에게로 왔다.

"너 송빈이 앙이야?"

송빈이도 마주 나가며 인사를 하였다. 서호쥔님은 등(藤)덩굴 밑으로 가 앉으며 먼저,

"너 여기서 무스길 하구 있니?"

부터 물었다.

"아무것도 못하고 있어 걱정입니다."

"그러믄 잘 되었다. 이번에는 너 우리 집으로 가자."

송빈인은 눈물이 핑 돌았다. 이제와 서호진으로 가고 싶어서가 아니라, "우리 집으로 가자"는 말에 감사하여서다.

그러나 송빈이는 죽어도 서울서 죽겠다는 결심을 말했다. 서호쥔님은 고개를 끄덕이며,

"그눔아(그놈) 제법이다!"

하면서, 돈 십 원을 꺼내 주었고, 또,

"야 내일 아적에 우리 쥔집으로 찾아오너라. 낮에만 일하구 밤엔 야학 댕길 만한 자리를 물어봐 주마."

하는 것이다.

이리하여 송빈이는 만주에서 좁쌀을 무역해다 조선에 퍼뜨리는, 공영상회(共榮商會)라는 데 들어갔다. 일이란 날마다 정거장 하물계로 나가 좁쌀 부리는 것과, 어디로 다시 실리는 것과, 그 인부들을 맡아보는 것이었다. 종일 먼지를 쓰고 섰는 것이 지저분은 하나, 그리 괴로운 일은 아니었다. 월급은 이십오 원, 상회 숙직실에서 윗방이 있어 혼자 밥을 지어 먹으며 거기서 잘 수가 있었다. 그리고 오후 여섯 시만 넘으면 자유라, 우선 청년회관(靑年會舘) 야학교 고등과에 입학을 하였다.

"어디서든 저 하게 달린 거다. 힘써 배우자!"

송빈이는 곧 할머님께와 그 서호쥔님께 학교에 들었다는 편지를 하였다.

청년회관은 야학뿐이 아니었다. 서울서는 제일 큰 대강당이 있어 거의 저녁마다 유명한 어른들의 강연회가 있었다.

송빈이는 강연회가 있는 저녁은 공부에만 착념할 수가 없었다. 대강당에서 우뢰 같은 박수소리가 울려올 때마다 곧 그리로 뛰어가고 싶었

다. 얼른 하학이 되기를 기다려 대강당으로 내려가면, 문이 메워지게 막아서서 연사의 얼굴은커녕 목소리도 제대로 가려들을 수가 없었다. 무어라고인지 연사의 말소리가 우렁차지며 급해지다가 딱 구절이 끊길 때는 청중들은 또 와르르 손뼉을 쳤다. 송빈이도 손뼉이라도 치고 싶었다.

이러기를 몇 번 하다가는 꾀가 생겼다. 광고를 보고 연사가 유명한 사람일 때에는, 그날 저녁 배울 학과는 미리 집에서 예습을 해 버리고 학교 대신 강연회로 들어갔다. 용담학교에서 듣던 오 선생의 연설쯤은 문제가 안 되게 위엄스럽게 조리 있게 정열과 충동에 찬 훌륭한 연사가 많았다. 칠팔백 명의 청중은 당장 그의 손아귀에 든 듯이, 그의 한마디에 이리 쏠리고 저리 쏠리고 하였다.

"웅변이란 위대한 것이다! 무엇보다 남자의 기상답다!"

송빈이는 강연회에서 나설 때마다 감격하였다. 강연회뿐 아니라 가끔 토론회도 있었다. 토론회에는 예정한 연사에만 한하는 것이 아니라 속론(續論)이라고 누구든지 제 마음에 드는 편으로 나가 의견 발표를 할 수가 있었다. 보니깐 중학생들도 당당히 무대로 뛰어나갔고 어떤 중학생은 어른보다도 더 당당한 열변을 토하고 박수갈채를 받았다. 송빈이는 속론에 한번 나가볼 의기가 솟았다. 기회를 기다리는데 새 토론회 광고가 나붙었다. '사업을 성취하는 데는 금전(金錢)이냐? 의지(意志)냐? 하는 문제이다. 송빈이는 대뜸 '의지' 편에 가담하기로 정했다. '정신일도하사불성(精神一到何事不成)'이란 말도 생각났고, 알프스를 넘은 나폴레옹이 사전(辭典)에서 '어렵다'는 단어를 뺐다는 말도 생각났다. 또 금전 그것을 위해서라도 먼저 의지만 강하면 얼마든지 벌 수 있다는 것을 골자로 이야기를 꾸며 가지고 송빈이는 저 있는 공영상회에서 남산이 가까웠는지라 며칠을 날이 밝기 전에 뛰어올라가 북으로 삼각산(三角山) 재봉을 바라보며, 남으로 한강 일대를 내려다보며 연설을 연습하였다.

첫 무대에 나서볼 저녁은 왔다. 송빈이는 제일 먼저 앞자리에 가 앉았다. 이날도 정각 전에 뒤에서는 문이 뿌듯해서 웅성거렸다. 이 토론회는 어느 전문학교 학생회 주최여서 연사들이 전문학교 학생이 대부분이요, 중학생도 둘이나 끼었는데 그중에서는 배재학당 학생도 있었다. 그는 마침 '금전' 편이었다.

"옳지…… 내가 돈 없어 못 다닌 배재학당이다! 돈과 배재학당에 복수를 하자!"

송빈이는 어서 속론이 시작되기를 기다리다가 누구보다도 재빠르게 손을 들고 일어섰다.

송빈이가 연단에 나서자 선뜩 기가 꺾인 것은 사람들의 눈이다. 한 사람의 얼굴에 눈이 열씩도 더 되는 것처럼 눈의 바다가 앞에서 생선들 뛰듯 한다. 대뜸 첫마디가 제 짐작보다 너무 큰 소리가 나왔다. 눈의 바다에선 '하하하' 웃음소리가 터졌다. 송빈이는 잠깐 눈을 딱 감았다. 아침마다 바라보던 삼각산 연봉과 한강 일대의 그 유유창창함이 눈 속에서 서언히 나타나준다. 송빈이의 머리에는 펀뜻 맑은 정신이 일었다. 이 틈에 남산에서 울리던 그 목청과 말문을 얼른 잡아낸 것이다. 때때로 박수소리가 일어났다. 목이 갈해질만하자 준비했던 이야기는 끝이 났다. 박수가 어느 때보다 더 우렁차게 또 오래 계속되었다. 송빈이는 너무 흥분이 되어 그 다음부터 남들이 하는 것은 잘 들리지 않았다. 이날 저녁 토론회는 송빈이 편 '의지' 편이 이겼다.

파해 나오는 때다. 송빈이는 걸음이 다 아직 후둘후둘해 사람 틈에 끼어 나오는데 누가 어깨를 친다.

"아!"

"잘했다! 너 서울 있었구나 그간?"

"아! 아저씨⋯⋯."

그는 윤수 아저씨였다.

송빈이는 윤수 아저씨가 원망스럽기보다 우선 반가웠다. 그가 가자는 대로 관철동 어느 청요리집으로 왔다.

윤수 아저씨의 말을 들으면 자기는 그때 안동현에서 삼촌 되는 이에게 붙들려 와서는 일 년 동안은 문 밖에도 잘 나가지 못하는 감시를 받았고, 편지 같은 게 와도 하나도 주기는커녕 알리지도 않아서,

"네 소식두 전혀 몰랐다."

하였고 이번에 서울로 다시 오는 것도 장가를 들어야만 보내준다고 해서,

"연애결혼은 또 틀리구 두 번째 허는 것꺼정 강제 결혼을 당했다."

하고 한숨을 쉬는 것이었다.

"아저씬 그럼 지금은 어느 학교에 다니슈?"

"전에 다니든 덴 그만두구, 이번엔 영얼 전공해 볼려구 청년회관 영어과에 들었다."

"나허구 한 학교 셈이구랴!"

하고 송빈이도 오래간만에 유쾌하게 웃어보았다. 그리고,

"우리 매부는 지금도 여기서 공부허나요?"

하고, 진작부터 궁금하던 매부의 소식을 물었다.

"몰라. 아마 아직두 사방에서 뒤숭숭하니까, 집에 있기 쉽지⋯⋯ 나

두 여기 누님댁이 있으니까 집에서 보냈지."

그리고, 윤수 아저씨는 송빈이의 안동현 이후 고생한 이야기를 듣고는 더욱 책임을 느끼기 때문인지 끝으로 이런 말을 주었다.

"아무튼 내년 봄에 어느 학교구 이 학년 보결을 치든지, 다시 일 학년에든지, 완전한 중학교에 들기만 해라. 누님 집에 내가 혼자 방 하나를 쓰구 있으니 같이 있두룩 내 주선허마."

송빈이는 은주의 생각이 났다.

"아저씨 있는 덴 여기서 멀우?"

"다옥정(茶屋町)이라구 얼마 안 돼."

청요리집을 나와서는 둘이서 같이 걸어 다옥정으로 왔다. 바로 은주네 집이었다. 열한 시나 된 때라, 윤수 아저씨는,

"집을 알었으니 인전 놀러오너라."

하고, 혼자 들어가 버렸다.

송빈이는 어두운 골목을 혼자 돌아오나, 생전 처음으로 육칠백 명 청중 앞에서 연설을 해본 것, 어떻게든지 다시 완전한 중학교에 들면 같이 있도록 하겠다는 윤수 아저씨를 만난 것, 은주네 집을 안 것, 송빈이는 이처럼 밤하늘을 광명에 찬 눈으로 쳐다보며 걷기도 처음이다.

이틀 뒤가 일요일이었다. 송빈이는 저녁을 설렁탕집에 가 사먹고 다옥정으로 와보았다.

윤수 아저씨는 그때 저녁을 먹는 중인 듯 행랑어멈이 들어갔다 나오더니,

"안으로 들어오시래요."

하였다. 송빈이가 쭈뼛거리고 섰으려니까, 윤수 아저씨의,

"송빈아 들어와 괜찮어."

소리가 울려나왔다. 행랑을 지나 중문이 있었다. 중문을 들어서니 서울집으로는 꽤 넓은 마당이다. 건넌방 다음에 대청이요, 안방이 제일 멀리 있다. 무엇을 한입 우물거리는 윤수 아저씨는 안방에서 내다본다. 미닫이 한쪽이 마저 열리더니 꽤 큰 계집애가 내다본다. 은주였다.

"저녁 어떻게 했냐?"

"먹었어요."

"마루루 올라와."

송빈이는 윤수 아저씨의 구두와 은주의 것인 듯, 칠피코가 뾰족한 여학생의 목구두 한 켤레가 가지런히 놓여 있는 딤돌 위에 경제화를 벗어 놓고 마루로 올라왔다. 이내 안방에서,

"어디 이리 들어오너라, 보자."

하는, 부인네 목소리가 나온다. 은주 어머니였다. 송빈이는 들어가 상을 물려 놓는 아담한 서울식 부인께 절을 하였다.

"넌 나 모를라. 너이 아버지께서 촌순 멀어두 나헌테 오라버니 항렬이시드랬어…… 나 시집 올 때 단장을 너이 어머니께서 시켜주셨드랬는데…….

하고, 은주 어머니는 친히 송빈이의 손을 이끌어다 잡아보신다.

"그래 너 올해 몇 살이냐?"

"열여섯 살입니다."

"열여섯…… 전 같음 호팰 찰 나이가 지났구나! 아뭏든 천량은 없어졌어두 아들이 좋기는 허다. 딸자식 같음 남의 문중에 시집이나 갔지 빈 주먹으로 서울루 공부 올 맘이나 먹겠니! 인전 어디가든 이 아무개

의 아들이구……."

하시며, 은주 어머니는 윤수 아저씨더러 송빈이를 우미관 구경이나 시켜 주라고 하셨다.

구경이란 말에 은주는 먼저 나서며 앞을 섰다. 배다리로 나와 광교 큰길을 건너 샛길로 관철동에 들어서니 벌써 군악소리가 들리기 시작한다.

무슨 곡조인지 몰라도 잰 걸음을 걷는데 신이 나게 맞는다. 가까이 가보니 전등을 구슬 꿰듯 해 여러 줄을 늘였고, 이층 노대(露臺)에서는 눈이 불거진 사람, 볼이 불룩한 사람, 배가 내민 사람들이 새로 닦은 놋그릇 같은 악기를 메고, 들고, 흥겨운 몸짓을 하며 불고 있다.

그 노대 밑에는, 큰 간판 그림들이 붙어 있었다. 첫머리엔 '명금대회(名金大會)'라 쓰여 있었고, 달리는 말 위에서 소나무로 뛰어오르는 그림, 큰 다리 위에서 그 밑으로 달아나는 기차로 내려 뛰는 그림, 천야만야한 절벽과 절벽 사이를 자동자전거를 탄 채 건너뛰는 그림, 모두 입을 다물지 못하고 쳐다보는 사람들로 마당이 그득 찼다.

윤수 아저씨는 이층표를 샀다. 은주는 자주 와 보는 데인 듯 이층 길이 어수선한 데도 익숙하게 골을 찾아 먼저 뛰어가 앞줄에 자리를 맡았다. 은주가 먼저 앉고, 윤수 아저씨가 앉고, 그 담에 송빈이가 앉았다. 앉아서 보니 청년회관 대강당은 어림도 없게 넓고 그런 아래윗층이 별로 남는 자리가 없다.

이윽고 밖에서 나던 군악소리가 무대 뒤에서 나더니 그 군악에 맞춰 변사가 나타났다. 변사가 무대 한가운데 머물러 관중을 향해 예를 하자 군악소리는 뚝 끊어졌다. "오늘 저녁에도 이 우미관을 사랑하사 이처럼 다수 왕림……" 어쩌고 한참이나, 다음 주일에는 무엇을 상연하겠으니 그때도 많이 와달라는 말까지 늘어놓고야 다시 군악에 발을 맞춰 들어 갔다. 이내 불이 꺼지며 사진이 나타나는데 모두가 서양사람들이다. 송 빈이가 보기에는 그 사람이 그 사람 같은데 은주와 윤수아저씨는 어느 게 '기지꾸레'니 어느게 '후레데리꾸백작'이니 하고, 알아맞추며 지껄였 다. 영사막 옆에서는 아까의 변사가 다시 나서서 목청을 높여 어떤 일 정한 장단이 나게 떠들어댔으나, 송빈이는 한마디도 자세히 알아들을 수가 없었다. 하 재미있어 하는 은주를 가끔 어스름한 속에서 엿보았 다. 총기 있는 쌍까풀진 눈이 푸른 가스 광선에 별처럼 고왔다.

한두 시간 뒤에 불이 켜졌다. 기다리기나 한 것처럼 "우유찹쇼ㅡ 라 무네요" 소리가 일어났다. 윤수 아저씨는 라무네를 세 병을 사고 화토 짝 만큼씩한 과자를 사더니 먹자고 하면서 송빈이더러,

"어떠니?"

물었다.

"뛰구 쫓아가구 하는 건 알겠는데 왜 그러는 건진 모르겠어……."
하니까, 은주가 날름,

"어쩜! 그렇게 재미있는 걸."
하고 '바보'라는 듯이나 말뚱이 본다. 송빈이는 얼굴이 화끈해 아무 대 답도 못하였다.

구경이 끝나 돌아오는 길에서다. 은주가 송빈이 옆으로 서며,

"너두 내년에 중학에 들 준비허니?"
하고, 야무지게 '해라'를 하며 묻는다.

"그래."

"나두."

은주는, 지난봄에 보통학교를 마쳤다. 학교들이 소요하지 않았으면 올해 어느 여고보(女高普)에고 들었을 것이었다.

"넌 사측(산술) 문제 죄다 풀 줄 아니?"

은주가 또 물었다.

"산술책에 있는 건 죄다 풀지 뭐."

"어쩌믄 넌 좋겠다!"

그러자 광충교에 나섰다. 송빈이는 이들과 헤어져 혼자 남대문통을 걸었다.

은주는 보통학교 때에도 산술 성적이 좋지 못했다. 그런 데다 일 년을 놀아 버리니 내년 봄 여고보 입학시험에 산술이 걱정이었다. 외삼촌 윤수도 산술은 배운 지가 오랠 뿐더러 배우던 당시에도 서툴렀다.

"엄마? 송빈인 책엣건 모두 풀 줄 안다는데……."

"그럼 좀 와서 풀어달래렴."

"갠 낮엔 못 오구 밤엔 야학 다니구, 언제?"

이라하여 은주 어머니는 윤수와 은주의 의견대로 송빈이를 윤수와 함께 사랑에 와 있게 하였다.

은주 어머니는 딸 은주 하나뿐으로 일찍 남편을 여의었다. 상속된 재산이 삼사백석지기 되나 아직은 은주의 백부님이 맡아 계시어 매삭 것을 큰집에서 타 쓰고 있었다. 그러나 단지 모녀간에 식모 하나만 두고 사는 살림이라, 쌀과 방은 남고, 바깥손은 놀아서 친정 오라비나 조카 한둘쯤 데려다 두는 것은 오히려 쓸쓸한 집안을 풍성스럽게 함이 되었다.

송빈이는 물론, 은주도 기뻐하였다. 처음에는 두 살 위인 송빈이더러 어머니께서 시키는 대로 "오빠"라는 말이 잘 나와지지 않아 불러야 할 경우에는 가까이 와 웃기부터 하였고, 대답도 "으응" "아니" 식이었으나 한 달 안에 은주는 송빈이더러 "오빠"라고 부르기에 익숙해지고 말았다.

"오빤 이 학년 친댔지?"

"그럼 나두 일 학년에나 들면 은주허구 한 해 졸업이게?"

"한 해 졸업이면 어떤가 뭐?"

"동갑이라면 몰라두."

"오빠 졸업허믄 뭘 허우?"

"대학."

"뭘 배러?"

"정치."

"정치!"

"넌?"

"우리 큰아버지가 참 완고셔."

"마음대루 헐 수 있대믄?"

"음악가."

"음악가! 장래 음악가 장은주양!"

은주는, 귀밑이 발그레해지며 들었던 공책으로 송빈이를 때리는 시늉을 했다.

은주는 일어, 조선어와 한문, 산술을 송빈이에게 부지런히 배우고 송빈이는 야학은 그만두고 중학 일 학년 과정을, 영어만은 윤수에게,

다른 모든 것은 자습으로 부지런히 준비하였다.

"들지 못험 어떡허나?"

은주는 어려운 산술 문제를 혼자 풀지 못할 때마다 눈살을 찌푸렸다.

"왜 못 들긴!"

"이번에 떨어짐 또 담 해라도 쳐야 허나?"

"그럼! 여자두 인전 적어두 중학교까진 마쳐야……."

은주는 송빈이 말에 격려되어 졸음이 덮는 눈을 부벼가며 다시 연필을 집어들곤 하였다.

봄이 되었다. 이런 불타는 향학열은 송빈이나 은주뿐이 아니었다. 전 조선적으로 서당(書堂)에서 학교(學校)로의 과도기적 침체는 소요 일 년에 큰 자극이 되었다. 총각은 땋은 머리를 깎고, 어른은 상투를 자르고 면서기 군서기를 다니던 사람, 헌병 보조원, 순사, 그리고 장사하던 사람들까지 '신학문'에로 대진군이 되어 서울로 끓어올랐다. 매년 정원이 차거나 말거나 하던 중학교에들 오륙 배는 보통이요 십이삼 배까지 응모자가 폭증하였다. 조선서 '입학난'이란 말은 이해에 처음 생긴 것이다. 그러나 은주는 숙명 여고보(淑明 女高普)에, 송빈이는 휘문고보(徽文高普) 이 학년 보결에 난관을 돌파하고 가지런히 한날에 합격이 발표되었다.

이번에는 송빈이도 공영상회에서 번 것과 은주 어머니와 윤수 아저씨도 도와주어 입학수속을 치르고, 교과서도 사고 교복과 교모도 사서 버젓이 휘문고보 학생으로 차리고 나설 수가 있었다. 검은 양복에 금빛 단추는 눈 맑고 살결 흰 송빈이를 더욱 귀염성스럽게 보이게 하였다. 송빈이는 사진부터 한 장 찍었다. 누구보다도 외할머니를 즐겁게 해 드리고 싶어서였다. 눈 어두우신 외할머니께서 시원히 보시도록 하자면 적어도 중판으로는 찍어야 할 것이다. 겨우 팔십 전을 내고 명함판을 찍어 누님한테까지 보냈다.

그러나, 앞길은 광명하지만은 않았다. 먹는 데는 있으나 다음날부터 월사금, 학용품, 입고 신을 것, 역시 송빈이의 하늘은 활짝 개어 주지는 않았다.

8. 로오즈 가아든

송빈이는 먼저 영신환(靈神丸) 장사를 해보았다. 학교에서 나오는 길로 저녁때까지 공원과 정거장과 음식점으로 다니며 팔면, 잘 팔리는 날은 하루 열 봉은 팔았다. 열 봉이면 삼십 전이 남는다. 토요일과 일요일에는, 잘하면 일이 원의 이익을 보는 수도 있었다. 그러나 고학생은 한둘이 아니었다. '고학생 갈톱회'라는 것이 생겼는데 거기 회원만도 백여 명이었다. 손님들도 이쪽에서 말하기 전에 먼저 "이제 방금 샀어" 하고, 약봉지를 꺼내보였고, 음식점에서들은 귀찮다고 들어서지조차 못하게 하였다. 약도 팔기가 이내 힘들어졌다. 월사금 사 원이 제일 급했다. 매달 초엿샛날 아침조례 시간에서는 으레 월사금 미납자들이 불려나가는데, 송빈이는 이축에 번번이 끼었고, 이축에 끼면 월사금을 가져 갈 때까지는 교실에 못 들어가는 법이었다. 책보 대신에 약봉지 뭉텅이를 끼고 이틀이고 사흘 나흘이고 사 원 돈을 채우러 나서야 한다. 한 봉지에 삼 전씩 남으니까 일백사십 봉지를 팔자면, 약을 사줄 듯한 사람만 적어도 일천사백 명을 만나야 한다. 서울이 넓다하나 새 얼굴만 일천사백 명은 하루 이틀에는 어려웠다. 어디선지 분명히 한 번 청해봤던 사람이요, 혹은 어정쩡하여 모른 척하고, 모자를 벗고 약봉지를 내밀면,

"번번이 나만 맛이야?"

하고 재수 없다는 듯이 일어서 가 버리는 사람도 여러 번이었다.

어떤 때는 월사금 때문에 일주일 동안을 꼬박 빠지기도 하였다. 윤수 아저씨한테는, 돈이 있는 눈치이나, 같이 있으면서부터는 더욱 돈 말이 나와지지 않았다. 한 방에 있는 것도 처음에는 자청하였으나 차츰 기색이 좋지 못해 갔다. 자기는 사층 책장에 테이블에 등의자를 놓았는데, 송빈이는 석유 궤짝을 가로놓고 책상으로 쓰는 것도 대조가 너무 심하여 남이 와 보더라도 자기편이 미안스러웠고, 이부자리도 깨끗지 못하고 속옷도 단벌치기여서 송빈이에게서는 땀내가 났다. 한방 안에서도 생활이 주는 차이는 현저히 우정에 간격을 주었다. 이럭저럭 일 학기가 끝이 났다. 매월 초엿샛날부터 사오일씩은 정해 놓고 빠졌고 복습 시간이 남만 못했는지라, 송빈이의 성적은 평균 팔(八)을 넘지 못했다. 그러나, 석차로는 이백 명에서 삼십 번(三十番) 이내에 들어있었다.

경성유학의 첫 여름방학! 송빈이는 어느 때보다도 자기의 고독을 또렷이 맛보게 되었다. 모두 고향으로 갈 기차 할인권들을 타가지고 부모님께 동생들에게 선물들을 사가지고 전쟁에나 이기고 가는 사람들처럼 의기들이 하늘을 찔렀다. 윤수도 방학이 되자, 그 이튿날로 떠나게 되었다. 짐이 많아서 송빈이는 짐을 들어 주러, 은주는 외삼촌이라 배웅하러 청량리까지 함께 나왔다. 청량리서 철원은 학생 할인으로 일 원도 못다 들었다. 송빈이도 곧 차표를 사가지고 윤수 아저씨와 같이

철원으로 가고 싶었다. 그러나,

"아니다!"

하고, 송빈이는 마음속에 부르짖었다.

"나는 방학이라고 돌아가는 그런 호사스런 유학생으로 고향을 떠났던 건 아니다! 나에겐, 좀 더 큰, 좀 더 찬란한 환향이 있어야 한다!"

차가 떠난 뒤 갑자기 호젓해지는 정거장에서 송빈이와 은주만이 두드러졌다.

"우리두 어디 좀 갔으문!"

은주가 북한산 쪽 맑게 트인 하늘을 들여다보며 말했다.

"전차 타구 문안 가는 건 가는 것 아닌가!"

"남을 어린애루 놀려 막."

콧날이 상긋해 돌아보며, 눈을 흘기는 은주에게는 석류꽃 같은 당기가 제법 꿈틀거리며 나부낀다.

전찻길을 향해 한참 걷다가 막상 저쪽에서 전차가 나타나는 것을 보고는 은주는 오뚝 서 버리며,

"여기 전찬 맨 파리야! 오빠?"

하고, 송빈이도 걸음을 멈추게 하였다.

"그럼 우리 걸어갈까?"

"동대문꺼정?"

"종로꺼정이라두."

"아유! 우리 기차가 오건, 남대문꺼정 타구 갑시다."

"여행이 되게?"

"좋지 뭐!"

은주는 먼저 돌아서 정거장으로 갔다. 원산 쪽에서 나오는 차는 두 시간이나 뒤라야 있었다.

"그새 우리 산보나 허까?"

"차암!"

은주는 무엇이나 감탄하고 싶은 기분이다.

첫 장마가 든 지 며칠 되지 않았다. 길에는 여러 날 빗물에 씻긴 모새가, 낮은 데는 강변같이 깨끗하다. 자박자박하는 모새, 아직도 속잎 속에는, 아침 이슬이 반짝이는 풀의 싱그러운 향기, 송빈이는 길 한가운데서 모새를 밟으며, 은주는 길 한녘에서 풀을 밟으며, 지나가는 것은 나비뿐인 홍릉 가는 길을 걷는다.

길은 바라보기 알맞게 뻗어나가서는 휘움히 산기슭을 돌았다. 산기슭을 돌아서면 길은 다시 한참이나 눈을 감고 걸어도 되게 곧게 뻗었다. 멀리 도봉(道峰)이 검푸르게 솟았고, 다시 그 위엔 흰 구름 봉우리가 떴다. 은주는 갑자기 점잖아진 것처럼 이따금 걸음을 멈추고, 먼 산과 구름에 이윽히 눈을 던졌다. 송빈이도 혼자만 앞서 가기가 어색해서 같이 서서 바라보았다. 그러면 아무 말 없이 은주가 하는 대로 먼 산만 바라보기란 오히려 더 어색스러웠다.

"구름이……."

송빈이가 말을 꺼냈다.

"구름?"

"구름이 가만있는 것 같어두 가만히 봄 가만가만 움직이지?"

"쬔 가만두 많네!"

하고 은주는 퉁명을 주고, 구름은 다시는 보지도 않고 걷기 시작한다.

얼마 안 걸어 은주는 갑자기 풀숲에 풀썩 앉으며,

"아유!"

소리를 질렀다.

"뭐야? 뱀이야?"

송빈이는 눈이 둥그레 뛰어갔다.

"뱀이문 달아나지 않을까, 아무리!"

은주의 흰 손은 앵두보다도 더 진하게 빨간 뱀딸기를 따고 있었다. 송빈이도 더 깊은 풀숲을 헤치고 들어가며 굵은 것으로만 땄다.

"이거 먹어두 괜찮우?"

"뱀딸길 누가 먹어."

"먹음 죽나?"

"죽어야만 안 먹나?"

하고, 이번에는 송빈이가 핀잔을 주었다.

"아유!"

은주가 또 소리를 질렀다. 호랑나비 한 마리가 나타난 것이다. 바로 은주의 손이 미칠 만한 앞에서 앉을 듯 앉을 듯 너울거린다. 그러나 앉을 꽃이 보이지 않으니까, 그만 높이 떠올라 날아가 버린다. 은주도 송빈이도 나비만 쳐다보며 뛰었다. 길로 풀숲으로 도랑창으로 산기슭으로 은주가 숨이 차 주저앉을 지경에 나비는 나래를 펴기만 하고 스르르 미끄러지듯 가라앉았더니, 한 군데 풀숲으로 가 너울거린다. 둘이는 곧 움키기나 할 것처럼 한 팔씩을 쳐들고 숨을 죽이며 쫓아갔다. 나비는 새빨간 들백합 한송이에 간당간당 앉아 있었다. 그러나, 이들의 손은 아직 미치기 전인데, 훨쩍 일어나 이번에는 까맣게 높이 떠 보이지도

않게 멀리 달아나 버린다. 은주는 그만,

"꽃이나 꺾자!"

하고, 한 송이는 피고 한 송이는 봉오리채 달린 들백합을 꺾었다.

"꽃만 애매하군!"

"절더러 누가 나비처럼 달아나지 못하랬나!"

"꺾는 게 죄지 달아나지 못하는 게 죄람?"

"이쁘니까 꺾지 뭐! 절더러 누가 요렇게 이쁘랬나!"

둘이는 또 어디 들백합이 없나 하고 그냥 풀숲에서 기웃거리는데, 어디선가 주둥이는 길고 꼬리는 몽탁한 청조 한 마리가 날아와 오리나무 가지에 앉는다.

"어쩌문! 등어린 아까 호랑나비 같지?"

"아마 이 근체 물이 있나부다!"

"어떻게 알우?"

"저게 물에서 고기 잡아 먹구 사는 새야. 그러게 주둥이만 황새처럼 길지 않어?"

"참!"

하면서, 은주가 가까이 가는 바람에 청조는 날라 버렸다.

"우리 물 있는 데 가볼까?"

"어딘지 알우 뭐?"

"내 찾으께."

송빈이는 길 없는 풀숲을 헤치며 앞장을 섰다.

"혼자만 달아나는 거 뭐!"

땅이 누습하여 은주의 뒤축 뾰죽한 구두는 자꾸 빠지려 하였다.

"나 디딘 데루만 디디지?"

"벌에 쐬나 뭐, 혼자만 달아나면서."

송빈이는 얼른 도로 와 은주의 앞을 바투 섰다. 은주는 한 손에는 꽃을 들고 한 손으로는 송빈이의 한편 팔을 붙들었다. 팔이 아니라 양복소매를 붙들었다. 청조가 날아간 데로 얼마 안 가 냇물이 나왔다. 물을 보더니 은주는 먼저 들어가 손을 담근다. 깊지는 않으나 맑은 물이 뛰어서는 건널 수가 없게 서너 간통 넓이로 흐른다. 물골은 저편으로 쏠려, 이쪽에서는 얕아서 손도 잘 씻을 수 없게 흙탕이 일었다.

"나 좀 저기 건너갔음."

송빈이는 얼른 둘러보았으나 돌이라고는 하나도 보이지 않는다. 송빈은 발을 뽑았다. 성큼성큼 두어 걸음에 건넜다.

"나두 좀!"

"업힐 테야?"

은주는 좌우를 둘러보았다. 아무도 없다. 은주는 고개를 끄덕였다. 송빈이는 도로 건너와 은주 앞에 구부렸다.

"내 매달리기만 허께?"

"떨어짐 난 몰라?"

은주는 송빈이의 목을 끌어안고 매달리기만 해서 냇물을 건넜다.

냇물의 이쪽은 물이 깊어서, 손을 씻기에 좋을 뿐 아니라, 땅도 모새가 깔리며 언덕이 졌고, 언덕 위에 올라오니 잔디도 있고 들백합도 여러 군데 피어 있었다. 은주와 송빈이는 들백합으로 탐내어 뛰어가지는 않았다. 누가 다른 사람이 갑자기 나타나 꺾을 염려도 없거니와 설혹 그런 일이 있어 꽃은 못 꺾더라도 조금도 서운할 것 같지 않게 마음과 마음은 든

든하고 풍성스러웠다. 다만 이야기에 가난하였다. 아까 큰길에서 처음 한참처럼 말문이 서로 막혀 어색하였으나, 어색한 대로 서로 흉은 될 것 같지 않았다. 꽃에 이르면, 은주 쪽이면 은주가 꺾고, 송빈이 쪽이면 송빈이가 꺾었다. 송빈이가 꺾으면 은주에게 쥐어주는 것만 달랐다.

눈에 뜨이는 대로는 다 꺾고 나서다. 더 걸어야 할지 앉아야 할지 모르는 은주는 송빈이를 쳐다보았다. 송빈이는 그늘인데도, 그렇게 고요히 걸었는데도, 땀이 날 것처럼 얼굴이 이글이글해 있었다. 그것을 보고야 은주 자신도 뺨이 진작부터 화끈거렸음을 깨달았다. 고개를 돌려보니 한쪽에서 바람결이 가벼이 풍겨온다. 은주는 먼저 바람을 향해 돌아섰다. 송빈이도 돌아서고 싶었으나 너무 은주가 하는 대로만 하는 것 같아서 못 돌아선 채 서 버렸다.

"이렇게……."

은주가 말을 꺼냈다.

"이렇게 뭐?"

"이렇게 이쁜 걸 왜 개나리라구 그랬을까?"

"그럼 뭐래?"

"……."

그렇게 똘망똘망하게 한마디 반 마디 지지 않던 은주가 잠자코 만다. 송빈이는 생각해 보니 자기의 대답이 너무 무뚝뚝하였다.

"개라는 걸 연생해 그렇지, 개나리 개나리 음향은 좋지 않어?"

그러나 이번에는 은주가 들은 체 않고 딴소리를 하였다.

"이러다 차 놓침?"

둘이 다시 도랑으로 왔다.

송빈이는 다시 발을 뽑았다.

은주는 이번에는 억지로 매달리지 않고 편안히 업혔다.

정거장에 와서도 반 시간이나 기다려서 차를 탔다. 차 안에서는 은주는 다시 잘 지껄이는 은주로 돌아왔다.

"꽃이 먼저 꺾은 건 벌써 시드네!"

"내 적셔다 주까?"

"참 손 씻는 데 있지!"

은주는 제가 일어나 꽃을 들고 손 씻는 데로 갔다.

왕십리를 지나서는 차는 한강을 끼고 달렸다. 홍수는 아니라도 물은 꽤 늘어서 어떤 데는 포플러나무가 물속에 섰기도 했다. 은주와 송빈이는 한 창문을 열고 내다보았다. 송빈이가 손을 내밀 때는 은주가 움츠려 주고 은주가 손을 내밀 때는 송빈이가 움츠려 주었다. 그리고 송빈이는 석탄내 속에서도 은주의 목덜미에서 가벼이 풍기는 분내와 동백내를 가려 맡을 수가 있었다. 엷은 모시옷 속에 윤곽이 또렷한 동그스름한 어깰 스쳐본다면 또렷이 손바닥에 감각될 것 같은 턱 밑의 아련한 군살, 송빈이는 창밖의 한강 풍경은 내다보고 싶지도 않아졌다.

"저봐아, 뽀트들이 떴네!"

송빈이는 보트를 보는 것보다도 은주의 머리칼이 자기의 이마까지 간지러주는 것이 몇 배 유쾌하였다.

차는 어느덧 서빙고(西氷庫)를 지났다. 한강은 이내 제방에 가려 이들의 차창에서 사라졌다.

"아이 답답해!"

"바꿔 앉을까?"

은주의 자리는 뒤를 향했기 때문에 바람맞이가 아니어서 송빈이와 바꿔 앉았다.

차가 용산에 머물렀을 때다.

"꽤 오래 정거하네!"

하고, 은주는 자리에서 일어났다.

"일어선다고 차가 떠나나?"

"누지긴!"

"급허긴!"

"우리 여기서 내립시다?"

송빈이는 은주가 청량리서부터 '우리'라는 말을 쓰는 것이 즐거웠다. 그리고 자꾸 변화가 그리운 것은 은주만도 아니었다. 송빈이와 은주는 그만 용산서 내려 버렸다.

정류장으로 나오니 문안으로 들어가는 전차보다 한강으로 나가는 전차가 먼저 온다.

"우리 한강 나가보까?"

"여기서 먼가?"

송빈이는 한강에 처음이었다.

"고대라우."

"그럼 걷지 뭐."

"걸으면 한참이구."

둘이는 전차로 한강으로 나왔다. 철교에서 한가한 사람들이 군데군데 늘어서 물구경들을 하였다. 그들은 은주와 송빈이를 유심히 보는 것이 은주도 송빈이도 부끄러워서 다른 사람들이 없는 데로 가서야 걸음을 멈추었다. 바로 이들이 걸음을 멈춘 데였다. 난간에 무슨 광고처럼 써 붙인 것이 있다. '조또 맛데구다사이(잠깐 참아 주시오)'라고 크게 썼고 그 밑에는 '무슨 사정이든지 한강 파출소로 오시면 곤란이 펴시도록 친절히 상의해 드리겠습니다. 용산 경찰서'라 쓰여 있었다.

"이게 뭘까?"

송빈이는 알 수가 없었다.

"오빤 것두 모르네!"

"뭘 맛데구다사이야?"

"죽는 걸."

"죽는 거?"

"여기서 사람이 자꾸 빠져 죽으니까 그럭헌 거래."

"죽지 말라구? 벨!"

"저거 보구 정말 죽으러 왔다 도루 가는 사람 있을까?"

"글쎄……."

송빈이는 저윽 마음이 어두워진다.

"왜 자살들 허까?"

"비관이 되면 허는 거지 뭐."

"왜 비관을 해?"

"비관두 허구퍼 허나?"

"그럼?"

"비관허게 되니까 허지."

"어떻게?"

하는데, 남학생 한 떼가 가까이 온다. 은주와 송빈이는 무슨 죄나 진 것처럼 얼굴이 홧홧해 강물 쪽으로 돌아섰다.

"이런! 꽃이 다 시들었네!"

"물에 당그지."

"에라 너나 투신해라!"

하고, 은주는 시들은 들백합을 강에 내려던졌다. 그때 학생패는 일제히 목소리를 높여

"대동강변 부벽루에 산보하는 이수일과 심순애 양인이로다."

를 부르며 지났다.

"어떻게 비관이 되느냐구?"

"응."

하고, 은주는 수건을 내어 이마를 닦는다.

"이수일이처럼 됨 비관이 될 거 아니야?"

"저엄때 김도산 일행(金陶山 一行)이 연극허는 것 봤는데, 이수일이 잘만 살구 죽진 않던데?"

"죽으면 좋을 거 같어?"

하고, 송빈이가 쳐다보니까

"아아니!"

하고, 은주는 고개를 저었다. 그리고 왜 그런지 얼굴이 더 붉어졌다. 둘이는 한참 잠잠히 흐르는 물만 내려다보다가 남산에서 오포(午砲) 소리가 울려 오는 것을 듣고야

"벌써!"

하고, 은주는 어머니께서 기다리실 생각이 났다. 은주는 얼른 돌아서서 걷기 시작했다. 송빈이도 따라 걸었다. 은주는 삼십 분이나 남아 걸리

는 전차 안에서도, 전차를 내려 집에 들어오는 좁을 골목 안에서도 갑자기 남이 된 것처럼 한마디도 입을 열지 않았다. 대문 안에 들어서서도 곁눈도 보지 않고

"어머니?"

소리만 지르며, 중문 안으로 뛰어 들어가 버렸다.

"무엇에 성이 난 거나 아닌가?"

송빈이는 공연히 초조해졌다. 사랑에 들어와서도 앉을 생각이 나지 않아 모자도 쓴 채 한참이나 서 있었다.

"내가 뭐라고 한마디 걸어볼 걸!"

송빈이는 안 쪽을 향해 귀를 밝혀 보았다.

"으레 뒷뜰 안으로 가 세수를 헐 게다! 그럼 뭐라고 저이 어머님과는 지껄이더라도 여기선 안 들릴 거다!"

송빈이는 그제야 모자를 벗고, 웃저고리를 벗고, 저도 땀난 얼굴을 씻으려 대야를 들고 안으로 물을 뜨러 들어왔다. 은주의 방인 건넌방엔, 가느나 촘촘한 발(簾)이 드리워 있어 방안은 엿보이지 않았다. 물을 떠 가지고 나올 때에야 어느 틈에 긴 모시 옥색치마로 갈아입은 은주의 아랫도리가 휘끗 대청에서 안방으로 들어가는 것이 보였다. 그러자

"다리 아픈 줄두 모르구 뭣하러 한강꺼정 가? 송빈이 녀석이 정신이 나갔지."

하는, 그의 어머니의 목소리가 들렸다. 송빈이는 더욱 가슴이 철렁하였다. 점심상이 나왔으나, 송빈이는 먹고 싶지 않았다. 어떻게 해서도 은주가 성이 나지 않은 것만 알았으면 답답한 가슴이 탁 트일 것 같았고, 성이 났다 하더라도 무엇 때문에 났는지만 안다면 곧 풀어줄 수도

있을 것 같았다. 그런데 은주는 저희 외삼촌도 없는 때이니 좀처럼 사랑에 나올 일이 있을 것 같지 않았다.

송빈이는 저녁에도 잠이 잘 오지 않았다. 눈을 감아도, 은주가 자꾸 보였다.

"이런 게 사랑이란 건가?"

송빈이는 아무도 보는 이가 없건만 전신이 화끈해진다.

"나 같은 일개 고학생이 부잣집 무남독녀를 사랑할 수 있을까? 왜 못 해? 돈만 없지 내가 저희 지체만 못할 게 무언가?

돈이란 그까짓 벌면 될 것 아닌가?

돈!"

송빈이는 벌떡 일어났으나 제 석유궤짝 책상과, 윤수아저씨의 서랍마다 자물쇠가 번쩍거리는 테이블과 책장을 비교해 볼 때, 그만 기운없이 주저앉고 말았다.

"장래다! 나의 모-든 것은 지금에 있지 않고 장래에 있다! 은주야, 나의 장래를 기다려다구!"

송빈이는 이튿날부터 부지런히 약 팔기를 다시 시작하였다.

이 학기가 돌아왔다. 여름동안 번 돈으로 월사금도 내고 동복도 한 벌 미리 맞추었다. 그러나 다음 달부터는 다시 그 초엿샛날 아침 조회 시간이 무서워졌는데, 이번에는 교장선생님께서 친히 송빈이를 부르시는 것이었다. 휘문의숙(徽文義塾)의 창립 때부터, 계서 내려오시는 육순이 넘은 노교장(老教長)으로, 키가 크고 목소리가 크고 수신 시간에서는 언제든지 대범하고 엄격하시나 따로 교장실에서 뵐 때는 퍽 자세하시고 다정하신 어른이었다.

교장의 말씀은,

"너 번번이 월사금이 늦었지?"

하심이었다.

"고학합니다."

교장께서는 책상 위에 갖다놓으신 학적부에서, 송빈의 호적(戶籍)을 잠깐 살피시더니

"너 집에 아무도 안 계시구나!"

하셨다. 그리고 집안 사정을 몇 가지 물으시고는 월사금을 면제해 줄 터이니 그 대신 교장실과 교원실과 귀빈실의 유리창을 맡아 가지고 닦을 테냐 물으셨다. 송빈이는 얼른

"그럭허겠습니다."

하였다.

"그럼 오늘부터, 하학하고 이 방으로 오너라."

"네."

송빈이는 큰 시름 하나를 잊으려 대답은 선뜻하였으나, 벌써부터 걱정되는 것은 '힘들 건 아니지만 부끄러 어떡허나!'였다. 하학 후에 교장실로 갔다. 교장께서는 소사를 시켜 유리창 닦는 도구를 가져오라 하였다. 송빈이는 윗저고리를 벗어놓고 유리창을 올려 밀고 창틀에 올라섰다. 마당에서 테니스를 치던 동무들이 눈이 뚱그래 쳐다보았다. 송빈이는 그쪽을 돌아다볼 수가 없게 목덜미까지 뜨거웠다. 공던지기를 하던 아이들은

"이번엔 자! 송빈이 차례다."

하고, 고무공을 던져 송빈이의 등을 때렸다. 그리고 웃음소리가 터진

다. 송빈이는 어느 김엔지 창틀에서 마당으로 뛰어내렸다.

"어느 자식이 던졌니?"

"몰라."

모두 '몰라'였다. 한 아이가

"못 봤으면 고만이지."

한다. 송빈이는 그 아이를 가 한 손으로 멱살을 잡고, 유리창 닦는 비눗가루가 묻은 손으로, 귀쌈을 철컥 올려붙였다. 공던지기 하던 아이들이 우루루 몰려들었으나, 송빈이의 태도가 이만저만 한 것이 아니어서 섣불리 대드는 아이가 없었다. 더구나 교장께서 내다보시고

"그녀석들 싸니라."

하고, 송빈이 편을 드셨다. 송빈이는

"남의 약점을 놀리는 그따위 비열한 자식은 언제 어디서든 그냥 둘 줄 아니?"

한마디 던져놓고 유유히 유리창으로 돌아왔다. 더욱 눈물이 나는 것을 억지로 참은 것은 교장선생께서 토수를 벗어놓으시고, 친히 유리창 닦는 것을 도와주시는 것이었다. 일이 고될까봐가 아니라, 송빈이의 의기를 도와주시기 위함이었다. 이날뿐만 아니라, 마당 쪽으로 열린 유리창을 닦을 때는 틈만 계시면 도와주셨다. 고만두시라고 하면

"노동은 신성한 거야."

하시며, 그 노인께서 그예 걸레를 드셨다. 송빈이는 '이 교장선생님의 은혜를 생각해서라도 나는 내 한 몸 부귀에나 이상(理想)을 두지 않으리라!' 몇 번이나 결심하였다.

유리창 닦기는 첫 번 한 번이 힘들었을 뿐, 그 다음부터는 유리창이

미처 더럽지를 못하였다. 일주일에 이틀만 한 시간씩 닦으면 그만이게 되었다. 그래 송빈이는 하학 후에 도서실에 들어가기 시작하였다.

도서실에는 늦게 가면 자리가 없을 만큼 그득 차 있었다. 상급생들은 물론이요, 송빈이 반에서도 굵은 패들은 모두 여기 와 앉아서 술이 두꺼운 책들을 읽고 있었다.

"아! 나는 이런 중대한 세계를 몰랐구나!"

송빈이는 남에게 뒤진 생각을 하니 분하였다. 송빈이 반에는 헌병 보조원 노릇을 삼 년이나 다녔다는 대머리진 학생이 있다.

그는 언젠가 점심시간에 역시 면도를 하루만 안 해도 턱이 시꺼먼 저희패들끼리 몰려 앉아서

"이까짓 교과서나 배우러 우리가 학교에 왔나!"

하고, 불평을 말하였다. 그 패들은 거의 다 도서실에 와서 사상에 관한 책들을 읽고 있었다.

송빈이도 얼른 책상으로 달려들어 술이 두꺼운 것부터 탐내듯 고른 것이 위고의 '희무정'이었다. 송빈이는, 여러 날을 어둡도록 읽으며 이 소설 가운데 나오는 모든 인물과 사건에 감격하였다. 무엇보다도 짠발잔이가 아홉 식구의 굶주림을 보고 견디다 못해 빵집 유리창을 깨뜨리는 것과, 박명한 여인의 사생아 코셋드가 남의 집에서 천대를 받고 자라는 데는 자기의 전날 주리던 것과 천대받던 것이 생각나 눈물의 자극으로 콧날이 저리곤 하였다.

그리고 그 선(善)의 화신(化身)인 '미리엘' 승정(僧正)에게는 송빈이 저 자신이 짠발잔인 것처럼 감사와 참회에 떨렸다. 짠발잔이, 완전히 거듭 낳아서 한 고을의 시장으로 자선사업에 남은 반생을 바치려 할 때,

그의 과거를 어디까지 추궁하여 '전과자 짠발잔'인 것을 탄로시키려는 쟈베르 순사부장, 그의 이름이 나타날 때마다 송빈이는 이나 벼룩이처럼 엄지손톱으로 으깨고 싶게 얄미웠다. 그러나 다 읽고 나 책을 덮을 때 쟈베르 역시 공사(公私)의 분별과 책임감의 엄격한 법(法)의 옹호자로 인류사회엔 반드시 필요한 한 훌륭한 성격자였다.

"문필의 힘이란 위대하고나!"

송빈이는 문학서적에 몰두하게 되었다. 전에 원산에서 '해당화'란 이름으로 초역(抄譯)된 것을 읽었던 '부활(復活)'도 전역(全譯)으로 다시 읽었다. 트루게네프의 '그 전날밤'도 읽었다. 괴테의 '베르테르의 설음'도 읽었다. 송빈이의 숫된 감정의 동산이 이 명작들 속에 나타나는 전형적 인물들의 원대한 사상, 무궁한 사랑, 운명의 비극들에 미처 분별할 수 없이 다채(多彩) 현란하게 물들여졌다.

'네프류우도프가 귀족의 딸과 파혼해 버리고 누거만의 재산을 농노들에게 흩어줘 버리고 시베리아로 죄수 카츄샤를 따라 나선 것은 무슨 때문인가? 사랑! 카츄사를 진정으로 사랑한 때문이다! 편안한 조국을 버리고 파란 많은 망명 청년의 뒤를 따라 끝까지 사랑과 정의의 편이 되는 에레나의 숭고한 사랑! 아아! 위대한 사랑의 힘!'

송빈이는 한 책을 읽고 날 때마다 며칠 동안은 밥맛도 잊어 버렸다. 학교 공부 같은 것은 눈에 차지도 않았다. 무슨 일에나, 이내 발화점(發火點)에 오르는 정의감의 흥분과, 카츄샤와 에레나와 롯데를 한데 뭉친 듯한 은주에 대한 연정만이 불붙어 오르기 시작하였다. 송빈이는 일기 책을 샀다. 저녁마다 아무리 졸려 와도 몇 줄이고 쓰고야 잤다.

"오늘은 조회시간에 교장선생님께서 똥 누는 이야기로 삼십 분이나 보냈다. 똥 하나 깨끗이 눌 줄 모르는 것이 중학생인가. 팔백 명 학생이 한 뜰에 서서 교장선생님의 훈시를 듣는 하루 한 번밖에 없는 그 귀한 시간을 똥 누는 이야기로 보내다니! 우리는 좀 더 의의 있는 훈시가 얼마나 듣고 싶은 것인가!"

"학교에 차츰 보기 싫은 자식들이 늘어간다. 사 학년에 세루 바지 입고 오는 자식, 교주의 손자라나 뻔쩍하면 교복을 안 입고 오고, 교복을 입은 날도 각반은 으레 안 치는 자식, 체조선생도 그 애 하나에만은 어째 꿈쩍도 못하는 건가?"

또는

"우리 학교는 운동열이 너무 심하다. 운동선수면 남의 학교 학생이라도 몰래 꾀여 사오다시피 한다. 시험에 빠져도 끗수를 준다. 담배를 먹어도 처벌하지 않는다. 운동정신의 타락이다!" 그리고 끝으로는 으레 은주이야기를 한마디라도 쓰기를 잊어버리지 않았다. 은주를 '은주'라고는 쓰지 않았다. '카레데'라고 썼다. '카레데'란 카츄샤, 에레나, 롯데에서 한 자식 딴 것이었다.

"카레데! 네 이름을 너도 모르는 카레데야? 이 세상에서 나 한 사람밖에는 모르는 카레데야? 너는 영원히 나 한사람만의 카레데가 되어다오!"

"오늘 아침엔 카레데와 같이 대문을 나섰다. 우리는 눈이 부딪치자 순간에 같이 웃었다. 이런 순간은 벌써 여러 번째다! 그리고 남이 보면 안 될 것처럼 이내 그도 나도 주위를 둘러보았다. 그것은 벌써 우리끼리만 비밀을 품은 표다! 그의 책보는 내 것보다 더 무거워 보여 큰길까지 들어다 주고 싶었으나 그는 문밖에 나서자마자 종종걸음으로 앞서 가 버렸다. 카레데와 함께 대문을 나서는 날, 나는 종일 기쁘다! 대수도 잘 풀리고 풋뽈도 이날은 썩 잘 맞는다!"

송빈이는 시험 때가 오는 것이 즐거웠다. 은주가 영어나 수학책을 끼고 자주 물으러 사랑으로 나와 주는 때문이다.

어떤 날 저녁은 윤수 아저씨가 나가고 없어, 송빈이와 은주는 단둘이 등불을 내리고, 한 책 위에 머리를 모으고 숨내를 서로 마실 수가 있었다. 서로의 숨내는 달기나 한 술처럼 아무리 마셔도 싫지 않으면서, 한편으론 모르는 새 취하는 것 같았다. 송빈이는 뻔히 알던 단자(單字)가 아물거렸다. 혼자면 일분 동안도 채 걸리지 않을 산술문제가 오 분이 넘어 걸렸다. 은주도 한 가지를 몇 번이고 되물었다.

"졸려워?"

"아아니."

은주는 아이처럼 연필을 입에 물며 고개를 흔들었다.

"그럼 왜 자꾸 똑 같은 걸 되물어?"

은주는 소리를 빽 질러

"몰라!"

하면서 날쌔게 책을 걷어들고 안으로 뛰어 들어가는 것이었다. 송빈이는 그만 자리에 벌떡 드러누워 천정을 쳐다본다. 전등불 빛은 달처럼 푸르러 보이고 반다지의 무늬는 별들처럼 반짝여 보였다.

"하늘엔 별이 있고 바다엔 진주가 있고 내 가슴 속엔……."

송빈이는 일기책을 펼쳤다. 대뜸

"오! 하나님 감사합니다" 하는 구절을 썼다. 예수를 믿는 것은 아니었으나, '희무정'에서 '미리엘' 승정을 읽고부터는 '인류에게 복을 주시는 이는 하나님이시라'는 개념이 생긴 것이다.

"저에게서 아버지를 일찍 다려가시고, 어머니를 일찍 다려가시고, 외할머님마자 누이동생마자 흩어져 있게 하심은 다못 오늘에 카레데를 주시려는 은근하신 은총이었음을 이제 깨닫습니다. 카레데는 저의 모오든 것이올시다. 카레데의 모든 것도 역시 저일 수 있게 인도하소서!"

송빈이는, 어떻게 해서나 자기의 사랑을 어서 은주에게 알리고 싶었다.

"은주가 만일 거절한다면?"

자기 자신이 물어보는 말이지만 옆에 악마나 있어 저주하는 말 같아서 대답을 생각하기부터 싫었다.

"사랑하자! 열렬히 사랑하자! 은주도 나를 사랑한다! 확실히 나를 사랑할거다!"

그러나 때로는

"무슨 표가 있는가? 은주도 나를 사랑한다는 무슨 표가 있는가?"

송빈이는 삼킨 불덩어리가 속에서도 꺼지지 않는 것처럼 견딜 수가 없었다.

다시 여름방학 때가 가까웠다. 서울에 있는 만여 명의 지방학생들은 각기 자기 고을 유학생회를 조직하였다. 여름방학 동안 자기 고향에 돌아가서 고향 청년회와 협력하여 순회 강연회와 정구 축구 대회를 개최하려는 준비로였다. 철원서 온 학생들도 유학생회를 조직하였다. 송빈이도 임원의 한 사람으로 끼게 되었는데, 하루는 사교부 임원인 여학생에게서 강연할 연제를 미리 알려달라는 편지가 왔다. 사연은 사무적인 것에 불과하나 봉투가 장미꽃을 도드록하게 찍은 양봉투요, 편지지도 물망초(勿忘草)가 그려진 것이었다. 이 편지를 송빈이가 없는 때에 은주가 받았다. 은주는 이틀이나 가지고 있다가 사랑에 송빈이만 있는 틈을 타 들고 나왔다. 은주는 얼굴이 새빨개지며 방에 들어와서도 뒷짐을 지고 한참이나 망설이다가, 입이 더 뾰로퉁해지면서 송빈이에게 던졌다. 송빈이도 여학생에게서 온 것임을 직각하자, 우선 이것이 연애편지기나 하면 어쩌나 싶었으나 다행히 그런 문구는 하나도 없었다. 은주는 저희 외삼촌의 테이블로 가서 어느 틈엔지 울고 있었다. 송빈이는 얼른 편지를 봉투째 은주의 엎드린 얼굴 앞에 갖다 놓았다. 은주는 젖은 눈을 살며시 들더니 손은 대지 않고 가로 놓인 채로 편지를 날쌔게 내려 읽었다. 그리고야 편지와 봉투를 집더니 발기발기 찢어 버리는 것이었다. 그리고 눈에는 새로운 눈물이 핑 어리면서 입으로는 늘 대반간에서처럼 한편 볼에 겨우 우물이 패일락말락하게 웃음을 싸르뜨리면서 안으로 뛰어 들어가고 말았다.

'아! 은주도 확실이 나를 사랑한다! 이게 사랑하는 표가 아니고 무어냐! 아! 은주도 나를…… 은주도 확실히 나를…….'

송빈이는, 벽을 걷어차고 뛰어나가고 싶었다. 팔이 날개가 된 듯 문만 열리면 날 것 같았다.

청년회관 영어과는 언제든지 방학이 일렀다. 윤수는, 송빈이와 은주는 아직 시험도 끝나기 전인데 용담으로 내려갔다. 은주도 사랑에 송빈이 혼자만 있는 것을 확실히 좋아하였다. 이들도 시험이 끝난 날 저녁이다. 은주 어머니는 송빈이와 은주더러 활동사진 구경이나 갔다 오라 하였다. 송빈이는 우미관으로 갈까 단성사로 갈까 하는 은주를 데리고 조선호텔로 온 것이다. 전에 윤수 아저씨를 따라 한 번 와본 적이 있는 '로오즈 가아든'으로였다. 호텔 후원에는 여러 가지 장미가 밭으로 피었는데, 오십 전만 내고 들어오면 꽃구경은 물론이요 이왕직 악대의 음악 연주도 있고, 아이스크림도 주고 나중에는 활동사진으로 금강산 구경까지 하는 것이었다.

송빈이는, 장미꽃과 장미꽃 사이를 은주와 가지런히 앉으며, 노서아 소설에 흔히 나오는 리라꽃 그늘을 걷는 애인과 애인의 환상을 그려볼 때, 금시 살이 찌듯 소담한 행복감에 마음이 무거웠다. 같이 의자에 앉았고, 같이 음악을 듣고, 같이 아이스크림을 먹고, 같이 금강산의 절경을 바라보고, 폭포가 나오면 같이 손뼉을 치고, 그러다가 송빈이 손은 은주의 손을 덥석 잡아보았다. 보드러운 은주의 손도 잡히지만 않고 꼭 잡아 주기도 하는 것이었다. 둘이서 종이 한 겹의 간격도 없어 보기는 처음이었다. 은주도 송빈이도 정열에 타는 눈들은 폭포가 쏟아지는 금강산 사진도 오히려 갑갑한 듯, 가끔 먼 데 하늘을 쳐다보았다. 굵은 별, 작은 별, 모두 이들의 장래를 축복해 주는 듯 붉게 푸르게 반짝거렸다. 송빈이는 더욱 날을 것 같았다. 은주의 소원이기만 하다면 한번 나래를 쳐 별이라도 따 올 것 같았다.

둘이는 '로오즈 가아든'에서 나서자 거기서 집에 오는 길은 너무나 가까워, 대한문 앞으로 와서, 덕수궁 담을 돌아서, 영성문 고개를 넘어서, 광화문통 네거리를 지나, 다시 종로까지 와 가지고 집으로 들어왔다. 집으로 들어올 때 둘이는 다시 한 번 캄캄한 대문간에서 서로 손을 찾아 힘주어 잡아보았다.

이날 밤 송빈이는 사랑에서. 은주는 안방에서 병이 난 것처럼 몸에 열이 나면서 한잠도 자지 못했다. 눈이 껄끄럽고 입이 쓰나, 이들은 병처럼 괴롭지는 않았다.

이튿날 아침 조반 뒤에야 송빈이도 어렴풋이 낮잠이 들었을 때다.

송빈이의 이름을 부르며 편지가 한 장 왔다. 누이 송옥에게서였다. 이번 방학에도 오지 않으면 할머니께서 올라가신다고 하니, 할머니께서 올라가시면 그 댁에 폐를 더 크게 끼칠 것이니 네가 부디 내려왔다 가라고 차비까지 넣어서 보낸 것이었다. 송빈이는 유학생 순회 강연대에 굳이 빠지기도 섭섭하던 차에, 더욱 할머니께서 행색이 초췌해 오시면 은주 보기에 부끄러울 것이 걱정되어 자기가 철원에 다녀오기로 결정하였다.

송빈이가 간다는 말을 듣고 은주도 외가댁에 간다고 서둘렀다. 그의 어머니는 이내 승낙하여 은주와 송빈이는 신선한 여름 경원선을 단 둘이 타 보는 재미까지 얻었다.

은주는 정거장까지 마중 온 외삼촌들과 용담으로 내려가고 송빈이는 읍에 누님 집으로 들어와 외할머님, 누님, 누이동생, 모두 오래간만에 만나보았다.

누님은 벌써 첫딸을 낳았을 뿐 아니라 그 집 며느리로서 틀이 잡혀 보였고, 해옥이도 한 달이면 보름은 언니한테 와 있어 살결도 희어졌고 머리도 새까만 것이 기름기가 돌았다. 오직 할머님만이 폭삭 늙으시어 앞날이 암담하실 뿐이었다.

"헐머니? 십 년만 더 앉어 계슈?"

"뭐어래는지?"

할머니는 귀도 어두워지셨다. 다른 것은 다 그만두고라도 원산 객주 집에서 같이 고생살이하던 생각을 하면 '할머니'라기보다 일평생 잊을 수 없는 한 인생의 '불쌍한 동무'셨다. 송빈이는 저만 빛나는 장래와 행복감에 울렁거리는 가슴이 그만 동뎅일 맞는 것처럼 아팠다.

9. 깊은 데 숨은 꽃

그러나 할머니를, 아니, '불쌍한 동무'를 위해 당장에 어쩌는 수는 없다.

순회 강연이 끝나자 용담으로 나와 보았다. 웃골 작은어머니는 자기의 나갔던 아들이 돌아온 것처럼이나 반가워 우시기까지 하셨다. 동무들도 반가워하고 송빈이의 교복을 부러워도 하였다. 은주를 전날과 다른 비밀한 서로의 애착으로 만나는 것도 즐거웠다.

그러나 용담은 즐거움 뿐만은 아니었다. 송빈이가 집 없는 고향에 집 대신 그리워하던 봉명학교는, 마당에 잡초가 무성한 것은 방학이 되었기 때문이겠지만 교실이 군데군데 비에 새고, 벽의 흙이 떨어지고, 기둥과 도리는 서로 사개가 벌어져 썩고 있었다. 자기 집보다도 학교를 더 보살피시던 참봉오촌께서 용담에 있지 못하는 지 삼 년째였다. 그 오 선생과 가지런히 함흥 감옥에서 오 년이란 짧지 않은 형기를 기다리고 있는 것이었다. 학감으로 계시던 한문 선생님은 면장이 되어 읍으로 떠나셨고, 용담동네로도 한심스러운 것은 기와집이 자꾸 헐리는 것이었다. 송빈이네 집자리도 들었던 집이 집행을 당해서 읍의 사람이 헐어갔고, 재목이 제일 성하다던 회양(淮陽) 고을을 살아 '회양할 아분네'라고 불리던 집도 채마밭이 되어 버려 우물만 밭 가운데 남아 있었다. 호사를 한대야 고작 집에서 난 명주면 그만이었고, 병이 난대야 한 자식을 가르치려면 일 년에 벼 한 섬이면 족하였다. 그러니 광에 쌀은 남고, 소는 새끼를 낳는 대로 멧소가 늘었다. 이런 식의 부자들이 갑자기 미국 영국서 오는 모직으로 양복을 지어 입고 팥 한 되만 타면 일 년을 썼는데, 한 장에 팥 한 말 값이 드는 비누를 사 쓰기 시작하고,

병이 나면 인력거를 타야 나오는 양의를 보여야 마음이 놓이게 되었고, 기차 타는 바람에 서울 출입이 잦고, 자식들 서울 유학을 시켜야 되고…… 이렇게 약간 간편한 맛은 있는, 다른 문화를 맛보기 시작하여 아직 몸에 배기도 전인데 어느 틈에 살림은 헤어날 수 없는 빚투성이가 되는 것이었다.

송빈이는 용담에 오래 있기가 싫어졌다. 은주와도 자유로 만나기가 힘들었다. 빨리 만나서 서울로 가자고 약속하고 싶던 차인데, 윤수 아저씨네 집에서 저녁을 청하였다. 은주서껀 한 마루에서 저녁을 먹고 물레방아 쪽을 산보를 나왔다.

벌써 어스름해져서 반딧불들이 개울 건너로 나는데 매봉재 모퉁이에서 웬 울음소리가 내려오는 것이었다.

"누굴까?"

"윤 선생 아닌가? 윤 선생이 한 번 우는데 저렇더라!"

모두 그리로들 뛰어올라갔다.

"난 무서워!"

하고, 은주는 송빈이를 붙들었다. 송빈이와 은주는 어둠 속에서 남들이야 슬프든 말든, 행복에 울렁거리는 저희 가슴만 서로 꽉 붙안아보았다.

마중 갔던 사람까지 이내 나타났다. 송빈이도 일 년을 배운, 윤 선생이 틀리지 않았다.

학교 집을 고치든지 새로 짓든지 해야겠다고 함흥으로 교장께 면회를 갔다 돌아오는 길이었다. 교장께서는, 무고하시고, 학교집도 자기가 나와 빚을 정리할 것이니, 김화(金化)에 있는 자기 토지를 은행에 잡히고 삼천 원만 얻어서 새로 지으라는 기쁜 허락을 받은 것이다. 학교

일만은 걸음이 가뿐하게 돌아올 것이나, 오 선생의 죽음이었다. 폐가 나빠져 보석이 되었으나 집에 나와 열흘을 살지 못한 것이었다. 그의 화장까지 치르고 나오느라고 늦은 것이요, 동구에 들어서자 동네사람들이 놀랄 것도 돌볼 새 없이 울음부터 터진 것이었다.

"오! 오 선생께서!"

송빈이는, 옆에 은주가 있는 것도 잊어버리고 소리를 내어 울었다. 학교 마당으로 들어와서 "오 선생님 만세"를 부르고 그의 추도회를 열 것을 의논하고 밤이 으슥해 헤어질 무렵이었다. 은주가 윤수 아저씨를 찾아 다시 왔다. 사실은 송빈이를 만나러 온 것으로 가까이 와 송빈이만 듣게 수군거렸다.

"내일 우리 서울루 갑시다."

"모래 저녁 오 선생님 추도회 보구."

"그럼 글피나?"

"그럼."

"누가 글퍼꺼정! 난 몰라!"

하고, 은주는 뾰루퉁해 가 버렸다.

밤중이나 가까워서다. 송빈이는 동무들과 헤어져 어두운 징검다리를 건너다말고다.

동편 하늘에 어렴풋이 솟는 그믐달을 바라보았다. 그믐달은 비장한 흥분처럼 붉으면서도 어두웠다.

'이틈에 나만 행복스러 옳은 것인가? 다 모른 척하고 나만 행복스러울 권리가 있는 것인가?

그러나 한편으로는 역시 은주가 그리워 은주가 뾰로퉁해 간 것이 마음이 찔려 윤수 아저씨네 쪽으로도 한참이나 돌아서 바라보았다.

'은주는 너무 세상을 모른다! 너무 단순한 가정에서 자라는 때문이지 은주가 총명하지 못한 때문은 아니다! 내가 생각하는 모든 게 진실하기만 하다면, 내가 흥분하는 게 언제든지 정의이기만 하다면, 나를 사랑하는 은주에게 그것들이 감염되지 않을 리 없는 거다! 그렇다! 인사로프를 따라간 에레나도 얼마나 단순한 가정에서 자란 처녀였느냐!

나의 은주도 나의 에레나가 되어다구!'

송빈이는 이 밤으로 은주에게 짤막한 편지를 썼다. 이튿날 아침에 어렵지 않게 전할 기회를 얻었다. 편지를 본 은주는 갑자기 한두 살 더 먹은 것처럼 얼굴의 표정도 침착해졌다. 오 선생의 추도회장에 귀한 흰 꽃만을 구해다가 장식까지 해 주었고, 송빈이가 지어 읽는 추도사를 듣고는 은주도 눈물을 흘렸다. 송빈이는 얼마나 만족한지 몰랐다.

송빈이와 은주는 방학이 아직 반도 더 남았으나 먼저 서울로 올라왔다. 서울에는 마침 동경 유학생들의 강연회와 음악회가 있었다. 송빈이는 은주와 함께 강연회에 가보았다. 낯익은 청년회관 대강당이나 이날을 어느 때보다 장내 공기가 긴장되어 있었다. 연단 한편에는 정복 경관이 앉아 있었고 그 밑에는 형사들이 서너 명이 나와서 연사들의 강연을 필기하고 있었다. 유학생들은 모두 전문대학생들로서 그 서슬이 시퍼런 경계에 조금도 주눅이 들림 없이 세련된 몸짓과 진정에 끓는 목청으로 하나같이 열변을 쏟았다.

"아! 동경 유학생들!"

송빈이는 부러웠다. 세상에 어려운 일, 청년들만 할 수 있는 일은 그들이 먼저 맡아 버린 것처럼 부러웠다.

이튿날 저녁, 그들의 음악회에도 송빈이와 은주는 함께 갔다. 남학생 하나가 피아노를 치는데 어쩌면 새끼손가락까지 보이지 않도록 자주 놀린다. 청중은 청중이라기보다 관중은 요술을 보는 것처럼 반해 버려 아직도 연주 중임에 불구하고 발까지 구르며 박수를 했다. 한 여학생은 나와 노래를 부르는데 그 몸태부터 황홀하였다.

'히사시까미'[43] 보다는 더 간편하게 머리를 틀었고, 저고리 고름이 치마 고름처럼 긴 데다가, 치마 고름은 간 데 없고 치마폭은 종아리가 반이나 드러나게 짧았다. 상큼한 다리를 약간 꼬는 듯이 몸을 틀면서 느린 곡조로 애수를 띠고 부르는 노래는

"깊은 데 숨은 장미화야

잘 있더냐.

너를 반기는

봉접[44]이 나로고나……."

였다. 청중들은 잠든 듯이 달큼한 감상에 취해 버렸다. 송빈이도 은주도 노래가 끝나기 바쁘게 박수를 재청까지 하고 프로그램을 들여다보았다. 구노의 세레나데였다.

"깊은 데 숨은 장미화야 잘 있더냐……."

재청에 나와 다시 부르는 것을 은주는 눈으로 듣는 듯 눈을 똑바로 뜨고 입속으로 따라 불러보았다.

음악회에서 돌아오는 길에서도 은주는

"깊은 데 숨은 장미화야 잘 있더냐……."

---

43 비녀를 꽂지 않고 둥글게 마무리한 머리.
44 벌과 나비.

를 자꾸 곡조를 잊어버리지 않으려 불러 보았다. 그리고

"이름이 뭐드랬지?"

"윤심덕."

"은주두 인제 음악학교에 가면 되잖어?"

"엄마가 보내쳤음!"

"은주 맘먹게 달렸지 뭐."

"남학곤 이제 오 학년이 된대지?"

"아마 되나봐."

"그럼 나허구 결국 한 해 졸업이지 뭐유?"

"한 해 졸업하구 한 해 같이 동경 가면 더 좋지 뭐!"

둘이는 동경 꿈 하나가 새로 늘었다.

은주는 목소리도 맑았지만 곡조를 외는 재주도 있었다.

이튿날부터 은주는 '깊은 데 숨은 장미화야를 제법 그 노래답게 불렀다. 은주에게서 여러 번 들으니까 나중에는 송빈이까지 부를 수 있게 되었다.

그러나 은주와 송빈이 뿐만 아니었다. 골목마다 노래로 하모니카로 '깊은 데 숨은 장미화야는 날로 널리 퍼졌다. 신여성들의 머리도 치마도 그 여학생식이 이내 퍼졌고, 이 가을부터 청년회관 대강당에는 '음악회'란 것이 자주 열리기 시작하였다.

성악(聲樂)이나 기악(器樂)이나 제법 전문한 사람은 별로 없었고, 예배당 찬양대원들이 중견악사들로 독창에, 합창에, 피아노에, 풍금에, 바이올린은 물론 코넷, 플룻, 하모니카, 요꼬후에[45]까지 등장하였다. 곡조는 모두 단순한 것들로 순서는 삼십 가지가 으레 넘었다. 노래는 가

사가 교훈적인 것이 아니면 유머가 있어야 환영을 받아서

"이 풍진 세상을 만났으니 나의 소망이 무엇인가……."

며

"어떤집 식구 세 사람 모두 다 반벙어리……."

이런 것이 이런 음악회에서 퍼져 나왔고, 학생들이 있는 집 들창에서는 으레 위의 '깊은 데 숨은 장미화야'와 함께 이 노래들이 하모니카로, 요꼬후에로, 휘파람으로 울려나왔다. 모두 기쁘고 모두 희망에 차고 그리고 한편 모두 다감스러웠다. 남녀칠세부동석(男女七歲不同席)이던 칠세 이상의 남녀들이 함께 고향을 떠나 천릿길을 같이 오고, 함께 찬양대에서 노래를 부르고, 함께 강연을 다니고, 함께 취미를 이야기하고, 함께 이상을 토론하고, 그러는 중에 끊을 수 없는 애착이 서로 생기는 사람들도 없을 수가 없게 되었다.

그러나 남자로는, 중학교에 올 나이와 가세라면 거의 전부가 아내 있는 사람들이었다. 아내 있는 남자들과 처녀들과 거기는 으레 진작부터 비극의 운명이 자리 잡고 있었다. 이들은 슬플 뿐만 아니라 가정에 죄인이 되고, 사회에 죄인이 되어야 했다. 한낱 사랑이라 한낱 연애라 하기보다는 먼저 부모님과 가정에 전속되었던 자기를 찾아내는 새 인생 운동이라, 한 번 자아(自我)의 눈이 떠진 이상 여간 벌칙으로써 그 눈을 스스로 찔러 버리기는 어려웠다. 아들과 아버지와, 제자와 선생과 강경한 대립이 생기게 되었다.

"연애는 죄악이다!"

---

45 횡적(橫笛). 옆으로 부는 피리. 여기서는 일본 피리를 일컫는 듯.

하면

　"연애는 신성하다!"

하고, 맞서게 되었다. 신문과 잡지에서도 한편으로는 신사상을 고취시켰다. 그러나 그 결과로 당연히 드러날 풍기 문제에 있어선 모른 척하고, 부로(父老)들의 편이 되어 가혹한 필주(筆誅)[46]를 내렸다. 원동의 한 여학생이 자켓을 입고 다닌다고, '원동 자켓'이란 이름을 신문 잡지에서 떠들었고, 한 신여성이 단발을 하였다고 신문기자가 방문기를 쓰도록 물론이 자자하였다.

　"딸자식 고등학교까지 보낼 건 아니야!"

　"연애니, 실연이니, 이혼이니, 자살이니, 집안 망신은 계집애들이 다 시켜!"

　딸자식에 한해서 교육열은 한풀 꺾이기 시작한 것이다.

　"얘? 너이 큰아버지께서 인전 널 듸려 앉치라구 그러신다."

　은주에게도 이 음험한 물결이 미쳐오고 말았다.

　"싫구랴!"

하고, 은주는 귓등으로도 듣지 않았다. 그러나 어머니께서 큰댁으로 자주 다니시더니 어머니마저

　"졸업장으루 시집가니? 인사범절이며 음식 시세와 바느질두 아랫사람 부릴 줄 알 만친 배 가지구야 떳떳이 통혼을 받지 않니?"

하고, 큰아버지 편을 드셨다.

　"누가 시집가겠다나! 난 전문학교꺼정 공부허구 볼 걸!"

---

46 죄 등을 책망함.

"전문과꺼정? 시집은 안 가구 무슨 청승으루?"

"청승으루 공부허는 사람이 어딨수?"

"여자가 공부만 너무 험 팔자가 사나운 거야, 자고로."

어머니는 또 딸의 의견을 귓등으로도 들으려 하지 않았다. 철 아닌 모시와 황라를 필로 들이고, 양단 모본단도 필로 들여다, 큰댁 침모까지 데려다가 마르노라고 야단이었다.

은주는 당장 시집을 가라는 것 같아 불안스럽기도 했으나, 화려한 비단을 아래웃방에 펴놓고 옷을 지어 주는 것만은 싫지는 않았다. 그러나 죽으로 마르는 저고리 치마가 모두 구여성식의 짧은 저고리 긴 치마였다.

"누가 저런 걸 입겠다구? 괘니 감만 버리지!"

"그럼 그 짜켓이라나 빠켓이라나 그런 거나 뒤집어 쓰구 살련? 오죽 본 데 없이 막 사는 것들이면 새색기가 물건너가는 녀석처럼 다리갱일 껑충허니 드러내놓구 다녀?"

"몰라! 난 그래두 메는 허리 달어 줘. 긴 치만 안 입을 걸."

"모르면 잠자쿠나 있어. 인제 아일 나 젖을 먹일 때두 메는 허리야? 에미가 어련히 알구 헐라구!"

하고, 어머니는 나중에는 소리를 꽥 지르셨다. 은주는 무안스러 복습할 책들을 끼고 사랑으로 나왔다.

토요일과 일요일에는 외삼촌뿐이요, 송빈이는 없는 것이 속으로 쓸쓸하였다. 송빈이는 월사금은 내지 않으나 역시 한 달에 평균 칠팔 원 돈은 필요하였다. 이 칠팔 원을 벌기 위해 한성도서(漢城圖書) 같은 데서 편지를, 옥편, 소설책 따위를 싸게 맡아가지고, 가까운 인천, 개성, 수원 이런 데로 팔러 다녔다. 은주는 처음에는 만나고 싶은 생각에 쓸쓸하였고 다음에는 책을 들고 이 사람 저 사람한테 구걸하듯이 허리를 꾸벅거리고 다니는 송빈이 꼴이 보이듯 해 마음 아팠고, 또 그 다음에는

"정말 어머니 말씀마따나 돈이 제일 아닌가? 저렇게 고생해 대학까지 나온댔자, 집 한간 없는 남자 역시 돈 있는 사람 밑에 매어 굽신거려야 살 것 아닌가? 굽신거린댔자 돈 있는 그 사람만친 으레 못살 것 아닌가?"

외삼촌의 등의자에 걸터앉아, 신문지로 싸 바른 송빈이의 석유궤 책상을 내려다볼 때 은주는 길은 먼데 날이 어둡는 때와 같은 쓸쓸뿐이 아니라 불안조차 떠오르는 것이었다. 그러면 은주는 복습도 되지 않아 그냥 나와 버린다. 안으로 들어와 방안 하나 그득 펼쳐진 꽃빛보다 더 고운 비단을 밟을 때에는 저 한 번 마음먹으면 여왕이라도 될 것 같은 오롯한 자존심이 가슴속 한구석에서 확실히 간질거리며 올려 솟는 것이었다.

다시 일 년이 지나, 송빈이는 사 학년에 은주는 삼 학년에 진급된 봄이다. 윤수는 청년회관 영어과를 졸업하고 숙망이던 미국으로 가 버렸다. 송빈이는 사랑을 혼자 쓰게 되어 자유스러운 데다가 동급생 중에 자진하여 학비를 노나 쓰겠다는 사람이 나타났다.

"아! 인전 은주 그립던 토요일 일요일도 서울 있을 수 있구나! 상급학교 준비도 이제부터다!"

송빈이는 얼른 은주에게 이 기쁜 사실을 알려 주고 싶었다. 그런데 새 학기가 시작된 지 삼사 일이 자나도록 도무지 은주를 구경할 수가 없다. 하루는 학교에서 나오니까 책상 위에 은주의 필적이 놓여 있는 것이다.

"큰아버지께서 자기가 보호인이랍시고 강제로 학교에 퇴학원서를

내었어요. 이유는 혼인."

은주의 흘려 쓴 연필 글씨는 다만 이것뿐이었다.

"혼인? 이유는 혼인?"

송빈이는 읽고 또 읽어 보았다. 볼수록 눈은 침침해졌다. '혼인'이란 두 글자는 뱀의 눈깔처럼 말뚱히 쳐다본다. 송빈이는 얼른 방을 나서 안 쪽으로 기웃해 보았다. 감감하다. 은주의 신발조차 보이지 않는다.

"혼인을!"

송빈이는 불이 붙는 것을 보고야 "불이야" 소리를 못 지르는 때 같다.

은주는 이날도 밤 깊도록 나타나주지 않는다. 날이 밝기가 바쁘게 안마당으로 세숫물을 뜨러 들어갔으나, 역시 건넌방 미닫이는 닫고 있었고 은주는 목소리도 그림자도 얼씬하지 않는다. 밥상을 들고 나온 행랑어멈더러 물었더니 요즘 며칠째는 큰댁에 갔다가 거기서 자고 오는 날도 가끔 있다는 것이다. 송빈이는 할 수 없이 궁금한 채 학교로 왔다. 도무지 오후 끝 시간까지 참아낼 수가 없어, 오후에는 첫 시간만 하고 나와 버렸다. 무슨 필적이나 또 있을까 했으나 아무것도 없다. 세숫물을 뜨는 체하고 대야를 들고 안으로 들어와 보았으나, 바느질에 바쁜 침모만 미닫이 유리로 내다 볼 뿐 역시 은주도 은주 어머니도 보이지 않는다. 이날 밤도 자정이 지나도록 은주는 사랑에는커녕 안에 있는 기색조차 보이지 않는다.

"깊은 데 숨은 장미화야 잘 있더냐……."

누가 이 노래를 부르며 들창 밖을 지나간다. 송빈이는 옥에 갇힌 것처럼 벽을 차보면서 울었다. 그러나 어따 대고 은주를 불러볼 수도 없다.

다음날은 송빈이는 종일 학교에도 가지 못했다. 들창을 열고 큰집에서 은주가 돌아오기를 지키고 있었다. 별별 사람이 다 지나가는데 은주 같은 사람은 하나도 아니다가 밤 열 시가 되어서야 그역 사랑 들창부터 쳐다보아 주면서 잰 걸음으로 나타났다. 눈과 눈은 불이 일었다. 은주는 대문 소리를 되도록 내지 않고 들어서더니 바로 사랑으로 나왔다. 은주는 방에 들어서자 딴사람이 되었나 싶게 헬쑥해진 얼굴로 뚫어지게 송빈이를 쳐다만 본다.

"왜?"

송빈이는 "왜" 외마디 소리를 떨었다.

"어딜루든지 가요, 우리."

분명히 목소리는 틀리지 않는, 아니 마음도 변하지 않는 은주의 말이었다. 송빈이는 왈칵 나섰으나 엎질러진 물을 보는 것처럼 어쩔 줄을 몰랐다.

"내가 없어져야…… 어머닌 후횔 한 번 해 보세야……."

은주는 정혼이 되었다는 것이었다. 어머니께는 송빈이와의 비밀도 눈치채셨다는 것이었다. 혼인날까지 큰댁에만 가 있게 하는 것도 송빈이와 만나지 못하게 하는 어머니의 계책이라는 것이었다. 며칠 동안 기회를 엿보아 돈을 팔십 원을 주선했으니 그것으로 달아나자는 것이었다.

"얼른요?"

"……."

"뒤쫓아 누가 올는지 몰라요."

밖에는 저벅저벅 발자취 소리가 또 가까워온다.

"은주?"

은주는 발자취 소리가 다 지나가 버린 뒤에야

"응?"

하고 쳐다보는 눈은 눈물이 솟았다.

"은주가 정말 결심헌 거지? 결심헌 거지?"

은주는 고개를 푹 숙이며 끄덕였다.

"그럼 뭐 걱정이야? 달아나야만 헐 게 뭐야?"

"……."

"겁낼 게 뭐야?"

"……."

"은주 하나 맘 변허지 않음 고만 아냐?"

"그래두……."

"그래둔?"

"우리 큰아버지 고집이 어떤데? 당신 모르니까 그래요."

"쥑이기야 헐라구?"

"글쎄 난 몰라……."

"모르긴, 뻐언헌 거 아냐? 당자가 안 가는 걸 동져 보낼 텐가?"

"……."

"그만 것 반항할 힘이 없어?"

"아뭏든 난 몰라."

하고, 섰던 자리에 주저앉았다.

　송빈이도 따라 앉았다. 은주는 젖었던 눈을 닦고, 새 정신으로 자기가 마음먹었던 것을 다시 한 번 비판해 보려는 듯이 말끄러미 아랫목 벽을 바라보았다. 송빈이도 뜨기는 했으나 초점을 잃은 눈이었다. 은주가 돈 팔십 원을 가지고 달아나자고 한다고 선뜻 앞장을 서 나서기에는, 송빈이는 그만 너무 일찍부터 세상을 알고 있었던 것이다. 팔십 원이란 돈의 힘이 며칠이나 저희들의 정열을 지탱시켜 줄지를 이내 계산할 수가 있었고 학교는 퇴학이 되고 말 것이니, 중학도 마치지 못한 자기의 사회에서 받을 대우나 생활이 힘도 이내 계산할 수가 있었다. 더욱 '남아입지출향관'의 청운의 뜻은 아직 아득한 구름 밖에 있는 채다. 송빈이는 얼른 달아날 용기가 생기지 않는다. 은주라고 돈 팔십 원에 전부를 믿는 것은 아닐 것이었다.

어머니의 힘, 자식이라고는 저 하나밖에 없는 어머니시다. 이제 양자를 들인다 하더라도 재산의 반은 자기 차지일 것을 믿는 것이었다. 그러나 이런 것을 믿고 달아나서 일주일이 못되어 추태를 보이기에는 송빈이는 자존심과 함께 불안부터 더 크게 일어났다.

"누굴까?"

은주가 먼저, 신발 소리 하나가 대문 앞에 와 멎는 것을 알았다. 대문이 흔들린다. 은주가 대문을 고리를 걸어놓고 들어온 것이다.

"어머엄?"

어머니의 목소리였다. 은주는 미처 송빈이와 무슨 약속을 할 새 없이 일어났다. 대문은 이내 열리는 소리가 난다. 은주는 어머니보다 한걸음이라도 앞서려 뒤도 돌아볼 새 없이 안으로 뛰어 들어갔다.

송빈이는 훌쩍 따라 일어섰으나 따라 들어갈 수는 없다. 전신이 귀가 되어 안쪽을 엿듣는데 저벅저벅 은주의 것이 아닌 신발 소리가 사랑으로 가까워 온다. 송빈이는 얼른 자리로 와 앉았다.

"송빈이 여태 자지 않지?"

은주 어머니의 목소리였다.

“네에.”

“방이 차진 않니?”

“괜찮어요.”

은주 어머니는 사랑으로 들어서는 것이었다.

“늦으신데 어디 다녀오시나요?”

“큰댁에지, 내야 다른 데 갈 데 있니? 앉어라.”

잠깐 서로 눈치만 보다가 은주 어머니는 목을 가다듬었다.

“전 공불 더 했음 허지만, 인전 나이두 차구 저희 큰아버님께서 구습 어른 중에도 더 유별나시지. 그래서 이 아버지두 없는 걸 당신 생전에 출갈 시키세야 헌다구, 유전무댁이라구 한성인가 한일인가 은행 전무 래, 지체두 중인은 되구 재물이 그만한 집이 드물 게라구 그 집과 정혼 을 허셨군 그래…….”

“…….”

송빈이는 뭐라고 대꾸를 해야 할지 생각도 나지 않었거니와 은주 어 머니의 말씀도 이쪽의 무슨 의견을 묻는 것은 아니어서 자기 말씀만 이 내 계속하셨다.

“신랑을 동경 공불 보낸다구, 정혼한 바엔 오래 끌 게 없구 봄 안으로 성로 허자구 해서 택일을 했더니…… 누가 그다지나 날이 닥어 나올 줄 알았어? 다 저희 팔자소관이겠지만 이달 스므이튼날이야…… 남들은 무남독녀라구 그래두 옷가지 하나라두 벤벤히 장만헌 줄 아는데 아무 것도 해 논 건 없구…….”

“…….”

“인제 은주 보내군 선규, 너두 봤지? 큰댁 셋째 아들이란다.”

"네."

"그애나 양자루 들이게 된대두 선규두 이제 열두 살이니 우리 집이 그저 호젓허긴 일반 아니냐, 윤수두 금년부턴 없구 너 하나 사랑에 있는 게 행결 든든허니 전문학교꺼정이라두 있는 건 염려말어라. 그런데에……."

"네."

"시굴서들두 인제 손님들이 오실 게구 애 큰아버지께서두 자주 오심이 사랑을 체 드려야 헐 거구, 신랑상 꾐새두 아마 여기 나와 해얄까부다. 그러니……."

하고, 은주 어머니는 다시 한 번 송빈이를 힐끗 건나다본다.

"네."

"그러니 내 돈을 줄 테니 닐부터 한 달 동안만 너 어느 동무헌테라두 가 같이 하숙을 허다 오너라."

"네."

"집에 큰일이 있을 땐 모르는 사람두 뫼드는 땐데, 널 나가라는 건 아니다. 네가 괴로울 테니 말이야. 한편에서 생율을 친다, 다식을 괸다, 그리구 영감님들이 뫼들어 담밸 피구 얘기들을 허시구, 네가 공부가 되겠니? 그러니 아예 어떻게 알지 말구…… 아암! 잔칫날이야 와야지, 오래비두 없는 것, 네가 와서 신랑의 처남 노릇두 해줘야 쓴다."

"……."

은주 어머니는,

"곤헌데 어서 자거라."

하고, 돈 십오 원을 송빈이 책상에 놓아주고 들어가 버렸다.

송빈이는 잠이 올 리 없다. 대문소리를 낼 수는 없어 들창을 넘어 뛰어 행길로 나왔다. 서대문 턱에 주인을 정하고 있는 반 동무 박일선(朴一善)을 찾아왔다. 일선이는 밀양(密陽)서 온 학생으로 송빈이와 제일 친한 동무로서 송빈이의 학비를 자진하여 도와주기로 한 것도 이 사람이었다. 자는 것을 깨워 가지고 송빈이는 제 답답한 가슴을 죄다 헤쳤다. 일선이는 대뜸,

"좋은 수가 있다!"

하였다.

"어떻게?"

"우리 시굴집으로 달어나거라. 우리 부모님은 대구 와 계시구, 내 아내만 하인들 데리고 있으니까 몇 달이구 몇 해구 가 있어두 된다."

"밀양읍은 아니지?"

"읍에서 삼십 리나 촌이구 경친 괜찮다. 가 둘이 시나 쓰구 파혼 될 때꺼정 감바루[47]험 되잖어?"

"……."

송빈이는 일선이의 생각이 고맙기는 하나 만족할 수는 없었다. 은주는 이미 학교를 퇴학하였다. 저도 이런 일이 알려만 지면 으레 퇴학감이다. 자기나 은주나 장래의 정말 행복을 위해서는 지금은 무엇보다도 공부를 계속해야 할 것이었다.

"은주의 결혼만은 파방을 시키구 둘이 다 공불 계속하는 게 상책인데……."

---

47 がんばる. 힘내다.

"그럼 둘이 동경으로 달어나렴. 일 년만 숨어 고생험 혼인은 깨질 게 구 그담에야 집에 알리면 그땐 너두 그집 사람인데 학비 안 보내겠니?"

"일 년만?"

"일 년 동안만은 너희 둘 굶어 죽진 않을 정도론 내 생활빌 만들어 보내주마."

"고맙다! 네 의릴 잊지 않으마!"

송빈이는 일선이의 손을 잡고 굳게 흔들고 밤으로 돌아와 다시 들창으로 들어왔다. 그새라도 은주가 나왔더랬지나 않았을까 하고 사방을 살펴보았으나 아무것도 자취가 없다. 송빈이는 마음을 단단히 먹고 신소리를 내지 않으려 양말 바닥채로 안마당으로 들어섰다.

안방도 건넌방도 덧문이 꽉꽉 닫혀 있다. 침모가 둘이나 모인 때라 건넌방엔 그들이 잘 것으로 은주는 저희 어머니와 안방에 모였을 것이었다. 그의 구두도 안방 쪽 섬돌에 놓여 있었다. 송빈이는 찬 발바당이 발목까지 얼어 올라오도록 괴괴한 비인 뜰에 서 있었다. 은주의 신발이라도 바라보면서 그의 따스한 숨결이 지척에 있다는 것만도 그의 기색조차 살필 수 없을 때보다는 한결 덜 답답한 것 같았다.

'어디루든지 가요, 우리! 확실히 은주의 입이 내 귀에 말했다! 아! 얼마나 남김없이 내 가슴에 안겨 버리는 말이냐! 얼마나 아름다운 인생의 노래냐? 이런 불타는 구절을 나는 일찍 어느 시집에서 읽어 본 적이 있는가?'

송빈이는 진작 이런 감각을 갖지 못하고 타산적으로만 생각해서 은주를 시무룩하게 앉았다 들어가게 한 것을 후회하였다.

'그러나 후회할 건 없다! 은주가 변할 리 없다! 변치 않는다면 저도 나를 한시라도 속히 만나 줄 것이요, 만나서 동경으로 갈 것과 일선군의 후원이 있을 것을 말해 준다면 옷도 갈아입을 것 없이 그길로 정거장으로 뛰어나가자고 할 것이다! 오! 아름다운 새벽별들이여!'

송빈이는 몸이 점점 떨려 은주의 구두 한 짝을 들고 나왔다. 공책 한 장을 찢어,

"좋은 생각이 났으니 빨리 만나 주기를."

이렇게 써서 코 뾰족한 은주의 목구두 속에 깊이 넣었다. 다시 들고 들어와 제자리에 놓고 나왔다. 그리고 송빈이는 은주만 나오면 곧 달아날 채비로 짐을 쌌다. 짐이라야 별로 소중한 것이 있을 리 없었다. 내의는 깨끗한 것으로 갈아입어 버렸고, 책을 싸고 세수 도구를 쌌을 뿐이다.

'어떻게 될 건가?'

송빈이는 오래간만에 어머니 생각이 났다.

'어머니의 혼령이 계시다면 반드시 나를 행복의 길로 인도해 주실 것이다!'

든든히 믿으며 깜빡 잠이 들었다. 곤한 잠이나 들뜬 머릿속에서는 쪼각쪼각의 꿈투성이였고 꿈의 쪼각쪼각은 하나같이 은주투성이였다. 그러면서도 얼었던 몸이 밤새도록 깔려 있던 자리 속에서 새 체온이 오르자, 잠은 술처럼 취해지고 말았다. 학교에 갈 시간도 훨씬 지나서 어멈이 나와,

"웬일이실까, 오늘은?"

하고, 문을 여는 소리에야 눈을 떴다. 송빈이는 후닥닥 일어나 들창을 열었다. 낮이라도 대낮이다.

"어멈?"

"네?"

"안에 다들 계시지?"

"웬걸요."

"그럼?"

"이제 막 아가씨서껀 출입허시던 걸요."

"……."

송빈이는 얼른 안마당으로 들어왔다. 은주의 구두는 날아가 버린 새다. 여러 번 접기는 했지만 그 뻣뻣한 공책 한 장이 든 것을 소리가 나서라도 모르고 신었을 리는 없을 것이었다.

'보고도?

옳아! 어머니가 옆에 계셨으니까…… 무슨 생각이 있겠지!'

송빈이는 종일이라도 사랑을 떠나지 않고 기다릴 작정이다. 오정까지가 불과 세 시간이 있는데, 석 달처럼 지루했다. 그런 오정이 그냥 지난다. 송빈이는 침이 쓰고 입술이 탔다. 견디다 못해 어멈을 불렀다.

"왜 그래요?"

어멈은 주인댁 군식구인 송빈이에게 달가울 리가 없다.

"어멈 잘 있수."

그 소리에야 어멈은 반색을 한다.

"왜, 어디 가세요?"

"한 달 동안 다른 데 가 있다 올려구요. 그런데 여태들 안 들어오셨수?"

"같이 나갔던 침모만 들여 보내구 큰댁에들 가셨대요."

"은주두요?"

"그럼요. 오늘 신랑 댁에서 예물이 큰 댁으루 온대요. 그래 침모들두 점심먹군 큰 댁으루 구경들 간다는데."

"어멈?"

"신랑댁이 퍽 잘사신대죠?"

"내가 알우……."

송빈이는 말소리가 떨려 나왔다. 그러나 억지로 천연스럽게 꾸미면서,

"은주헌테 책 하나 좀 전헐 게 있는데, 급헌."

해보았다.

"이리 주세요. 안에 들여다 두죠."

"언제 올지 모르지 않우?"

"그래두 집에 생전 안 올라구요!"

"급헌 거니깐 그러지 않우? 어제 자꾸 찾던 책이라구 집 봐줄 테니 좀 갔다오."

"뭘요. 침모들 편에 보냄 좀 잘 갖다 드릴라구."

송빈이는 말이 막히고 말았다. 아무런 책 하나를 뽑았다. 당치 않은 기하(幾何) 책이었다. 뚜껑을 들치고 연필로 크게 '맛데이루(기다리고 있다)'라고 써서 신문에 싸서 어멈을 주었다. 그것을 끼고 나가는 것까지 보았는데 날이 그냥 저무는 것이다. 어두워서야 대문소리가 나 들어가 보니 침모들뿐이다. 용기를 내어 물어 보았더니,

"그럼! 주구말구, 걸 잊을까? 끌러 보던데."

그러나 "뭐래드냐? 어쩌드냐?"고는 말이 안 나와 못 물어보았다.

날은 어둡자 비가 내리기 시작하였다. 봄비는 소리가 높거나 날카롭지는 않으나, 가을밤 벌레소리만 못하지 않게 마음 거문고의 슬픈 줄만은 퉁기는 것 같았다. 송빈이는 어제처럼 들창을 열고 서서 길을 지

킬 기운도 없이 쓰러져 누워 있었다.

'퍽 잘산다는 신랑 집에서 온 예물! 금과 은과 비단과 진주와…… 그러나 은주는 이것들을 탐내 제 마음속의 진주를 버리지 않을 것이다!'

처마 끝에 낙수물 소리만 굵어갈 뿐 밤은 그냥 깊어만 간다. 송빈이는 자정이 지나는 것을 보고는 은주에게 편지를 썼다. 썼다 찢고 썼다 찢고 여러 장을 버렸다. 그의 어머니의 감시가 엄중할 것이므로 어떤 여학생의 이름으로 하되 은주 혼자만 눈치 채도록 하려니까 힘이 들었다. 결국,

"은주야? 너 어찌해 학교에 고만두나 했더니 혼인한다더구나! 축복한다. 우리 짝패 몇이 모여 너의 결혼을 축복하는 뜻으로 사진이나 한 장 찍으려하니 내일 오후 네 시서부터 다섯 시까지 파고다공원으로 좀 나오너라. 거북 비석 앞에서 만나자. 만일 이 편지를 늦게 보아 내일 못 나오게 되면 모레, 모레는 토요일이니 일찍 오후 한 시서부터 기다리마. 꼭 나와 주어야 한다."

이런 사연을 쓰고, 끝에 보내는 사람 이름은 여학생답게 무슨 숙(淑)이라고 지어 썼다. 똑같이 두 장을 써서 한 장은 은주가 지금 가 있는 큰집 주소로, 한 장은 지금 이 은주네 집 주소로 써 가지고 밤으로 나와 우체통도 바로 광화문(光化門) 우편국 앞에 선 것에 집어넣었다. 그리고 날이 어서 밝아 그 편지들이 배달되기를 기다렸다. 편지는 첫 배달에 '장은주'를 찾으며 들어섰다. 송빈이는 얼굴이 화끈해 다른 때 그럴 적처럼 대답도 못했다. 행랑어멈이 받는 모양이더니,

"웬걸 여태 큰댁에 계신 걸."

혼자 중얼거리며 안에다 갖다 두는 눈치였다.

송빈이는 어서 시간이 지나가기만 기다렸다. 두 시간이나 앞서 파고다공원으로 왔다. 비는 개었다. 나무눈들이 한결 부풀어 올랐다. 송빈이는 팔각정에 앉아 혹은 탑 뒤에 숨어 서서 물 오르는 나뭇가지들의 꽃 필 앞날을 제 가슴 속에도 느껴보면서 어서 은주가 나타나기를 기다렸다. 네 시가 되었다. 날아가는 새나 붙들 것처럼 손바닥이 다 따끈따끈해진다. 오 분이 지나고 십 분이 지나고, 사람들은 모두 유심히 보는 것 같고, 다섯 시가 그냥 되어 버린다. 다섯 시가 지나니까 시간은 아까와는 반대로 십분 이십 분이 휘딱휘딱 된다. 어둡도록 은주는 오지 않는다. 송빈이는 쭈루루 사랑으로 돌아왔다. 어멈더러 물었다.

"마님께서만 잠깐 다녀가셨세요."

"뭐래시지 않어?"

"학생 언제 떠난대더냐구요?"

이날 밤도, 또 다음날 오후 한 시에 파고다공원에도 은주는 나타나지 않았다. 송빈이는 어슬어슬해 공원을 나설 때, 은주가 달아나자면 그 자리에서 달아나지 못한 것이 후회되었다.

'그러나 내 자신 생각이 있어 한 일을 후회해선 안된다! 더욱 후회해서는 은주를 못 믿는 것이 된다! 내가 은주를 못 믿다니! 나오고퍼도 나오고퍼도 날개가 없는 은주는 지금 내 속 몇 곱절 탈는지 모른다! 전에 뻐언즈라는 시인은 안나를 위해서라면 나는 지옥에라도 간다 하였다. 오! 은주를 위해서라면 지옥보다 더한 고통이라도 달게 받으리라! 이것이 은주의 진정한 사랑을 맛보기 위한 시련이라면, 더욱 달게 받으리라!'

이럭저럭 은주의 혼인날은 닷새밖에 남지 않았다. 은주네 사랑에는 도배꾼들이 들어섰다. 사랑엔 손님을 맞기 위해서요, 건넌방에는 신방을 꾸미기위해 새 도배를 하는 것이었다.

송빈이는 할 수 없이 짐을 싸 들고 박일선에게로 왔다.

송빈이는 옮겨 온 주소를 이내 이번에도 두 군데로 은주에게 편지하였다.

은주를 의심하기 시작한 것은 송빈이보다 박일선이었다.

"당자 맘이 안 변하고야 그렇게 여러 날 이쪽에서 궁금해 할 생각도 없이 모른 척허구 있을 리 없는 거다! 설혹 네 편질 하나도 못 받았다 치더라도 제 속이 타서라도 어떤 방법이구 취했을 거다."

극도로 쇠약해진 송빈이의 신경으로는 정당한 감각을 가질 수가 없었다. 다만 끝까지 믿고 싶었다.

'내가 은주를 못 믿는다면 이 세상에서 믿을 게 없는 거다! 훌륭한 인물은 되어 뭘하며 그처럼 믿을 수 없는 인간들이요 사회라면 그들을 위해 무얼 바쳐 보리란 이상은 가져 뭘 하는 거냐? 은주를 절망하는 건 나의 인생 모든 것의 절망인 것이다!'

송빈이는 일선이보다 오히려 한 걸음 물러서 여유 있게 생각하려 하였다.

혼인날이 내일인 오늘 오정 때였다. 일선이는 학교에 가고 송빈이 혼자 남아 있는데 은주에게서 편지가 왔다. 손이 떨려 그런지 봉투는 가죽처럼 질겨 엇찢어졌다. 잉크로 또박또박 눌러 쓴 사연은 길지 않았다.

"나는 할 수 없이 막다른 길을 취합니다. 너무 낙망허지 말고 끝까지 분투하여 모든 이상을 이루어 주십시오. 그러면 오늘 이 암흑 속으로 끌려가는 은주의 영혼도 한 번은 즐거운 날이 있겠습니다."

송빈이는 두 번 세 번 더듬어 읽었다.

'막다른 길을?

암흑 속으로?

이게 유서가 아닌가?'

먼저 흥분부터 되는 송빈이는, 은주가 죽으려 결심한 유서로 해석되었다.

'어저께 부친 것!

그럼 벌써 은주는 죽었을는지 모른다!'

송빈이는 방을 걷어차듯 뛰어나왔다. 돌아선 여자는 모두 은주로만 보인다.

'은주만 죽었어 봐라. 원술 갚고 나도 죽는 날이다!'

허둥허둥 은주네 집으로 달려왔다. 사랑방은 들창들이 열리고 대문 밖에는 인력거가 한 채 놓여 있다.

'아! 의사가 온 게로구나!'

송빈이는 선뜩 안마당으로 들어섰다. 차일 친 마당 안에는 맨 여자들이 웅성거린다. 그러나 모두 슬픈 얼굴들은 아니다. 대청 한가운데 평상 위에 은주는 방글거리며 걸터앉아 신전 사람이 신겨 주는 대로 비단신을 고르고 있었다.

"아, 송빈이 왔구나!"

송빈이를 먼저 본 것은 은주 어머니였다. 그 소리에 은주가 파랗게 질리며 파랗게 질려 섰는 송빈이를 뜰아래에 발견하였다. 대뜸 얼굴을 폭 숙이더니 한참 꼼짝 못하고 있다가 저희 어머니가,

"저리 들어가 솜보선에두 신어 봐라."

하는 말에 얼른 일어서 진다홍 운혜를 신은 채로 스란치마를 끌며 싸르뜨리고 안방으로 들어가 버리는 것이다. 땋아 늘이기는 오늘이 마지막인 그 치렁치렁한 머리태, 송빈이는 큰 독사(毒蛇)를 보는 것처럼 가슴이 섬찍하였다.

'유서로만 안 건 내가 어리석었나브다!'

은주 어머니는, 사랑으로 들어가 점심을 먹고 가라 하였다. 송빈이는 네네 대답만 하고 몰래 빠져나오고 말았다.

"세상에 이런 허무한 일두 있을 수 있는 건가?"

학교에서 돌아오는 일선이를 골목에서 만나자 송빈이는 참았던 분과 슬픔이 터져나왔다. 일선이도 송빈이 일이 궁금해 오후에는 한 시간만 하고 돌아오던 길이었다.

"말을 해라. 어떻게 된 거냐?"

송빈이는 다만,

"끝까지 믿을 테다!"

하였다.

"끝까지라니? 낼이면 고만 아니냐?"

"낼이라구 은주가 혼인을 허는 거지 죽는 건 아니다."

"혼인험 너헌텐 고만 아니냐? 인전 나헌테 맡겨라."

하고, 일선이는 제 일처럼 격력해진다.

10. 사랑의 물리(物理)

"고맙다! 그렇지만 네가 나선다고 무슨 도리가 있니?"

송빈이는 별로 기대하지 않는 말투다.

"은주 어머니를 찾어가 담판을 해 보구……."

"뭐라구?"

"거야 헐 말이 얼마든지 있지. 그건 내게 맡겨라."

"글쎄……."

"또 신랑 녀석두 찾어가 위협할 수 있는 거다. 우선 은주가 너헌테 헌이 편지만 뵈더라두 등신이 아닌 담에야 불만이 안 생겨?"

그러나 송빈이는 역시 고개를 흔들었다.

"수단을! 사랑을 위해 수단을 쓰는 게 정말 사랑일까? 난 그 점엔 자신을 가질 수가 없다!"

"그럼 뻐언히 딴 녀석과 혼인하는 걸 가 국수나 얻어 먹구 앉었을 테냐?"

"……."

"네가 인전 정열이 식은 표가 아니냐?"

"결코."

"그럼 내일만 지남 만사휴읜[48]데 어쩌자구 아무 대책두 생각지 않어?"

"……."

송빈이는 얼굴을 숙이고 눈을 감아 버린다.

"너 나헌테 미안해 그러니?"

---

48 만사휴의(萬事休矣). 모든 것이 끝.

송빈이는 고개를 흔든다.

"너 정말 말해라."

"뭘?"

"은주를 진정으루 사랑허니?"

송빈이는 얼굴을 번쩍 들었다. 눈이 금새 이글이글 탄다.

"난 사랑 이상이다!"

"사랑 이상이라니?"

"난 아직 아버지도 그리울 때요 어머니도 그리울 때요 형제도 그리울 때다! 내 모든 그리운 걸 한데 뭉쳤던 게 은주더랬다!"

"그러니까 글쎄 낼이 그냥 지나감 고만 아니냐 말이야?"

"수단을 써 고기를 잡듯 한다면 난 그날로 은주에게 환멸을 느낄 거다!"

"그럼 어떡헐 작정이냐?"

"끝까지 믿는 것뿐이다! 오늘 밤이라도 내일이라도 은주가 어떻게 맘을 먹을지 모를 거구……."

"그대로 혼인을 해 버린다면?"

"혼인식이야 어떤 사람과 해두 상관없다! 혼인식이 인생의 종국은 아닐 거다. 아이라두 낳아두 좋다. 내가 어서 아내를 거늘 만한 한사람의 사나이가 되고 볼 거다. 언제든지 마음 내킬 때 은주가 내게로 돌아올 수 있게."

"건 공상이다!"

"아니다, 이상(理想)이다!"

"이상이 꼭 실현되는 줄 아니?"

"실현되기까지 사람이 노력을 못 계속하는 탓이지, 이상 그 자체가 실현되길 싫여허는 건 아닐 거다!"

"넌 아직 결혼생활을 몰라 그래…… 난 벌써 아이가 둘이니까 말이다. 내 아내만 봐두 그의 생활이나 감정이 한 남자의 아내로는 삼분지일도 못된다. 아이들의 어머니로 거의 전부가 돼 버리고 마는 거야."

그러나 송빈이는 사랑 그 자체를 모욕하는 '수단'은 끝까지 거절하였다.

밤이 되었다. 일선이는 활동사진 구경이나 가자고 하였다. 송빈이는 혼자 남아 있고 싶다고 하였다. 좁은 골목길에 지나가는 발자취 소리는 자정이 넘도록 끊이지 않았으나 은주의 것은 하나도 아니었다. 밝는 날이 은주의 혼인날이라 해서 밤은 더 길거나 해는 더 더디게 뜨거나 하지 않았다.

'비라도 펑펑 쏟아져라! 아! 내가 이게 무슨 비열한 생각이냐?'

날은 이봄 들어서 바람기 없이 제일 따뜻하였다. 송빈이는 앉았기가 괴로우면 일어서 어정거렸다. 어정거리기가 싫어지면 누워도 보았다. 일선이도 이날은 학교에 가지 않았다. 일선이가 동정해 주는 것이 송빈이는 고마운 한편 도리어 민망스러워,

"날 혼자 좀 둬 두게."

해 보았으나 일선이는 송빈이가 혼자 있다가 어떤 발작적인 일이나 저지르지 않을까 의심하는 듯 잠시도 떠나지 않았다.

'괴로움아? 끝간 데까지 나를 괴롭혀 봐라. 이 괴로움만 견디어낸다면 내 앞엔 못이길 괴로움이란 다신 없을 것이다!'

송빈이는 몽혼[49]을 안 한 채 피부를 째고 뼈를 자르는 수술을 받듯,

---

49 마취.

눈앞이 새까매지며 불꽃이 튀었다. 이를 악물고 혀를 깨물고 진땀을 흘렸다.

'질투란 이다지 쓰라리고 결리는 건가?'

날이 어두워질 무렵, 송빈이는 몇 번이나 방을 뛰쳐나갔다.

은주가 활옷을 벗어 내던지고 담장을 뛰어나오려 어디선가 발돋움을 하고 애쓰고 있는 것만 같다.

'이건 다 내 마음의 환상일 거다! 내 마음속에 이런 환상이 일어나는 건 은주의 영혼만은 내 마음속에 와 있기 때문이 아닌가? 지금은 방황하는 그의 육체도 언제고 한 번은 제 영혼이 깃들어 있는 곳으로 돌아올 것이 아닌가?

'오직 사랑하리라!

믿으리라!

기다리리라!'

밤이 되었다. 당해 놓고 보니 밤은 낮보다 더 괴로워진다. 그냥도 아름다운 갸름한 얼굴에 분을 바르고, 연지를 찍고, 쌍까풀진 눈을 가벼이 내려뜨고, 도듬하고 포근한 목은 새 비단옷에 봉한 듯 여며지고, 그러나 쪽도리 봉우리에 돋은 구슬은 그가 인형이 아니라는 것을 알리듯 가늘게 떨리고 있을 것 아닌가!

'그 고요한 얼굴을 흔들어 감겼던 눈에 애교를 짓게 하고, 다물었던 입이 열리며, 볼에 적은 우물과 함께 부끄러운 웃음을 머금게 할 자는 누구냐! 비록 진정한 사랑은 그 쪽도리 밑에 그 활옷 속에 들지 않았다 치자. 그렇더라도 아! 그렇더라도 오늘밤 은주는 얼마나 고울 은주냐? 은주의 일생 중 가장 예쁜 단 하룻밤의 어여쁨을 나는 이렇게 고스란히

빼앗기고 마는가?'

송빈이는 모닥불을 전신에 뒤집어쓰는 것 같았다. 한참이나 피만이 가득 차버리는 것 같은 머리를 흔들고 또 흔들어 하늘을 쳐다보았다.

별들은 어느 때나 마찬가지로 반짝인다. 은주와 함께 남 몰래 사랑의 첫손을 잡아 보며 조선호텔, '로오즈 가아든'에서 바라보던 그 별들임에 틀리지 않을 것이다.

"별들아? 너희들은 몇날 안 있어 어떤 집 담장 높은 후원 속에서 눈물 젖은 눈초리로 쳐다보는 새색시 은주를 내려다볼 것이다! 그때마다 그의 마음속에 네 맑고 날카로운 광채를 쏘아 부어다고! 그의 옛 마음의 진실이 다시 살아나도록 쏘아 부어다고! 오늘 내 아픈 이 마음, 내 외로운 기다림, 그에게 부디 전하여 다오!"

송빈이는 이 하룻밤이 여러 날을 기어오르던 무슨 절정에 이르는 듯 극도의 긴장과 극도의 피곤이 쏟아졌다. 눕기만 하면 잠이 올 것 같으나 정작 누우면 가슴에서 불이 치밀었다. 전신의 살은 가랑닢이 되는 것 같고, 전신의 뼈는 바늘이 되는 것 같았다. 일선이는 슬그머니 나가더니 독한 배갈(胡酒)과 약간의 청요리를 시켜 왔다. 송빈이는 혼자 술만 반근이나 마셨다. 취하기보다 전신이 마취가 되어 쓰러지고 말았다.

이 전신 마취에서 깨어나는 날 아침 송빈이는 마음속에 부르짖었다.

'은주! 그는 나와 달아나자고 하였다! 은주 그의 모든 현실을 버리고 나에게 온 것이다! 그 뒤의 은주, 그때 그건 내가 알 것도 아니요 기억할 바도 아니다! 인전 또다시 맹렬한 나의 건축이어야 한다!'

책보를 꾸려 가지고 오래간만에 다시 학교에 나가기 시작하였다.

한 달이란 네 주일, 한 주일이란 잠깐 잠깐 지난다. 한 달이 지나면 하숙생활은 그만이다. 다시 은주네 집으로 들어가기는 물론 싫다. 송빈이는 담임선생님의 주선으로 다행히 어떤 부잣집 가정교사로 가 있게 되었다.

수표정(水標町) 천변으로 있는 큰 솟을대문 집인데 근처에서 '김 대장 댁'이라고 일컫는, 전에 병부(兵部)의 고관을 지내어 아직도 '구중 별배' 류(類)의 하인들이 줄행랑에 득실거리는 구식 대갓집이었다. 바로 송빈이 다니는 휘문 일 학년생이 하나 있고 경성중학 이 학년생이 하나 있는데, 모두 김 대장 김 대감의 손자들이었다.

송빈이는 가는 날로 작은 사랑에서 바로 쳐다뵈는 큰 사랑에 불려 올라갔다. 좌우에는 이 집 손자들 경중에 다니는 원섭(元燮)이, 휘문에 다니는 형섭(亨燮)이가 앞섰다. 그들은 윗방에 들어서더니 저희 할아버지의 얼굴을 보기도 전부터 아랫목 쪽을 향해 절부터 하였다. 그 서슬에 송빈이도 아랫목에 안석에 기대어 장죽을 들고 앉았는 노인의 얼굴을 주의해 볼 사이도 없이 따라 절부터 하였다.

홍안백발 그대로의 풍신 좋은 노인은 대뜸 송빈이의 아버지의 함자와 무슨 벼슬을 지냈느냐고부터 묻고 나더니

"저 녀석들이 좀 아둔하단 말일세."

한다.

"저 큰 녀석은 올해 삼년생이 될 걸 못 올라갔구, 적은 놈은 올해 첨 들었으니깐 어떨지 모르긴 해두 아뭏든…… 참 자네 이름이 멋이라구?"

"이송빈이올시다."

"저놈들 인제 급제허구 못 허는 건 송빈이 직책이렷다?"

"……"

송빈이는 할 수 없이

"명심하겠습니다."

대답하고 내려왔다. 아랫사랑은 작은 이 칸인데 이들 형제와 송빈이와 셋이 같이 있게 되었다. 이번에는 송빈이도 석유궤짝은 버리고 책상을 하나 샀다. 낯선 방에 와 낯선 어린 학생들과 책상을 모으고 앉아 보니 정신만은 얼마 새로워지는 것 같다. 더구나 원섭이와 형섭이는 생긴 것도 얼굴이 하얗고 몸매가 가냘픈데, 그 뾰족스럼한 입으로들은 잠시를 가만히 있지 않았다. 하나가

"넓고 넓은 바닷가에

오막살이 집 한 채……."

하면 하나가

"듣기 싫여."

하고 쏘았고, 쏜 쪽이 얼마 안 있다가 '이팔청춘'을 휘파람으로 내면

"건 누가 듣기 좋대나!"

하고 오금을 박았다. 눈을 흘기고 하나는 으르대고 나중엔 남남처럼 욕을 하다가는 큰 사랑에까지 들려 그만 "이놈딜!" 하는 꾸중을 듣는다. 아우나 형을 가져 보지 못한 송빈이는 부럽기도 하고 재미있기도 하였다. 그들은 또 송빈이에게, 동생은 형의 흉을 형은 동생의 흉을, 흉이라야 죄 없는 흉인 것을 보기도 하였다. 송빈이가 와 사흘째 되는 날 저녁이다. 형 원섭이가 책을 펴놓은 채 슬그머니 나가더니 한 시간이 넘어도 들어오지 않는다. 송빈이가

"웬일인가?"

하고 물으니, 형섭이가 얼른 형의 책까지 덮어 버리며

“우리두 그만 자요.”

한다.

“우리두 자다니? 원섭이가 어디서 자나?”

“그럼요. 어떻게 약은데 그래요.”

“어디가 자게?”

“색시 방이죠 뭐.”

“색시 방에?”

“밤낮 할아버지헌테 야단 만나면서두 몰래 들어가는 걸요.”

“장가갔소?”

“그럼요. 그래두 어른인데요.”

“원섭이가 몇 살인데?”

“열여섯이오.”

“언제?”

“작년에 들었어요.”

“오.”

형섭이 말대로 이들도 불을 끄고 누워 버렸다. 송빈이는 조금만 더 친해졌어도 원섭이의 색시는 몇 살이냐고 물어보고 싶었다. 아무래도 색시는 열여섯 살은 더 먹었을 것이었다.

‘열여덟? 열아홉? 그렇더라도 충충시하에 엄한 어른만 종일 섬기노라면 하루도 몇 번씩 친정 생각에 눈물질 것이다. 무엇 때문에 여기가 우리 집인가? 하고 한심스러운 밤저녁에 웃어른의 눈을 숨겨 담 넘어 들어오듯 하는 어린 신랑! 얼마나 반가울 것인가! 거기선 없던 정이라도 생길 수 있는 것 아닌가? 연애결혼이 아닌 결혼에는 차라리 결혼 이

후부터 연애가 시작될 수 있는 것 아닌가?

송빈이는 이 우연한 발견을 곧 은주에게 가져다 생각할 수 있었다.

"막다른 길.

암흑 속으로."

'은주의 말들이다. 정말이었을는지 모른다. 홀어머니의 간곡한 말씀에 못 이겨 몸을 던지듯 하는 그로서 미지수(未知數)의 신랑과 시집이란 막다른 길이요 암흑의 세계였다는 것이 진정한 감상이었을는지 모른다. 그러나 끝끝내 암흑 속일 것인가? 하루 종일 손 하나 마음대로 가질 수 없는 어른들 앞에다가 저녁 문안을 드리고 비로소 제 방에 혼자 드는 때, 비로소 외로울 수 있는 그때 반드시 찾아드는 오직 한 사람인 사람, 더구나 이성, 더구나 저에게 무한한 황홀에 취하는 사람, 목석이 아닌 이상 그 사람과에 어찌 타협 안 되는 것이 있으며 어찌 정을 남기고 끝을 수 있으랴! 은주는 차츰차츰 그 사람의 아내로 전부가 되어 버릴 것 아닌가?'

송빈이는 쓴 침을 돌멩이 삼키듯 몇 번 목이 메게 삼키는데, 행길 쪽 들창 창살이 갑자기 드르륵 긁힌다. 송빈이는 물론 형섭이도 깜짝 놀랐다.

그러나 형섭이는

"승겁긴!"

하고, 옆에서 보는 것처럼 입을 삐쭉할 뿐 "누구냐" 소리는 치지 않는다.

"누굴까?"

송빈이가 형섭이에게 물었다.

"그런 사람 있어요, 승거운."

"누군데?"

"백작."

"백작이라니?"

"왜 명금(名金)[50]에 사치오 백작이니 후레데리꾸 백작이니 나오지 않아요?"

"그래?"

"명금이래문 오금을 못 쓰구 명금 대회 땐 줄곧 우미관 가 살어요. 그래 우리들이 사치오 백작이라구 했다 후레데리꾸 백작이라구두 했다 인전 그냥 백작 백작 하는 형님이 하나 있어요."

"백작형님! 그런데 창살은 왜 긁구 달어나?"

"그러게 승겁죠."

"백작으룬 좀 점잖지 못하군!"

하고, 송빈이도 잠들고 말았다.

한 이틀 뒤다. 이날은 원섭이까지 셋이서 자는데 또 창살이 드르륵 긁혔다. 모두 깜짝 놀랐다. 송빈이도 '백작이로구나!' 생각하였다.

"백작?"

하고, 원섭이가 소리를 지르니깐 백작은 창밑에 서 있은 듯

"야아옹."

하고, 고양이 소리를 낸다. 원섭이가 일어나 들창을 연다.

"히! 죽겠지?"

"형님두 색시 맛을 봤거든, 좀 사람이 짜져요."

"색시 맛이 짠가 왜? 달콤하데 히!"

50　〈The broken coin〉. 프랜시스 포드 감독의 헐리우드 영화. 당시 조선, 일본 등지에서 대대적으로 상영되었다.

하며, 발돋움을 해 넘싯이 방안을 들여다본다. 방안은 불을 꺼서 서로 얼굴이 보이지 않는다. 그러나 큰 사랑마루 불빛에 아주 어둡지는 않았다. 백작은 원섭이 형제 이외에 또 한사람이 누운 것을 알아본 듯 불쑥 서투른 영어로

"후 이쓰 댓?(저게 누구냐?)"

한다. 원섭이가

"누군 알아 상줄 테유?"

하니,

"에따 한 방 받아라!"

하더니, 회중전등을 들여대고 뻔쩍 켜든다. 송빈이는 눈이 시어 상체를 뻘떡 일으켰다.

"예에크! 실례했소이다. 난 누구라구!"

하더니, 송빈이가 탄할 사이도 없이 장교 쪽으로 쿵쿵 달아나 버린다.

"그샐 못 참아 또 처갓집이야?"

하고, 원섭이가 소리를 지르나, 다시는 대답도 뛰는 소리도 들리지 않았다.

원섭이는 자리에 눕더니 형섭이보다 좀 더 자세히 백작의 근황(近況)을 이야기해 주는 것이었다.

"배재서 이 학년서 두 번 미끄러졌죠. 그래 집이선 강습소에라두 댕기래는데 꼴에 동경으루만 간대다가 요즘 장갤 들군 색시헌테 미쳤나 봐."

"……?"

송빈이는 동경이니 장가니 하는 말에 비수처럼 찔리는 데가 있다.

"한 달이나 됐을까요, 장가든 지…… 그런데 요즘 색시가 친정에 갔

대죠. 아마…… 그래 저녁마다 처갓집으로 가 자구 아침 잘 얻어 먹구 내려오군 헌대요."

"처가가 어딘데?"

"다옥정이래나 봐요."

송빈이는 가슴이 다시 선뜩한다.

"다옥정? 그 댁 성씨가 뭔지 알우?"

"왜요?"

하고, 원섭이는 송빈이의 화끈 달아오른 얼굴을 날카롭게 본다.

"글쎄……."

"장가래요."

송빈이는 그예 아픈 상처가 찔렸다.

형섭이는 묻지도 않는데

"여학생 색시래요."

한다.

집은 다옥정, 성은 장가, 달포 전에 혼인을 했고, 신부는 여학생이고 갈데없이 은주였다. 송빈이는 용기를 내어

"그 백작인가 그 사람은 성명이 뭐요?"

물었다.

"유팔진(兪八震)이."

"유!"

은주 어머니가

"유전무 댁이라구 한성인가 한일인가 은행전무래."

하던 말을 잊었을 리가 없다.

"백작 아버님이 계시지?"

"그럼요. 바루 우리 고모부신데, 한성은행 전무시죠."

"오!"

"백작이 우리허구 내외종 간이야요. 밤낮 오더랬는데, 글쎄 장갤 들더니 당최 볼 수가 없군요. 승겁게 남 놀래기만 허구 지나댕기구."

송빈이는 속으로 '아…… 운명두!' 하고 부르짖었다. 원섭이와 형섭이는 이내 코를 골았으나 송빈이는 이마가 뜨거워만지고 골이 쑤시어 일어나고 말았다. 들창을 열었다.

'배재서 이태나 낙제를 허구, 명금 대회 땐 우미관에 가 살구…… 후 이쓰댓? 허구 회중전등을 켜 들여대던 꼴, 그런 백작 유팔진이! 그래 은주가 무에 부족해 그따위의 아내가 되었단 말인가?

송빈이는 은주에게 절로 복수가 된 듯한 일종의 쾌감이 없지 않으나 다시 생각하면 그따위한테나 은주의 운명이 좌우되어 나간다는 것은 고운 나비가 거미줄에 걸린 것처럼 그냥 보기만 하기에는 견딜 수 없는 의분이 솟기도 했다.

천변길에는 지나가는 사람도 끊어졌다. 백작이 지나간 지는 벌써 한 시간도 더 된다. 이미 은주와 더불어 달콤한 꿈속에 들었을 무렵이다. 송빈이는 가시같이 원망에 찬 눈으로 하늘을 쳐다보았다. 꽃비를 실은 푸근한 봄 구름은 사람들의 행복이나 불행에는 상관없다는 듯이 둥둥 떠서 불빛을 받으며 밤하늘을 흘렀다. 이따금 바람이 풍기더니 우둑우둑 빗발이 듣기 시작한다. 송빈이는 창을 닫고 자리에 누웠다. 밤비소리는, 더욱 봄 밤비소리는 옆방에서 창밖에서 소근거리는 사람의 소리 같았다. 더욱 송빈이 귀에는 은주의 소근거림 같았고, 백작의 수근거림 같았고, 그것들이 한데 엉크러져 자기를 비웃는 것도 같았다.

'인제 백작인가 그자가 자주 나타날 게다! 그 꼴을 어떻게 볼 건가? 하필 내가 온다는 게 이런 집일 건 무언가? 우연? 이런 악착한 우연도 있는가? 나를 끝까지 놀리고 비웃고 짓밟으려는, 눈엔 뵈지 않으나 내 옆을 떠나지 않는 무슨 악마가 있는 것 아닌가? 내가 그 악마를, 그 운명의 신을 물리칠 힘이 없다면 차라리 진작 죽어 버리는 게 모든 것에 대한 복수가 아닐 건가? 하루라도 빨리 죽어, 하루라도 빨리 다른 운명으로 다시 태어나는 게 보람 있지 않을까? 초년고생은 은 주고도 못 산다고 사람들은 나를 위로한다. 그렇지만 초년고생은 반드시 후년에 복되리란 걸 무얼로 보증하는가? 초년부터 말년까지 끝끝내 고생만 하다 죽는 사람이 도리어 더 많지 않을까? 나 역시 그중의 한 사람이 아니란 걸 무얼로 누가 보증할 것인가? 장래? 은주를 놓쳐버린 내 장래란 이미 비극의 씨부터 뿌려진 것이다! 구구히 살아야 할 이유가 어디 있는가?'

아침 여섯 시면 종현(鍾峴) 천주교당에서 으레 종소리가 울려왔다. 뎅 — 뎅…… 단조한 금속의 소리나, 고통과 원망과 고독과 피곤으로 찬 송빈이의 귀에는 그냥 최고 최대의 음악이었다.

'여기 인생의 진리와 위안이 있으니 오라' 부르는 것 같고 '참아라, 믿어라, 오직 사랑해라' 하고, 인종의 신념을 돋아주는 것도 같았다. 송빈이는 종소리가 나면 벌떡 일어나 무릎을 꿇었다.

'종교란 인류가 불행하기 때문에 생겼을 거다!

그러면, 종교란 인류의 불행을 구할 수 있어야 할 것 아닌가? 종교!'

송빈이의 외로운 마음은 무엇에나 의지부터 하고 싶었다. 송빈이는 하루아침 다섯 시에 일어났다. 아침 미사종이 울리기 전에 천주교당으로 올라왔다. 처음 와 보는 데다. 거의 남산의 중턱만큼이나 높은 지대여서 장안이 눈 아래 즐비하게 깔린다. 교당은 가까이 와 보니 높다는 것보다는 장엄스러운 편이었다. 서울의 여명은 먼저 이 교당 첨탑에 비치는 것이며 좌우 낭하의 홍예문들은 거기가 곧 천국에 들어가는 문처럼 위엄스러웠다. 새벽하늘의 이슬이나 받아먹고 사는 듯한 눈 맑은 신부(神父)들이 검은 법의자락을 끌며 깊은 사색에 쌓여 거닐었고 한두 사람씩 모여드는 평신도들도 아직 먹고 자기는 항간에서 하되 언제든지 우리의 돌아올 데는 여기라는 듯이 뒤 한 번 돌아다들 보지 않고 극히 평화스럽고 담박한 얼굴들이었다. 송빈이는 그네들이 다 회당 안으로 사라질 때까지 먼 발치서 바라보았다. 종이 울렸다. 각일각 어둠이 물러가는 장안은 돋아 오르는 해로 인해서가 아니라, 여기서 울리는 종소리 때문에 광명에 차지는 것 같았다. 장안은 내려다볼수록 웅성거리기 시작했다. 연기가 일어나고 갖은 수레가 달리고 즐비한 기와집들. 거만스럽게 울둑불둑 솟은 고층 건축들.

'모두 사람들은 사는 거다! 현실적으로 굳세게 사는 거다! 유팔진이와 장은주도 저 아래서 현실적으로 행복을 경영하며 있다! 사람은 물론 너 나 할 것 없이 죽고 만다. 죽을 바엔 애써 무엇하랴? 하는 것 그것 역시 염세(厭世)가 아닐까? 염세는 현실적으로 이미 자살이 아닌가? 자살은 패배다! 패배자다!'

송빈이는 주먹을 불끈 쥐었다. 웅성거리는 장안은 웅성거리는 군중의 얼굴들로 보였다.

'지금은 차서 넘치는 이 서울 장안도 고려 땐 한낱 보잘것없는 산촌에 불과했을 것이다! 사람의 힘이란 얼마나 큰 거냐. 이 무한한 가능성에 찬 것이 사람의 힘이요, 그중에도 사내의 힘이요, 그중에도 청년의 힘일 것이다! 한낱 계집애를 원망함으로써 입맛을 잃고 학문을 게을리하고 청운의 뜻을 저버리고, 아! 내 아버지의 망명고혼을 생각해선들!'

송빈이는, 한 폭의 지도처럼 서울을 짓밟는 기세로 종현을 뚜벅뚜벅 내려왔다.

'지금은 첫째도 공부요, 둘째도, 셋째 넷째도 공부다!'

다시 한 이틀 뒤다. 학교에서 돌아오는 길인데 주인집 대문 앞에 거의 이르렀을 때다. 등 뒤에서 인력거가 달려오며 종을 울린다. 얼른 비키며 쳐다본즉 머리를 서기(瑞氣)가 뻗치도록 곱게 빗어 쪽진 은주였다.

은주도 깜짝 놀라는 눈치였으나, 순간 입술을 움츠리며 눈초리를 딴 데로 살짝 돌려 버린다.

이내 다음 인력거가 또 종을 울린다. 또 비켜서 쳐다본즉 송빈이 저희 또래 청년인데 옥색 비단두루마기에 캡을 썼다. 펀뜻 이쪽에 주는 인상은 턱이 홀쭉하도록 긴 것과 큰 눈은 아닌데 흰자위가 번쩍거리는 것이었다.

'저게 백작이로구나!'

아니나 다를까, 이들의 인력거는 백작의 외갓댁인 김 대장네 솟을대문으로 들어섰다. 송빈이가 쫓아왔을 때는 벌써 안중문 밖에 비인 인력거들만 가지런히 놓여 있었다.

원섭이와 형섭이는 먼저 와 책보만 내던지고 모두 안에 들어가 있었다. 송빈이는 아무리 전정하려고 애를 써도 손발이 자꾸 후둘거렸다. 책보를 끌러 책상을 정돈하고 혼자 중얼거려 보았다.

"카레데! 카츄사와 에레나와 롯데를 합한 카레데! 얼마나 썩어 버린 카레데냐! 오직 롯데 노릇만 하려는가? 베르테르에게 육혈포를 빌려주는 롯데 노릇만 하려는가!"

형섭이가 무엇을 쩍쩍 먹으며 나타났다.

"백작이 아주 호살 허구 동부인 해 왔에요."

"오는 걸 나두 봤어."

"이쁘죠 색시?"

"백작두 잘났드군!"

"뭐요? 인제 나올 테니 자세 보세요. 턱은 꽤 길지."

"인사들 왔나?"

"우리 집서 저녁 대접헐려구 청했나 봐요."

"……."

"여학생 색시가 더 재미나겠죠?"

형섭이가, 불쑥 이런 것을 묻는데 원섭이와 백작이 큰사랑에서 내려온다. 내려오건 말건 송빈이는 그냥 형섭이에게 그 말대답을 하였다.

"거야 당자헌테 물어봐야지."

"뭔데 당자헌테야요?"

원섭이가 탄하며 들어섰다. 백작도 힐끗 송빈이를 보고,

"아! 이 상이시래죠? 요전날밤엔 잠깐 실례했습니다."

하면서 들어왔다.

"천만에요."

백작은 앉더니

"난 유팔진이라구 불러 주십시오."

한다. 송빈이는 얼른 앉음새를 고치며

"이송빈입니다."

하였다.

"형님? 흥! 어른이 되드니 말솜씨 늘었구랴? 불러주긴 뭘 불러줘?"

"낼 모래 자식 볼 게 너두 실없이 굴지 마라."

하고, 백작은 저윽 점잖아지며 담뱃갑을 꺼내 놓는다.

"그래 요즘두 처가살일 댕규?"

"장갠 아닌 게 아니라 무남독녀헌테 들 거드라."

"왜?"

"처갓집두 내집 곁으니 좋은 거구…… 게다가 다방굴이지!"

"다방굴임 좋은가?"

"너인 여태 몰라."

하고, 백작은 담배를 붙이며 히쭉 웃는다.

"뭘 몰라?"

"얘기험 저 송빈 씨 흉보게!"

"어서 말씀허슈."

하고, 송빈이는 보도록 턱이 길어지는 백작에게 억지로 웃음을 지어
주었다.

"애들 가르쳐 주면 또 밤낮 다방굴 추넘만 댕기게? 허긴…… 요오게
뭐냐?"

하드니, 백작은 조끼주머니에서 뽐뿌 달린 조고만 향수병을 꺼내 원섭
이와 형섭이한테 향수를 쩍 쩍 뿜는다.

"웬 거유?"

"안 되지. 요게 다 다방굴서 먹어오는 거야. 우리 색시가 봄 큰 일날

거다 꽤니!"

"오! 기생집서 먹어 왔구랴?"

"원섭이두 그걸 아는 걸 보니 오입쟁인데!"

"아아니, 다방굴은 그럼 형님 처갓집이 하나뿐 아니겠구랴?"

"쉬이, 오늘 저녁에 자볼기 맞을라! 아 소리 몰라? 뽕두 딸 겸 임두 볼 겸이지 그렇게 처가는 다방굴이 좋다는 게요…….."

"색신 신여성이 좋구!"

"야 요놈 봐라, 허! 형섭이두 올루 장갤 들어야겠는데."

"신여성 얘기나 좀 해요?"

"기생 얘긴 싫구?"

"다 좋지."

"신여성이 뱰건 줄 아니? 아이 러브 유우, 히!"

"홍 영어루만 구슬르는군! 기생은?"

"기생? 입을 요리구…… 어쩌믄 그러세요! 그래 신정만 젤이구 구정은 정이 아니란 말이야요? 에크! 넙적다리가 뜨끔허니라."

"막 꾀집어?"

"얌체 없지."

"그럼 많이 뜯겠갔구랴?"

"말 마라. 양쪽이 다 춘향이년 십장가(十杖歌) 부르게 됐다."

그리고 유쾌한 듯이 껄껄 웃었다.

웃고 떠드는 소리에 큰사랑에서

"이놈들 글덜 읽어라."

소리가 내려왔다. 형섭이가

"산술덜 풀어요."

했다.

"무슨 산술을 푸는대 웃기덜만 하느냐?"

소리가 다시 내려왔다. 백작이 눈을 쌤벅하더니 소리를 높여

"맹재애 견-양혜왕-허어신대 왕왈 시이 불원 철리……."

하고 맹자를 읽었다. 그 범 같은 외할아버지도 이 장난꾼한테는 그냥 웃어버리는 모양으로 다시는 아무 소리도 내려오지 않았다.

팔진이는 송빈이가 처음 생각하던 것처럼 못난이는 아니었다. 둔하기는커녕 너무 지나쳐 발가진 편인데 가정에서 살피지 않아 제멋대로 삐끄러져 나가는 꼴이었다. 그는 담배를 잘 피우고, 허튼 소리를 잘했고, 딴은 활동사진이라면 배우들의 이름을 많이 아는 것은 물론이요, 변사들의 흉내까지 잘 냈다. 그리고 노랫가락이라는 소리도 제법 하였다. 학교에서는 이태나 낙제를 했으되 담배와 술과 소리와 계집 방면에는 송빈이 따위는 십 년이나 걸려야 쫓아갈 만한 데까지 앞서 가 있었다.

이런 백작은 이 뒤로는 원섭이네 사랑에 자주 들렀다. 한 번 오면 좀처럼 일어서지 않았다. 원섭이와 형섭이가 백작의 허튼 소리에 반해버리면 백작은 더욱 신이 나서 아내 자랑까지 나왔다. 아내의 자랑이라야 무슨 성격에 관한 것은 하나도 아니요, 애교가 어떠니 살결이 어떠니 따위였다. 나중에는 첫날밤 이야기도 나왔다. 원섭이와 형섭이는 노골적인 이야기일수록 듣기 좋아했으나, 송빈이는 이처럼 듣기 괴로운 이야기는 세상에 나와 처음이었다.

"저리구 총각이드랬어?"

하고, 원섭이가 놀리니까

"어떤 바보가 총각으로 장갤 가?"

하고 백작은 도리어 놀렸다.

그가 다녀간 날 밤은 송빈이는 밤을 꼼박 패었다.

'내가 이 집에 있는 줄 안 진 벌써 오랠 거다! 저희 신랑헌테 눈치채
지지 않을 정도로는 내 허구 있는 꼴두 물어 봤을 것이다!

저도 사람이라면 맘속이 편헐 린 없을 거다!

그러나 그뿐이지 뭔가?

나 봐! 다신 생각 않기로 허군!'

잠은 자야 되겠다고 할수록 점점 오지 않았다. 이런 날 아침이면 송
빈이는 무슨 일에고 공연히 성이 잘 났다. 더구나 이 김 대장 댁은 역대
구가라, 무슨 기 무슨 제사가 일주일이 멀다 하고 들었다. 제삿날 밤이
면 으레 백작이 나타났고, 나타나면 새로 두 시 세 시까지 떠벌이다가
제삿밥을 먹고야 돌아갔다. 이 집 제삿날 밤마다에도 송빈이는 잠을
설치고 만다. 피곤한 신경은 슬픔과 원망에는 극도로 예민해만 간다.
모든 것이 귀찮고 모든 것이 원망스럽고 세상 사람들 하는 짓이 모두
밉살머리스럽게만 느껴졌다.

하루는 휘문과 배재의 축구 시합이 있었다. 송빈이와 형섭이는 응원
을 갔다가 어두워서야 돌아왔는데, 큰사랑에서 올라오라 하였다.

"어째들 늦었느냐?"

"학교에 축구시합이 있어 응원 갔더랬습니다."

"축구 시합이라니?"

"공차는 내깁니다."

"학도들이 공부나 헐 게지 공은 뭣허러 차느냐?"

"운동입죠."

"운동? 난 공찰 줄 몰랐어두 훈련대장을 지냈다!"

"……."

송빈이는 기가 막혔다. 문신(文臣)도 아니요 무신(武臣)이었던 그가 체육에 이처럼 몰이해하리라고는 정말 뜻밖이었기 때문이다.

송빈이는 또 한편 학교에도 불평이 커가기 시작했다. 말이 중학생이지 나이 삼십이 넘은 사람까지 있어 평균 이십대의 청년들이었고, 이들의 정신적 요구가 중학교 학과에나 만족할 리 없는데, 그나마 학과에 충실한 선생보다는 밤낮 시간에 들어오면 학교자랑과 교주의 예찬과 운동선수의 자랑으로 흐지부지였다.

송빈이는 첫째 교주에게 존경보다는 그와 반대였다. 그가 전날 평안감사로 가서 어떤 치적을 남기고 왔다는 것은 전에 순천(順川)서도 들었거니와, 그런 어른으로 가끔 신문에 보면 효자나 열녀가 나면 으레 상급을 내리는 것이었다. 아직도 자기는 한 성주(城主)인 양 남의 아들 남의 아내에게 금시계니 금반지니를 내리는 것이었다. 송빈이 또래 몇은

"우리 같음 그까짓 것 받지 않겠다!"

하고 비웃은 일이 있다.

"오늘날에야 자기가 하상 무언데? 자기가 상을 준다면 고작 자기가 경영하는 학교의 교직원이나 학생에게지 민중이나 백성들에게 무슨 권한이 있을 것인가?"

송빈이는 자기한테 그처럼 고마우신 교장선생께까지 불평은 번져 나가기 시작했다.

이런 일이 있었다. 여름방학이 머지않았는데 갑자기 평양으로 수학

여행을 간다하였다. 시기로 보나, 처소로 보나, 전례가 없는 행사라 단순한 수학여행이 아니었다. 중앙에서 배재에서 부랴부랴 축구선수를 끌어다가 교표와 교복단추를 바꿔 달아 놓더니, 이 벼락 축구팀을 평양으로 데리고 가는 것이었다. 여행단에게 교장의 훈시는 근래에 드문 열변으로 이런 구절이 튀어나오기까지 하였다.

"학교팀이든 사회팀이든 모주리 이겨야 한다! 아뭏든 평양을 꺾어 놓구 와야 한다! 평양을 못 꺾구 오면 우린 교주 선생을 대할 면목이 없는 거다! 그와 반대루 평양만 휩쓸구 올라오면 우리 학교는 장래에 큰 서광이 비칠 것이다."

이 서광이란 재단법인을 의미하는 줄은 또 교주가 평양과 격진 감정을 일 학년생들도 다 직각하였다. 물론 학교 하나를 영구한 반석 위에 세워 놓기 위해서는 수단의 여하를 가리지 않는 늙은 교장의 눈물겨운 노력에는 차라리 감격할 이유도 한편에는 없지 않으나 그러나 수단이 교육가로서는 최선의 것이 아니었고, 그의 밑에 있는 교직원과 팔백 명 학생이 너무나 이용당하는 것이었다. 무슨 운동시합을 해 이기면 전교 학생이 학교에보다 교주댁 마당으로 먼저 들어갔고, 가서는 그 여러 마님들과 아씨들까지 치장을 차리고 나타나도록 한 시간이건 두 시간이건 뜰아래 서 있어야 했고, 이윽고 가족사진이나 찍는 것처럼 의자가 정돈이 된 뒤에 교주를 중심으로 전 가족이 앉을 자리에 앉고 설 자리에 서야, 그제야 교장이 나서서 시합 경과를 보고 하였고 "교주만세"를 세 번 부르는 것이었다. 그리고 운동부에 금일봉을 내리라는 분부를 받고, 최경례를 하고 나오는 것이었다. 원족을 갔다가도 교주댁 산소 앞이면 그냥 지나지 않았고 교주의 생일날에도 학생들은 몇 주일 동안 창가를 연습해 가지고 가 불러야 하였다. 한 번은 오후 첫 시간인데 갑자기 집합종이 울렸다. 선생들도 눈이 뚱그래 사무실로들 달려갔다. 장난은 종을 치는 소사가 아니라 좀 더 높은 데 있었다. 교주께서 바람을 쏘이시려 장충단 공원으로 가셨다가 넓은 마당을 보니 팔백 명 학생을 한 번 한 뜰에 세워놓고 보시고 싶다는 전화가 왔다는 것이었다.

학교는 소사 하나만 남고 장충단으로 쓸어 나왔다. 두 체조선생은 이번에 교주께서 흡족히 보신다면 말만 있어 내려오던 운동장 늘리는 것은 실현될 것이라고 학생들이 발을 하나 잘못 맞추어도 서슬이 시퍼래 눈을 부릅떴다. 장충단에 이르자 교주께 경례를 하고, 교가를 부르고 곧 합동 체조가 시작되는데 교주께서 학생들을 웃저고리는 벗기라는 분부가 내렸다. 체조선생은 곧 분부대로 호령을 내렸다. 팔백 명 학생이 일시에 웃저고리를 벗어 한 걸음 앞에 내어 놓는데 오직 한 학생만이 꼼짝 않고 웃저고리째 서 있는 것이었다. 그는 송빈이었다.

11. 현해탄

체조선생은 대뜸 송빈이에게로 달려왔다. 뺨부터 철썩 붙였다.

"귓구멍 맥혔어? 누깔두 없니?"

할 수 없이 송빈이는 단추를 끌렀다. 샤쓰가 아니라 그냥 맨살의 가슴이 나왔다.

"뭐냐 이건?"

"가슴이올시다."

"이놈아 학교서 지정해 준 내일 어째 안 입었니?"

"사지 못했습니다."

"교줏댁 부인네들도 계신데 이게 무슨 추태냐?"

"그래 못 벗었습니다."

"내의라도 학교서 지정한 게 있는 이상 교복이다. 교측이다. 넌 교측을 위반한 놈이야."

"어떡허랍니까?"

"빨리 단추를 다시 채지 못해? 냉큼 저리 나가!"

"네."

"저 산속에 가 있다 끝나거든 나헌테 와."

송빈이는 단체에서 빠져나와 교주께서 여러 남녀 부하들과 앉아 있는 반대쪽 산으로 올라왔다.

'공부허다 말구 나와 이건 다 뭔가? 제 돈 갖다 제 밥 먹구 공부하는 학생들을 저희 치렛거리 무슨 의장병(儀仗兵)으로 아는 셈인가?'

교주의 일종 관병식은 한 시간 뒤에 끝이 났다. 송빈이는 체조선생에게로 왔더니

"넌 이놈 오늘 단체행동에 일대 오점이다! 더구나 오늘같은 영광스런 교주선생 앞에서…… 너 하나로 인해 전교가 평시 훈련이 불비해 있은 걸로 드러난 셈이다!"

"……."

"잘했어 이놈아?"

"잘못 됐습니다."

"잘못 뭣이라구?"

하더니, 선생은 그냥 분해 못 견디겠다는 듯이 왈칵 나서며 멱살을 붙잡고 흔든다.

"잘못 됐다니? 이 건방진놈!"

"제 말이 문법이 틀렸읍니까?"

"문법?"

"선생님께선 의식적으로 한 게 아닌 걸 됐다라고 허지 뭐라고 허십니까?"

체조선생은 얼굴이 더욱 시퍼래진다. 유도식으로 고시낭에를 시킬 자세였으나 송빈이 반 아이들이 진작부터 불평에 찬 얼굴들로 슬금슬금 모여들었고 교주 계신 쪽에서도 눈들이 이리로 쏠리는 눈치여서

"너 내일 아침 학교에 오는 길로 사무실로 와."

하고는 놓아주었다.

송빈이는 일선이와 또 몇몇 다른 동무들과 함께 산등성이를 타고 남산으로 왔다. 남산 봉우리에 올라앉아 이들은 한강을 내려다보고 있었다.

"난 서울이 싫여졌다!"

불쑥 송빈이의 말이었다.

"왜?"

송빈이는 설명하지는 않았다. 송빈이의 속을 가장 깊이 알고 있는 일선이가

"그래도 학교는 마치고 봐야 헌다! 우리두 다 학교에 불평이 있다. 그렇지만 눈 딱 감구 일 년 반만 지내 버리면 고만 아니냐?"

하였다.

"졸업장이 그다지 필요헌 걸까?"

"상급 학교루 가자니 어떡허니?"

"상급 학교루 가야만 허나?"

"그래두 명색이 있어야 취직두 허는 거구 행세하지 않어?"

"취직! 행세! 전문 졸업장엔 얼마구 대학 졸업장엔 얼마구…… 취직이 목표루 우리가 하는 공불까? 그런 실제적인 인물만이 필요헌 델까? 우리 팔백 명, 아니 서울 와 있는 몇만 명 학생이 죄다 그래 취직이 목표란 말이냐? 그렇다면 난 오히려 반동하구 싶다! 소리치고 반동하구 싶다!"

"허긴 그래!"

"비실제 인물,

거대한 비실제 인물,

다수한 비실제 인물,

어느 시대나 힘은 그들에게 있는 거다!"

이들은 해가 저무는 줄 모르고 이야기에 흥분해 얼굴들이 노을과 함께 타고 있었다.

송빈이가 주인집에 돌아왔을 때는 벌써 불이 켜진 때인데 미닫이 여는 소리에 큰 사랑에서,

"건 누구냐?"

소리가 내려왔다.

"송빈이올시다."

"너두 오너라 이리 좀."

원섭이 할아버지의 노기 띤 높은 음성이었다. 큰사랑으로 올라와 본즉 원섭이 형섭이 모두 저희 할아버지 앞에 종아리를 걷고 서 있다. 송빈이는 당황하였다.

"넌 어째 늦었느냐?"

"학교서 장충단에들 갔더랬습니다."

"그건 형섭이한테 들었다."

"거기서 동무들과 남산으로 둘러 오느라고 늦었습니다."

"뭣 하러 둘러 다니느냐."

"……."

송빈이는 잠자코 말았다.

"네 들어 봐. 큰놈은 그렇게 가지 말라는 응원인가 뭘 갔다가 이제 야 왔구, 작은놈은 대문 밖에 나가서 제집 하인들 자식과 공을 던지구 받구 허니 그놈의 운동에 모두 환장을 헌놈들이지 성헌 놈들이냐?"

듣고 보니 원섭이나 형섭이의 잘못은 하나도 아니다. 송빈이는 그 아버지는 밤낮 작은집에만 가 묻혀 있고 오직 완고한 할아버지 밑에서 기를 펴지 못하고 자라는 두 소년을 위해 차라리 의분이 치밀었다.

"응원을 과외 행동으로 보시면 안됩니다. 단체 훈련으로 교풍과 상 무정신의 하나로 학교서 시키는 겁니다."

"뭣이라구? 학교에서 시켜? 그래 학교가 더 중허냐 제 할애비가 더 중허냐? 또 그럼 하인 자식과 공 던지기두 학교서 시켜서 허는 거냐?"

"학교에선 양반 상인의 구별이 없습니다. 어느 학교 어느 반에구 양 반집 애두 있구 상놈의 집 애두 섞였을 겁니다."

"이놈 듣기 싫다! 아무리 한 반 아냐 한 방 안에 있더래두 양반은 양 반이구 상놈은 상놈이지…… 너두 말허는 걸 보니 상놈이다. 우린 운 동을 않구두 팔십을 산다. 우린 운동을 않구두 십만 대군을 거느렸다. 고헌놈 같으니."

하고, 송빈이까지 때릴 것처럼 그야말로 노발이 관을 찌른다. 송빈이
는 아니꼽다기보다 저런 인물들의 민중의 명예와 목숨을 맡아가지고
일을 저지른 생각을 하니 분해 견딜 수가 없다. 기어이

"그래 오늘날 훌륭히들 되셨습니다."

하고, 한마디 쏘았더니 김 대장은 들었던 회초리를 방바닥을 내려치며

"뭣이? 이 고현놈? 냉큼 내 집에서 나가거라."

하고, 눈만은 한때 무인이던 기골답게 불꽃이 뻗쳤다.

　송빈이는 아랫사랑으로 내려와 종아리를 맞는 원섭이 형제의 비명
을 들으며 짐을 쌌다. 이날 밤으로 무엇보다도 백작의 꼴을 차마 볼 수
없던 김 대장댁을 하직하고 말았다.

　송빈이가 우선 짐을 들고 갈 데는 박일선이에게밖에 없었다. 일선에
게로 오니 은주의 혼인 때 와 있던 생각이 나서 더 우울한 밤이었다. 밤
새도록 은주 꿈에 볶였다. 꿈속의 은주는 언제든지 혼인 전의 상냥스
런 은주였다.

　'꿈이 현실이랬으면 얼마나 좋을까!'

　은주의 꿈을 깨는 날 아침의 허전함, 외로움, 슬픔, 더구나 이날 아침
엔 학교에 가는 길로 선생이라기보다는 무슨 십장으로밖에 느껴지지
않는, 때리는 것만으로 위엄을 세우려는 그 체조선생을 찾아야 할 것
이 끔찍스러웠다.

　'그까짓 학교, 이 길로 고만둬 버릴까? 그렇지만 지금 고만두는 건 비
열허다! 때리면 맞고라도 고만두는 게 옳다!' 학교에 가는 길로 사무실로
들어갔다. 체조선생은 기다렸다는 듯이 자기 책상 앞으로 오라 한다.

　"이놈아? 선생한테 반항하면 네게 이로울 줄 아느냐?"

때리지 않는 것만 이상스럽다.

"이거 게시판에 갖다 붙여."

하고 종이 접은 것과 압정을 두 개를 준다.

"갖다 붙이기 전에 보면 안 돼."

송빈이는 받아들고, 경례를 하고 나왔다.

게시판으로 나와 접친 종이를 펼쳤다. 다른 것이 아니라 제사 학년생 이송빈이는 교칙 제 몇 조에 의하여 일주일간 정학에 처분한다는 것이었다. 송빈이는 그만 왈칵 종이를 꾸겨 쥐었다. 그러나 얼른 다시 생각하고 꾸김살을 펼쳐 압정을 꽂아 붙였다. 겹겹이 둘러섰던 아이들이 일시에 하하하하 웃는다. 그 속에는 평소에 아니꼽게 굴던 교주의 손자도 끼어 있다. 그는 그냥 웃기만 하는 것이 아니라,

"이 자식아? 제 정학 광골 제 손으로 붙여?"

하고 빈정거리는 것이다. 보니까 오늘도 에리[51]도 채우지 않고 각반도 치지 않았다. 에리를 채우지 않는 것이나 각반을 안 치고 학교에 들어서는 것은 다른 학생이면 대뜸 불려가 따귀를 맞아야 할 갈데없는 교칙 위반이다. 그러나 그 서슬이 푸른 두 체조선생의 눈에도 그 애 하나만은 학생이 아니라 교주의 손자로만 보이는 모양이었다.

"이 자식아 뭘 웃어?"

송빈이는 체조선생도 손을 못 대는 그 애니 한 번 손을 붙여보고 싶어졌다.

"이 자식 봐!"

---

51 옷깃의 일본말.

저쪽에서도 만만할 리가 없다. 책보를 다른 아이에게 주고 쓱 나서 는 것을 고생살이에 여물대로 여문 송빈이의 주먹은 이 설움 저 원망 한데 뭉쳐, 그의 피둥피둥한 볼따구니를 내 주먹이 부서져라 하고 올려 질렀다. 저쪽은 담박에 고꾸라졌다. 송빈이가 주먹을 털고 돌아서 내 려올 때에야 일어나더니 입술에 피를 흘리며 쫓아왔다. 둘이는 한 덩 어리가 되어 땅바닥에 뒹구는데 종이 울렸다. 선생님들이 나타났다. 다른 아이도 아니요, 교주의 손자가 싸운다. 뜯어놓고 보니 더구나 피 가 터진 것은 교주의 손자다.

교장부터 눈이 허예졌다. 의사를 불러라, 귀빈실로 업어 들여라, 송 빈이란 놈을 붙들어라, 소동은 크게 벌어져 조회도 하지 못하고 헤어 졌고, 송빈이는 두 체조선생에게 끌려들어가 기어이 그의 코에서도 피 가 터지고야 말았다. 일주일 정학이 다시 삼주일 정학으로 늘었다.

'삼주일 정학! 이번 학기 시험은 못 치는 것 아닌가.'

송빈이는

'동경으로 가 보자!'

결심하였다. 일선이가 동경 갈 차비를 만들어 준다고 해서 그것을 기다리고 있는 하루인데, 누가 밖에서 송빈이를 찾았다. 나가 보니 뜻 밖에 교주의 손자 문민철(文民鐵)이었다. 송빈이는 이 못난 자식이 제 손 으로 복수를 해 보겠다고 온 게 아닌가? 하고 속이 꿈틀하였으나, 민철 이는 빙긋이 웃으며 손을 내미는 것이었다.

"송빈아? 내가 잘못했다."

송빈이는 너무나 의외여서 놀랄 수밖에 없었다. 나중에는 손을 서로 잡고 방안으로 들어왔다.

"나두 너이들이 생각하는 것처럼은 무골충은 아니다. 너이들이 생각하는 것처럼 호화롭기만 한 교주의 손자두 아니다."

하더니 민철의 눈에서는 눈물이 쭈루루 흐르는 것이었다.

"난 첩의 자식이다! 나한테두 설움이 있다! 난 날 교주의 손자라구 특별대우를 해 주는 못난이 선생들에겐 차라리 진심에서 불평을 품어왔다! 너한테 맞은 게 얼마나 나로선 통쾌하고, 또 내가 세상을 바루 봐 나갈 얼마나 훌륭한 기회가 됐는지 모른다!"

"정말이냐?"

"정말이다!"

송빈이와 민철이는 다시 한 번 손을 굳게 잡고 흔들었다.

"우리 집과 우리학교엔 일대 개혁이 일어나야 헐 거다! 선생들이란 우리 할아버지헌테 아첨허는 것밖에 무슨 재주가 있는 줄 아니? 그렇지 않은 인격자 선생이 오더라두 세력 다툼에 밀려나가 버리구 우리 학교처럼 월급은 많은데 무자격 선생이 많은 학교가 있는 줄 아니? 난 어느 선생은 무슨 추태, 어느 선생은 무슨 죄악, 죄다 알구 있다. 선생들이 나헌테 꿈쩍 못하는 건 교주 손자라구만 아니다. 자기네 약점을 난 다 알구 있기 때문이야…… 내가 가만있을 줄 아니? 돈은 어떤 데서 나왔던 학교란 신성해야 헐 거 아니냐?"

하고, 민철이는 어떤 강경한 동의를 송빈이에게 구하는 것이었다.

송빈이는 이날로 진정서를 쓸 것을 민철이에게 언약하였다. 그 다음 순서로 격문을 쓰고부터는 직접 선봉으로 나섰다. 일 학년과 오 학년에서 약간 명이 빠졌을 뿐, 거의 전부가 그들의 주장과 행동을 송빈이에게 따랐다. 모든 물질적인 부담과 학교 측의 동향을 내탐하는 데는 민철이가 자청해 맡아주었다. 학교 당국의 방침이란 먼저 교주의 재가를 받아야 하는 것이요, 교주가 재가하는 것이면 민철이가 하나도 빠치지 않고 미리 알 수가 있어, 학교의 방침은 번번이 실패되었다. 학생 측의 단결이 일사불란하게 목적을 향해 진행됨에 누구보다도 교주와 교장이 그 봉건적인 심경에 큰 변화가 일어나고야 말았다. 교육사업에 대한 개념을 가장 현대적인 것으로 고쳐 가지기에 이른 것이다. 형식상으로 주모자들을 처벌하고 임시 휴가를 선언해 버렸으나 교장 이하 몇몇 선생은 이미 교주에게 사표를 낸 것과, 그 사표란 교주와 협의한 결과라는 것까지 학생들은 민철이를 통해 알게 되자, 동소문 밖 삼선평에서 최후의 회합으로 모교의 만세를 부르고 해산하고 만 것이다.

희생자 십여 명 속에는 송빈이가 필두로 얹혀 있었다. 일선이는 일 개월 정학, 민철이만은 애초부터 내탐을 위해 표면에 내세우지 않았기 때문에 정학 축에도 들지 않았다.

송빈이는 철원으로 왔다. 인제 동경으로 가면, 남들처럼 방학 때마다 나올 수 없을 것을 깨닫고, 떠나기 전에 할머니를 뵈러 온 것이다. 누이동생 해옥이는 누님 댁에 와 있어 쉽게 삼남매가 한자리에서 만날 수 있었지만, 할머니는 진맹이에 계셨다. 송빈이는 누님 댁에서 하룻밤을 자고 뜨거운 여름날 혼자 산길을 걸어 진맹이를 향해 나섰다. 깊지는 않으나 발을 뽑아야 하는 내를 둘이나 건너고, 풀이 우거져 길이 묻힌 산도 둘이나 넘었다. 산새들뿐, 길이나 동네를 물어볼 사람이라고는 좀처럼 나타나지 않았다.

주위가 이렇듯 호젓한 데일수록 무엇보다 먼저 화끈 내닫는 것은 은주 생각이었다. 그때 청량리에서 은주와 따르고 꺾고 하던 범나비도 지나갔고, 들백합도 여기저기서 촛불처럼 눈을 끌었다. 곧 어느 나무 그늘에서나 어느 산모롱이에서 방긋 웃는 은주가 뛰어나올 것만 같다. 달음질해 가보면 나무 그늘에서 날아 버리는 것은 산비둘기뿐이요, 산모롱이 돌아서면 다시 빈 산길뿐이었다.

'할머니는 나를 위해 이 호젓한 길을 열 번 스무 번도 더 걸으셨다! 이 산길 갈피갈피에는 할머니께서 나를 그려 우신 눈물이 떨어졌을 것이다! 그런데 난 지금 이 길을 걸으며 누구를 더 그리워했는가?'

송빈이는 은주의 생각을 몰아내려 머리를 흔들며 흔들며 뛰었다.

진멩이는 흙보다 돌이 더 많아 보이는 조밭들 사이에 산에서 내려오는 실개천을 끼고 집인지 뒷간인지 분간할 수 없게 호박과 박덩굴에 덮인 초가들이 한 십여 호 남짓한 조그만 산촌이었다. 세 집만에 외할머님이 계신 작은 외할아버지 댁을 찾았다. 할머니께서 먼저 송빈이를 알아보시고 내달으셨다. 자세히 보니 할머니시지 할머니 같지 않았다. 그 홍큰[52] 머리와, 등이 물러난 적삼과, 흙 묻은 맨발은 처음 보는 어떤 두메늙은이였다. 송빈이는 그 앞에서 땀을 손수건으로 씻기가 죄송스러웠다. 모두 밭에들 나가고 해옥이보다 훨씬 작은 계집애 하나와 할머니뿐으로 마침 누에에 뽕을 주시고 계시던 것이었다. 할머니는 눈물을 섬벅거리시면서

"키두! 너이 에미가 밤낮 옷을 미리 크게 해 가지구 키 어서 안 자란다구만 성화하더니……."

하고, 손자의 키 큰 것만 대견스러워 하셨다.

---

52 헝클어진.

"앉을 데두 없구, 먹일 것두 없구!"

방이 셋인데 모두 누에로 가득 차 있었다. 누에가 올라 고치를 딸 때까지는 사람들은 봉당에다 멍석을 깔고 사는 것이었다.

할머니는 뒤뜰 안에 가 샘물을 한 바가지 떠다주시더니 호미를 들고 밖으로 나가셨다.

"감자나 삶어 주마."

송빈이는 할머니를 따라 밭으로 나와 감자를 캐었다. 호미 끝에는 감자보다 돌조각이 더 많이 부딪쳤다.

"밭들이 아주 토박하구랴?"

"이까짓 데가 사람 살 데냐! 전에 너이 아버지가 반날갈이나 쓸 만헌 것 준 건 죄 팔아 없애구 오죽해 이 구석에 와 사는 줄 아니!"

송빈이는 진작부터 돈이 생각났다.

어머니보다 더 소중한 이 외할머니 한 분의 얼마 안 남은 여생을 편히 앉아 계시게 해드리고 싶은 것은 물론, 얼마 안 되는 외갓집 친척들까지라도 이 토박한 산촌에서 끌어내어 기름진 이밥을 먹고 살 수 있게 해 드린다면

'아 할머니께서 얼마나 즐거워하실까? 나를 길러주신, 나를 기대해 오신 보람이 얼마나 계서 하실까!'

이런 생각을 해보면 이것도 인생의, 남의 아랫사람 된 도리의, 언제든지 불행한 사람들의 편이 되려는 자의, 무엇보다 먼저 실행해야 될 의무인 것도 같았다. 더구나 저녁에

"우리야 워낙 야인으루 자라 야인으루 늙는다만 아주머님께서야 어디 이런 험한 푸샛것이나 잡숫구 지내 보셨니? 더구나 치아두 인전 풋

오이 하나 날루 못 잡수신단다. 네가 내년 일 년만 지남 졸업이라구 그 날 오기만 염불 외시듯 허신단다. 요 넘어 회룡동 칠문이 아들은 농업 학교 졸업하구두 군청에 무에 됐다나 그 집선 그 아들 하나루 조밥이라 군 모르고 산단다."

하시는 작은 외할아버지의 말씀에는 송빈이는 쥐구멍이 있으면 들어가고 싶었다. 더구나 해수도 작정이 없이 동경으로 가겠다는 말은 차마 입 밖에 나와지지 않았다.

이튿날 아침 또 다른 식구들은 다 밭으로 나간 뒤에도, 송빈이는 할머니께 사실대로 말씀드리지 못하였다. 할머님을 모시고 누님 집으로라도 나와 며칠 더 모시면서 서울서는 공부 못하게 된 것을 서서히 말씀드리고 싶으나 누에가 마지막 잠을 자는 무렵이라 손포 논 그 집에서 잠시를 떠나실 수가 없으셨다. 할 수 없이 송빈이는 또 점심에는 감자를 삶아 먹고는

"후년 봄에는 정말 졸업이지?"

하고 따지시는 할머님께

"정말 졸업입니다."

대답하고 진멩이를 떠나고 말았다.

할머니는 고개 밑에까지 따라 나오셨다. 중턱에서는 보이지 않았으나 마루턱에서는 멀리나마 할머님 계신 것이 또렷이 보였다.

"들어가세요."

하고 소리를 질렀으나, 할머니는 꼼짝 안 하셨다. 손짓을 하여도 꼼짝 안 하셨다. 어두우신 눈으로 수풀 우거진 산마루 위에 얼굴만 솟는 외손자의 모양이 결코 보이실 리 없을 것이다. 그러나 입쌀알 만치 멀어

지신 그 자리에서 그냥 이쪽만 향해 서 계신 것이다. 송빈이는 안 보리라 하고 돌아서 뛰었다. 한참 뛰다 생각하니, 어떻게 해야 좋을지 안타까워 견딜 수가 없다. 도로 고개 마루턱으로 뛰어올라왔다. 아, 할머니의 입쌀알 만한 그림자는 그대로 서 계신 것이었다.

"오! 어머니? 어떻게 하면 옳습니까?"

먼 산 갈피 속에서 뻐꾸기 우는 소리뿐이었다.

송빈이는 기어이 할머니의 그림자가 움직이시는 것을 보지 못한 채 그 고개를 돌아서 내려오고 말았다. 읍에 와서 누님한테만 사실대로 동경 가는 길인 것을 이야기하고 밤차로 서울로 올라왔다.

일선이는 동경까지 차표를 사주었고, 민철이는 고리짝 하나와 후동야[53]에 가 일본 이부자리 한 벌을 사주었다.

떠나는 날 저녁이다. 송빈이는 은주 어머님께 인사를 온 것이다. 아무렇지도 않으리라 결심했으나 안마당에 들어서자 가슴은 뛰고야 말았다.

"웬일이실까?"

하고, 식모가 먼저 나타났다.

"마냄 계시지?"

"아가씨만 계세요."

하는 의외의 대답이었다.

송빈이는 얼굴까지 단번에 화끈 달았다. 대청을 쳐다보니 아무도 보이지는 않는다. 안방은 미닫이가 닫혔다. 툇돌을 보니 거기에 비단신 한 켤레가 놓여 있는 것이다. 다시 둘러보나 백작의 구두는 보이지 않는다.

---

53 ふとんや. 이불가게.

"어디 가셨게?"

"마냄께선 큰댁에요."

송빈이는 잠깐 망설이다가 어멈한테 이렇게 일렀다.

"오시건 나 오늘 밤에 동경으루 가는데 인사 왔다 못 뵙구 간다구 여쭤 주."

"아유! 동경으로 가세요? 공부 가시나요?"

송빈이는 대답도 않고 돌아서는데 그때 대청에서

"오빠?"

하는 소리가 났다. 목소리만은 전날처럼 맑은 은주의 부름이었다. 다시 돌아서 쳐다보았다. 눈이 마주치자 은주는 고개를 푹 숙였다.

"오빠헌테 외삼촌헌테서……."

하며, 편지를 내미는 것이다. 윤수아저씨가 미국서 보낸 편지인 듯했다. 송빈이는 성큼 올라가 받았다. 그리고

"이것 때문에?"

하고, 이글이글한 눈으로 쳐다본즉 은주는

"아니."

하고 숙인 고개를 흔드는 것이다.

"그럼 왜?"

"……."

은주는 숙였던 고개를 들어 안 쪽으로 돌리면서 옥물었던 입술로

"좀 올라옴 어떠우?"

하고 도리어 원망스러운 눈초리다.

송빈이는 속으로는 곧 신발째 뛰어올라가고 싶었으나 말은 그와 딴

판인 것이 걷잡을 새 없이 달려 나왔다.

"기다리구 있다 유팔진이헌테꺼정 인사허구 가라구?"

은주는 얼굴이 당홍빛이 되며 도로 아랫입술을 옥물었다. 송빈이는 다시는 돌아다보지 않고 뜰 아래로 내려서 중문을 나섰다. 확실히 다시 한 번 "오빠?" 소리가 등 뒤에서 들렸으나, 송빈이는 대답 대신 중문짝을 쾅 소리가 나게 힘주어 닫고 나왔을 뿐이다.

정거장에는 일선이와 민철이와 또 이번에 송빈이와 함께 퇴학처분을 당한 동무도 사오 명이 나와 있었다. 그들도 추후로 동경으로 오마하였고, 이들은 모두 송빈에게 굳은 악수를 주고

"성공해라!"

"성공을 빈다!"

"자넨 성공할 줄 아네!"

하고, 으레 '성공'이란 말들로 잡았던 손을 놓았다.

송빈이는 차가 한강을 지나 차츰 조용해질 무렵, 남들과 함께 고개를 뒤로 제끼고 잠을 청하는 자세였으나, 속으로는 이 '성공'이란 것과 또는

"좀 올라옴 어떠우?"

하고, 은주가 하던 말을 씹을수록 맛이 나는 것처럼 입속에 뇌고 뇌고하였다.

'무슨 말을 헐랴구 그랬을까? 뭣 허러 집에 와 있을까? 아무리 친정이 가깝기루 층층시하라며? 내가 멀리 간다니까 저도 감개무량해서 미안했다는 말이나 해 보낼려고 그랬을까? 흥! 미안! 난 지금도 그를 사랑하는 건가? 물론! 그러길래 이렇게 못 잊어버리는 거다! 난 은주를 끝까지 믿는다구 했다. 혼인이 인생의 종국이 아니라고도 했다! 언제

든지 그가 내게로 돌아올 날을 기다린다고 했다! 내 이런 태도가 정말 가치 있는 것일까?

송빈이는 번쩍 눈을 떴다. 옆의 사람들은 모두 코를 곤다. 차는 조그만 시골정거장은 본 척도 않고 지나쳤다. 서울은 자꾸 멀어진다. 원수 같던 서울이 막상 떠나 보니 굳센 애착이 솟아나는 것이었다.

'무슨 말을 헐랴구 그랬을까? 동경으로 간다니까 날 따라 나설랴구 그런 거나 아닐까?'

송빈이는 자존심을 꾹 참고 그의 하고파 하던 말을 들어 주지 못한 것이 후회되었다.

'그러나 후횔 해? 그건 안 된다! 제가 간절히 해야만 할 말이라면, 제가 한 번 굳게 결심한 거라면, 나를 만났으니까야 갑자기 생각났을 리 없는 거다! 또 내 자신도 그를 언제든지 기다린다고 한 건 기회가 있는 대로 그를 감언이설로 끌어온다는 건 결코 아니다. 제 자신이 결심하고 돌아오는 걸 기다린다는 거다! 내 맘은 결코 변하지 않은 거다.'

송빈이는 어두운 차창 위에 은주의 낭자 찐 얼굴을 그려보면서 차가 대전(大田)을 지날 때까지 잠들지 못했다.

차창이 희끄무레 트이기 시작할 때는, 차는 한강보다는 작으나 꽤 큰 강을 끼고 달리고 있었다. 송빈이는 지리(地理)에서 배운 낙동강인 것을 이내 깨달았다. 자옥한 안개가 강 위에 또 강처럼 흘렀다. 차가 요란한 진동을 일으키며 커브를 휘돌아나가되, 강물은 잔물결 하나 일으키지 않고 그린 듯 고요하다. 그러나 강은 정지하지 않고 흐르고 있음이 전체로 느껴지는 것이었다.

'사람도 모두 제 운명의 흐름이 있을 게다! 할머니도 은주도 해옥이도…… 난 지금은 그들의 운명의 흐름을 막거나 골을 달리 외어 놓거나할 아무 힘도 가지지 못했다! 그들의 운명을, 아니 할머니나 은주나 해옥이뿐 아니라 좀 더 많은, 좀 더 거대한 그들의 운명의 고삐를 잡을 만한, 내 자신의 새 운명을 개척하려 지금 이렇게 달리고 있는 거다! 저오막살이들을 보라! 저 길 하나 도랑 하나 제대로 내지 못하고 사는 동네들을 보라! 방엔 벼룩 빈대가 끓고 부엌엔 파리가 끓고 변소 하나 제대로 갖지 못하고 미신만 들어찬 가정들이다! 어떤 구라파의 관광객하나는 오막살이들을 돼지우리 같다는 말을 비꼬아 조선엔 목축업이발달되었다고 말했다 한다! 그런 말을 들으면서도 우리는 고려자기나불국사 석불(佛國寺 石佛)을 자랑하는 것으로 만족할 것인가? 일부 계급엔 세계에 자랑할 문화가 있었다쳐도 일반 백성에겐 세계의 모멸을 받아 쌀, 태초 이래의 원시적 초막생활을 면치 못하고 있는 것 아닌가? 어디 조선에 문화가 있는가? 문명국 사람의 눈에 돼지우리로밖에는 보이지 않는 저런 똥과 파리와 헌데와 무지와 미신으로 찬 가정이 조선 전가정의 반이 무어냐? 수효로 치면 십분지 팔구가 될 것이다! 나는 우리할머니와 우리 할머니의 친족 한 집을 그 가난한 진멩이에서 끌어낼 수있기를 바란다! 왜 진멩이 전체를 구할 생각은 못하였던가? 진멩이 전체, 밭에서 돌을 추려내고, 원시적인 양잠(養蠶)을 개량시키고, 산림을기르고 기와를 구워 좋은 집들을 짓게 하고, 학교를 세우고 과학을 들여오고…… 왜 그런 생각은 못하였던가!'

송빈이는 누구보다 먼저 일어나 세면소로 왔다. 세수를 하고 승강대로 나가 깃발처럼 펄럭이는 아침 강바람을 쏘였다.

차는 조반 전에 부산에 닿았다. 부두에는 원산에서 보던 배보다는 갑절이나 큰 기선이 비스듬히 닿아 있었고, 사람들은 벌써 두 줄로 열을 지어 서 있었다. 송빈이도 뛰어가 삼등객 행렬에 서 있었다.

'배는 어째 모두 무슨 환으로만 이름을 짓는가? 덕수환! 오래 사는 무슨 환약 이름이랬으면 좋겠다! 환약! 동경에 가선 약장사를 않구두 견딜 수가 있을까!'

송빈이는 돈이라고 모두 오 원이 될지 말지 한 것을 주머니 속에 더듬어 만져보는데, 누가 어깨를 툭 친다.

"이리 나와."

양복쟁이다. 형사인 줄은 이내 알았다. 뒤를 돌아보니 승객들이 까맣게 연대었다. 나서면 모처럼 중간에 끼인 위치는 잃어버리고 말 것이다.

"왜요?"

"나서기 싫단 말이지? 그럼 그냥 서 있어 봐."

하더니, 잠자코 가 버린다. 송빈이는 속으로 형사치고는 꽤 순하다 생각하였다.

이내 행렬이 움직이기 시작했다. 송빈이도 옆에 놓았던 바스켓을 들고 움짓움짓 나섰다. 배에 걸친 사닥다리에 올라가려 할 때다. 옆에서 아까와는 다른 양복쟁이가 소매를 잡아다린(당긴)다.

"도항 증명?"

"도항 증명요?"

송빈이는 놀랄 수밖에 없다.

"도항 증명두 없이 배를 탈랴구 그래?"

"어디서 맡습니까?"

"저어기 수상서루 가 맡아 와."

하고 정거장 쪽을 가리킨다. 보니까 그쪽으로 두리번거리며 뛰어가는 사람이 한둘이 아니다. 송빈이도 그쪽으로 뛰는 수밖에 없다. 긴 부두를 다 나와서도 이백 미터 경주는 되게 뛰어야 했다. 형사들은 조선 사람의 얼굴은 그처럼 귀신처럼 잘 집어내면서 왜 미리 알려 주지 않았는지 원망스러웠다. 하기는 아까 그 행렬에서, 나서라던 형사가 도항증 이야기를 하려고 그랬는지 모른다.

송빈이는 그 종이쪽에 도항증(渡航證)이라는 도장을 찍어 주는 데로 와서는 다시 한 번 놀라지 않을 수 없었다. 노동자들, 옷주제 망칙한 그의 아내들, 그의 어머니들, 갓을 쓴 노인도 있는 그의 아버지들, 그리고 양복쟁이들, 한마당 욱실거리며 저마다 도항증을 얻으려고 애쓰는 정경이다. 이런 현실이 따로 기다리고 있는 것을 송빈이는 전혀 몰랐다. 배가 떠날 시간은 가까워 오는데 줄지어 늘어선 것만 해도 오십 명은 된다. 게다가 이내 도장만 찍어 주는 것이 아니라 원적이 어디냐? 이름이 무어냐? 무엇하러 가느냐? 시시콜콜이 캔다. 제 원적, 제 성명 하나 얼른 써 놓는 사람도 몇이 안 된다. 급하기만 한 여러 가지 사투리들은 무슨 메누리[54]가 아일 나러 왔다간다느니 집 나간 지 십 년 되는 아들을 생전에 한 번 만나보려 대판[55]으로 간다느니, 아들이 무슨 공장에서 병들어 죽어간다고 편지가 왔다고 꾸겨진 하도록 봉투를 꺼내 드는 늙은이, 몇 사람의 학생들을 내놓고는 모두 그들의 차림과 같이 궁상들이다. 무엇을 표준으로 가리는 것인지 도장을 찍어주지 않고 밀어내는 사람도 여럿인데 송빈이도 그만 이 밀어내는 축에 끼어졌다. 왜 서울

---

54 며느리.

55 오사카.

서 학교를 마치지 않고 가느냐는 것이다.

"옳지! 휘문이 이번에 동맹휴학을 했지? 거기 주모자루 퇴학을 당헌 게지?"

하고 형사는 송빈이의 눈 속을 찌르듯이 들여다보는 것이다.

"왜 대답을 못해? 이번 맹휴에 주모자지? 경성 종로 경찰서루 전보 한 장이면 대뜸 알 수 있는 거야? 그따위 불온분잔 더구나 진재 직후라 절대루 도항 안 시켜."

하고, 다시는 말대꾸도 안하는 것이다. 송빈이는 눈앞이 캄캄하다. 부두에서는 배 떠나는 징소리가 울려온다. 도항증을 받아 쥔 사람들은 미친 듯이 뛴다. 신짝이 벗겨져 달아났으나 집기는커녕 돌아볼 새도 없이 버선 바닥으로 뛴다. 내 아들 나 보러 가는데 왜 안 보내주느냐고 악을 쓰는 노파도 있다. 저녁배나 타게 해 달라고 "나으리 나으리" 하고 조르는 사람도 있다. 양복을 입고 금테안경을 쓰고 꽤 신사로 차린 사람인데

"이거 적선허시는 일레루…… 나리께서 도장 한 번 찍어 주심 만사가 핍니다그려. 살려 주슈!"

하고 인사 체면 없이 쩔쩔매는 사람도 있다. 사실 빌어서 되는 일이라면 송빈이도 빌어 보고도 싶다. 주위에 보는 사람이라고는 다 남이다. 누구 앞에 구구스럽게 애걸했다는 무슨 표적이 붙는 것도 아니다. 어떻게 해서든 도항증만 얻어 가지고 이 자리만 떠나면 고만이다.

'빌어 봐? 누구헌테 어떻게 빌어야 허나? 무엇을 잘못했다구 빌어야 허나?'

배 시간이 지나자 형사들은 하나도 곁을 안 주고 어디론지 뿔뿔이 흩어져 버리는 것이었다.

송빈이는 낯선 부산의 거리거리를 우울히 헤맸다. 혹시라도 아는 사람을 만나 도항증을 얻을 무슨 길이 생길까 하는 일루의 희망도 품어 사람의 얼굴마다 자세히 살폈으나, 낯익은 얼굴은 만날 수 없었다. 점심때가 지나서는 정거장 대합실에서 한 사람을 만났다. 이 어쩌다 한 사람의 낯익은 얼굴이란 아침에 배를 타려고 행렬에 끼어섰을 때 송빈이더러 "이리 나와" 하던 형사였다.

송빈이는 그의 앞으로 가 모자를 벗었다.

"오 오마에까!⁵⁶ 왜 아침 배에 못 떠났어?"

하고, 다 알고 있다는 듯이 샛노란 웃수염을 찡긋해 조소를 보인다.

"저어……."

"무엇하러 가는 거야?"

"공부 갑니다."

"공부?"

"제가 아침엔 누군지 몰라 뵙구…… 잘못했습니다."

"동경 유학 가는 사람들은 대개가 건방지단 말야!"

"잘못했습니다."

"돈나 에라이 히도데모 이찌도와 민나 보꾸노 데니 가까루까라나!(아무리 훌륭한 사람이라도 한 번은 모두 내 손에 걸리는 거니까!)"

송빈이는 모기소리 만큼

"나리님!"

해 보았다. 그는 또 씽긋 웃었다.

---

56 '너나!'라는 뜻의 일본어.

"이담 동경서 사각몰 쓰구 나올 때두 날더러 나리님 그럴까?"

"······."

송빈이는 차마 "그러믄요" 소리까지는 나와지지 않았다.

"홍 저거 보지! 당장 궁허니까 나리님이지 도항증만 손에 받어 쥐어 보지! 그 자리서 속으룬 욕을 헐 걸? 아니 지금두 속으룬 내가 밉지?" 하고, 눈알까지 노란 것이 쏘아볼 뿐 아니라 단장 끝으로 송빈이의 배를 꾹 찌르는 것이다. 송빈이는 침 없는 목을 꿀꺽 삼키고 돌아서고 말았다.

저녁때야 송빈이는 백산상회(白山商會)를 생각해냈었다. 부산에 있는 큰 물산객주로 전에 송빈이가 있던 원산의 그 물산객주와 빈번한 거래가 있어 송빈이는 그 주인을 안다. 기억에 떠오르는 '초량(草梁)'이란 이름의 동네를 찾아가니 과연 백산상회가 그저 있을 뿐 아니라 주인도 송빈이를 알아보았다. 주인은 이내 경찰서에 전화를 걸더니 사환애를 보내어 고등계 주임의 명함을 얻어다 주는 것이었다.

이 명함은 도항증을 맡을 것도 없었다. 도항증을 보여야 할 목에서마다 도항증보다도 오히려 묻는 말이 없이 통과되었다.

배에 올라 삼등실로 내려가려는 모퉁이에서다. 그 노란 수염의 '나리님형사'와 부딪쳤다. 그는 잡담 제하고 소매를 끌었다. 송빈이도 아무 말 없이 명함을 내밀었다. 분명한 도장까지 찍힌 저희 상관의 것이라 멀쑥해지며 다른 데로 가 버렸다.

배가 떠난 후 잠이 어렴풋이 들다가야 송빈이는 은주에게서 받은 윤수 아저씨의 편지 생각을 하였다. 얼떨김에 바지 포켓에 넣은 것도 생각나지 않아서 한참이나 부스럭거리고 찾아냈다.

봉투에 쓴 영어 글씨가 서울 있을 때보다 훨씬 능숙해 보인다. 내용도 영어로만 썼는데 더러 모를 단자는 있으나 미국에 와서 먼저 알아지는 것은 미국이기보다 오히려 조선이란 말과, 현대 인류의 승리와 행복은 정신문명보다 물질문명에 있다는 말과, 구월에는 자기도 여기 대학생활이 시작될 것 같다는 사연을 더듬어 읽을 수가 있었다.

'미국을 가서 미국이 아니라 먼저 조선을 안다!'

아직 외국에 나서보지 못한 송빈이로는 이상스럽게 들리는 말이나, 생각하면 그럴 듯도 싶었다.

'나도 지금 미국처럼은 아니더라도 일본으로 가는 거다!' 배는 차츰 파도를 타기 시작한다. 큰 바다에 나선 듯하였다. 한결 같이 우릉거리는 엔진 소리는 드끄럽긴 하여도 그 억세고 힘찬 맛은 통쾌스럽기도 했다.

'거대한 기관의 소리!

현대를 운전하는 소리!

조선의 수많은 유학생들을 실어가고 실어오고 하는 소리!'

송빈이는 전에 서울 청년회관에서 여름마다 동경 유학생들의 강연과 음악을 듣던 생각이 났다. 그들이 모두 이 배를 타고 이 현해탄을 건너다녔거나! 그들에게 몸매 나는 검은 세루의 대학 교복을 주고, 그들에게 시대를 투시하는 날카로운 눈과 정열에 찬 주먹으로 연단을 치는 사상을 주는 데가 동경이거니 생각하니, 송빈이는 미국보다도 우선 동경이, 태평양보다도 우선 이 현해탄을 건너는 것만도 여간 큰 감격이 아니다.

'머얼리 백제 때는 왕인(王仁)이 문자(文字)를 가지고 이 바다를 건너갔다! 문자만이 아니라 의술(醫術), 점학(占學), 철공술(鐵工術), 미술(美術), 나중엔 조원사(造園師)까지 백제로부터 건너갔다 한다. 그런데 일본사람들은 그 답례로 무엇을 들고 이 현해탄을 건너 조선으로 나온 것인가? 임진란(壬辰亂)으로 일한합방(日韓合邦)으로 일로전쟁(日露戰爭)과 일청전쟁(日淸戰爭)으로 오직 총과 칼을 들고 내달았을 뿐이다! 이런 악한 이웃 일본에 아니, 지금은 무서운 통치자 일본에 나는 공부를 가고 있다! 오늘 우리들은 빈 머리를 가지고 과학과 사상을 거기로 담으러 가게 되었다. 슬픈, 너무나 쓰라린 역전(逆轉)이다!'

더욱 송빈이가 놀라듯 벌떡 일어난 것은,

'오! 아버지께서도 일찍이 현해탄을 건너셨더랬다!'

생각을 해낸 것이다. 낭아사끼(나가사끼)에서 양복을 입고 찍으신 사진은 그 천도연적과 함께 아직도 누이 송옥이가 맡아 가지고 있는 것이다.

'현해탄이란 우리의 모오든 역사의 바다다! 모오든 역사의 파도다!'

송빈이는 일어섰다. 이 바다, 이 현해탄이 보고 싶다. 허리가 휘우뚱한다. 비틀거리며 층계를 올라와 갑판으로 나섰다. 하늘도 바다도 어둡다. 그러나 바람은 배가 갈라제끼는 바다 속에서 나오는 것처럼 차도록 서늘하다.

'오 이게 현해탄! 역사에서 뒤떨어지는 조선을 일본만큼도 끌어올려 보려 김옥균(金玉均) 선생이 오고 가고 하던 그 뒤에는 망명으로 건너가고 마신 이 현해탄! 내 아버지께서도 이 바다를 건너오셨고, 나중엔 역시 시세에 어두운 우물 안 애국자들에게 매국노니 역적이니 하는 억울한 누명만 걸머지고, 그예 조국을 버리고 이 현해탄과 한 바다인 동해를 나서 노령지방(露領地方)으로 망명하셨던 거다! 거기서 돌아가신 서른다섯 살인 아직도 청년이시던 내 아버지! 그 애달픈 심정은 어떠하셨을까!

오! 아버지? 이 미거한 것이나마 아버지의 뜻을 이으오리다! 선각자들의 수난에 보답하오리다! 김옥균 선생 같은 이를, 아버지 같은 이를 매국노라, 역적이라 몰아붙이던 그 완매한 보수주의자들, 지금도 민철이 할아버지 따위, 원섭이 할아버지 따위가 조선엔 득실득실 차 있습니다. 그들은 지금 하나같이 남작이니 후작이니 작위(爵位)를 받아먹고 민족은 도탄에 들어 있어도 저자들만은 세도를 부리며 호의호식을 하고 있습니다. 누가 정말 민족의 역적이며 누가 정말 나라를 팔아먹은 자들입니까? 아버지? 이 배에도 지금 조선청년이 많이 탔습니다. 그 속에는 매국노들의 자식으로 일본 관립학교나 졸업하고 제 할애비 제 애비의 세도나 물려 가지려는 얼빠진 자식들도 있을 겁니다만, 아직도 김옥균 선생이나 아버지께서 일본에 조국을 팔기 위해서가 아니라 일본의 유신을 본받으러 가셨듯이, 일본에 협력하기 위해서가 아니라 이 앞으로 일본과 투쟁하여 조선을 찾을 그런 준비로 학문과 사상을 배우러 가는 진정한 애국청년들이 더러는 있을 겁니다! 영혼이 계시다면 이들의 앞길을 인도해 주옵소서.'

써늘하게 식은 송빈이의 뺨 위에는 뜨거운 눈물이 흘러내렸다. 오늘 자기의 외로움, 오늘 자기의 가난함이 일찍 그런 아버지가 이 현해탄을 건너신데 원인한 것이라 생각하면 송빈이는 이미 당해온 고생이 도리어 명예스러웠고, 이 앞으로 당할 고생에 더욱 용기가 솟는 것이었다.

배는 솟는 파도면 가르고, 잦는 파도면 미끄럼치듯 넘으면서 한결같은 속력으로 내닫는다. 송빈은 머얼리 바다 끝에 새벽하늘이 트이기 시작할 때까지 밝는 날부터의 새 운명을 향해 그냥 서 있었다.

(단행본 끝)

『사상의 월야』, 을유문화사, 1946.11

12. 『매일신보(每日申報)』, 6.26~7.5(9회분)[57]

'멀-리 백제 때는 왕인(王仁)이 문자(文字)를 가지고 이 바다를 건너갔다! 오늘 우리들은 비인 머리를 가지고 과학과 사상을 거기로 담으러 가게 되었다!'

더욱 송빈이가 놀라듯 벌떡 일어난 것은,

'오! 아버지께서도 이 현해탄을 건너셨드랬다!'

생각을 해낸 것이다. '낭아사끼'에서 양복을 입고 찍으신 사진은 그 천도연적과 함께 아직도 누이 송옥이가 맡아가지고 있는 것이었다.

'현해탄이란 우리의 모오든 역사의 바다다! 모든 역사의 파도다!'

송빈이는 일어섰다. 바다가, 현해탄이 보고 싶어졌다. 허리가 휘우뚱한다. 비틀거리며 층계를 올라와 보았으나 갑판으로 나가는 문은 잠겨 있었다.

밝는 날 새벽 이 갑판 문이 열리자 송빈이는 누구보다도 먼저 뛰어나왔다. 솔이 새파란 섬이 벌서 보였다. 바다는 한결 잔잔해졌다. 조선 쪽으로 돌아서 보았다. 망망한 수평선뿐이다. 이등실 쪽 갑판에도 벌서 여러 사람이 나와 있었다. 모두 즐거운 얼굴이다. 송빈이는 처음 듣는 무슨 '아이다사 미다사'니 '데루니 데라레누 강오노도리'니 하는 노래를 열심으로 부르는 여자들도 잇다. 푸른 물결에 닿을 듯이 석별에 가지 늘어진 소나무들, 차츰 가까워지는 문사(門司), 하관(下關) 일대의

---

57 여기서부터는 『매일신보』에 실린 연재본의 내용이다. 단행본은 연재본의 뒷부분을 잘라냈는데, 잘라내고 마무리한 부분에 큰 차이가 있어 약간의 중복에도 불구하고 연재본의 내용을 이어서 수록한다.

수목 울창한 육산들의 부드러운 곡선들. '마루미게'에 당홍 속옷자락을 해풍에 풍기며 센치한 노래를 부르는 여자들을 보며 보아 그런지 무슨 유원지역(遊園地域)에 들어서는 것 가튼 다감다정한 풍물이었다.

이윽고 현관부두에 배가 닿았다. 부두에 발을 내려놓기가 바쁘게 송빈이는 또 형사에게 은근히 소매를 끌리었다. 부산서보다는 말씨부터 좀 나엇으나 취체는 취체였다.

하관에서부터 벌서 이상스럽게 눈에 띄기 시작하는 것은 흰 옷이다. 송빈이는 선뜩 윤주 아저씨의 말이 생각났다.

저게 조선옷이었나! 하리만치 처음처럼 조선옷부터가 새삼스럽게 보였다. 차에서 배에서 석탄연기에 끌고 꾸기고 말리고 한 베 것 모시 것들은 흰 옷이 흰 옷다운 면목이라고는 옷고름 하나가 제대로 없었다.

'우선 기차와 기선생활을 못할 옷이다! 현대인의 옷일 수 없다!'

송빈이는 흰옷들을 보는 것이 민망스러워졌다. 더욱 동경 행 기차에 올라서는 대판까지 십여 시간은 송빈이는 이처럼 괴로운 기차를 타보기는 생후 처음이다. 찻간이 조선서보다 좁아서가 아니었다. 모두 꺼리는 눈치여서 자기와 한자리에 안게 한 경상도 사투리의 노파 한 분 때문이었다. 귀는 어둡고 워낙 거센 말투인 데다가 정은 많아 묻지 않은 자기 사정을 이야기했고, 나중엔 송빈이의 고향, 부모, 혼인여부까지 물었다. 주위에서들은 뜻은 모르고 소리만 들으니까 더 우스운 듯하였다.

동경의 달밤들

그는 대판에 큰 아들이 잇고, 구주(九州) 어디에 작은아들이 있어 작은아들한테 다녀가는 길이라 하였다. 다른 옷도 그렇겠지만 조선옷처럼 바느질이 서투르면 보기 어색한 옷은 없을 것 같다. 이 경상도할머니의 적삼은 흰 나사를 검정실로 재봉틀에 박은 것인데 마고자처럼 긴 데다가 차표 같은 것을 넣으라고 그래도 그 며느님이 특히 생각하고 달아 드렸겠지만 안섶에 커다란 주머니가 붙었는데, 쌈지 모양으로 바닥은 넓고 아가리는 좁다. 속의 것이 혹시라도 빠져나올까봐 의사를 낸 것이었다.

옆에서들 모두 이 궁극스런 착상(着想)에 "나루호도! 나루호도!" 하면서들 웃었다. 차안은 몹시 더웠다. 얼굴이 송빈이보다도 더 이글이글한 이 할머니는 물을 자주 마셨다.

"물 한 모금에 오 전씩이나 주고 사묵어 우짤라꼬!"

하고 손 씻는 데로 가서 마시곤 하였는데, 벤또를 사 자시고는 그 나무 벤또 그릇으로 물을 철철 넘게 담아가지고 비칠거리며 날라 오는 것이었다. 좌우에 앉은 흰 구두들이 맞게 되지 않을 리가 없다. 맞게 되는 다비와 구두의 주인들은 찡그렸고 다른 사람들은 구경거리로 웃었다. 이렇게 체면을 돌보지 않고 떠오는 물은 자기 옆에 앉은 유일한 말동무 송빈이를 주기 위해서였다.

"어서 묵어라. 다 샛부릴라(새 버릴라)!"

하고 송빈이에게 들이미는 것이었다. 송빈이는 그 노인이 입을 대이고 자시던 벤또 그릇에 제 입을 가져가기도 싫었거니와 옆에서들 구경꺼리로 여기는 판이라 마실 용기가 나지 않았다. 노인도 송빈이의 꺼리는 눈치를 챘는지 자기도 한번 눈 주위를 휙 둘러보더니,

"저 사람들 얄궂은 거야 우에 다 말하노!"

하면서 부득부득 입에 갖다 댄다. 송빈이는 할 수 없이 약 먹듯 한 모금 마시고 옷자락을 털었다.

노인은 벤또 그릇을 자리 밑에 넣으며 알아듣는 사람은 송빈이 하나뿐인데 역시 차안엣 사람 전체에 하듯 큰 목소리로 이런 말을 했다.

"세상에 눈치코치 다 보고 살라캐서야 여개 오는 기 불찰이지! 가진 체 잘난 체 우리가 무슨 소용고!"

송빈이는 서슬 푸른 쟁기에나 부딪힌 듯 이마가 섬뜩했다.

'물론 남의 눈치나 보고 살 건 아니다. 그렇지만 남이야 욕을 하던 침을 뱉든 내 실속이 제일이다 하는 것은 사람의 최후의 동물적인 욕망이 아니고 무언가?'

송빈이는 이 할머니가 미워졌다. 인정 구수한 할머니가 은근히 정은 들면서도 바라볼수록 울분의 대상이 되었다. 더구나 '신호(神戸)'를 지나면서는 전날 아버지를 생각하고 더욱 그랬다.

노인은 대판에서 내렸다. 그의 나사적삼을 쌈지주머니를 붙여 검정실로 박아드린 며느님인 듯 역시 본새 없는 조선적삼과 치마를 두른 젊은 아낙네가 하나 나타나 보따리를 받으며 앞장을 서 들어갔다.

이 노인이 없어지자 송빈이는 퍽 홀가분함을 느꼈다. 차는 여기서도 밤새도록이나 가 이튿날 아침에야 횡빈을 지났다. 불탄 자리 벽돌집이 무너진 자리, 진재의 자취는 처참한 채 그냥 버려져 있었다. 이런 초토의 거리거리가 한 시간쯤 지나 모서리는 떨어지고 벽은 금이 났으나마

우뚝우뚝한 고층 건축의 밀집지구가 닥치더니 동경역이었다. 신문에서 사진을 본 기억이 잇는 굉장히 긴 동경역이었다.

송빈이는 정거장을 나서니 막연하였다. 주머니 돈이라고는 톡톡 털어 일 원 육십 전이었다. 마주 보이는 제일 큰 건물의 층수를 한 번 세어보고는 다시 대합실로 들어와 우선 세면소를 찾아 세수를 하였다. 식당에 가 미소시루의 조반을 사먹고 고리짝은 찾는 데야 짐만 될 것이니까, 그냥 정거장을 나와 버렸다. 날씨는 아침부터 몹시 무더웠다.

송빈이는 일비곡공원(日比谷公園)에서 이틀 밤을 잤다. 그리고 사흘 만에 '가구라사끼' 근처에 있는 어떤 신문점(新聞店)에 들었다. 지나가다 요행히 배달부 한 명을 급히 쓴다는 광고를 발견했던 것이다.

여기 신문은 서울처럼 신문사에서 직접 배달하는 것이 아니라, 어떤 신문이든지 한데 맡아다 파는 신문판매점이 따로 있었다. 그래서 배달부는 여러 가지 신문을 한꺼번에 돌려야 되는데 송빈이가 맡은 삼백 부가량 나가는 구역에도 『동경조일(東京朝日)』, 『시사신문(時事新聞)』, 『이야꼬(都)』, 『야마토(やまと)』, 『니로꾸(二六)』 등 다섯 가지의 신문이었다. 한 구역 안에서 어떤 집은 조일, 어떤 집은 야마토, 또 어떤 집은 어느 것의 석간(夕刊)만, 어떤 집은 어느 것의 조간(朝刊)만, 그리고 또 어떤 집은 어느 것과 어느 것 두 가지씩 이렇게 복잡하니까 배달부가 갈릴 때마다 여간 두통거리가 아니었다. 송빈이는 조석으로 사흘 여섯 차례를 쫓아다니고야 겨우 혼자 돌릴 수가 있었다. 월급은 십팔 원, 밥과 잠은 신문점에서 맡아주고 한 달에 십이 원씩을 제한다고 하니 잘해야 오륙 원이 떨어지는 벌이였다.

밥이 적고 간이 안 맞았지만 먹는 것보다는 잠이 더 걱정이었다. 이층

팔조 방에서 여섯 배달부가 몰려 자는데 어떤 사람은 이부자리도 없을 뿐 아니라 저마다 있다 쳐도 따로 잘 자리가 없었다. 송빈이의 새 이부자리는 공동이부자리가 되어버렸다. 아무튼 눕기만 하면 잠은 쏟아지는데 겨우 잠이 될 만하면 발길에 채이는 것이다. 벌떡 고개를 들어보면 오래 바깥에선 조간을 날러온 신문사 화물자동차나 자동차 전차의 트르륵 소리가 요란하고 있었다. 시계는 누가 금세 서너 시간이나 돌려놓은 것처럼 어느덧 두 점 반에서 세 시 사이에 가 잇는 것이었다. 눈꺼풀이 찰떡인 것을 억지로 부비면 눈알은 모래가 든 것 같았다. 보이지 않는 신문을 기계적으로 접다가 꼬덕 졸아버리면 그만 첫 장부터 수효를 다시 세어 봐야 한다. 꾸물거리면 주인이 "빠가!" 소리를 지른다.

'핫비'를 입고 신문을 메고 비는 자주 와 마를 새가 별로 없는 '지까다비'에 발을 넣고 끌목에 나서면 그제야 아침바람에 이마가 식으며 정신이 돌기 시작하는 것이다.

처음 골목에 들어서면 신문과 우유배달부뿐이다가 한 시간쯤 지나 다섯 시가 가까워 오면 벌써 '낭아야'에서 들은 멀리 있는 공장에 일 갈 남편을 위해 아내들은 나와 조반을 짓기 시작하는 것이다. 그네들은 쌀을 씻다 말고, 불을 피우다 말고, 신문을 받으며 으레 "오하요" 아니면 "고꾸로사마" 하고 인사를 해 주었다. 여기 여자들은 퍽 친절한 것, 구차한 노동자들도 신문 한 가지씩은 으레 보는 것, 호화롭기만 한 것 가튼 동경도 그 근처에는 수많은 근로대중이 날이 밝기 전부터 동원되며 있는 것, 송빈이는 신문을 돌려보기 때문에 실지로 보고 깨달은 것이었다.

저녁신문을 돌릴 때는 또 한 가지 다른 세계가 눈에 띄었다. 남자들이 공장에 가 벌이를 한다고 여자들은 집에서 남편이나 아들의 월급봉지만 바라고 그냥 앉았지 않았다. 무슨 인쇄물을 맡아다 접기, 무슨 종이갑을 맡아다 붙이기, 부자이기 전에는 내직(內職) 없는 집이 별로 없었다. 송빈이가 놀란 것은 서울서 아니 철원서 원산서와 평안도 순천에서까지 보고 저 자신까지 쓰고 하던 그 비누갑과 그 치약갑과 약봉지들이 바로 여기서 붙여지는 것이었다.

'아 생산이란 이처럼 중대한 거로구나!'

'상품이란 이처럼 중대한 거로구나!'

하고 깊이 생각하지 않을 수 없었다.

송빈이는 저녁을 먹으면 틈 있는 대로 가끔 '간다'로 나려가서 책사 구경을 하였다. 진재에 대부분이 타버렸다고는 하나 책사라기보다 책 곳간 같은 집들로만 한 동네를 이루어 있었다. 뽑아들면 모두 읽고 싶은 것 뿐이었다. 그러나 책을 살 돈도 없거니와 책은 한두 권 산다 치더라도 읽을 처소가 없는 것이다. 신문은 서로 경쟁하기 때문에 독자가 고정해 있지 않다. 자꾸 새 독자를 권유하러 다니기와 신문 값 걷는 것으로 낮 시간은 대부분을 써야 했고 밤이면 잠에 주려 졸리다. 남은 석 간 한 장을 다 읽지 못하고 코를 골고 마는 것이다.

송빈이가 맡은 구역 안에 벤데조(辨天町)라는 데가 있다. 꽤 지대가 높고 풍치 있는 동네인데 '동경조일'을 보는 서양사람이 한 집 있었다. 언덕 위에 살림집인 이층집이 있고 언덕 아래로 정구(테니스) 코트가 있고 코트 옆으로 살림집의 사오 배가 되는 지하실까지 사층 집인 큰 건물이 있었다. 나무로 짓고 푸른 칠을 했는데 겉에서 보면 멀쩡하나 속을 들여다보면 지진에 흔들려 벽이 군데군데 떨어지고 사개가 벌어져 있었다.

방안은 모두 '다다미'로 먼지가 뽀얗게 앉아 있었다.

'무슨 집을 이렇게 비워 두나?'

하루는 저녁신문을 넣으러 들어가는데 언덕 위의 집에서 키 크고 얼굴이 이글이글한 중노인 서양남자가 하나가 나타났다. 송빈이는

"곤니찌와."

하였더니 그도 꽤 유창한 발음으로

"곤니찌와."

하고 빙그레 웃었다. 송빈이는 좋은 기회라 여겨

"저 건물은 무슨 집인데 늘 비워둡니까?"

물었다.

"아레와 유―아이각샤데시다(저건 우애학사더랬소)."

하고 그분은 험상스러운 코나 눈보다는 딴판으로 묻는 대로 유순한 말씨로 대답해 주었다. 조도전대학(早稻田大學)[58]의 야소교 청년회 기숙사더랬는데 진재 후에 다른 데다 새로 짓고 나가서 비인 것이라 하였다.

"그럼 그냥 비어 있는 동안 저희 같은 고학생이 좀 들어 있을 수 없습니까?"

"소―다나(글쎄)."

하고 그는,

그는 송빈이를 잠깐 유심히 보았고 어디서 온 것과 나이와 어느 학교를 준비하느냐와 종교가 무어냐고 물었다. 송빈이는 종교만은 아직 정한 것이 없노라고 하였더니 앞으로 예수를 믿으라고 하면서 방은 사십여 실이나 되니 어느 층 어느 방이든 마음대로 골라 있되 전기값만

---

58 와세다대학.

매달 일 원 이내이니 내라고 하였다.

송빈이는 감사한 인사를 하고 당장에 삼층의 방 하나를 정하고 이날 저녁으로 이부자리를 옮겼다. 신문 집 주인은 어디 가 자든 신문과 끼니 때만 어기지 말라고 하였다.

지하실 일층 이층이 모두 비인 후에 삼층에도 단 한 방 홀로 불을 켜고 앉았으니 호젓하기가 산중 같았다. 어서 책상과 책을 살 것이 급해졌다. 그런데 책상이나 책보다도 더 급한 것은 시계였다. 시계라도 새로 두 시 반에는 잠을 깨워줘야 할 자명종이 급한 것이었다. 송빈이는 할 수 없이 요만을 남기고 이불을 첫날저녁으로 들고나가 잡히어 겨우 자명종 하나를 샀다. 그리고 그 후에 며칠 안 있어 첫 월급을 받아서는 그나마 '지까다비' 값까지 제하니까 사 원 각수밖에 안 남는 데서 실과를 한 상자 사서 방을 무료로 빌려준 언덕 위 서양 집에 선사를 했다. 그랬더니 그 서양 분은 그 이튿날 아침에 나려와 오늘저녁엔 자기 집에 와 저녁을 먹으라고 하였다.

송빈이는 될 수 있는 대로 신문을 빨리 돌리고 목욕을 하고 올라갔다.

"와다구시모 이마 죠—도리산노 요—니 히도리봇찌데스요(나두 지금 꼭 이 상처럼 혼자라우)."

그분은 발음은 아무래도 미어(美語)식이나 뜻은 송빈이보다도 정확한 국어[59]를 하였다. 자식들은 미국에서 공부하는 중이요, 아내와 두 딸과 사는데 그들은 며칠 전에 식모까지 데리고 '가루이사와'로 피서들을 갔다고 하며 손수 부엌에 나가 간단한 음식을 만들었다. 식탁에 마

---

59 일본어(일제강점기 연재본이라 '국어'로 표기).

주앉아 저녁을 먹으며 그는 자기의 이름을 '베닝호프'라 하였고, 그때 이미 일본에 온지 십팔 년째로 죽은 조도전대학 총장이던 대외중신(大隈重信)과는 두터운 친교가 있어 지금도 조대(早大)에서 미국정치사(米政治史)를 강의하는 한편 조대를 중심으로 기숙사 '우애학사' 이외에 예배와 성경 연구와 영어 강습과 실내 운동을 할 수 있는 '스코트홀'이란 건물을 가지고 전도 봉사를 한다고 하면서 송빈이더러

"지금 신문배달 생활을 만족하오?"

묻는 것이었다.

송빈이는 사실대로 책 살 여유도 공부할 틈도 없는 것을 말하였더니 베닝호프 씨는

"그러면서 내가 한 달에 이십 원씩을 줄 터이니 우리 집에 있어보지 않겠소?"

하는 것이다.

"댁에 저로서 할 일이 있겠습니까?"

"일이야 여러 가지가 있지요. 나도 일간 피서지로 가니까 팔 월말까지는 여기 마당과 테니스 코트에 풀이나 뽑고 있으면 되오."

"그건 너무 쉽습니다."

"그 대신 가을엔 좀 바쁜 일을 맡아야 될 것이오."

"좋습니다."

그는 송빈이 더러 일어서 기착자세를 해보라고 하였다. 거의 자기키와 맞서는 늠름한 송빈이의 어깨를 뚝뚝 뚜드리며

"굿 뽀이(좋은 청년이군!)."

"굿 뽀이!"

하였다. 그리고 무슨 책이든 한 권 사줄 터이니 '가구라사까'까지 산보를 나가자고 하였다. 송빈이는 웃어른의 좌우에 서지 않는 동양의 예의대로 그의 뒤를 따랐더니 그는 몇 번이나 송빈이가 옆에까지 오기를 기다리고 섰곤 하다가 나중에는

"유아 낫 마이 써번트(넌 내 노예가 아니다)."

하였다. 송빈이는 그의 너무나 평민적임과 함께 여태껏 자기가 묶여온 동양적인 모든 '근엄'에서 해방되는 것 같은 경쾌를 전신으로 느꼈다.

책사에 가서 송빈이는 주천백촌(廚川白村)의 『근대문학십이강(近代文學十二講)』을 골라들었다.

뒤에서 보기만 하고 섰던 베닝호프 씨는

"그렇지! 군은 문학책을 취할 것 같았어."

하였다.

"어떻게 아셨습니까?"

"내 예감이…… 예감이란 것도 역시 군에게서 받은 인상에서겠지만."

"제가 문학청년 같아 보입니까?"

"다분히."

그는 책값을 치러 주고 다시 길을 걸으며 계속해 이야기를 해 주었다.

"나는 군의 운명도 벌써 반쯤은 짐작할 수 있지!"

"어떻게요?"

"내가 첨 사귄 학생들한텐 으레 책을 사주곤 한 게 벌써 수십 명인데 그들이 사회에 나가 일하는 걸 보면 대개 자기가 첫 번 고른 책과 인연이 있단 말이야! 법률 책을 고른 사람은 변호사나 판검사가 되구, 성경을 고른 사람은 목사가 됐구, 이 군처럼 문학책을 고른 사람은 훌륭한

소설가가 된 사람도 있어……."

"그럼 저두 소설가가 될 수 있을까요?"

"그건 이 군 자신이 벌서 택한 운명인 걸!"

하고 그는 크게 웃었다. 송빈이는 가슴이 크게 뛰었다. 『부활』, 『레미
제라블』, 『그 전날 밤』들의 장면이 눈앞에 휙휙 지나갔다.

"이 군 서양소설을 읽은 것 있나?"

"네 몇 가지 읽었습니다."

"어느 걸 제일 감격했나?"

"『레미제라블』, 『부활』, 『그 전날 밤』 그중에두 『그 전날 밤』요!"

"『그 전날 밤』! 나루호도!"

"선생님께서도 다 읽어보셨어요?"

"그럼! 나두 신학을 전공했지만 문학이 좋아서 휘트먼은 외다시피
했구. 나두 시랍시구 써놓은 게 지금두 노트대루 잇지."

"왜 출판 안 하셨습니까?"

"과수원으루 갈까봐!"

"네?"

송빈이는 그 말을 못 알아들엇다.

"전에 어떤 사람이 시집을 내었더니 멧 달 후에 보니까 한 권도 없단
말이야! 다 팔린 줄만 알구 퍽 좋아했는데 한 번 여행을 갔다 어떤 과수
원에 들어갔더니 무슨 책을 수레로 실어다 놓고 찢어서 사과봉지를 만
드는데 보니까 자기 시집이더라고!"

둘이는 크게 웃었다.

"그러게 이 군은 이담에 사과나 읽을 문학은 쓰지 말란 말이야."

송빈이는 이번에는 웃지 못하였다.

사흘 뒤에 송빈이는 신문점에서 나와버렸다. 해 퍼지기 전에 한 시간쯤 풀을 뽑으면 하루 세 차례씩 십 분이면 가는 부영식당(府營食堂)에 밥 먹으러 다니는 것, 외에는 일이 없어졌다. 한가한 시간이란 책만 볼 수 있는 것도 아니었다. 편지도 여러 장을 썼지만은 그중에도 제일 쓰고 싶은 은주에게의 편지는 쓰지 못하는 만큼 생각만은 더 많이 더 자주 일어났다.

하루 밤은 역시 은주의 꿈이었는데 갑자기 격렬한 진동을 느끼며 잠을 깨었다. 집 전체가 경연을 하듯 떤다.

'오! 이게 지진이구나!'

창틀이 덜컹거리고 어느 방에선지는 철스럭 쏴 쏴 벽 떨어지는 소리도 난다. 송빈이는 날쌔게 일어는 섰으나 다리가 흔들려 꼼작할 수가 없었다. 그러는 동안 마치 바람이 지나가듯 진동은 스르르 가라앉고 마는 것이다. 창밖은 훤해 있었다. 달이었다. 송빈이는 혹시 대지진이 일어날 시초나 아닌가도 싶어 옷을 주섬주섬 집어 들고 그 삐걱 소리 요란한 층계들을 달려내려와 마당으로 나섰다. 조선에도 '지동치듯'한다는 말은 있지만 진동을 당해보기는 처음이었다. 이상한 생각이 솟았다.

'땅이라면 이 세상에서 무엇보다 믿음직한 것인데 그게 흔들리다니! 땅속엔 열이 있다고 배우긴 했지만 그 열의 힘에 흔들려 볼 줄이야!'

송빈이는 땅뿐이 아니라 세상 모든 것에 대한 미신이 깨지는 것 같았다.

'세상이란 우주란 한 물리학의 실험관이 아닌가? 저처럼 으스름달을 보고 은밀한 정서를 느낀다든가 한 아름다운 이성에게 생식조건이 정물(情物)인 사람 자신들의 극도의 주관(主觀)일 뿐 우주만물의 실체(實體)란 물리적(物理的)인 현상 그것뿐 아닐까? 저렇게 서정적인 달도 사실은 풀 한포기 없는 죽음의 빙원(氷原)이라고 하지 않는가? 애인이란 것, 연인이라는 것, 로미오와 줄리엣이나 베르테르의 롯테나가 다 감정유희로 환상화(幻像化)시킨 허깨비지 생리적성의 대상을 초월하는 무엇이 있단 말인가?

사람들은 모두 유미파(唯美派)들인가 보다. 좀 더 냉정한 건실한 생활자라도 오직 물리와 생리의 세계에서 한 나무가 살듯 한 짐승이 살듯 자족자안한 인생을 보낼 것이 아닌가?

송빈이는 싸늘하게 식던 입술이 다시 뜨거워졌다.

'그렇다! 과학이다! 사람의 동공(瞳孔)을 현미경에 비겨 너무나 불순했다! 그러면서도 동공 그 자체는 예술보다는 과학으로만 더 정확한 해석과 진찰이 되는 것이다! 과학이다! 내 완미한 머릿속에서 그렇다. 가슴속이란 것도 진부한 관념이다. 이 확실히 두뇌(頭腦) 속에서 은주를 좇아낼 것도 과학이다!'

송빈이는 달을 흘겨보았다. 차라리 개가 되어 짖어보고 싶었다. 달을 짖는 개의 눈은 공연한 눈물이 잘 고이는 사람의 눈보다 차라리 과학적이라 생각된 때문이다.

'이태백이니 소동파니 허는 주정꾼을 비롯해 우리는 너무나 너를 잘못 보아온 것이다! 달, 아니 태음(太陰) 네 정체는 적벽부(赤壁賦)에 있는 게 아니라 과학학보(科學學報)에 있는 거다! 그 우박 맞은 잿더미 같은!'

송빈이는 밤이 새도록 서늘한 정구 코트에 앉아 있고 싶었다. 그러나 모기가 물어 견딜 수가 없었다.

'모기소리를 환상적이라고 예찬한 자는 왜 없는가? 모기란 놈은 깨물기 때문이다. 만일 반딧불에서 모기소리가 나 보라. 과거의 문학들은 그 등불을 들고 피리까지 불며 오는 작은 천사라고 얼마나 호들갑을 떨었을 것인가? 모기란 놈은 물기 때문에 오직 과학적인 대우밖에는 받지 못한 것이다! 물고 해칠 때는 과학적으로 볼 줄 알면서 물고 해치지 않는 것엔 어째 과학적으로 볼 줄 모르는가? 어째 물고 해치지는 안는 거라도 과학적으로 볼 필요가 없을 것인가?

병이 나도 예전 사람들은 빌기만 했다. 지금은 과학적 관찰과 방법으로 얼마나 쉽게 정확하게 고치는가? 그러나 정신적 방면에 있어선 아직도 사람들은 빌기만 하는 시대에 떨어져 있지 않은가? 피와 살에서 균을 찾아낸 것과 마찬가지로 사람의 모든 관념 속에서도 균을 찾아내야 할 것이다!

종교란 우스운 거다! 균을 찾아내려는 과학자가 아니라, 의사가 아니라, 말로만 위로해 주는 한갓 문병객에 불과한 것 아닌가? 내가 베닝호프 선생의 권유대로 예수를 믿는다고 내 현실적인 고민, 외할머님께 대한 미안과 은주에게 대한 애착이 근절될 순 없는 것 아닌가?'

송빈이는 흐릿한 제 그림자를 코트 위에 끌고 어정거리다가 달이 넘어갈 무렵에야 방으로 올라 왔다. 지진은 다시는 느껴지지 않았다.

'과학이다! 과학적 사고(思考)라야 한다! 모든 어버이는 자식을 사랑하는 본능을 가졌다. 외할머님께서 나를 사랑하심도 자기의 딸을 사랑한 나머지였을 것이다. 그 뿐일 것이다! 오늘 나에게 효도라는 대가를 바라고 계획적으로 하신 거라면 그건 워낙이 순수한 사랑이었을 리 없는 거다! 어버이는 자식을 사랑하고 그 자식은 또 제 자식을 사랑하고,

그 뿐일 뿐 자연 물리에 따름에 죄악은 없을 것이다!

연애란 무언가? 감정유희에 불과한 것 아니고 무언가? 자연의 원칙으론 생리남성은 생리여성이 필요하고 생리여성은 생리남성을 필요한 것뿐이다. 생리적으로 여성이면 고만이다. 장은주 말고도 이 세상엔 여성의 생리체가 얼마든지 있는 것 아닌가? 물론 선택은 필요한 것이다. 난 장은주를 선택한 일이 있는가? 없다! 그것부터 틀렸다! 선택 안 하고 무얼로 최상의 것이라 믿었는가? 그것부터 비과학적이 아니었는가? 또 선택이란 표준이 있어야 할 것이다. 표준이란 뻔한 것이다. 첫째 건강할 것, 미가 있되 건강미라야 할 것, 둘째 교양 정도가 같아야 할 것, 셋째 나이가 여자는 남자보다 사오 세 떨어져야 할 것, 그리곤 무언가?

이 이상은 얼른 더 생각나지 않았다.

'그럼 은주는 첫째인 건강과 건강미가 있는가? 소위 선병질미라고 할까. 현대적인 건강미는 아니다. 교양 정도가 나와 같은가? 현재도 나보다 유치한 데다 나는 자꾸 공부하고 그는 고만두고 장래는 너무나 층하가 질 것이다. 끝으로 나이는? 나이도 이삼 세 더 아래래야 장래엔 알맞을 것이다. 그럼 한 가지도 적당치 않은 은주가 아닌가? 무엇 때문에 그리워 못 견디는 것이며 무엇 때문에 언제든지 돌아오길 기다린다는 아주 중세기적인 기사풍의 시구를 끌어다 장담한 것인가? 무비판의 정열 그것은 언제나 이성의 백주(白晝)를 암야(暗夜)로 만드는 날도깨비일 것이다!

할머님께 대한 미안도 쓸데없는 거다! 먼저 내 완성이 있고 볼 거다!

은주? 한 가지도 취할 게 없는 여자다! 다시 은주를 생각한다면 이 이송빈이는 정신병자 감성병 환자란 것밖에는 아무 것도 아니다! 은주

생각이 그래도 난다면 나는 병원으로 가는 게 옳다!'

송빈이는 밝을 녘에야 잠이 들었다. 역시 꿈이 있었고, 꿈에는 역시 은주가 보였다. 이날 아침만은 은주의 꿈에서 깨는 것이 슬프지만 않고 불쾌해 견딜 수가 없었다.

'꿈이란 맘대로 못하는 건가? 나라는 한 인간 속엔 꿈을 지배하는 다른 인간이 또 하나 들어 있단 말인가?'

그러나 송빈이는 주문(呪文)을 외이듯

'과학적이다! 과학이다! 현대인의 안신입명할 길은 오직 과학의 길이다!'

하고 소리를 질렀다.

송빈이는 문학이고 사상이고 먼저 과학이란 말이 붙은 것이라야만 읽는 경향에 빠졌다. 마침 책사마다 도서관마다 그런 책이 범람하기 시작하던 때라 송빈이는 미처 읽어내기가 바빴고, 이렇게 되고 보니 이게 새삼스럽게 중학교 교과서나 들고 앉아 중학 사 학년에나 들어갈 기분은 나지 않았다. 더욱 가을부터는 일도 늘었다. 아침이면 먼저 도쓰까에 있는 스코트홀로 가서 베닝호프 씨의 사무실을 치워야 했고, 오후에는 다시 한 번 가서 그의 한문(漢文)으로 쓸 편지봉투와 영어회화와 성경연구반의 프린트 등사를 맡아야 했다. 그러면서도 신문배달보다는 훨씬 편하였으나 도저히 온전한 학교에 다닐 시간여유나 물질여유는 없었다.

'졸업장이나 무슨 학사나 그따윈 내게 허영이다! 그들이 배우는 강의(講義)들은 반에서 필기하는 것보다 더 정확하게 인쇄된 게 얼마든지 있다. 그들이 사년씩이나 비싼 수업료를 내고 그 창창한 시일을 들여 배우는 걸 난 일 년 동안이면 죄다 읽어낼 수 있는 거다! 내가 필요한

학문을 시간과 물질에 가장 경제적이게 머릿속에 흡수하면 고만이다!'

그러나 송빈이는 베닝호프 씨의 주선으로 이듬해 봄에 조대(早大) 전문부 정경과(政經科)에 입학하였다.

베닝호프 씨는 여러 고학생을 도와주고 있었다. 스코트홀 전체의 소제를 맡은 북해도서 온 학생도 있고, 자기 집 부엌일을 돕는 중국학생도 하나 있고, 새로 지은 우애학사에도 물 긷는 것, 밥 짓는 것, 소제하는 것, 빨래하는 것 모두 고학생들을 이용하였다. 이 고학생들은 거의가 송빈이처럼 조대의 전문부들이었다. 그런데 베닝호프 씨는 그 여러 고학생 중에 송빈이를 특히 자기 가까이 있게 하며 귀애하는 것 같았다.

"저는 사각모에의 허영은 없습니다. 나 읽고 싶은 책을 읽을 수 있으면 고만입니다."

하는 송빈이에게

"아니 나는 이 군에게 꼭 와세다의 제복을 입혀보고 싶은데!"

하고 제복과 수업료와 교과서 값을 사십여 원이나 월급 이외에 그냥 물어 주었고 송빈이가 전문부일망정 조대의 제복을 입는 날 그는 자기 아들이나처럼 기뻐했다. 자기 사진기로 사진을 찍어 주었고, 자기 부인과 함께 자기 집에서 송빈이의 장래를 축복하는 저녁까지 내었다. 그는 또 송빈이와 틈만 있으면 이야기하기를 좋아하였다. 그는 조선에는 와본 적도 없거니와 들은 이야기도 금강산밖에는 없었다. 심지어 조선에도 글자가 있느냐고까지 묻는 정도였다. 더욱

"나는 이 군만은 첫인상부터 좋으나 조선청년들에겐 대체로 호감을 못 갖는다."

하였다.

"조선청년을 어디서 많이 보셨습니까? 또 무엇 때문입니까?"

"조선청년들이 우리 스코트 홀 강당이 세가 싼 바람에 가끔 그들의 집회를 여기서 열었었는데 보면 대체로 평화적이 아니다. 조선학생들은 연단에 올라가면 공연히 싸우듯 큰소리를 내고 연단을 부시듯 차고 발로 구르기까지 하다가 결국은 싸움도 벌어진다. 그뿐인가, 으레 걸상이 한둘씩은 부서진다. 구두들은 도무지 털지도 않는지 강당 안은 흙투성이가 된다. 마당에 나와서도 담배 피던 것을 불도 끄지 않고 사방에 함부로 던진다. 가래침을 여기저기 뱉는다. 작년 봄부터는 될 수 있는 대로 강당을 빌리지 않기로 하고 있다."

송빈이는 몹시 흥분하였다. 대뜸

"선생께서 관찰이 그다지 단순하신 덴 놀랄밖에 없습니다."

하였다. 베닝호프 씨도 얼굴이 좀 붉어진다.

"내 관찰이 단순하다고?"

"외람합니다만 저희들로 볼 땐 퍽 단순하십니다."

"호! 그럴까?"

하고 그는 얼굴은 더욱 붉어지나 속을 능그노라고[60] 억지로 웃음을 짓는다.

"이상이란 것보다 너무 악의의 관찰이십니다."

"아니 내가 거짓말을 허는 줄 아나?"

"사실인 줄은 압니다. 그러나 선생께선 한 사실을 보시기만 했지 생각은 안 하셨단 겁니다."

---

60 누르느라고.

"내가 생각까지 할 의무가 있을까?"

"선생께서 진정한 크리스천이시라면!"

"호!"

하고 그는 또 쓴웃음을 지엇다.

"아무튼 저는 유학생들 회합에 아직 참석 못 했습니다. 못 해보고 억지로 변호하려는 건 제 편협한 감정일 게니까 이담 제 눈으로 한 번 보고 다시 말씀드리겠습니다."

"그럼 이 군도 그네들 집회에 다니겠단 말이오?"

"물론입니다."

"한 멤버가 되구?"

"같은 유학생이란 게 벌서 한 멤버인 줄 압니다."

"글쎄…… 그렇지만."

하고 베닝호프 씨가 죽 난색을 보인다.

그 후 며칠 안 있어서 스코트 홀 회계가 베닝호프 씨의 방으로 들어오더니

"조선학생들이 또 와서 강당을 빌리라고 합니다. 참 귀찮습니다."

한다. 송빈은 등사를 찍다 말고 귀가 번쩍 뜨여 베닝호프 씨의 입을 초조하게 쳐다보았다.

"왜 그들은 우리 스코트 홀만 다닐까?"

"여기 아님 본양(本鄕) 불교청년회관이더랬는데 불교청년회관은 개축 중(改築中)이어서 금년 안에 쓸 수가 없답니다."

"그래두 다신 그네들헌텐 안 빌리기로 작정한 것이니까."

하고 베닝호프 씨는 타이프라이터만 계속하였다. 회계가 그만 나가 버

리는 것을 보고 송빈은 손에 등사잉크를 닦으며 베닝호프 씨의 앞으로
갔다.

"선생님?"

"뭐요?"

"강당을 빌려 주십시오."

"그건 이 군이 간섭헐 문제가 아닌데?"

"간섭이 아니라 그들 중의 한 사람으로 선생님께 간청입니다."

"청?"

"네! 그들이 떨어뜨리는 흙, 담배꽁초, 가래침, 모두 제가 맡아 치우
겠습니다."

"흥!"

하고 베닝호프 씨는 역시 만족치 않은 웃음이더니

"그런 거야 이 군이 책임을 질 수 있겠지. 그렇지만 말썽이나 생길 삐
라 같은 걸 뿌려두 이 군이 책임을 질 수 있을까?"

하고 안 될 말이라는 듯이 고개를 젓는 것이다.

"거야 주최사 집회계를 낸 책임자가 있을 것 아닙니까?"

"좌우간 스코트 홀로선 우리 사업이 아닌 걸 가지고 관내관청에 폐
를 끼쳐서 안 되니까…… 그것보다두 난……."

하면서 회전의자를 빙그르 돌려 앉으며 어조를 고친다.

"이 군?"

"네?"

"이 군이 와세다 전문부를 마치면 내 미국에 보내주지."

"저를요?"

"그럼! 이 군은 체격이 좋다구 내 아내두 칭찬을 허는데 체육에 취미가 업나?"

"체육요?"

"미국 가 체육을 연구허구 와 여기 체육부를 맡아가지구 우리와 함께 스코트 홀 사업을 해 줬으면 좋겠는데."

"동경서요?"

"암!"

"그리구 여기 있는 동안은 아무런 단체에두 들지 말구 유학생회에두 참가말구 예수만 진실히 믿구?"

송빈이는 고개를 떨구었으나 오래 생각할 것도 없는 일이었다.

"감사합니다. 절 그러케까지 유망히 봐 주시는 덴 감사합니다. 그러나 유감입니다만 지금 말씀하신 모든 게 제 자신에겐 무의미합니다."

"무의미!"

베닝호프 씨는 붉은 눈알이 솟으며 두 손을 두 바지 포켓에 찌르며 일어섰다.

"그런 계획으로 절 도와주신 거라면 이미 바든 은혜만 해두 저로선 갚을 길이 없는 부채올시다. 더 적당한 사람을 골라 이 자리에 쓰시기 바랍니다."

이리하여 송빈은 다시 앞길이 막연하나 이날저녁으로 스코트 홀에서 나와 버리고 말았다.

근고

이 소설에 나오는 시대가 대단 복잡했었고 이야기가 사실을 존중했

던만치 주인공의 이 앞으로의 모든 것은 좀 더 신중히 생각할 여유가 필요하게 되었습니다. 독자와 신문사에 미안합니다만 우선 상편으로 쉬겠습니다.

작자

해방 전후

한 작가의 수기

해방 전후
한 작가의 수기

호출장(呼出狀)이란 것이 너무 자극적이어서 시달서(示達書)라 이름을 바꾸었다고는 하나, 무슨 이름의 쪽지이든, 그 긴치 않은 심부름이란 듯이 파출소 순사가 거만하게 던지고 간, 본서(本署)에의 출두 명령은 한결같이 불쾌한 것이었다. 현(玄) 자신보다도 먼저 얼굴빛이 달라지는 아내에게는 으레 심상한 체하면서도 속으로는 정도 이상 불안스러워 오라는 것이 내일 아침이지만 이 길로 가 진작 때우고 싶은 것이, 그래서 이날은 아무 일도 손에 잡히지 않고, 밥맛이 없고, 설치는 밤잠에 꿈자리조차 뒤숭숭한 것이 소심한 편인 현으로는 '호출장' 때나 '시달서' 때나 마찬가지곤 했다.

현은 무슨 사상가도, 주의자도, 무슨 전과자(前科者)도 아니었다. 시골 청년들이 어떤 사건으로 잡혀서 가택 수색을 당할 때, 그의 저서(著書)가 한두 가지 나온다든지, 편지 왕래한 것이 한두 장 불거진다든지, 서울 가서 누구를 만나 보았느냐는 심문에 현의 이름이 끌려든다든지 해서, 청년들에게 제법 무슨 사상지도나 하고 있지 않나 하는 혐의로 가끔 오너라 가너라 하기 시작한 것이 인젠 저들의 수첩에 준요시찰인 (準要視察人) 정도로는 오른 모양인데, 구금(拘禁)을 할 정도라면 당장 데려갈 것이지 호출장이니 시달서니가 아닐 것은 짐작하면서도 번번이 불안스러웠고 더욱 이번에는 은근히 마음 쓰이는 것이 없지도 않았다.

일반지원병제도(一般志願兵制度)와 학생 특별지원병제도 때문에 뜻 아닌 죽음이기보다, 뜻 아닌 살인, 살인이라도 내 민족에게 유일한 희망을 주고 있는 중국이나 영미나 소련의 우군(友軍)을 죽여야 하는 그리고 내 몸이 죽되 원수 일본을 위하는 죽음이 되어야 하는, 이 모순된 번민으로 행여나 무슨 해결을 얻을까 해서 더듬고 더듬다가는 한낱 소설가인 현을 찾아와 준 청년도 한둘이 아니었다. 현은 하루 이틀 동안에 극도의 신경쇠약이 된 청년도 보았고 다녀간 지 한 주일 뒤에 자살하는 유서를 보내 온 청년도 있었다. 이런 심각한 민족의 번민을 현은 제 몸만이 학병 자신이 아니라 해서 혼자 뒷날을 사려해 가며 같은 불행한 형제로서의 울분을 절제할 수는 없었다. 때로는 전혀 초면들이라 저 사람이 내 속을 떠보려는 밀정이나 아닌가 의심하면서도, 그런 의심부터가 용서될 수 없다는 자책으로 현은 아무리 낯선 청년에게라도 일러주고 싶은 말은 한마디도 굽히거나 남긴 적이 없는 흥분이곤 했다. 그들을 보내고 고요한 서재에서 아직도 상기된 현의 얼굴은 그예 무슨 일을 저지르고 만 불안이었고 이왕 불안일 바엔, 이왕 저지르는 바엔 이 한 걸음 한 걸음 절박해 오는 민족의 최후에 있어 좀 더 보람 있는 저지름을 하고 싶은 충동도 없지 않았으나 그 자신 아무런 준비도 없었고 너무나 오랜 동안 굳어 버린 성격의 껍데기는 여간 힘으로는 제 자신이 깨트리고 솟아날 수가 없었다. 그의 최근작인 어느 단편 끝에서,

"한 사조(思潮)의 밑에 잠겨 사는 것도 한 물 밑에 사는 넋일 것이다. 상전벽해(桑田碧海)라 일러는 오나 모든 게 따로 대세의 운행이 있을 뿐 처음부터 자갈을 날라 메우듯 할 수는 없을 것이다."

라고 한 구절을 되뇌면서 자기를 헐가로 규정해 버리는 쓴웃음을 지

을 뿐이었다.

"당신은 며칠 안 남았다고 하지만 특공댄(特攻隊)지 정신댄(挺身隊)지고 악지 센 것들이 끝까지 일인일함(一人一艦)으로 뻗댄다면 아무리 물자 많은 미국이라도 일본 병정 수효만치야 군함을 만들 수 없을 거요. 일본이 망하기란 하늘에 별 따기 같은 걸 기다리나 보오!"

현의 아내는 이날도 보송보송해 잠들지 못하는 남편더러 집을 팔고 시골로 가자하였다. 시골 중에도 관청에서 동뜬 두메로 들어가 자농(自農)이라도 하면서 하루라도 마음 편하고 배불리 살다 죽자 하였다. 그런 생각은 아내가 꼬드기기 전에 현도 미리부터 궁리하던 것이나, 지금 외국으로는 나갈 수 없고 어디고 일본 하늘 밑인 바에야 그야말로 민불견리(民不見吏), 야불구폐(夜不狗吠)의 요순(堯舜) 때 농촌이 어느 구석에 남아 있을 것인가? 그런 도원경(桃源境)이 없다 해서 언제까지나 서울서 견딜 수 있느냐 하면 그런 것도 아니고 소위 시국물(時局物)이나 일문(日文)에의 전향이라면 차라리 붓을 꺾어 버리려는 현으로는 이미 생계(生計)에 꿀리는 지 오래며 앞으로 쳐다볼 것은 집밖에 없는데 집을 건드릴 바에는 곶감 꼬치로 없애기보다 시골로 가 다만 몇 마지기라도 땅을 잡아야 한다는 것이 상책이긴 하다. 그러나 성격의 껍데기를 깨치기처럼 생활의 껍데기를 갈아 본다는 것도 그리 쉬운 일이 아니었다.

"좀 더 정세를 봅시다."

이것이 가족들에게 무능하다는 공격을 일 년이나 두고 받아 오는 현의 태도였다.

*

동대문서 고등계의 현의 담임인 쓰루다 형사는 과히 인상이 험한 사나이는 아니다. 저희 주임만 없으면 먼저 조선말로 '별일은 없습니다만 또 오시래 미안합니다'쯤 인사도 하곤 하는데 이날은 뒷박이마에 옴팡눈인 주임이 딱 뻗치고 앉아 있어 쓰루다까지도 현의 한참씩이나 수그리는 인사는 본 체 안하고 눈짓으로 옆에 놓인 의자만 가리키었다.

　　현은 모자가 아직 그들과 같은 국방모(國防帽) 아님을 민망히 주무르면서 단정히 앉았다. 형사는 무엇 쓰던 것을 한참만에야 끝내더니 요즘 무엇을 하느냐 물었다. 별로 하는 일이 없노라 하니 무엇을 할 작정이냐 따진다. '글쎄요' 하고 없는 정을 있는 듯이 웃어 보이니 그는 힐끗 저의 주임을 돌아보았다. 주임은 무엇인지 서류에 도장 찍기에 골독해 있다. 형사는 그제야 무슨 뚜껑 있는 서류를 끄집어내어 뚜껑으로 가리고 저만 들여다보면서 이렇게 물었다.

　　"시국을 위해 왜 아무것도 안 하십니까?"

　　"나 같은 사람이 무슨 힘이 있습니까?"

　　"그러지 말구 뭘 좀 허십시오. 사실인즉 도 경찰부에서 현 선생 같으신 몇 분에게 시국에 협력하는 무슨 일 한 것이 있는가? 또 하면서 있는가? 장차 어떤 방면으로 시국 협력에 가능성이 있는가? 생활비가 어디서 나오는가? 이런 걸 조사해 올리란 긴급 지시가 온 겁니다."

　　"글쎄올시다."

하고 현은 더욱 민망해 쓰루다의 얼굴만 쳐다보는 수밖에 없었다.

　　"그래두 뭘 허신다구 보고가 돼야 좋을 걸요? 그 허기 쉬운 창씬 왜 안 허시나요?"

　　수속이 힘들어 못 하는 줄로 딱해하는 쓰루다에게 현은 역시 이것에 관해서도 대답할 말이 없었다.

"우리 따위 하층 경관이야 뭘 알겠습니까만, 인전 누구 한 사람 방관적 태도는 용서되지 않을 겁니다."

"잘 보신 말씀입니다."

현은 우선 이번의 호출도 그 강압 관념에서 불안해하던 구금이 아닌 것만 다행히 알면서 우물쭈물하던 끝에,

"그렇지 않아도 쉬 뭘 한 가지 해보려던 참입니다. 좋도록 보고해 주십시오."

하고 물러나왔고 나오는 길로 그는 어느 출판사로 갔다. 그 출판사의 주문이기보다 그곳 주간(主幹)을 통해 나온 경무국(警務局)의 지시라는, 그뿐만 아니라 문인 시국강연회 때 혼자 조선말로 했고 그나마 마지못해 춘향전 한 구절만 읽은 것이 군(軍)에서 말썽이 되니 이것으로라도 얼른 한 가지 성의를 보여야 좋으리라는 대동아전기(大東亞戰記)의 번역을 현은 더 망설이지 못하고 맡은 것이다.

심란한 남편의 심정을 동정해 아내는 어느 날보다도 정성들여 깨끗이 치운 서재에 일본 신문의 기리누키(오려낸 것)를 한 뭉텅이 쏟아 놓을 때, 현은 일찍 자기 서재에서 이처럼 지저분함을 느껴 본 적이 없었다.

'철 알기 시작하면서부터 굴욕만으로 살아온 인생 사십, 사랑의 열락도 청춘의 영광도 예술의 명예도 우리에겐 없었다. 일본의 패전기라면 몰라 일본에 유리한 전기(戰記)를 내 손으로 주무르는 건 무엇 때문인가?'

현은 정말 살고 싶었다. 살고 싶다기보다 살아 견디어 내고 싶었다. 조국의 적일 뿐 아니라 인류의 적이요 문화의 적인 나치스의 타도를 오직 사회주의에 기대하던 독일의 한 시인은 몰로토프가 히틀러와 악수

를 하고 독소중립조약(獨蘇中立條約)이 성립되는 것을 보고는 그만 단순한 생각에 절망하고 자살하였다 한다.

'그 시인의 판단은 경솔하였던 것이다. 지금 독소는 싸우며 있지 않은가? 미·영·중(美英中)도 일본과 싸우며 있다. 연합군의 승리를 믿자! 정의와 역사의 법칙을 믿자! 정의와 역사의 법칙이 인류를 배반한다면 그때는 절망하여도 늦지 않을 것이다!'

*

현은 집을 팔지는 않았다. 구라파에서 제이전선이 아직 전개되지 않았고 태평양에서 일본군이 아직 라바울을 지킨다고는 하나 멀어야 이삼 년이겠지 하는 심산으로 집을 최대한도로 잡혀만 가지고 서울을 떠난 것이다. 그곳 공의(公醫)를 아는 것이 발연으로 강원도 어느 산읍이었다. 철도에서 팔십 리를 버스로 들어오는 곳이요, 예전엔 현감(縣監)이 있던 곳이나 지금은 면소와 주재소뿐의 한적한 구읍이다. 어느 시골서나 공의는 관리들과 무관하니 무엇보다 그 덕으로 징용이나 면할까 함이요, 다음으로 잡곡의 소산지니 식량 해결을 위해서요, 그리고는 가까이 임진강 상류가 있어 낚시질로 세월을 기다릴 수 있음도 현이 그곳을 택한 이유의 하나였다.

그러나 와서 실정에 부딪쳐 보니 이 세 가지는 하나도 탐탁한 것은 아니었다. 면사무소엔 상장(賞狀)이 십여 개나 걸려 있는 모범 면장으로 나라에선 상을 타나, 백성에겐 그만치 원망을 사는 이 시대의 모순을 이 면장이라고 예외일 리 없어 성미가 강직해 바른말을 잘 쏘는 공의와는 사이가 일찍부터 틀린데다가, 공의는 육 개월이나 장기간 강습으로 이내 서울 가버리고 말았으니 징용 면할 길이 보장되지 못했고 그 외에 아는 사람이라고는 공의의 소개로 처음 지면한 향교 직원(鄕校直員)으로 있는 분인데 일 년에 단 두 번 춘추 제향 때나 고을 사람들의 기억에서 살아나는 '김직원님'으로는 친구네 양식은커녕 자기 식구 때문에도 손이 흰, 현실적으로는 현이나 마찬가지의, 아직도 상투가 있는 구식 노인인 선비였다.

낚시터도 처음 와볼 때는 지척 같더니 자주 다니기엔 거의 십 리나 되는 고달픈 길일 뿐 아니라 하필 주재소 앞을 지나야 나가게 되었고 부장님이나 순사 나리의 눈을 피하려면 길도 없는 산등성이 하나를 넘어야 되는데 하루는 우편국 모퉁이에서 넌지시 살펴보니 가네무라라는 조선 순사가 눈에 띄었다. 현은 낚시 도구부터 질겁을 해 뒤로 감추며 한 걸음 물러서 바라보니 촌사람들이 무슨 나무껍질 벗겨 온 것을 면서기들과 함께 점검하는 모양이다. 웃통은 속옷 바람이나 다리는 각반을 치고 칼을 차고 회초리를 들고 이 사람 저 사람에게 거드름을 부리고 있었다. 날래 끝날 것 같지 않아 현은 이번도 다시 돌아서 뒷산 등을 넘기로 하였다.

길도 없는 가닥숲을 젖히며 비 뒤의 미끄러운 비탈을 한참이나 헤매어서 비로소 펑퍼짐한 중턱에 올라설 때다. 멀지 않은 시야에 곰처럼 시커먼 것이 우뚝 마주 서는 것은 순사부장이다. 현은 산짐승에게보다 더 놀라 들었던 두 손의 낚시 도구를 이번에는 펄썩 놓아 버리었다.

"당신 어데 가오?"

현의 눈에 부장은 눈까지 부릅뜨는 것으로 보였다.

"네, 바람 좀 쏘이려요."

그제야 현은 대팻밥모자를 벗으며 인사를 하였으나 부장은 이미 딴쪽을 바라보는 때였다. 부장이 바라보는 쪽에는 면장도 서 있었고 자세 보니 남향하여 큰 정구(庭球) 코트만치 장방형으로 새끼줄이 치어져 있는데 부장과 면장의 대화로 보아 신사(神社)터를 잡는 눈치였다. 현은 말뚝처럼 우뚝이 섰을 뿐 어찌해야 좋을지 몰랐다. 놓아 버린 낚시 도구를 집어 올릴 용기도 없거니와 집어 올린댔자 새끼줄을 두 번이나 넘으면서 신사터를 지나갈 용기는 더욱 없었다. 게다가 부장도 면장도 무어라고 쑤군거리며 가끔 현을 돌아다본다. 꽃이라도 있으면 한 가지 꺾어 드는 체하겠는데 패랭이꽃 한 송이 눈에 띄지 않는다. 얼마 만에야 부장과 면장이 일시에 딴 쪽을 향하는 틈을 타서 수갑에 채였던 것 같던 현의 손은 날쌔게 그 시국에 태만한 증거물들을 집어 들고 허둥지둥 그만 집으로 내려오고 만 것이다.

"아버지 왜 낚시질 안 가구 도루 오슈?"

현은 아이들에게 대답할 말이 미처 생각나지도 않았거니와 그보다 먼저 현의 뒤를 따라온 듯한 이웃집 아이 한 녀석이,

"너이 아버지 부장헌테 들켜서 도루 온단다."

하는 것이었다.

*

낚시질을 못 가는 날은 현은 책을 보거나 그렇지 않으면 김 직원을 찾아갔고 김 직원도 현이 강에 나가지 않았음직한 날은 으레 찾아왔다.

상종한다기보다 모시어 볼수록 깨끗한 노인이요, 이 고을에선 엄연히 존경을 받아야 옳을 유일한 인격자요 지사였다. 현은 가끔 기인여옥(其人如玉)이란 이런 이를 가리킴이라 느끼었다. 기미년 삼일운동 때 감옥살이로 서울에 끌려 왔었을 뿐 조선이 망한 이후 한 번도 자의로는 총독부가 생긴 서울엔 오기를 피한 이다. 창씨를 안 하고 견디는 것은 물론, 감옥에서 나오는 날부터 다시 상투요 갓이었다. 현과는 워낙 수십 년 연장(年長)인데다 현이 한문이 부치어 그분이 지은 시를 알지 못하고, 그분이 신문학에 무관심하여 현대문학을 논담하지 못하는 것엔 서로 유감일 뿐, 불행한 족속으로서 억천 암흑 속에 일루의 광명을 향해 남몰래 더듬는 그 간곡한 심정의 촉수만은 말하지 않아도 서로 굳게 잡히고도 남아 한두 번 만남으로 서로 간담을 비추는 사이가 되었다.

하루 저녁은 주름 잡히었으나 정채 돋는 두 눈에 눈물이 마르지 않은 채 찾아왔다. 현은 아끼는 촛불을 켜고 맞았다.

"내 오늘 다 큰 조카자식을 행길에서 매질을 했소."

김 직원은 그저 손이 부들부들 떨리고 있었다. 조카 하나가 면서기로 다니는데 그의 매부, 즉 이분의 조카사위 되는 청년이 일본으로 징용당해 가던 도중에 도망해 왔다. 몸을 피해 처가에 온 것을 이곳 면장이 알고 그 처남더러 잡아오라 했다. 이 기미를 안 매부 청년은 산으로 뛰어올라갔다. 처남 청년은 경방단의 응원을 얻어 산을 에워싸고 토끼 잡듯 붙들어다 주재소로 넘기었다는 것이다.

"강박한 처남이로군!"

현도 탄식하였다.

"잡아오지 못하면 네가 대신 가야 한다고 다짐을 받았답디다만 대신

가기루서 제 집으로 피해 온 명색이 매부 녀석을 경방단들을 끌구 올라가 돌풀매질을 하면서꺼정 붙들어다 함정에 넣어야 옳소? 지금 젊은 놈들은 쓸개가 없습넨다!"

"그러니 지금 세상에 부모기로니 그걸 어떻게 공공연히 책망하십니까?"

"분해 견딜 수가 있소! 면소서 나오는 놈을 노상이면 어떻소. 잠자코 한참 대설대가 끊어져 나가도록 패주었지요. 맞는 제 놈도 까닭을 알게고 보는 사람들도 아는 놈은 알았겠지만 알면 대사요."

이날은 현도 우울한 일이 있었다. 서울 문인보국회(文人報國會)에서 문인궐기대회가 있으니 올라오라는 전보가 온 것이다. 현에게는 엽서 한 장이 와도 먼저 알고 있는 주재소에서 장문 전보가 온 것을 모를 리 없고 일본제국의 흥망이 절박한 이때 문인들의 궐기대회에 밤낮 낚시질만 다니는 이 자가 응하느냐 안 응하느냐는 주재소뿐 아니라 일본인이요 방공 감시초장인 우편국장까지도 흥미를 가진 듯, 현의 딸아이가 저녁 때 편지 부치러 나갔더니, 너희 아버지 내일 서울 가느냐 묻더라는 것이다.

김 직원은 처음엔 현더러 문인궐기대회에 가지 말라 하였다. 가지 말라는 말을 들으니 현은 가지 않기가 도리어 겁이 났다. 그랬는데 다음날 두 번째 또 그 다음날 세 번째의 좌우간 답전을 하라는 독촉전보를 받았다. 이것을 안 김 직원은 그날 일찍이 현을 찾아왔다.

"우리 따위 노혼한 것들이야 새 세상을 만난들 무슨 소용이리까만 현공 같은 젊은이는 어떡하든 부지했다가 그예 한몫 맡아 주시오. 그러자면 웬만한 일이건 과히 뻗대지 맙시다. 징용만 면헐 도리를 해요."

그리고 이날은 가네무라 순사가 나타나서, 이틀밖에 안 남았는데 언제 떠나느냐, 떠나면 여행증명을 해가지고 가야 하지 않느냐, 만일 안 떠나면 참석 안 하는 이유는 무엇이냐, 나중에는, 서울 가면 자기의 회중시계 수선을 좀 부탁하겠다 하고 갔다. 현은 역시,

'살고 싶다!'

또 한 번 비명을 하고 하루를 앞두고 가네무라 순사의 수선할 시계를 맡아 가지고 궂은비 뿌리는 날 서울 문인보국회로 올라온 것이다.

현에게 전보를 세 번씩이나 친 것은 까닭이 있었다. 얼마 전에 시국 협력을 달갑게 여기지 않는 중견층 칠팔 인을 문인보국회 간부급 몇 사람이 정보과장과 하루 저녁의 합석을 알선한 일이 있었는데 그날 저녁에 현만은 참석하지 못했으므로 이번 대회에 특히 순서 하나를 맡기게 되면 현을 위해서도 생색이려니와 그 간부급 몇 사람의 성의도 드러나는 것이었다. 현더러 소설부를 대표해 무슨 진언(進言)을 하라는 것이었다. 현은 얼마 앙탈해 보았으나 나타난 이상 끝까지 뻗대지 못하고 이튿날 대회 회장으로 따라 나왔다. 부민관인 회장의 광경은 어마어마하였다. 모두 국민복에 예장(禮章)을 찼고 총독부 무슨 각하, 조선군 무슨 각하, 예복에, 군복에 서슬이 푸르렀고 일본 작가에 누구, 만주국 작가에 누구, 조선 문단 생긴 이후 첫 어마어마한 집회였다. 현은 시골서 낚시질 다니던 진흙 묻은 저고리에 바지만은 플란넬을 입었으나 국방색도 아니요, 각반도 치지 않아 자기의 복장은 시국 색조에 너무나 무감각했음이 변명할 여지가 없게 되었다. 그러나 갑자기 변장할 도리도 없어 그대로 진행되는 절차를 바라보는 동안 현은 차차 이 대회에 일종 흥미도 없지 않았다. 현이 한동안 시골서 붕어나 보고 꾀꼬리나 듣던 단순해진 눈과 귀가 이 대회에서 다시 한 번 선명하게 느낀 것은 파쇼

국가의 문화행정의 야만성이었다. 어떤 각하짜리는 심지어 히틀러의 말 그대로 문화란 일단 중지했다가도 필요한 때엔 일조일석에 부활시킬 수 있는 것이니 문학이건 예술이건 전쟁 도구가 못 되는 것은 아낌없이 박멸하여도 좋다 하였고, 문화의 생산자인 시인이며 평론가며 소설가들도 이런 무장각하(武裝閣下)들의 웅변에 박수갈채할 뿐 아니라 다투어 일어서, 쓰러져 가는 문화의 옹호이기보다는 관리와 군인의 저속한 비위를 핥기에만 혓바닥의 침을 말리었다. 그리고 현의 마음을 측은케 한 것은 그 핏기 없고 살 여윈 만주국 작가의 서투른 일본말로의 축사였다. 그 익지 않은 외국어에 부자연하게 움직이는 얼굴은 작고 슬프게만 보였다. 조선 문인들의 일본말은 대개 유창하였다. 서투른 것을 보다 유창한 것을 보니 유쾌해야 할 터인데 도리어 얄미운 것은 무슨 까닭일까? 차라리 제 소리 이외에는 옮길 줄 모르는 개나 도야지가 얼마나 명예스러우랴 싶었다. 약소민족은 강대민족의 말을 배우기 시작하는 것부터가 비극의 감수(甘受)였던 것이다. 그렇다고 해서, 그러면 일본 작가들의 축사나 주장은 자연스럽게 보이고 옳게 생각되었느냐 하면 그것도 아니었다. 현의 생각엔 일본인 작가들의 행동이야말로 이해하기에 곤란하였다. 한때는 유종렬(柳宗悅) 같은 사람은,

"동포여 군국주의를 버리라. 약한 자를 학대하는 것은 일본의 명예가 아니다. 끝까지 이 인륜(人倫)을 유린할 때는 세계가 일본의 적이 될 것이니 그때는 망하는 것이 조선이 아니라 일본이 아닐 것인가?"
하고 외쳤고, 한때는 히틀러가 조국이 없는 유태인들을 추방하고, 진시황(秦始皇)처럼 번문욕례(繁文縟禮)를 빙자해 철학, 문학을 불지를 때 이것에 제법 항의를 결의한 문화인들이 일본에도 있지 않았는가? 그들은

지금 무엇을 하고 찍소리도 없는 것인가? 조선인이나 만주인의 경우보다는 그래도 조국이나 저희 동족에의 진정한 사랑과 의견을 외칠 만한 자유와 의무는 남아 있지 않을 것인가? 진정한 문화인의 양심이 아직 일본에 있다면 조선인과 만주인의 불평을 해결은커녕 위로조차 아니라 불평할 줄 아는 그 본능까지 마비시키려는 사이비 종교가만이 쏟아져 나오고, 저희 민족문화의 한 발원지라고도 할 수 있는 조선의 문화나 예술을 보호는 못할망정, 야만적 관료의 앞잡이가 되어 조선어의 말살과 긴치 않은 동조론(同祖論)이나 국민극(國民劇)의 앞잡이 따위로나 나와 돌아다니는 꼴들은 반세기의 일본 문화란 너무나 허무한 것이 아닌가? 물론 그네들도 양심 있는 문화인은 상당한 수난일 줄은 안다. 그러나 너무나 태평무사하지 않은가? 이런 생각에서 펀뜻 박수 소리에 놀라는 현은, 차츰 자기도 등단해야 될, 그 만주국 작가보다 더 비극적으로 얼굴의 근육을 경련시키면서 내용이 더 구린 일본어를 배설해야 될 것을 깨달을 때, 또 여태껏 일본 문화인들을 비난하며 있던 제 속을 들여다볼 때 '네 자신은 무어냐? 네 자신은 무엇 허러 여기 와 앉어 있는 거냐?' 현은 무서운 꿈속이었다. 뛰어도 뛰어도 그 자리에만 있는 꿈속에서처럼 현은 기를 쓰고 뛰듯 해서 겨우 자리를 일어섰다. 일어서고 보니 걸음은 꿈과는 달라 옮겨지었다. 모자가 남아 있는 것도 의식 못 하고 현은 모든 시선이 올가미를 던지는 것 같은 회장을 슬그머니 빠져나오고 말았다.

'어찌 될 것인가? 의장 가야마 선생은 곧 내가 나설 순서를 지적할 것이다. 문인보국회 간부들은 그 어마어마한 고급관리와 고급군인들의 앞에서 창씨 안한 내 이름을 외치면서 찾을 것이다!'

위에서 누가 내려오는 소리가 난다. 우선 현은 변소로 들어섰다. 내려오는 사람은 절거덕절거덕 칼소리가 났다. 바로 이 부민관 식당에서 언젠가 한번 우리 문인들에게, 너희가 황국 신민으로서 충성하지 않을 때는 이 칼이 너희 목을 용서하지 않을 것이다 하던, 그도 우리 동포인 무슨 중좌인가 그자인지도 모르는데 절거덕 소리는 변소로 들어오는 눈치다. 현은 얼른 대변소 속으로 들어섰다. 한참만에야 소변을 끝낸 칼소리의 주인공은 나가 버리었다. 그러나 그 뒤를 이어 이내 다른 구두 소리가 들어선다. 누구이든 이 속을 엿볼 리는 없을 것이나, 현은, 그 시골서 낚시질을 가던 길 산등성이에서 순사부장과 닥뜨리었을 때처럼 꼼짝 못 하겠다. 변기는 씻겨 내려가는 식이나 상당한 무더위로 독하도록 불결한 내다. 현은 담배를 꺼내 피워 물었다. 아무리 유치장이나 감방 속이기로 이다지 좁고 이다지 더러운 공기는 아니리라 싶어 사람이 드나드는 곳치고 용무 이외에 머무르기 힘든 곳은 변소 속이라 느낄 때, 현은 쓴웃음도 나왔다. 먼 삼층 위에선 박수 소리가 울려 왔다. 그리고는 조용하다. 조용해진 지 얼마 만에야 현은 밖으로 나왔다. 그리고 맨머릿바람인 채, 다시 한 번 될 대로 되어라 하고 시내에서 그 중 동뜬 성북동에 있는 친구에게로 달려오고 만 것이다.

*

어찌 되었든 현이 서울 다녀온 보람은 없지 않았다. 깔끔하여 인사도 제대로 받지 않으려던 가네무라 순사가 시계를 고쳐다 준 이후로는 제법 상냥해졌고, 우편국장, 순사부장, 면장 들이 문인대회에서 전보를 세 번씩이나 쳐서 불러간 현을 그전보다는 약간 평가를 높이 하는 듯, 저희 편에서도 자진해 인사를 보내게쯤 되어 이제는 그들이 보는 데도 낚싯대를 어엿이 들고 지나 다니게쯤 되었다.

낚시질은, 현이 사용하는 도구나 방법이 동양 것이어서 그런지는 몰라도 역시 동양적인 소견법(消遣法)의 하나같았다. 곤드레가 그린 듯이 소식 없기를 오랠 때에는 그대로 강 속에 마음을 둔 채 졸고도 싶었고, 때로는 거친 목소리나마 한가락 노래도 흥얼거리고 싶은 것인데 이런 때는 신시(新詩)보다는 시조나 한시(漢詩)를 읊는 것이 제격이었다.

소현의산각 관루사종현(小縣依山脚 官樓似鐘懸)

관서제조리 청소낙화전(觀書啼鳥裏 聽訴落花前)

봉박칭빈리 신한호산선(俸薄稱貧吏 身閑號散仙)

신참조어사 월반재강변(新參釣魚社 月半在江邊)[1]

현이 이곳에 와서 무엇이고 군소리 내고 싶은 때 즐겨 읊조리는 한시다. 한번은 김 직원과 글씨 이야기를 하다가 고비(古碑) 이야기가 나오고 나중에는 심심하니 동구(洞口)에 늘어선 현감비(縣監碑)들이나 구경 가자고 나섰다. 거기서 현은 가장 첫머리에 선 대산강진(對山姜溍)의 비를 그제야 처음 보았고 이조말 사가 시(四家詩)의 계승자라고 하는 시인 대산이 한때 이곳 현감으로 왔던 사적을 반겨 놀라지 않을 수 없었다.

---

1 작은 고을 산자락에 기대어   봉급이 박해 빈리이나
   관루에는 종을 매달고   몸은 한가해 신선이다
   새소리 속에서 책을 읽고   새로 낚시에 참여하니
   꽃 진 앞에서 송사를 듣네   달의 반이나 강가에 머무네

그 길로 김 직원 댁으로 가서 두 권으로 된 이『대산집(對山集)』을 빌리어다 보니 중년작은 거의가 이 산읍에 와서 지은 것이며 현이 가끔 올라가는 만경산(萬景山)이며 낚시질 오는 용구소(龍九沼)며 여조 유신(麗朝遺臣) 허모(許某)가 와 은둔해 있던 곳이라는 두문동(杜門洞)이며 진작 이 시인 현감의 시제(詩題)에 오르지 않은 구석이 별로 없다. 그는 일찍부터 출재산수향(出宰山水鄉) 독서송계림(讀書松桂林)의 한퇴지(韓退之)의 유풍을 사모하여 이런 산수향에 수령되어 왔음을 만족해한 듯하다. 새 우짖는 소리 속에 책을 읽고 꽃 흩는 나무 앞에서 백성의 시비를 가리는 것이라든지, 녹은 적으나 몸 한가한 것만 신선이어서 새로 낚시꾼들에게 끼여 한 달이면 반은 강변에서 지내는 것을 스스로 호강스러워 예찬한 노래다. 벼슬살이가 이러할진댄 도연명(陶淵明)인들 굳이 팽택령(彭澤令)을 버렸을 리 없을 것이다. 몸이야 관직에 매였더라도 음풍영월(吟風詠月)만 할 수 있으면 문학이었고 굳이 관대를 끄르고 전원(田園)에 돌아갔으되 역시 음풍영월만이 문학이긴 마찬가지였다.

'관서제조리, 청소낙화전! 이런 운치의 정치를 못 가져 봄은 현대 정치인의 불행이라 할 수 있을 것이다! 그러나 다시 이런 운치 정치로 살 수 있는 세상이 올 수 있을 것인가? 음풍영월만으로 소견 못 하는 것이 현대문인의 불행이기도 할 것이다. 그러나 마찬가지로 음풍영월이 문학일 수 있는 세상이 다시 올 수 있을 것인가? 아니 그런 세상이 올 필요나 있으며 또 그런 것이 현대 정치나 예술가의 과연 흠모하는 생활이며 명예일 수 있을 것인가?

현은 무시로 대산의 시를 입버릇처럼 읊조리면서도 그것은 한낱 왕조시대의 고완품(古翫品)을 애무하는 것 같은 취미요 그것이 곧 오늘 자기 문학생활에 관련성을 가진 것이라고는 생각되지 않았다.

'그렇다고 내 자신이 걸어온 문학의 길은 어떠하였는가? 봉건시대의 소견문학과 얼마만한 차이를 가졌는가?'

현은 이것을 붓을 멈추고 자기를 전망할 수 있는 이 피난처에 와서야, 또는 강대산 같은 전 세대 시인의 작품을 읽고야 비로소 반성하는 것은 아니었다. 현의 아직까지의 작품세계는 대개 신변적인 것이 많았다. 신변적인 것에 즐기어 한계를 둔 것은 아니나 계급보다 민족의 비애에 더 솔직했던 그는 계급에 편향했던 좌익엔 차라리 반감이었고 그렇다고 일제의 조선민족정책에 정면충돌로 나서기에는 현만이 아니라 조선 문학의 진용 전체가 너무나 미약했고 너무나 국제적으로 고립해 있었다. 가끔 품속에 서린 현실자로서의 고민이 불끈거리지 않았음은 아니나, 가혹한 검열제도 밑에서는 오직 인종(忍從)하지 않을 수 없었고 따라 체관(諦觀)의 세계로밖에는 열릴 길이 없었던 것이다.

'자, 인젠 무엇을 어떻게 쓸 것인가? 일본이 망할 것은 정한 이치다. 미리 준비를 하자! 만일 일본이 망하지 않는다면? 조선은 문학이니 문화니가 문제가 아니다. 조선말은 그예 우리 민족에게서 떠나고 말 것이니 그때는 말만이 아니라 민족 자체가 성격적으로 완전히 파산되고 마는 최후인 것이다. 이런 끔찍한 일본 군국주의의 음모를 역사는 과연 일본에게 허락할 것인가?'

현은 아내에게나 김 직원에게는 멀어야 이제부터 일 년이란 것을 누누이 역설하면서도 정작 저 혼자 따져 생각할 때는 너무나 정보(情報)에 어두워 있으므로 막연하고 불안하였다. 그러나 파시즘의 국가들이 이기기나 하면 어쩌나 하는 불안은 이내 사라졌다. 무솔리니의 실각, 제

이 전선의 전개, 사이판의 함락, 일본 신문이 전하는 것만으로도 전쟁의 대세는 이미 결정되어 있었다.

그렇다고 현은 붓을 들 수는 없었다. 자기가 쓰기는커녕 남의 것을 읽는 것조차 마음은 여유를 주지 않았다. 강가에 앉아 '관서제조리, 청소낙화전'은 읊조릴망정, 태서 대가들의 역작·명편은 도무지 머릿속에 들어오지 않아, 다시 읽는 『전쟁과 평화』를 일 년이 걸리어도 하권은 그예 못다 읽고 말았다. 집엔 들어서기만 하면 쌀 걱정, 나무 걱정, 방바닥 뚫어진 것, 부엌 불편한 것, 신발 없는 것, 옷감 없는 것, 약 없는 것, 나중엔 삼 년은 견딜 줄 예산한 집 잡힌 돈이 일 년이 못다 되어 바닥이 났다. 징용도 아직 보장이 되지 못하였는데 남자 육십 세까지의 국민의용대 법령이 나왔다. 하루는 주재소에서 불렀다. 여기는 시달서도 없이 소사가 와서 이르는 것이나 불안하고 불쾌하긴 마찬가지다. 다만 그 불안을 서울서처럼 궁금한 채 내일까지 기다리는 것이 아니라 그 길로 달려가 즉시 결과를 알 수 있는 것만 다행이었다.

주재소에는 들어설 수 없게 문간에까지 촌사람들로 가득하였다. 현은 자기를 부른 일과 무슨 관계가 있나 해서 가만히 눈치부터 살피었다. 농사 진 밀, 보리는 종자도 남기지 않고 모조리 걷어 들여오고 이름만 농가라고 배급은 주지 않으니 무얼 먹고 살라느냐, 밤낮 증산이니 무슨 공출이니 하지만 먹어야 농사도 짓고 먹어야 머루덤불도, 관솔도, 참나무 껍질도 해다 바치지 않느냐, 면에다 양식 배급을 주도록 말해 달라고 진정하러들 온 것이었다. 실실 웃기만 하고 앉았던 부장이 현을 보더니 갑자기 얼굴에 위엄을 갖추며 밖으로 나왔다.

"오늘은 낚시질 안 갔소?"

"안 갔습니다."

"당신을 경방단에도, 방공 감시에도 뽑지 않은 것은 나라를 위해서 글을 쓰라고 그냥 둔 것인데 자꾸 낚시질만 다니니까 소문이 나쁘게 나는 것이오. 내가 어제 본서에 들어갔더니, 거긴, 어떤 한가한 사람이 있어 버스에서 보면 늘 낚시질을 하니, 그게 누구냐고 단단히 말을 합디다. 인전 우리 일본제국이 완전히 이길 때까지 낚시질은 그만둡시다."

현은,

"그렇습니까? 미안합니다."

하는 수밖에 없었다.

"그리고 당신은, 출정 군인이 있을 때마다 여기서 장행회가 있는데 한 번도 나오지 않지 않았소?"

"미안합니다. 앞으론 나오겠습니다."

현은 몹시 우울했다.

첫 장마 지난 후, 고기들이 살도 올랐고 떼지어 활발히 이동하는 것도 이제부터다. 일 년 중 강물과 제일 즐길 수 있는 당절에 그만 금족을 당하는 것이었다. 낚시 도구는 꾸려 선반에 얹어 두고, 자연 김 직원과 나 자주 만나는 것이 일이 되었다. 만나면 자연 시국 이야기요, 시국 이야기면 이미 독일도 결딴났고 일본도 벌써 적을 오키나와까지 맞아들인 때라 자연히 낙관적 관찰로서 조선 독립의 날을 꿈꾸는 것이었다.

"국호(國號)가 고려국이라고 그러셨나?"

현이 서울서 듣고 온 것을 한 번 김 직원에게 이야기한 적이 있다.

"고려민국이랍디다."

"어째 고려라고 했으리까?"

"외국에는 조선이나 대한보다는 고려로 더 알려졌기 때문인가 봅니다. 직원님께선 무어라 했으면 좋겠습니까?"

"그까짓 국호야 뭐래든 얼른 독립이나 됐으면 좋겠소. 그래도 이왕이면 우리넨 대한이랬으면 좋을 것 같어."

"대한! 그것도 이조 말에 와서 망할 무렵에 잠시 정했던 이름 아닙니까?"

"그렇지요. 신라나 고려나처럼 한때 그 조정이 정했던 이름이죠."

"그렇다면 지금 다시 이왕시대(李王時代)가 아닐 바엔 대한이란 거야 무의미허지 않습니까? 잠시 생겼다 망했다 한 나라 이름들은 말씀대로 그때그때 조정이나 임금 마음대로 갈었지만 애초부터 우리 민족의 이름은 조선이 아닙니까?"

"참, 그러리다. 사기에도 고조선이니 위만조선(衛滿朝鮮)이니 허구 조선이란 이름이야 흠뻑 오라죠. 그런데 나는 말이야."

하고 김 직원은 누워서 피우던 담뱃대를 놓고 일어나며,

"난 그전대로 국호도 대한, 임금도 영친왕을 모셔 내다 장가나 조선 부인으루 다시 듭시게 해서 전주 이씨 왕조를 다시 한 번 모셔 보구 싶어."

하였다.

"전조(前朝)가 그다지 그리우십니까?"

"그립다뿐이겠소. 우리 따위 필부가 무슨 불사이군(不事二君)이래서 보다도 왜놈들 보는데 대한 그대로 광복(光復)을 해가지고 이번엔 고놈들을 한 번 앙갚음을 해야 허지 않겠소?"

"김 직원께서 이제 일본으루 총독 노릇을 한 번 가보시렵니까?"

하고 둘이는 유쾌히 웃었다.

"고려민국이건 무어건 그래 군대도 있구 연합국간엔 승인도 받었으

리까?"

"진가는 몰라도 일본에 선전포고꺼정 허구 군대가 김일성 부하, 김원봉 부하, 이청천 부하, 모두 삼십만은 넘는다는 말이 있습니다."

"삼십만! 제법 대군이로구려! 옛날엔 십만이라두 대병인데! 거 인제독립이 돼 가지구 우리 정부가 환국할 땐 참 장관이겠소! 오래 산 보람있으려나 보오!"

하고 김 직원은 다시 담배를 피워 물었다. 그리고 그 피어오르는 연기속에서 삼십만 대병으로 호위된 우리 정부의 복식 찬란한 헌헌장부들의 환상(幻像)을 그려 보는 것이었다. 나중에는 감격에 가슴이 벅찬 듯후— 한숨을 쉬는 김 직원의 눈은 눈물까지 글썽해 있었다.

그 후 얼마 안 있어서다. 하루는 김 직원이 주재소에 불려갔다. 별일은 아니라 읍에서 군수가 경비전화를 통해 김 직원을 군청으로 들어오라는 기별이었다. 김 직원은 이튿날 버스로 칠십 리나 들어가는 군청으로 갔다. 군수는 반가이 맞아 자기 관사에서 저녁을 차리고, 김 직원에게 이런 말을 하였다.

"왜 지난달 춘천(春川)서 열린 도유생대회(道儒生大會)엔 참석허지 않았습니까?"

"그것 때문에 부르셨소?"

"아니올시다. 더 드릴 말씀이 있습니다."

"다 허시지요."

"이왕 지나간 대회 이야기보다도…… 인전 시국이 정말 국민에게 한사람에게도 방관할 여율 안 준다는 건 나뿐 아니라 김 직원께서도 잘아실 겁니다. 노인께 이런 말씀 드리는 건 미안합니다만 너무 고루하신 것 같은데 성인도 시속을 따르랬다고 대세가 그렇지 않습니다."

"그래서요?"

"이번에 전국유도대회(全國儒道大會)를 앞두고 군(郡)에서 미리 국어와 황국 정신에 대한 강습이 있습니다. 그러니 강습에 오시는 데 미안합니다만 머리를 인전 깎으시고 대회에 가실 때도 필요할 게니 국민복도 한 벌 장만하십시오."

"그 말씀뿐이오?"

"그렇습니다."

"나 유생인 건 사또께서 잘 아시리다. 신체발부(身體髮膚)는 수지부모(受之父母)란 성현의 말씀을 지키지 않구 유생은 무슨 유생이며 유도대회는 무슨 유도대회겠소. 나 향교 직원 명예로 허는 것 아니오. 제향 절차 하나 제대로 살필 위인이 없으니까 그곳 사는 후학(後學)으로서 성현께 대한 도리로 맡어 온 것이오. 이제 머리를 깎어라, 낙치(落齒)가 다된 것더러 일본말을 배워라, 복색을 갈어라, 나 직원 내노란 말씀이니까 잘 알어들었소이다."

하고 나와 버린 것인데, 사흘이 못 되어 다시 주재소에서 불렀다. 또 읍에서 나온 전화 때문인데 이번에는 경찰서에서 들어오라는 것이다. 김 직원은 그 길로 현을 찾아왔다.

"현공? 저놈들이 필시 나헌테 강압수단을 쓸랴나 보."

"글쎄올시다. 아무튼 메칠 안 남은 발악이니 충돌은 마시고 잘 모면만 하십시오."

"불러도 안 들어가면 어떠리까?"

"그건 안 됩니다. 지금 핑계가 없어서 구속을 못 하는데 관명 거역이라고 유치나 시켜 놓고 머리를 깎으면 그건 기미년 때처럼 꼼짝 못 허구 당허십니다."

"옳소, 현공 말이 옳소."

하고 김 직원은 그 이튿날 또 읍으로 갔는데 사흘이 되어도 나오지 않았고 나흘째 되던 날이 바로 '팔월 십오일'인 것이었다.

그러나 현은 라디오는커녕 신문도 이삼 일이나 늦는 이곳에서라 이 역사적 '팔월 십오일'을 아무것도 모르는 채 지나 버리었고, 그 이튿날 아침에야 서울 친구의 다만 '급히 상경하라'는 전보로 비로소 제 육감이 없지는 않았으나 그러나, 여행증명도 얻을 겸 눈치를 보러 주재소에 갔으되, 순사도 부장도 아무런 이상이 없었을 뿐 아니라 가네무라 순사에게 넌지시, 김직원이 어찌 되어 나오지 못하느냐 물었더니,

"그런 고집불통 영감은 한참 그런 데서 땀 좀 내야죠!"

한다.

"그럼 구금이 되셨단 말이오?"

"뭐 잘은 모릅니다. 괜히 소문내지 마슈."

하고 말을 끊는데, 모두가 변한 것이 조금도 없다.

'급히 상경하라. 무슨 때문인가?'

현은 궁금한 채 버스를 기다리는데 이날은 버스가 정각 전에 일찍 나왔다. 이 차에도 김 직원이 나타나는 것을 보지 못하고 현은 떠나고 말았다.

버스 속엔 아는 사람도 하나 없다. 대부분이 국민복들인데 한 사람도 그럴듯한 기색은 보이지 않는다. 한 사십 리 나와 저쪽에서 들어오는 버스와 마주치게 되었다. 이쪽 운전사가 팔을 내밀어 저쪽 차를 같

이 세운다.

"어떻게 된 거야?"

"무에 어떻게 돼?"

"철원은 신문이 왔겠지?"

"어제 방송대루지 뭐."

"잡음 때문에 자세들 못 들었어. 그런데 무조건 정전이라지?"

두 운전사의 문답이 이에 이를 때, 누구보다도 현은 좁은 틈에서 벌떡 일어섰다.

"그게 무슨 소리들이오?"

"전쟁이 끝났답니다."

"뭐요? 전쟁이?"

"인전 끝이 났어요."

"끝! 어떻게요?"

"글쎄, 그걸 잘 몰라 묻습니다."

하는데 저쪽 운전대에서,

"결국 일본이 지구 만 거죠. 철원 가면 신문을 보십니다."

하고 차를 달려 버린다. 이쪽 차도 갑자기 구르는 바람에 현은 펄석 주저앉았다.

'옳구나! 올 것이 왔구나! 그 지리하던 것이…….'

현은 코허리가 찌르르해 눈을 슴벅거리며 좌우를 둘러보았다. 확실히 일본 사람은 아닌 얼굴들인데 하나같이 무심들하다.

"여러분은 인제 운전사들의 대활 못 들었습니까?"

서로 두리번거릴 뿐, 한 사람도 응하지 않는다.

"일본이 지고 말았다면 우리 조선이 어떻게 될 걸 짐작들 허시겠지요?"

그제야 그것도 조선옷 입은 영감 한 분이,

"어떻게든 되는 거야 어디 가겠소? 어떤 세상이라고 똑똑히 모르는 걸 입을 놀리겠소?"

한다. 아까는 다소 흥미를 가지고 지껄이던 운전사까지,

"그렇지요. 정말인지 물어 보기만도 무시무시헌걸요."

하고, 그 피곤한 주름살, 그 움푹 들어간 눈으로 버스를 운전하는 표정 뿐이다.

현은 고개를 푹 수그렸다. 조선이 독립된다는 감격보다도 이 불행한 동포들의 얼빠진 꼴이 우선 울고 싶게 슬펐다.

'이게 나 혼자 꿈이나 아닌가?'

현은 철원에 와서야 꿈 아닌 『경성일보』를 보았고, 찾을 만한 사람들을 만나 굳은 악수와 소리 나는 울음을 울었다. 하늘은 맑아 박꽃 같은 구름송이, 땅에는 무럭무럭 자라는 곡식들, 우거진 녹음들, 어느 것이고 우러러 절하고 소리 지르고 날뛰고 싶었다.

*

현은 십칠일 날 새벽, 뚜껑 없는 모래차에 모래 실리듯 한 사람 틈에 끼여, 대통령에 누구, 육군 대신에 누구, 그러다가 한 정거장을 지날 때마다 목이 터지게 독립 만세를 부르며 이날 아침 열 시에 열린다는 건국대회에 미치지 못할까 보아 초조하면서 태극기가 휘날리는 열광의 정거장들을 지나 서울로 올라왔다.

청량리 정거장을 나서니, 웬일일까, 기대와는 달리 서울은 사람들도 냉정하고 태극기조차 보기 드물다. 시내에 들어서니 독 오른 일본 군인들이 일촉즉발(一觸卽發)의 예리한 무장으로 거리마다 목을 지키고 『경성일보』가 의연히 태연자약한 논조다.

현은 전보 쳐준 친구에게로 달려왔다. 손을 잡기가 바쁘게 건국대회가 어디서 열리느냐 하니, 모른다 한다. 정부 요인들이 비행기로 들어왔다는데 어디들 계시냐 하니, 그것도 모른다 한다. 현은, 대체 일본 항복이 사실이긴 하냐 하니, 그것만은 사실이라 한다. 현은 전신에 피곤을 느끼며 걸상에 주저앉아 그제야 여러 시간 만에 처음 정신을 가다듬었다. 그리고 이 친구로부터 팔월 십오일 이후 이틀 동안의 서울 정황을 대강 들었다.

현은 서울 정황에 불쾌하였다. 총독부와 일본 군대가 여전히 조선민족을 명령하고 앉았는 것과, 해외에서 임시정부가 오늘 아침에 들어왔다, 혹은 오늘 저녁에 들어온다 하는 이때 그새를 못 참아 건국(建國)에 독단적인 계획들을 발전시키며 있는 것과, 문화면에 있어서도, 현 자신은 그저 꿈인가 생시인가도 구별되지 않는 이 현혹한 찰나에, 또 문화인들의 대부분이 아직 지방으로부터 모이기도 전에, 무슨 이권이나처럼 재빨리 간판부터 내걸고 서두르는 것들이 도시 불순하고 경망해 보였던 것이다. 현이 더욱 걱정되는 것은 벌써부터 기치를 올리고 부서를 짜고 덤비는 축들이, 전날 좌익 작가들의 대부분임을 알게 될 때, 문단 그 사회보다도, 나라 전체에 좌익이 발호할 수 있는 때요, 좌익이 제멋대로 발호하는 날은, 민족상쟁 자멸의 파탄을 일으키지 않을까 하는, 위험성이었다. 현은 저 자신의 이런 걱정이 진정일진댄, 이러고만

앉았을 때가 아니라 생각되어 그 '조선문화건설 중앙협의회'란 데를 찾아갔다. 전날 구인회(九人會)시대, 문장(文章)시대에 자별하게 지내던 친구도 몇 있었으나 아닌게아니라 전날 좌익이었던 작가와 평론가가 중심이었다. 마침 기초된 선언문을 수정하면서들 있었다. 현은 마음속으로 든든히 그들을 경계하면서 그들이 초안한 선언문을 읽어 보았다. 두 번 세 번 읽어 보았다. 그리고 그들의 표정과 행동에 혹시라도 위선적인 데나 없나 엿보기를 게을리하지 않으며 적이 속으로 이상하게 생각하지 않을 수 없었다.

'이들에게 이만침 조선 사정에 진실한 정신적 준비가 있었던가?'

현은 그들의 태도와 주장에 알고 보니 한 군데도 이의(異意)를 품을 데가 없었다. '장래 성립할 우리 정부의 문화·예술 정책이 서고, 그 기관이 탄생되어 이 모든 임무를 수행할 때까지, 우선, 현계단의 문화 영역의 통일적 연락과 각 부문의 질서화를 위하여'였고 '조선 문화의 해방, 조선 문화의 건설, 문화전선의 통일' 이것이 전진 구호였던 것이다. 좌우를 막론하고 민족이 나아갈 노선에서 행동 통일부터 원칙을 삼아야 할 것을 현은 무엇보다 긴급으로 생각한 것이요, 좌익작가들이 이것을 교란할까 보아 걱정한 것이며 미리부터 일종의 증오를 품었던 것인데 사실인즉 알아볼수록 그것은 현 자신의 기우(杞憂)였었다. 아직 이 이상 구체안이 있을 수도 없는 때이나, 이들로서 계급혁명의 선수를 걸지 않는 것만은 이들로는 주저나 자중이 아니라, 상당한 자기비판과 국제노선과 조선 민족의 관계를 심사숙고한 연후가 아니고는, 이처럼 일견 단순해 보이는 태도나 원칙 만엔 만족할 리가 없을 것이었다. 현은 다행한 일이라 생각하고 즐겨 그 선언에 서명을 같이 하였다.

그러나 도시 마음이 놓이지는 않았다. '모든 권력은 인민에게로!' 이런 깃발과 노래는 이들의 회관에서 거리를 향해 나부끼고 울려 나왔다. 그것이 진리이긴 하나 아직 민중의 귀에만은 이른 것이었다. 바다 위로 신기루같이 황홀하게 떠들어올 나라나, 대한이나, 정부나, 영웅 들을 고대하는 민중들은, 저희 차례에 갈 권리도 거부하면서까지 화려한 환상과 감격에 더 사무쳐 있는 때이기 때문이다. 현 자신까지도 '모든 권력은 인민에게로'가 이들이 민주주의자로서가 아니라 그전 공산주의자로서의 습성에서 외침으로만 보여질 때가 한두 번 아니었고, 위고 같은 이는 이미 전세대에 있어 '국민보다 인민에게'를 부르짖은 것을 생각할 때, 오늘 우리의 이 시대, 이 처지에서 '인민에게'란 말이 그다지 새롭거나 위험스럽게 들릴 것도 아무것도 아닌 줄 알면서도, 현은 역시 조심스러웠고, 또 현을 진실로 아끼는 친구나 선배의 대부분이, 현이 이들의 진영 속에 섞인 것을 은근히 염려하는 것이었다. 그런데다 객관적 정세는 날로 복잡다단해졌다. 임시정부는 민중이 꿈꾸는 것 같은 위용(偉容)은커녕 개인들로라도 쉽사리 나타나 주지 않았고, 북쪽에서는 소련군이 일본군을 여지없이 무찌르며 조선인의 골수에 사무친 원한을 충분히 이해해서 왜적에 대한 철저한 소탕을 개시한 듯 들리나, 미국군은 조선 민중의 기대는 모른 척하고 일본인들에게 관대한 삐라부터를 뿌리어, 아직도 총독부와 일본 군대가 조선 민중에게 '보아라 미국은 아직 일본과 상대이지 너희 따위 민족은 문제가 아니다' 하는 자세를 부리기 좋게 하였고, 우리 민족 자체에서는 '인민공화국'이란, 장래 해외 세력과 대립의 예감을 주는 조직이 나타났고, '조선문화건설중앙협의회'와 선명히 대립하여 '프롤레타리아예술연맹'이란, 좌익문학인들만으로 문화운동 단체가 기어이 일어나고 말았다.

이 '프로예맹'이 대두함에 있어, 현은 물론, '문협'에서들은, 겉으로는 '역사나 시대는 그네들의 존재 이유를 따로 허락지 않을 것이다' 하고 비웃어 버리려 하나 속으로는 '문화전선통일'에 성실하면 성실한 만치 무엇보다 먼저 해결하지 않으면 안 될 당면과제의 하나였다. 현이 더욱 불쾌한 것은, '프로예맹'의 선언강령이 '문협' 것과 별로 다를 것이 없는 점이요, 그렇다면 과거에 좌익작가들이, 과거에 자기들과 대립 존재였던 현을 책임자로 한 '문학건설본부'에 들어 있기 싫다는 표시로도 생각할 수 있는 점이다. 하루는 우익측 몇 친구가 '프로예맹'의 출현을 기다리었다는 듯이 곧 현을 조용한 자리에 이끌었다.

"당신의 진의는 우리도 모르지 않소. 그러나 급기야 당신이 거기서 못 배겨나리다. 수포에 돌아가리다. 결국 모모(某某)들은 당신 편이기보단 프로예맹 편인 것이오. 나중에 당신만 지붕 쳐다보는 꼴이 될 것이니 진작 나와 우리끼리 따로 모입시다. 뭣 허러 서로 어성버성² 헌 속에서 챙피만 보고 계시오?"

현은 그들에게 이 기회에 신중히 생각할 여지가 있다는 것만은 수긍하고 헤어졌다. 바로 그 다음날이다. 좌익 대중단체 주최의 데모가 종로를 지나게 되었다. 연합국기 중에도 맨 붉은 기뿐이요, 행렬에서 부르는 노래도 적기가(赤旗歌)다. 거리에 섰는 군중들은 모두 이 데모에 냉정하다. 그런데 '문협' 회관에서만은 열광적 박수와 환호로 이 데모에 응할 뿐 아니라, 이제 연합군 입성 환영 때 쓸 연합국기들을 다량으로

---

2 분위기가 어색하고 부자연스러움.

준비해 두었는데, '문협'의 상당한 책임자의 하나가 묶어 놓은 연합국기 중에서 소련 것만을 끄르더니 한 아름 안고 가 사층 위로부터 행렬 위에 뿌리는 것이다. 거리가 온통 시뻘개진다. 현은 대뜸 뛰어가 그것을 막았다. 다시 집으러 가는 것을 또 막았다.

"침착합시다."

"침착헐 이유가 어디 있소?"

양편이 다 같이 예리한 시선의 충돌이었다. 뿐만 아니라 옆에 섰던 젊은 작가들은 하나같이 현에게 모멸의 시선을 던지며 적기를 못 뿌리는 대신, 발까지 구르며 박수와 환호로 좌익 데모를 응원하였다. 데모가 지나간 후, 현의 주위에는 한 사람이 가까이 오지 않았다. 현은 회관을 나설 때 몹시 외로웠다. 이들과 헤어지더라도 이들 수효만 못지않은, 문학단체건, 문화단체건 만들 수 있다는 자신도 솟았다.

'그러나…… 그러나…….'

현은 밤새도록 궁리했다. 그 이튿날은 회관에 나오지 않았다.

'마음에 맞는 친구끼리만? 그런 구심적(求心的)인 행동이 이 거대한 새 현실에서 어떤 결과를 가져올 것인가? 새 조선의 자유와 독립은 대중의 자유와 독립이라야 한다. 그들이 대중운동에 그처럼 열성인 것을 나는 몰이해는커녕 도리어 그것을 배우고 그것을 추진시키는 데 티끌만치라도 이바지하려는 것이 내 양심이다. 다만 적기만 뿌리는 것이 이 순간 조선의 대중운동이 아니며 적기 편에 선 것만이 대중의 전부가 아니란, 그것을 나는 지적하려는 것이다. 이런 내 심정을 몰라준다면, 이걸 단순히 반동으로밖에 해석할 줄 몰라준다면 어떻게 그들과 함께 일할 수 있는 것인가?'

다음날도 현은 회관으로 나가고 싶지 않아 방에서 혼자 어정거리고 있을 때다. 그날 창밖의 데모를 향해 적기를 뿌리던 그 친구가 찾아왔다.

"현 형? 그저껜 불쾌했지요?"

"불쾌했소."

"현 형? 내 솔직한 고백이오. 적색 데모란 우리가 얼마나 두고 몽매간에 그리던 환상이리까? 그걸 현실로 볼 때, 나는 이성을 잃고 광분했던 거요. 부끄럽소. 내 열 번 경솔이었소. 그날 현 형이 아니었더면 우리 경솔은 훨씬 범위가 커졌을 거요. 우리에겐 열 사람의 우리와 똑같은 사람보다 한 사람의 현 형이 절대로 필요한 거요."

그는 확실히 말끝을 떨었다. 둘이는 묵묵히 담배 한 대씩을 피우고 묵묵히 일어나 다시 회관으로 나왔다.

그 적색 데모가 있은 후로 민중은, 학생이거나, 시민이거나, 지식층이거나 확실히 좌우 양파로 갈리는 것 같았다. 저녁이면 현을 또 조용한 자리에 이끄는 친구들이 있었다. 현은 '문협'에서 탈퇴하기를 결단하라는 간곡한 충고를 재삼 받았으나, '문협'의 성격이 결코 그대들이 생각하는 것처럼 어느 한쪽에 편향한 것이 아니란 것을 극구 변명하였는데, 그 이튿날 회관으로 나오니, 어제 이 친구들로부터 전화가 걸려왔다.

"자네가 말한 건 자네 거짓말이거나, 그렇지 않으면 우리가 본 대로 자네는 저들에게 이용당하고 있는 걸세. 그 증거는, 그 회관에 오늘 아침 새로 내걸은 대서특서한 드림을 보면 알 걸세."

하고 이쪽 말은 듣지도 않고 불쾌히 전화를 끊어 버리는 것이었다. 현은 옆엣사람들에게 묻지도 않았다. 쭈루루 밑엣층으로 내려가 행길에서 사층인 회관의 전면을 처다보았다. 놀라지 않을 수 없었다. 아까 현은 미처 보지 못하고 들어왔는데 옥상에서부터 이 이층까지 드리운, 광목 전폭에다가 '조선인민공화국 절대지지'란, 아직까지 어떤 표어나 구호보다 그야말로 대서특서한 것이었다. 안전지대에 그득한 사람들, 화신 앞에 들끓는 군중들, 모두 목을 젖히고 처다보는 것이다. 모두가 의아하고 불안한 표정들이다. 현은 회관 사층을 십 분이나 걸려 올라왔다. 현은 다시 한 번 배신을 당하는 심각한 우울이었다. 회관에는 '문협'의 의장도 서기장도 아직 나타나지 않았다. '문학건설본부'의 서기장만이 뒤를 따라 들어서기에 현은 그의 손을 이끌고 옥상으로 올라왔다.

"이건 누가 써 내걸었소?"

"뭔데?"

부슬비가 내리는 때라 그도 처다보지 않고 들어왔고, 또 그런 것을 내걸 계획에도 참례하지 못한 눈치였다.

"당신도 정말 몰랐소?"

"정말 몰랐는데! 이게 대체 누구 짓일까?"

"나도 몰라, 당신도 몰라, 한 회관에 있는 우리가 몰랐을 땐, 나오지 않는 의원(議員)들은 더 많이 몰랐을 것이오. 이건 독재요. 이러고 문화전선의 통일 운운은 거짓말이오. 나는 그 사람들 말 더 믿구 싶지 않소. 인전 물러가니 그리 아시오."

하고 돌아서는 현을, 서기장은 당황해 앞을 막았다.

"진상을 알구 봅시다."

"알아보나마나요."

"그건 속단이오."

"속단해 버려도 좋을 사람들이오. 이들이 대중운동을 이처럼 경솔히 하는 줄은 정말 뜻밖이오."

"그래도 가만 있소. 우리가 오늘 갈리는 건 우리 문화인의 자살이오!"

"왜 자살행동을 하시오?"

하고 현은 자연 언성이 높아졌다.

"정말이오. 나도 몰랐소. 그렇지만 이런 걸 밝히고 잘못 쏠리는 걸 바로잡는 것도 우리가 헐 일 아니고 누가 헐 일이란 말이오?"

하고 서기장은 눈물이 핑 도는 것이다. 그리고 그 드림 드리운 데로 달려가 광목 한 통이 비까지 맞아 무겁게 늘어진 것을 한 걸음 끌어올리고 반 걸음 끌어내려가면서 닻줄을 감듯 전력을 들여 끌어 올리고 있는 것이었다. 현도 이내 눈물을 머금었다.

'그렇다! 나 하나 등신이라거나, 이용을 당한다거나 그런 조소를 받는 것이 문제가 아니다! 그런 것에나 신경을 쓰는 건 나 자신 불성실한 표다!'

현은 뛰어가 서기장과 힘을 합쳐 그 무거운 드림을 끌어 올리었다.

나중에 알고 보니 '문협'의 의장도, 서기장도 다 모르는 일이었다. 다만 서기국원 하나가, 조선이 어떤 이름이 되든 인민의 공화국이어야 한다는 여론이 이 회관 내에 있어 옴을 알던 차, '인민공화국'이 발표되었고, 마침 미술부 선전대에서 또 무엇 그릴 것이 없느냐 주문이 있기에, 그런 드림이 으레 필요하려니 지레짐작하고 제 마음대로 원고를 써 보낸 것이오, 선전대에서는 문구는 간단하나 내용이 중요한 것이라 광목 전폭에다 내려썼고, 쓴 것이 마르면 으레 선전대에서 가지고 와 달아까지 주는 것이 그들의 책임이라 식전 일찍이 와서 달아 놓고 간 것이었다. 아침 여덟 시부터 열한 시까지 세 시간 동안 걸린 이 간단한 드림은 석 달 이상을 두고 변명해 오는 것이며 그것 때문에 '문협' 조직체가 적지 않은 타격을 받은 것도 사실인 것이다.

그러나 이것을 계기로 전원은 아직도 여지가 있는 자기비판과 정세 판단과 '프로예맹'과의 합동운동을 더 진실한 태도로 착수하기 시작한 것이다.

*

이미 미국 군대가 들어와 일본 군대의 총부리는 우리에게서 물러섰으나 삐라가 주던 예감과 마찬가지로 미국은 그들의 군정(軍政)을 포고하였다. 정당(政黨)은 누구든지 나타나란 바람에 하룻밤 사이에 오륙십의 정당이 꾸미어졌고, 이승만 박사가 민족의 미칠 듯한 환호 속에 나타나 무엇보다 조선 민족이기만 하면 우선 한데 뭉치고 보자는 주장에 그 속에 틈이 있음을 엿본 민족 반역자들과 모리배들이 다시 활동을 일으키어, 뭉치는 것은 박사의 진의와는 반대의 효과로 일제시대 비행기 회사 사장이 새로 된 것이라는 국립항공회사에도 부사장으로 나타나는 것 같은 일례로, 민심은 집중이 아니라 이산이요, 신념이기보다 회의(懷疑)의 편이 되고 말았다. 민중은 애초부터 자기 자신들의 모든 권익을 내어던지면서까지 사모하고 환상하던 임시정부라 이제야 비록 자격은 개인으로 들어왔더라도 그 후의 기대와 신망은 그리로 쏠릴 길밖에 없었다. 그러나, 개인이나 단체나 습관이란 이처럼 숙명적인 것일까? 해외에서 다년간 민중을 가져 보지 못한 임시정부는 해내에 들어와서도, 화신 앞 같은 데서 석유상자를 놓고 올라서 민중과 이야기할 필요는 조금도 느끼지 않고 있었다. 인공(人共)과 대립만이 예각화(銳角化)되고, 삼팔선은 날로 조선의 허리를 졸라만 가고, 느는 건 강도요, 올라가는 건 물가요, 민족의 장기간 흥분하였던 신경은 쇠약할 대로 쇠약해만 가는 차에 탁치(託治) 문제가 터진 것이다.

누구나 할 것 없이 그만 냉정을 잃고 말았다. 여기저기서 탁치 반대의 아우성이 일어났다. 현도 몇 친구와 함께 반탁 강연에 나갔고 그의 강연 원고는 어느 신문에 게재도 되었다.

그러나 현은, 아니 현만이 아니라 적어도 그날 현과 함께 반탁 강연에 나갔던 친구들은 하나같이 어정쩡했고, 이내 후회하지 않을 수 없었다. 탁치 문제란 그렇게 간단히 규정할 것이 아님을 차츰 깨닫게 되었는데, 이것을 제일 먼저 지적한 것이 조선공산당으로, 그들의 치밀한 관찰과 정확한 정세 판단에는 감사하나, 삼상회담 지지가 공산당에서 나왔기 때문에 일부의 오해를 더 사고 나아가선 정권싸움의 재료로까지 악용당하는 것은 불행 중 거듭 불행이었다.

"탁치 문제에 우린 너머 경솔했소!"

"적지 않은 과오야!"

"과오? 그러나 지금 조선 민족의 심리론 그닥 큰 과오라군 헐 수 없지. 또 민족적 자존심을 이만침은 표현하는 것도 좋고."

"글쎄, 내용을 알고 자존심만 표현하는 것과 내용을 모르고 허턱[3] 날뛰는 것관 방법이 다를 거 아니냐 말이야."

---

3   이렇다 할 근거가 없이 함부로.

"그렇지! 조선 민족에게 단기만 있고 정치적 통찰력이 부족하다는 게 드러나니 자존심인들 무슨 자존심이냐 말이지."

"과오 없이 어떻게 일하오? 레닌 같은 사람도 과오 없인 일 못 한다고 했고 과오가 전혀 없는 사람은 일 안 하는 사람이라 한 거요. 우리 자신이 깨달은 이상 이 미묘한 국제노선을 가장 효과적이게 계몽에 힘쓸 것뿐이오."

현서껀 회관에서 이런 이야기들을 하고 앉았을 때다. 이런 데는 얼리지 않는 웬 갓 쓴 노인이 들어선 것이다.

"오!"

현은 뛰어 마주 나갔다. 해방 이후, 현의 뜻 속에 있어 무시로 생각나던 김 직원의 상경이었다.

"직원님!"

"현 선생!"

"근력 좋으셨습니까?"

"좋아서 이렇게 서울 구경 왔소이다."

그러나 삼팔 이북에서라 보행과 화물자동차에 시달리어 그런지 몹시 피로하고 쇠약해 보였다.

"언제 오셨습니까?"

"어제 왔지요."

"어디서 유허셨습니까?"

"참, 오는 길에 철원 들러, 댁에서들 무고허신 것 뵈왔지요. 매우 오시구 싶어들 합디다."

현의 가족들은 그간 철원으로 나왔을 뿐, 아직 서울엔 돌아오지 못하고 있는 것이었다.

"잘들 있으면 그만이죠."

"현공이 그저 객지시게 다른 데 유헐 곳부터 정하고 오늘 찾어왔지요. 그래 얼마나들 수고허시오?"

"저이야 무슨 수고랄 게 있습니까? 이번에 누구보다도 직원님께서 얼마나 기쁘실까 허구 늘 한 번 뵙구 싶었습니다. 그리구 그때 읍에 가셔선 과히 욕보시지나 않으셨습니까?"

"하마트면 상투가 잘릴 뻔했는데 다행히 모면했소이다."

"참 반갑습니다."

마침 점심때도 되고 조용히 서로 술회(述懷)도 하고 싶어, 현은 김 직원을 모시고 어느 구석진 음식점으로 나왔다.

"현공, 그간 많이 변허셨다구요?"

"제가요?"

"소문이 매우 변허셨다구들."

"글쎄요……."

현은 약간 우울했다. 현은 벌써 이런 경험이 한두 번째 아니기 때문이다. 해방 이전에는 막역한 지기(知己)여서 일조유사한 때는 물을 것도 없이 동지일 것 같던 사람들이 해방 후, 특히 정치적 동향이 보수적인 것과 진보적인 것이 뚜렷이 갈리면서부터는, 말 한두 마디에 벌써 딴사람처럼 서로 경원(敬遠)이 생기고 그것이 대뜸 우정에까지 거리감을 자아내는 것을 이미 누차 맛보는 것이었다.

"현공?"

"네?"

"조선 민족이 대한 독립을 얼마나 갈망했소? 임시정부 들어서길 얼마나 연연절절히 고대했소?"

"잘 압니다."

"그런데 어쩌자구 우리 현공은 공산당으로 가셨소?"

"제가 공산당으로 갔다고들 그럽니까?"

"자자합디다. 현공이 아모래도 이용당허는 거라구."

"직원님께서도 절 그렇게 생각허십니까?"

"현공이 자진해 변했을는진 몰라, 그래두 남헌테 넘어갈 양반 아닌 건 난 알지요."

"감사헙니다. 또 변했단 것도 그렇습니다. 지금 내가 변했느니, 안 변했느니 하리만치 해방 전에 내가 제법 무슨 뚜렷한 태도를 가졌던 것도 아니구요, 원인은 해방 전엔 내 친구가 대부분이 소극적인 처세가들인 때문입니다. 나는 해방 후에도 의연히 처세만 하고 일하지 않는 덴 반댑니다."

"해방 후라고 사람의 도리야 어디 가겠소? 군자는 불처혐의간(不處嫌疑間)입넨다."

"전 그렇진 않습니다. 지금 이 시대에선 이하(李下)에서라고 비뚤어진 갓(冠)을 바로잡지 못하는 것은 현명이기보단 어리석음입니다. 처세주의는 저 하나만 생각하는 태돕니다. 혐의는커녕 위험이라도 무릅쓰고 일해야 될, 민족의 가장 긴박한 시기라고 생각합니다."

"아모튼 사람이란 명분을 지켜야 헙니다. 우리가 무슨 공뢰 있소. 해외에서 일생을 우리 민족 위해 혈투해 온 그분들께 그냥 순종해 틀릴 게 조곰도 없습넨다."

"직원님 의향 잘 알겠습니다. 그리고 저도 그분들께 감사하고 감격하는 건 누구헌테 지지 않습니다. 그러나 지금 조선 형편은 대외, 대내가 다 그렇게 단순치가 않답니다. 명분을 말씀허시니 말이지, 광해조(光海朝) 때 일을 생각해 보십시오. 임진란(壬辰亂)에 명(明)의 구원을 받았지만, 명이 청태조(淸太祖)에게 시달리게 될 때, 이번엔 명이 조선에 구원군을 요구허지 않았습니까?"

"그게 바루 우리 조선서 대의명분론(大義名分論)이 일어난 시초요구려."

"임진란 직후라 조선은 명을 도와 참전할 실력은 전혀 없는데 신하들의 대의명분상, 조선이 명과 함께 망해 버리는 한이라도 그냥 있을 순 없다는 것이 명분파요, 나라는 망하고 임군 노릇을 그만두드라도 여지껏 왜적에게 시달린 백성을 숨도 돌릴 새 없이 되짚어 도탄에 빠트릴 순 없다는 것이 택민파(澤民派)요, 택민론의 주창으로 몸소 폐위(廢位)까지 한 것이 광해군(光海君) 아닙니까? 나라들과 임군들 노름에 불쌍한 백성들만 시달려선 안 된다고 자기가 왕위를 폐리(敝履)같이 버리면서까지 택민론을 주장한 광해군이, 나는, 백성들은 어찌 됐든지 지배자들의 명분만 찾던 그 신하들보다 몇 배 훌륭했고, 정말 옳은 지도자였다고 생각합니다. 그리고 또 의리와 명분이라 하드라도 꼭 해외에서 온 이들에게만 편향하는 이유는 어디 있습니까?"

"거야 멀리 해외에서 다년간 조국 광복을 위해 싸웠고 이십칠팔 년이나 지켜 온 고절(孤節)이 있지 않소?"

"저는 그분들의 풍상을 군이 헐하게 알려는 것도 결코 아닙니다. 지역은 해외든, 해내든, 진심으로 우리를 위해 꾸준히 싸워 온 이면 모두가 다 같이 우리 민족의 공경을 받어 옳을 것이고, 풍상이라 혈투라 하나, 제 생각엔 실상 악형에 피가 흐르고, 추위에 손발이 얼어 빠지고 한 것은 오히려 해내에서 유치장으로 감방으로 끌려 다니며 싸워 온 분들이 몇 배 더했으리라고 생각합니다. 육체적 고초뿐이 아니었습니다. 정신적으로 매수하는 가지가지 유인과 협박도 한두 번이 아니어서, 해내에서 열 번을 찍히어도 넘어가지 않고 싸워 낸 투사라면 나는 그런 어른이 제일 용타고 생각합니다."

"현공은 그저 공산파만 두둔하시는군!"

"해내엔 어디 공산파만 있었습니까? 그리고 이번에 공산당이 무산 계급 혁명으로가 아니라 민족의 자본주의적 민주혁명으로 이내 노선을 밝혀 논 것은 무엇보다 현명했고, 그랬기 때문에 좌우익의 극단적 대립이 원칙상 용허되지 않아서 동포의 분열과 상쟁을 최소한으로 제지할 수 있는 것은 조선 민족을 위해 무엇보다 다행한 일이라고 저는 생각합니다."

"난 그게 무슨 말씀인지 잘 못 알아듣겠소만 그저 공산당 잘못입넨다."

"어서 약주나 드십시다."

"우리야 늙은 게 뭘 아오만……."

김 직원은 술이 약한 편이었다. 이내 얼굴에 취기가 돌며,

"어째 우리 같은 늙은 거기로 꿈이 없었겠소? 공산파만 가만있어 주면 곧 독립이 될 거구, 임시정부 요인들이 다 고생허신 보람 있게 제자리에 턱턱 앉아 좀 잘 다스려 주겠소? 공연히 서로 싸우는 바람에 신탁 통치 문제가 생긴 것이오. 안 그렇고 무어요?"

하고 적이 노기를 띤다. 김 직원은, 밖에서는 소련이, 안에서는 공산당이 조선 독립을 방해하는 것이라 하였다. 이렇게 역사적, 또는 국제적

인 견해가 없이 단순하게, 독립전쟁을 해 얻은 해방으로 착각하는 사람에겐 여간 기술로는 계몽이 불가능하고, 현 자신에겐 그런 기술이 없음을 깨닫자 그저 웃는 낯으로 음식을 권했을 뿐이다.

김 직원은 그 이튿날도 현을 찾아왔고 현도 그 다음날은 그의 숙소로 찾아갔다. 현이 찾아간 날은,

"어째 당신넨 탁치 받기를 즐기시오?"

하였다.

"즐기는 게 아닙니다."

"그러면 즐겁지 않은 것도 임정에서 반탁을 허니 임정에서 허는 건 덮어놓고 반대하기 위해서 나중엔 탁치꺼지를 지지헌단 말이지요?"

"직원님께서도 상당히 과격허십니다그려."

"아니, 다 산 목숨이 그러면 삼국 외상헌테 매수돼서 탁치 지지에 잠자코 끌려가야 옳소?"

"건 좀 과허신 말씀이구! 저는 그럼, 장래가 많어서 무엇에 팔려서 삼상회담을 지지허는 걸로 보십니까?"

그 말에는 대답이 없으나 김 직원은 현의 태도에 그저 못마땅한 눈치만은 노골화하면서 있었다. 현은 되도록 흥분을 피하며, 우리 민족의 해방은 우리 힘으로가 아니라 국제 사정의 영향으로 되는 것이니까 조선 독립은 국제성의 지배를 벗어날 수 없는 것, 삼상회담의 지지는 탁치 자청이나 만족이 아니라 하나는 자본주의 국가요 하나는 사회주의 국가인 미국과 소련이 그 세력의 선봉들을 맞댄 데가 조선이라 국제 간에 공개적으로 조선의 독립과 중립성이 보장되어야지, 급히 이름만 좋은 독립을 주어 놓고 소련은 소련대로, 미국은 미국대로, 중국은 중

국대로 정치·경제 모두가 미약한 조선에 지하 외교를 시작하는 날은, 다시 이조말의 아관파천(俄館播遷)식의 골육상쟁과 멸망의 길밖에 없다는 것, 그러니까 모처럼 얻은 자유를 완전 독립에까지 국제적으로 보장되는 길을 택할 수밖에 없다는 것, 이왕조의 대한(大韓)이 독립전쟁을 해서 이긴 것이 아닌 이상, '대한' '대한' 하고 전제제국(專制帝國)시대의 회고감(懷古感)으로 민중을 현혹시키는 것은 조선 민족을 현실적으로 행복되게 지도하는 태도가 아니라는 것, 지금 조선을 남북으로 갈라 진주해 있는 미국과 소련은 무엇으로 보나 세계에서 가장 실제적인 국가들인만치, 조선 민족은 비실제적인 환상이나 감상(感傷)으로가 아니라 가장 과학적이요, 세계사적인 확실한 견해와 준비가 없이는 그들에게 적정한 응수를 할 수 없다는 것, 현은 재주껏 역설해 보았으나 해방 이전에는, 현 자신이 기인여옥이라 예찬한 김 직원은, 지금에 와서는, 돌과 같은 완강한 머리로 조금도 현의 말을 이해하려 하지 않고, 다만, 같은 조선 사람인데 '대한'을 비판하는 것만 탐탁지 않았고, 그것은 반드시 공산주의의 농간이라 자가류(自家流)의 해석을 고집할 뿐이었다.

*

그 후 한동안 김 직원은 현에게 나타나지 않았다. 현도 바쁘기도 했지만 더 김 직원에게 성의도 나지 않아 다시는 찾아가지도 못하였다.

탁치 문제는 조선 민족에게 정치적 시련으로 너무 심각한 것이었다. 오늘 '반탁' 시위가 있으면 내일 '삼상회담 지지' 시위가 일어났다. 그만 군중은 충돌하고, 지도자들 가운데는 이것을 미끼로 정권싸움이 악랄

해 갔다. 결국, 해방 전에 있어 민족 수난의 십자가를 졌던 학병(學兵)들이, 요행 죽지 않고 살아온 그들 속에서, 이번에도 이 불행한 민족 시련의 십자가를 지고 말았다.

　이런 우울한 하루였다. 현의 회관으로 김 직원이 나타났다. 오늘 시골로 떠난다는 것이었다. 점심이나 같이 자시러 나가자 하니 그는 전과 달리 굳게 사양하였고, 아래층까지 따라 내려오는 것도 굳게 막았다. 전날 정리로 보아 작별만은 하러 들렀을 뿐, 현의 대접이나 인사는 긴치 않게 여기는 듯하였다.

　"언제 서울 또 오시렵니까?"

　"이런 서울 오고 싶지 않소이다. 시굴 가서도 그 두문동 구석으로나 들어가겠소."

하고 뒤도 돌아다보지 않고 분연히 층계를 내려가고 마는 것이었다. 현은 잠깐 멍청히 섰다가 바람도 쏘일 겸 옥상으로 올라왔다. 미국군의 지프가 물매미떼처럼 서물거리는 사이에 김 직원의 흰 두루마기와 검은 갓은 그 영자 너무나 표표함이 있었다. 현은 문득 청조말(淸朝末)의 학자 왕국유(王國維)의 생각이 났다. 그가 일본에 와서 명곡(明曲)에 대한 강연이 있을 때, 현도 들으러 간 일이 있는데, 그는 청나라식으로 도야지 꼬리 같은 변발(辮髪)을 그냥 드리우고 있었다. 일본 학생들은 킬킬 웃었으나, 그의 전조(前朝)에 대한 충의를 생각하고 나라 없는 현은 눈물이 날 지경으로 왕국유의 인격을 우러러보았었다. 그 뒤에 들으니, 왕국유는 상해로 갔다가, 북경으로 갔다가, 아무리 헤매어도 자기가 그리는 청조의 그림자는 스러만 갈 뿐이므로, '녹수청산부증개(綠水青山不曾改), 우세창태석수간(雨洗蒼苔石獸間)'을 읊조리고는 변발 그대로 곤명

호(昆明湖)에 빠져 죽었다는 것이었다. 이제 생각하면, 청나라를 깨트린 것은 외적이 아니라 저희 민족, 저희 인민의 행복과 진리를 위한 혁명으로였다. 한 사람 군주에게 연연히 바치는 뜻갈도 갸륵한 바 없지 않으나 왕국유가 그 정성, 그 목숨을 혁명을 위해 돌리었던들, 그것은 더 큰 인생의 뜻이요 더 큰 진리의 존엄한 목숨일 수 있었을 것 아닌가? 일제시대에 그처럼 구박과 멸시를 받으면서도 끝내 부지해 온 상투 그대로, '대한'을 찾아 삼팔선을 모험해 한양성(漢陽城)에 올라왔다가 오늘, 이 세계사의 대사조 속에 한 조각 티끌처럼 아득히 가라앉아 가는 김직원의 표표한 뒷모양을 바라볼 때, 현은 왕국유의 애틋한 최후를 연상하지 않을 수 없었다.

바람이 아직 차나 어딘지 부드러운 벌써 봄바람이다. 현은 담배를 한 대 피우고 회관으로 내려왔다. 친구들은 '프로예맹'과의 합동도 끝나고 이번엔 '전국문학자대회' 준비로 바쁘고들 있었다.

『문학』, 1946.8

부록

해설

김준현

1.

 이 책에 실린 「사상의 월야」와 「해방 전후」는 이태준의 소설 중에서도 자전적 성격을 가장 강하게 띠고 있는 작품들이다. 이 사실로 인해두 작품은 연구가치가 높은 텍스트들로 자리매김해 이태준 연구자들의 관심을 지속적으로 끌어왔다. 「사상의 월야」의 내용은 이 작품이연재 중단 되고 약 두 달 후 간행된 이태준의 수필집 『무서록』에 실린작품들의 내용과 상당부분 일치한다는 점에서 그 자전적 성격을 어렵지 않게 확인할 수 있다. 「해방 전후」의 자전성은 일반 독자들에게도잘 알려져 있는 바와 같이 주인공 현이 해방을 전후한 시기 이태준과동일한 행적을 보여준다는 점에서 확인된다.

 그러나 두 작품은 표면적으로 드러나는 자전소설적인 성격과는 달리 주인공과 이태준의 행적이 완전히 일치하지 않는 부분도 상당부분 존재한다. 바로 이 지점이 연구자들에게 논점을 제공해 왔다. 이태준의 실제 행적과 비교했을 때 소설 속에서 변형된 기억들이 예술성의 강화를 위한 것인지, 새로운 시대의 문학적 요구에 부응하기 위해서인지, 지우고 싶은 자신의 행적의 알리바이를 마련하기 위한 것인지 등, 여러 가지로 해석이 가능하기 때문이다. 이는 창작을 통한 기억의 변형이 의식적으로 이루어진 것인지 무의식적으로 이루어진 것인지와는 별개의 층위로 존재하는 문제이다.

2.

「사상의 월야」는 이태준이 문인으로 성장하는 과정을 자전적으로 담고 있는 소설이다. 소설 전반부의 사실성은 『무서록』과의 비교를 바탕으로 확인할 수 있고, 동경 체류 경험을 그리고 있는 후반부의 내용이 사실과 상당부분 일치한다는 점은 최근 후쿠오카 대학 구마키 쓰토무의 논문 「이태준의 일본체험」에서 확인할 수 있다. 해당 논문에는 부록으로 소설 후반부에 나오는 중요한 조력자인 베닝호프의 사진과, 이태준의 와세다(조도전) 대학 명부도 함께 수록되어 있다.

그러나 이 소설이 이태준의 실제 경험을 바탕으로 하고 있다고 해도, 사실과 비교해서 다른 지점도 분명히 존재한다. 최근의 연구는 자전적 형식을 띠고 있는 소설이 얼마나 사실을 충실하게 반영했는지에 대해서보다는 소설이 얼마나 교묘하게 실제 있었던 일을 지우고 왜곡하고 있는지에 더 관심이 많다. 특히 이 작품의 연재 시점과 개작본 발표 시점 사이에 해방이라는 중대한 사건이 놓여 있기 때문에, 개작과정을 둘러싼 상황의 변화와 작가의 심경 변화를 살펴보는 데 중요한 사례가 된다. 그러니까 이 작품에서는 자전적 소설의 창작 과정에서 한 번, 그리고 해방 이후 이루어진 개작에서 한 번, 도합 두 번의 사실과 기억의 굴절이 이루어지고 있는 것이다.

자전적 소설의 창작과 개작의 과정에서 일어나는 굴절은 때로는 작가의 의도에 의한 것일 수도 있고, 무의식적으로 발생하는 것일 수도 있으나, 「사상의 월야」의 경우에 대해서는 몇 가지 조건으로 인해 이것이 의도적인 것이었다는 의견이 많다. 강유진, 정종현, 김홍식 등의 논자들은 이 작품의 자전적 특성을 활용하여 작가가 자신의 사상과 행적을 은연중에 긍정적인 것으로 바꾸는 기능을 수행하고 있다고 비판적으로 평가했다.

이 책에서는 개작 이전의 판본과 이후의 판본을 모두 실어 독자들도 직접 차이를 확인할 수 있을 텐데, 개작이 결말 부분에 국한되어 있음에도 불구하고 주인공 송빈의 성격과 일본행의 의미가 상당부분 변화했음을 볼 수 있다. 개작을 통해 삭제된 부분에서는 송빈이 조선인들의 '미개함'에 대해 비판적인 시선을 유지하고 있는 대목이 포함되어 있으며, 이 과정에서 그가 당시 일본에 의해 주도된 식민주의의 시선으로부터 완전히 자유롭지 못하다는 것을 확인할 수 있다. 물론 베닝호프와 논쟁하며 조선인 유학생들을 두둔한 행동에서도 확인할 수 있듯이, 민족의 운명을 걱정하는 문학청년이 암담한 식민지 현실을 목도하고 여러 가지로 고뇌하는 과정을 그린 것이라고 해석할 수도 있다.

그러나 해방 이후 이 작품의 출판을 준비하면서 해당 내용은 분명히 민감하게 받아들여질 수 있는 여지를 갖고 있었기 때문에 이태준 자신의 고민거리가 되었을 것으로 보인다. 연재 중단된 작품을 단행본으로 엮어서 내는 것은 그 의도가 여러 가지로 해석될 수 있는 일이다. 식민주의의 시각에 함몰되었다고 비판을 받을 여지가 있는 대목을 포함하고 있는 작품의 결말을 수정하여 단행본으로 내놓는 것은 그러한 비판을 미연에 방지하기 위한 작업이었을 가능성도 완전히 배제할 수 없다.

개작에 대한 비판적인 시각들이 주로 제출되고 있지만, 「사상의 월야」는 조선인으로 태어나 일본인으로서 성장해야 했던 당대 남성이 학교에 다니고 신식문물을 받아들이는 과정에서 겪을 수밖에 없었던 혼란을 구체적으로 보여주고 있다는 의미가 있다. 그 혼란은 작품의 내용에만 국한된 것이 아니라, 그 경계를 넘어 작품의 개작 과정에까지 미치고 있지만, 오히려 그 점이 역설적으로 이 작품이 급변했던 일제 강점기의 정세를 표현해주고 있다고 할 수 있을 것이다.

3.

이태준의 월북은 당시의 문인들의 시각에서나, 그리고 후대 연구자들의 시각에서나 의외의 귀결이었다. 이태준은 정지용과 함께 순수문학을 표방했던 『문장』지의 주축 멤버였고, 문학의 자율성을 강조했던 문인이었다. 그렇기 때문에 사회주의 문학인들, 소위 '좌파 문인'들이 주축이 된 문학가 동맹의 일원이 되어 적극적인 활동을 보이고, 비교적 이른 시기에 월북문인의 리스트에 이름을 남기게 되는 것은 쉽게 예상할 수 없는 일이었다.

그렇기 때문에 「해방 전후」는 당시 이태준의 심경과 사상의 변화 추이를 살필 수 있는 중요한 텍스트로 여겨졌다. 이태준의 노선 변화는 당시 문학가동맹이 표방했던 통합적인 정책과 연관이 있다. 당대 좌파 문인들을 주축으로 해서 만들어졌던 문학가동맹은 해방 직후 한국의 역사발전 단계를 부르주아 혁명의 단계로 보았고, 이 혁명의 단계가 완수되어야 그 역사의 최종점인 프롤레타리아 혁명이 이루어질 수 있다고 판단했다. 이러한 관점으로 그들은 비사회주의 문학가들과도 소통하고 연합하려고 했다. 「해방 전후」의 현처럼, 또한 이태준 자신처럼, 이러한 노선에 꽤 많은 비좌파 문인들이 동참하게 되었다.

분단 상황이 고착되고, 한국전쟁으로 인해 남북의 관계가 사실상 파국을 이룬 뒤로, 당시 사회주의 노선에서 내세웠던 화합적 태도는 조연현 등의 회고에 의해 '소비에트의 지령에 의한 책략'으로 해석되었으나, 당시 사회주의 노선 내부에서도 이에 대해 대립과 논쟁이 있었음을 감안하면 그렇게 단순하게 해석할 수 있는 문제는 아니었고, 최근의 논의에서는 이에 대해 다각적인 분석이 이미 시도된 바 있다.

「해방 전후」도 해방 이전의 친일 행적을 축소시키거나, 낙향과 친일 행위 사이의 순서를 바꾸어 묘사하는 등 자전적 특징을 이용한 자기합리화의 문제로부터 완전히 자유로운 작품은 아니다. 그러나 해방 직후 급변하는 정치적 상황 속에서 어떤 일관된 노선을 선택하고 그것을 유지하려고 하는 문인에 대한 주위의 평가가 시시각각 바뀌고 있는 과정을 구체적으로 그리는 데 성공했다는 점에서 「해방 전후」의 후반부는 희소적 가치를 확보하고 있다고 평가할 수 있을 것이다. 현은 한 가지 입장을 고수하고 있지만, 당시 좌와 우, 혹은 보수와 진보를 나누는 선분이 너무나 유동적으로 움직였기 때문에, 오히려 현의 입장이 변화하는 것처럼 보이는 착시현상을 역설적으로 형상화하는 데 성공했기 때문이다.

「해방 전후」는 조선문학가동맹의 기관지 『문학』 창간호에 실렸고, 조선문학가동맹이 주관한 해방문학상 소설부문 당선작으로 선정되었다. 이 작품의 내용이 조선문학가동맹의 노선과 일치하는 부분이 많았음을 방증하는 일이지만, 그러한 정치적 선택이 있었을 것임에도 혼란과 갈등의 내용들이 그대로 드러나 있다는 점을 통해서 그 당시의 상황과 담론의 변화가 얼마나 치열했는가를 알 수 있기도 하다.

작품 목록[*]

작품명	발표지	발표연도	분류
五夢女	시대일보	1925.7.13	단편
구장의 처	반도산업	1926.1.1	단편
모던껄의 만찬(晩餐)	조선일보	1929.3.19	콩트
행복	학생	1929.3	단편
그림자	근우	1929.5	단편
온실화초	조선일보	1929.5.10~12	단편
누이	문예공론	1929.6	단편
백과전서의 신의의	신소설	1930.1	단편
기생 山月이	별건곤	1930.1	단편
은희부처(恩姬夫妻)	신소설	1930.5	단편
어떤날 새벽	신소설	1930.9	단편
구원의 여상(久遠의 女像)	신여성	1931.1~8	장편
결혼의 악마성	혜성	1931.4·6(2회)	단편
고향	동아일보	1931.4.21~29	단편
불도나지 안엇소 도적도 나지 안엇소 아무일도 업소	동광	1931.7	단편
봄	동방평론	1932.4	단편
불우선생(不遇先生)	삼천리	1932.4	단편
천사의 분노	신동아	1932.5	콩트
실낙원 이야기	동방평론	1932.7	단편
서글픈 이야기	신동아	1932.9	단편
코스모스 이야기	이화	1932.10	단편
슬픈 승리자	신가정	1933.1	단편
꽃나무는 심어놓고	신동아	1933.3	단편
法은 그러치만	신여성	1933.3~1934.4	장편

---

[*] 이태준의 전체 작품 수는 콩트 6편, 단편 63편, 중편 4편, 장편 14편이다.

작품명	발표지	발표연도	분류
미어기	동아일보	1933.7.23	콩트
제2의 운명	조선중앙일보	1933.8.25~1934.3.23	장편
아담의 후예	신동아	1933.9	단편
어떤 젊은 어미	신가정	1933.10	단편
코가 복숭아처럼 붉은 여자	조선문학	1933.10	콩트
馬夫와 敎授	학등(學燈)	1933.10	콩트
달밤	중앙	1933.11	단편
박물장사 늙은이	신가정	1934.2~7	중편
氷點下의 우울	학등	1934.3	콩트
촌띄기	농민순보	1934.3	단편
불멸의 함성	조선중앙일보	1934.5.15~1935.3.30	장편
점경	중앙	1934.9	단편
어둠(우암노인)	개벽	1934.9	단편
애욕의 금렵구	중앙	1935.3	중편
성모(聖母)	조선중앙일보	1935.5.26~1936.1.20	장편
색시	조광	1935.11	단편
손거부(孫巨富)	신동아	1935.11	단편
순정	사해공론	1935.11	단편
三月	사해공론	1936.1	단편
가마귀	조광	1936.1	단편
황진이	조선중앙일보	1936.6.2~9.4(연재중단)	장편
바다	사해공론	1936.7	단편
장마	조광	1936.10	단편
철로(鐵路)	여성	1936.10	단편
복덕방	조광	1937.3	단편
코스모스 피는 정원	여성	1937.3~7	중편
사막의 화원	조선일보	1937.7.2	단편
화관(花冠)	조선일보	1937.7.29~12.22	장편
패강냉(浿江冷)	삼천리	1938.1	단편
영월영감(寧越令監)	문장	1939.2・3월호	단편
딸삼형제	동아일보	1939.2.5~7.17	장편
아련(阿蓮)	문장	1939.6	단편
농군(農軍)	문장	1939.7	단편

작품명	발표지	발표연도	분류
청춘무성(靑春茂盛)	조선일보	1940.3.12~8.10	장편
밤길	문장	1940.5~6 · 7 합병호(2회)	단편
토끼이야기	문장	1941.2	단편
사상의 월야(思想의 月夜)	매일신보	1941.3.4~7.5	장편
별은 창마다	신시대	1942.1~1943.6	장편
행복에의 흰손들	조광	1942.1~1943.1	장편
사냥	춘추	1942.2	단편
석양(夕陽)	국민문학	1942.2	단편
무연(無緣)	춘추	1942.6	단편
왕자호동(王子好童)	매일신보	1942.12.22~1943.6.16	장편
석교(石橋)	국민문학	1943.1	단편
뒷방마냄	『돌다리』에 수록	1943.12	단편
제1호선박의 삽화(일문소설)	국민총력	1944.9	단편
즐거운 기억	한성일보	1945.10	단편
너	시대일보	1946.2	단편
해방 전후(解放前後)	문학	1946.8	단편
불사조(不死鳥)	현대일보	1946.3.27~7.19(연재중단)	장편
농토	삼성문화사	1948.8	장편
첫 전투	문화예술(4권)	1948.12	단편
아버지의 모시옷	『첫전투』(문화전선사, 1949.11)에 수록	1949	단편
호랑이 할머니		1949	단편
삼팔선 어느 지구에서		1949	단편
먼지	문학예술	1950.3	단편
백배천배로	『고향길』(재일본 조선인교육자동맹 문화부, 1952.12)에 수록	1952	단편
누가 굴복하는가 보자		1952	단편
미국 대사관		1952	단편
고귀한 사람들		1952	단편
네거리에 선 전신주		1952	단편
고향길		1952	단편
두 죽음	미확인	1952	단편

1904   11월 4일 강원도 철원군 묘장면 진명리 출생. 부친 이창하(李昌夏), 모친 순
        흥 안씨의 1남 2녀 중 장남. 집안은 장기 이씨(長鬐 李氏) 용담파(龍潭派). (「장
        기 이씨 가승(家乘)」에 의하면 상허의 본명은 규태(奎泰). 부친의 정실은 한양 조씨이
        고 적자로 규덕(奎惪)이 있음). 호는 상허(尙虛)·상허당주인(尙虛堂主人). 부(父)
        이창하(1876~1909)의 자(字)는 문규(文奎), 호는 매헌(梅軒). 철원공립보통
        학교 교원, 덕원감리서 주사를 역임한 개화파적 지식인.

1909   망명하는 아버지를 따라 러시아 땅 해삼위(블라디보스톡)로 이주. 8월 부친
        의 사망으로 귀국하던 중 함경북도 배기미(梨津)에 정착. 서당에서 한문
        수학.

1912   어머니 별세로 고아가 됨. 외조모 손에 이끌려 고향 철원 용담으로 귀향
        하여 친척집에 맡겨짐.

1915   안협의 오촌집에 입양. 다시 용담으로 돌아와 오촌 이용하(李龍夏)의 집에
        기거함. 철원 사립봉명학교에 입학.

1918   3월에 봉명학교를 우등으로 졸업. 철원 읍내 간이농업학교에 입학하나
        한 달 후 가출하여 여러 곳을 방랑하다 원산 등지에서 2년간 객주집 사환
        등의 일을 하며 2년여를 보냄. 외조모가 찾아와 보살핌. 이때 문학서적
        탐독. 이후 중국 안동현까지 인척 아저씨를 찾아갔다가 뜻을 이루지 못하
        고 경성으로 옴.

---

*   이 연보는 상허학회의 민충환·이병렬 교수 등을 비롯하여 그간 축적되어 있던 연보에, 박
    성란·박수현이 작성한 이태준 연보와 연구사를 참고하였고, 최종적으로 박진숙 교수가 오
    류를 바로잡고 일부를 추가하여 만들었다.

1920	4월 배재학당 보결생 모집에 응시하여 합격하나 입학금 마련이 어려워 등록하지 못함. 낮에는 상점 점원으로 일하며 밤에는 야학에 나가 공부함.

1920 4월 배재학당 보결생 모집에 응시하여 합격하나 입학금 마련이 어려워 등록하지 못함. 낮에는 상점 점원으로 일하며 밤에는 야학에 나가 공부함.

1921 4월 휘문고등보통학교에 입학. 고학생으로 비교적 우수한 성적을 받음. 이때 상급반에 정지용·박종화, 하급반에 박노갑, 스승으로 가람 이병기가 있었음. 습작을 시작함.

1924 『휘문』의 학예부장으로 활동. 동화 「물고기 이약이」 등 6편의 글을 『휘문』 제2호에 발표함.
6월 13일에 동맹휴교의 주모자로 지적되어 5년제 과정 중 4학년 1학기에 퇴학. 이해 가을 휘문고보 친구인 김연만의 도움으로 유학길에 오름.

1925 일본에서 단편소설 「오몽녀(五夢女)」를 『조선문단』에 투고하여 입선, 『시대일보』(7월 13일)에 발표하며 등단함.

1926 4월 동경 상지대학(上智大學) 예과에 입학. 신문·우유 배달 등을 하며 '공기만을 먹고사는' 매우 궁핍한 생활을 함. 동경에서 『반도산업』 발행. 이때 나도향, 화가 김용준·김지원 등과 교유.

1927 11월 학교를 중퇴하고 귀국함. 각 신문사와 모교를 방문하여 일자리를 구하나 취업난에 직면함.

1929 개벽사에 기자로 입사. 『학생』(1929.3~10) 창간 때부터 책임자. 『신생』 등의 잡지 편집에 관여함. 『어린이』지에 소년물과 장편(掌篇)을 다수 발표함. 9월 백산 안희제의 사장 취임에 맞춰 『중외일보』로 자리를 옮김. 사회부에서 3개월 근무 후 학예부로 옮김.

1930 이화여전 음악과를 갓 졸업한 이순옥(李順玉)과 결혼.

1931 『중외일보』(6월 19일 종간) 기자로 있다가, 신문 폐간과 함께 개제된 『중앙일보』(사장 여운형) 학예부 기자가 됨. 장녀 소명(小明) 태어남. 경성부 서대문정 2정목 7의 3 다호에 거주.

1932 이화여전(梨專, 1932~1937)·이화보육학교(梨保)·경성보육학교(京保) 등

학교에 출강하며 작문을 가르침. 장남 유백(有白) 태어남.

1933 박태원·이효석 등과 함께 '구인회(九人會)'를 조직. 1933년 3월 7일 『중앙
일보』에서 개제된 『조선중앙일보』 학예부장에 임명됨.
경성부 성북정 248번지로 이사. 이후 월북 전까지 이곳에서 거주함.

1934 차녀 소남(小楠) 태어남.

1935 1월, 8월 2회에 걸쳐 표준어사정위원회 전형위원, 기록 담당. 조선중앙일
보를 퇴사, 창작에 몰두함.

1936 차남 유진(有進) 태어남.

1937 「오몽녀(五夢女)」가 나운규에 의해 영화화됨(주연 윤봉춘, 노재신. 이 작품이
춘사(春史)의 마지막 작품임).

1938 만주 지방 여행.

1939 『문장(文章)』지 편집자 겸 신인 작품의 심사를 맡음(임옥인·최태응·곽하신
등이 추천됨). 이후 황군위문작가단, 조선문인협회 등의 단체에서 활동.

1940 삼녀 소현(小賢) 태어남.

1941 제2회 조선예술상 받음(1회는 춘원(春園)이 수상).

1943 강원도 철원 안협으로 낙향. 해방 전까지 이곳에서 칩거함.

1945 문화건설중앙협의회, 문학가동맹, 남조선민전 등의 조직에 참여. 문학가
동맹 부위원장, 『현대일보』 주간 등을 역임.

1946 2월부터 민주주의 민족전선 문화부장으로 활동. 남조선 조소문화협회
이사. 7~8월 상순 사이에 월북. 「해방전후」로 제1회 해방문학상 수상.
장남 휘문중학 입학. 8월 10일부터 10월 17일까지 '방소문화사절단'의 일
원으로 소련의 모스크바, 레닌그라드 등지를 여행.

1947 5월 소련 여행기인 『쏘련기행』이 남쪽에서 출간됨.

1948 8·15 북조선최고인민회의 표창장을 받음.

1949 북조선문학예술총동맹 부위원장, 국가학위수여위원회 문학분과 심사위

원이 됨. 단편 「호랑이 할머니」 발표. 이 작품은 해방 후 북한에서 발표된 '최고의 걸작'으로 평가됨.

1950 6·25동란 중 낙동강 전선까지 종군갔다가 돌아오는 길에 서울에 들러 문학동맹 사람들을 모아놓고 전과 보고 연설을 함. 10월 중순 평양수복 때 '문예총'은 강계로 소개(疏開)하였는데 이태준은 따라가지 않고 평양 시외에 숨어 있으면서 은밀히 귀순을 모색하였다고 함. 12월 국방군의 북진을 따라 문화계 인사들이 이태준을 구출하려 했으나 실패함.

1952 남로당과 함께 숙청될 위기에서 소련파 기석복(奇石福)의 후원으로 제외됨.

1954 3개월간의 사상검토 작업 중 과거를 추궁당함.

1956 소련파의 몰락과 더불어 과거 '구인회' 활동과 사상성을 이유로 1월 조선노동당 중앙위원회 상무회의 결의로 임화, 김남천과 함께 가혹한 비판을 받음. 2월 '평양시당 관할 문학예술부 열성자대회'에서 한설야에 의해 비판, 숙청당함.

1957 함흥노동신문사 교정원으로 배치됨.

1958 함흥 콘크리트 블록 공장의 파고철 수집 노동자로 배치됨.

1964 중앙당 문화부 창작 제1실 전속작가로 복귀함.

1969 김진계의 구술기록(『조국』, 현장문학사, 1991(재판))에 의하면, 1월경 강원도 장동탄광 노동자 지구에서 사회보장으로 부부가 함께 살고 있었다고 함. 이후 연도 미상이나 사망한 것으로 알려짐(북한의 원로 문학평론가 장현준과의 인터뷰 기사, 『한겨레』, 1991.12.19). 일설에는 1953년 남로당파의 숙청이 끝난 가을 자강도 산간 협동농장에서 막노동을 하다가 1960년대 초 산간 협동농장에서 병사한 것으로 알려짐(강상호, 「내가 치른 북한 숙청」, 『중앙일보』, 1993.6.7).